荷叶浮萍

《红楼》万象随笔

廉萍 著

生活·讀書·新知 三联书店 生活書店出版有限公司

图书在版编目（CIP）数据

荷叶浮萍：《红楼》万象随笔 / 廉萍著. — 北京：生活书店出版有限公司，2024.2（2024.5重印）
ISBN 978-7-80768-420-6

Ⅰ. ①荷… Ⅱ. ①廉… Ⅲ. ①《红楼梦》评论 Ⅳ. ① I207.411

中国国家版本馆 CIP 数据核字（2023）第 120374 号

荷叶浮萍

——《红楼》万象随笔

著　　者　廉　萍

责任编辑　杨学会　曾　诚
装帧设计　李猛工作室
责任印制　孙　明

出版发行　生活书店出版有限公司
（北京市东城区美术馆东街 22 号）
邮　　编　100010
印　　刷　北京启航东方印刷有限公司
版　　次　2024 年 2 月北京第 1 版
2024 年 5 月北京第 2 次印刷
开　　本　710 毫米 ×1000 毫米　1/16
印　　张　23.25
字　　数　298 千字
印　　数　4,001—9,000 册
定　　价　69.00 元

印装查询：010-64052066
邮购查询：010-84010542

目次

序

喜欢《红楼梦》的人，对它的喜爱程度，交谈之下，几句话就能对上暗号。当年在《读书》，几个同事最常使用的就是《红楼》里的情节语。时任主编的沈公号称没读过《红楼》，却忽然接过我们的暗号，教人一眼觑破障眼法。

喜欢《红楼》，却从不敢接触“红学”，因为那就成了学问，而本心不想使它在我的读书天地里成为“学问”。忽然某一天，报端看到一个“八卦红楼”的专栏，不谈学问，只谈“直通随感式的心得”，煞是好看，好像立刻对上暗号，及至读到“我喜《红楼》，最初就是看上了里面的吃穿用度”，更觉相遇知音，于是一路追随。直到开了八年的专栏意外结束，如今一部《红楼》随笔即将成书，遂有机会重读一过。

作者说：《红楼》是一部灵性之书，能看出此中灵性，并被深深打动，又何尝不是读书者的灵性。灵性相通，无关时空。又从谜书引杨万里说：“从来天分低拙之人，好谈格式而不解风趣，何也？格式是空架子，易学；风趣便写性灵，非天才莫办。”不啻为自己高悬鹄的。持此标准，读此随笔，发现“眼拙人真是看不得《红楼梦》”，并不是大话空言。随笔划不到考据派，归不了索隐派，也不是钗派黛派以及通常的鉴赏一路。只是熟读《红楼》，参透人情，于是片光零羽，断圭碎璧，均无逃于品评，裁文剪水，著手成春。一颦一笑，每经拈出而可见内有文眼；一枝一叶，每因撷来而可悟此中机锋。季节，时令，日子，全藏着结构故事的秘密。粲花之论，细入毫芒，又曲中筋节。原来有字处，有看不到的暗线；无字处，有想不到的伏笔。满腹李杜苏黄，秦皇汉武，触处生感，驱遣自如，贴切的对应，合榫的解读，“信手拈来无不是”。诗解《红楼》,《红楼》解诗，物理人情，一脉贯通。讲版本，讲文字，讲语感，毫发丝粟集于腕下，涟漪水痕漫溢毫端。却不是把它做成学问，而是用生命的感悟回归自家所理解的本来面目。哪里是读《红楼》，几十年的爱喜，十几年的修炼，一肚子“家私”借谈《红楼》而如深涧山泉潺湲流淌。

曾想为随笔起名作“不亦说乎”，因为《红楼》不是助人完成学业的教科书，而是陪伴一辈子读写生活的另一个人生。随笔也不是“一本书读懂《红楼》”的广大教主，而是与喜爱《红楼》熟读《红楼》的朋友从容对谈，不过比他人多了诗情，多了悟性，多了几分慧心朗识，因此只教人感到亲切。“不亦说乎”，便包含了作者阅读的快乐，写作的快乐，也为读者带来相与会心的快乐。然而一旦看到随笔早已自名“荷叶浮萍”，觉得才真是贴切。作者对之自有别解，不过我想到的是，《红楼》的作者下瞰数百年来如痴如醉的读者，岂不恰同闻听李贵学舌。而唯其如此，方是《红楼》的魅力。

本不该应承这佛头著粪的差事，只缘曾为《红楼》专栏所迷且因此得与作者结识，老眼昏花的古稀之年竟由此添得一双读书解惑的慧眼，不能不由衷感谢《红楼》赐予的这一份教人珍视的情缘。不住声咂嘴念佛之外，少不得带上乡间的豇豆、扁豆、葫芦条儿，一点野意儿聊为盛宴佐餐。

扬之水

壬寅早春二月雪窗下

几世几劫

前几年人闲手痒，曾做过一道计算题，算女娲到底补了多大一块儿天。是的，虽然向来史无明征，但在《红楼》里，这个数字是可以大致计算出来的。全书一开头就说："原来女娲氏炼石补天之时，于大荒山无稽崖炼成高经十二丈、方经二十四丈顽石三万六千五百零一块。娲皇氏只用了三万六千五百块，只单单剩了一块未用。"长宽高都有了，总数量也有，查下明清时代的一尺有多长，再用"一丈等于十尺、三尺等于一米"的标准简单换算下，很容易可以得出，女娲补的天，大概有二百来平方公里，半个海淀区那么大。——工作量似乎也不算大，所以才有心思把石头都炼成五色的吧，审美源于闲暇。

为了查证这几个数字，我还特意找来了霍克斯和杨宪益的英译本，左右印证。结果发现，"高经十二丈、方经二十四丈"一句，霍克斯译为"seventy-two feet by a hundred and forty-four feet square"，变成了72英尺高、144英尺宽，才合22米（约七丈）高、44米（约十四丈）宽，比女娲用的明显小太多，不知为什么。而杨宪益译为"a hundred and twenty feet high and two hundred and forty feet square"，120英尺（约十一丈）高、240英尺（约二十二丈）宽，虽然已经接近，而且保留了倍数关系，保留了十二、二十四这样的字面，但还是小一些。——可见翻译是件多么不容易的事。忽然很同情那些只能通过英文读《红楼梦》的人。

当然上面的计算都是玩笑，小说家言，信马由缰，如何信得。再说，作者使用十二、二十四、三万六千五百这些数字，本来别有用意。甲戌本有批语，"十二丈"是"总应十二钗"，"二十四丈"是"照应副十二钗"，"三万六千五百"是"合周天之数"——一周天即一年三百六十五天，三万六千五百就是百年之数，人的一生。

中国人向来喜欢这些数字，并且相信这些数字具有的神秘力量。比如十二，还可以代表一年的十二个月；二十四代表廿四节气等。据单士元先生《天坛》一文，圜丘坛的数字游戏更是登峰造极，“所有尺寸数目字均极力凑成五、七、九等阳数”，如第一层的直径是九丈，第二层十五丈，第三层二十一丈，加在一起四十五，又是九与五的乘积，象征君王的九五之尊。——看罢真是叹为观止。要什么样的文化不自信，才能寄大希望于这些无知无识的数字？

不过在文人心目中，三万六千五百，另有一层感情色彩。李白说：“百年三万六千日，一日须倾三百杯。”又说：“三万六千日，夜夜当秉烛。”苏轼说：“百年里，浑教是醉，三万六千场。”又说：“光阴几日，三万六千而已。”辛弃疾说：“总把平生入醉乡，大都三万六千场。”杨万里说：“赤丸才向西山没，白丸又向东山出。只销三万六千回，雪色少年成皱铁，铁色头须却成雪。”白玉蟾说：“人间如梦只如此，三万六千一弹指。”……此类感慨，如恒河沙数，大约是千百年来人类共通的感情。

《红楼》的故事背景里，时间总是几世几劫，空间总是大荒山无稽崖。这种时空的苍苍茫茫感，构建了《红楼》不同于其他小说的基调，直接承接了前代文人的身世之感。

《红楼梦》的“原著”

《红楼梦》的作者与版本，在初来乍到者眼里，堪称一笔糊涂账，虽然二百多年来，好事者、红学家条分缕析、爬梳剔抉、钩沉索隐，已经取得了很多可观成果，比如曹雪芹家世、脂评本系列、程高续作等等，但指望初学者一时半会儿就全搞清楚，是不现实的。

简而言之，《红楼梦》，目前，只有不同时间、不同抄手和评阅者留下的不同手抄本，和根据不同抄本校订百衲而成的不同活字、铅字印刷本，这些不同版本之间，文字、回目甚至篇幅都各有不同，情节、人物自然也有出入。可以这样说，真正的出自原作者之手的定本“原著”，书店里是不存在的。曹雪芹“披阅十载，增删五次”，也只拥有部分版权而已，因为有人认为，曹公也是有所本，并非平地起高楼。而后来的抄写手、批阅者、出版者，有意无意，也都夹带了自己的私货。至于更后起的戏剧、影视等改编作品，是否“忠实原著”，只能凭心问口、凭口问心、凭老百姓口碑了。

但对于普通读者而言，这种情形，开始也许可以暂时忽略。因为，任何一个版本，都只是通往《红楼梦》恢弘世界的一个小小入口而已。像逛公园一样，从哪个入口进去，并不是很重要，重要的是，在这个举世无双、奇绝千古的巨大迷宫花园里，你看到了什么，听闻了什么，体会了什么，感悟了什么。所以，选择大出版社的通行一百二十回本，虽然算不上什么“精致的淘气”，但简便轻捷，不失为取巧的好办法——只要不是刻意拿来当作囫囵吞枣、一知半解的护身符。

既入园门，千叶千花，花各入眼。感觉平平，不能终卷，掷而不读，也是常有的事情。认为是“一本坏书”的，也不乏其人。清朝有个毛庆臻，不仅在想象中把曹雪芹打入地狱，还郑重建议，出口《红楼梦》到外国，去毒害他们的青少年，充当坚船利炮，替国人报鸦片输入之仇。

当然也有另一群人，领略到风光旖旎，不免继续前行，终于曲径探幽，渐行渐远，沉湎其中，乐而忘返。我一厢情愿地相信，这样的“红迷”大有人在。这些文字就是写给这些人看的。

这些人有共同的特征，很容易从人群中辨认，比如：曾经有很长一段时间，把《红楼梦》堆在床头，随手翻开，不拘第几页，都可以读下去，却不介意什么地方能停下来。随口说出书中的句子，只是小儿科。平儿戴什么镯子、莺儿干娘是谁、妙玉用什么坛子、莲花儿找谁炖鸡蛋、夏婆子的外孙女在哪里当差，都是茫茫人海中同类相呼的再寻常不过的切口。至于那些不靠计算机的统计数据，单从文字就能嗅出来前八十回和后四十回不同的人，更堪称“红迷”中的可造之材。

多读几遍，难免还会疑窦丛生，贾琏、宝玉为什么都是二爷？怀古诗的谜底是什么？挂有美人图的小书房叫什么名字？判词到底怎么解？无数的牛角尖儿与死胡同……不待爹娘打骂、师傅支使，好奇心就会鼓动得睡不着觉，上穷碧落下黄泉，去搜去查，这时候，脂砚斋、畸笏叟、庚辰本、己卯、甲戌、列藏自然就会跳进你的眼睛。读得越多，也就越来越接近“原著”，接近那个在悼红轩中涂写“满纸荒唐言”的人。——当然，仅仅是接近而已。

神瑛侍者与通灵宝玉

赤瑕宫中的神瑛侍者，转世为人；青埂峰下的补天顽石，化为通灵宝玉。二者一起下世，造历幻缘，本来脉络非常清晰。由于大部分抄本此处缺一页，文字接不上，情节就有些含糊。一度风行的程乙本又自造了些句子，竟将顽石与神瑛侍者捏到一起，合二为一，给很多初读者造成困惑。好在甲戌本此处不缺页，比别的抄本多出四百多字，说得非常明白。

神瑛侍者转世的贾宝玉，是“木石前盟”中的石头，通灵宝玉前身也是石头，脂批中经常出现的“石兄”，有时候指前者，有时候指后者，难怪有人会犯迷糊。加上还有个影子一样的甄宝玉，更不容易理清头绪了。有专家以为，甄宝玉才是真正的神瑛侍者，贾宝玉是假的，黛玉还错了泪。虽然文意奇警，言之凿凿，但除非曹公复活，亲口如是说，否则我是不敢相信的。甄宝玉、贾宝玉（神瑛）和通灵宝玉（顽石），三者经历、性情非常接近，形容顽石首尾的那句话：“无材补天，幻形入世，蒙茫茫大士、渺渺真人携入红尘，历尽离合悲欢炎凉世态”，可以说是他们的共同写照，甚至也是作者曹雪芹的人生缩影。四位一体，同质异形。作者为什么要布这个迷魂阵呢？甄宝玉的故事应该集中在遗失的后半部里，前文提到的地方大都遮遮掩掩欲说还休，难有清晰轮廓，这里暂且不论，只看顽石与神瑛。

前八十回中，自从宝玉一落胞胎，通灵宝玉这块“命根子”就和他莫失莫忘，形影相随，几乎片刻不离，在书中充当的是摄像机、记录者的角色。比如宝秦公案，比如省亲，石头都跳出来自说自话。但既然强调“莫失莫忘”，就意味着肯定有一个时期是“相失相忘”的。这个时期，应该就在黛玉夭亡、贾府抄家之后。前八十回里，宝黛稍有不谐，宝玉就掷玉砸玉，如今经过种种事变，这块玉更是身外之物了。

宝玉失玉，也许还有别的寓意。作为绝世情痴，黛玉夭亡、贾府被抄，宝玉的生活、思想，必然都有巨大的波动。所谓“经此事变，义无再辱”，最理想的姿态无过于殉情或者出家，当和尚去。如果隐忍苟活，难免有点像《胭脂扣》中的十二少，人生的意义早已被透支干净，只剩下种种颓丧潦倒不堪。现实中往往苟活者多，决绝者少。如果《石头记》真是作者自传，曹公也难免苟活的嫌疑。什么力量才能把一个人，从自责自惭自戕自甘堕落的泥潭中救拔出来？司马迁也许是个很好的例子——写作。曹公为了这部书，“披阅十载，增删五次”，把后半生的全部时光和心血都搭了进去。

悬崖撒手与在苟活中写作，本来是不能得兼的，曹公设计了神瑛与顽石两个形象，一人分饰二角，解决了这个两难选择。神瑛侍者负责决绝彻悟，当然不立文字。“木石前盟”的故事既已完结，如果神瑛侍者还絮絮叨叨，诉诸文字，成何体统？不如留块石头在人间。

怡红公子已随韶华一同逝去，空留下悼红轩主隐忍淹留，完成名山事业。“一大块石上字迹分明，编述历历”。这也是一种勒石功业啊。

“水”做的还是“木”做的

《红楼梦》里有一个著名的命题：“女儿是水做的骨肉，男人是泥做的骨肉。我见了女儿我便清爽；见了男子，便觉浊臭逼人。”可以说无人不知。水的清净灵动，与宝玉心目中的莹洁“女儿”若合符契。排印本风行天下以来，“水”字尤其深入人心。但抄本中却别有文章。列藏、杨藏以及前几年新出现的卞藏本，这句话均明明白白抄作“女儿是木做的骨肉”，庚辰本上，原抄是“水”，上面的横画后来被人重笔描粗，改成“木”字，痕迹宛然。己卯本也有人说是把“水”改成“木”，但我看到的影印本不是很分明。前人多以为这是因形近而妄改，所以通行的校改本依然取“水”。但结合其他几个本子看，“木”显见不是孤例，未必没有版本渊源。

第一次看到“女儿是木做的骨肉”，脑子真是“木”了一下。但随即万象奔涌、豁然贯通：草胎木质，木石前盟，群芳髓，千红一窟（哭），万艳同杯（悲），三春去后诸芳尽，开到荼蘼花事了，掣花名，葬花吟，芙蓉诔，海棠社，桃花社，一下子都有了着落。女儿如花，是《红楼梦》中最大的象征意象群，花儿，可不就是“木做的骨肉”么？“怡红快绿”，不就是“我见了女儿我便清爽”的最好注脚么？而且怡红院里“蕉棠两植”的海棠，别名就是“女儿红”。此外，飞花逐水流，花落水流红，不教污淖陷渠沟，那和落花相对而提的“水”，反倒是无情送春之物。如此看来，这个“木”字也算有本有源，不像“水”那么劈空而来，全无依傍。当初读到“凡山川日月之精秀，只钟于女儿，须眉男子不过是些渣滓浊沫而已”的小小凝滞——“浊沫”应该似“水”而非“泥”——也都自然消散了。当然也有人非常不喜欢这个“木”字，看见了便首先联想到“二木头”，那也没办法。宝玉还说过自己是“死木头”呢。阅读联想，亦和自然的召唤一样，是勉强不了的事情。

窃以为，论文意顺畅，现在看来是“木”好一些，但顺畅就难免平平，所以若论文笔奇警，则貌似不及“水”之空明透彻、无迹可求。“水做的骨肉”能深入人心自是情理之中。而且人们往往看重阅读的第一印象，先入为主。有了多年“水”的浸淫，“木”自然难入法眼和心田。我就是早年记忆里留下了“悲金悼玉”的影子，很长时间接受不了“怀金悼玉”几个字，总觉得是异类，用了很多年才克服掉这种感觉。多一种异文，便多一扇窥见原著精神的窗户，多一条去往花园深处的小径，虽然未必能通，但总不失为一件好事。

古人读书，每每不求甚解，重在会意。宝玉的这句名言，书中也当作世人目为怪诞的孩子话的一种。脂批说：“宝玉之发言，每每令人不解；宝玉之生性，件件令人可笑。”又说：“听其囫囵不解之言，察其幽微感触之心，审其痴妄委婉之意，皆今古未见之人，亦是未见之文字。说不得贤，说不得愚，说不得不肖，说不得善，说不得恶，说不得正大光明，说不得混账恶赖……恰恰只有一颦儿可对，令他人徒加评论，总未摸着他二人是何等脱胎、何等心臆、何等骨肉。”脂砚尚且如此说，水也罢，木也罢，“水木湛清华”，两个都是好东西，读者能会意便好，囫囵不解便好，我等又何必强作解人。

《姑苏繁华图》

最近有机会看到清代徐扬《姑苏繁华图》（又称《盛世滋生图》）的高清大图。这幅可与《清明上河图》媲美的风土人情长卷，全长十二米多，“自灵岩山起，由木渎镇东行，过横山，渡石湖，历上方山，从太湖北岸、介狮和两山间，入姑苏郡城，自葑、盘、胥三门出阊门外，转山塘桥，至虎丘山止”。据统计，画中约有一万两千余人，近四百只船，五十多座桥，二百多家店铺，两千多栋房屋……一寸一寸细看过去，不胜感慨。

姑苏和《红楼》的关系，已经无需多说了，林妹妹就是姑苏人氏。这幅长卷，完成于乾隆己卯年（1759），就是《石头记》“己卯本”的那个“己卯”。所以看这幅图时，一直在想象，这就是《红楼》的姑苏，姑苏的《红楼》。当然，《红楼》一直声称自己真事隐去，朝代年纪、地舆邦国全都“失落无考”，但是对于十二钗的出身之地，是一点也不曾含糊的。黛玉、妙玉、香菱，都是苏州人。采买十二个小戏子和拣选驾娘，也都是下苏州。在揄扬“慧纹”的时候，特意说“原来绣这璎珞的，也是个姑苏女子”。一个“也”字，意味深长。

贾府在姑苏的荣光，早于这幅画几十年，书中说，还是赵嬷嬷刚记事的时候，太祖南巡，贾府“正在姑苏扬州一带监造海舫，修理海塘”，预备接驾一次。眼下虽已生活在京都，但根基犹在，千丝万缕的联系。所以，当忽然看到远景中的旗帜上，若有若无的“织造部堂”字样，莫名有些激动。尽管知道此时的这一处，已经和《红楼》作者未必再有关系，知道用史实去套小说，是胶柱鼓瑟、费力不讨好，仍忍不住再三注目。

然后看到官船，就想起林妹妹坐过的船；看到“大肉馒头”，就想起“终须一个土馒头”；看到种种店面招牌，就想到薛蟠下江南，带回来的两大箱子“绸缎绫锦洋货”，和笔墨纸砚、各色笺纸、香袋香珠、扇子扇坠、花粉胭脂等。几乎每一样东西，都能看到对应的招牌。就会想，也许这家店，就是薛大哥去过的呢。除了虎丘带回的“自行人、酒令儿、水银灌的打筋斗小小子，沙子灯，一出一出的泥人儿的戏”，和泥捏的薛蟠小像——点明是来自虎丘以外，其他的，大半也应来自苏州或扬州街面，因为黛玉认出是“家乡之物”，是“小时候倒不理会，如今看见，真是新鲜物儿”的，于是触物伤情，思念故里。

画面三分之二处，城墙上榜书“阊门”二字。素日念过多少遍的《红楼》开头，忽然腾涌而来：“当日地陷东南，这东南一隅有处曰姑苏，有城曰阊门者，最是红尘中一二等富贵风流之地。”随着画面延展，“这阊门外有个十里街，街内有个仁清巷，巷内有个古庙”，仿佛马上呼之欲出。可是并没有。四大家族的百年升沉变幻，不过只是长河一瞬。“时间永是流驶，街市依旧太平”。

画家徐扬，也是苏州人氏，家住阊门专诸巷。在跋语里，他记道：“钦惟我国家，治化昌明，超轶三代，幅员之广，生齿之繁，亘古未有。臣幸遭逢之盛，图写太平，为《盛世滋生图》一卷……熙皞之风，丹青不能尽写，要皆自我朝圣圣相承，深仁厚泽，沦浃于百有余年之久。我皇上銮舆再幸，行庆施惠，有加无已，斯地斯民，故能感激鼓舞，乐乐利利，交相劝勉，共为盛世之良民，岂偶然哉？”

这种大声颂圣的句子，异时异地读来，可能会有略微不适。但在当时，也许是人们习以为常的。而且同时代的曹雪芹，恐怕是没有资格说这种句子的。

不管愿不愿意，这样的句子，都轮不到他来说。所以他只好写一些自己想说的话，比如《红楼》。

手倦抛书

“一日，炎夏永昼。士隐于书房闲坐，至手倦抛书，伏几少憩，不觉朦胧睡去。梦至一处，不辨是何地方。忽见那厢来了一僧一道……”《红楼》一部大书，一场大梦，人间俗事凡尘悲欢，从这一幕算是正式开始。

在众多抄本里，“手倦抛书”有异文，如己卯本等也作“倦时拢书”。显然“手倦抛书”文义更优，且是成语，甲戌、庚辰、列藏诸本也均如此，所以前辈学者校字的时候大都采用这个，我们在通行本里看到的也是这个。不过最近又看到有学术文章，专门来论证“拢书”的好。惊诧之余，深感读书真是一件个性化很强的事情，如同轮扁斫轮，得之于手而应于心，口不能言，更不能传。父不能传之于子，何况他人。也只好这样了。

“手倦抛书”四字，出自宋代蔡确《夏日登车盖亭》诗，诗共十首，其中之一是：“纸屏石枕竹方床，手倦抛书午梦长。睡起莞然成独笑，数声渔笛在沧浪。”因被选入蒙学读物《千家诗》，所以几乎家喻户晓，人人能说。《红楼》顺手拈来，不算突兀。甄士隐的“不觉朦胧睡去”，也正是演绎下面的“午梦长”三个字。单看字面，末两句写夏日午睡刚醒时的恍惚，真是传神，几乎让人忘了有用典。我在“读读写写”公号贴出这诗后，一位朋友留言：“睡起莞然成独笑——可能我见过这种情景，婴儿床里只有他一人，眼睛还未睁开，就笑了，笑声让他睁开眼，”是的，就是这样，和我的感觉一样。每人应该都曾有过这样慵懒惬意的一瞬。只是如何想象，这么懒散的文字背后，会是政坛的翻云覆雨血雨腥风。

这就是历史上著名的“车盖亭诗案”。王安石变法失败后，支持变法的宰相蔡确被贬到安州。一日到车盖亭游览，偶有所感，写了十首诗。这十首诗，不能说没有牢骚，也未必全无寄托。只一旦落入有二十年积怨的政治对头手里，马上就是另一番解读。“睡起莞然成独笑”，吴处厚笺注说：“方今朝廷清明，不知确独笑何事？”另一首里有“矫矫名臣郝甑山，忠言直节上元间”，吴处厚笺注说这是把当朝太后比作武则天。——太后果然大怒，把蔡确贬到岭南，至死未还。

这件事的连锁反应是，几年后旧党一旦得势，马上把元祐党人打入另册，接二连三，牵五挂四，苏轼、苏辙、秦观、黄庭坚等人都未能幸免。内斗使得宋王朝元气大伤，不过几十年工夫，二帝北狩，北宋灭亡。蔡确当年，带着一本陶渊明的集子到亭子里去读，读着读着困意袭来、手倦抛书之际，如何能想得到这种结果。午睡醒来那莞然一笑，就是蝴蝶翅膀。

甄士隐也一样。当他在烈日炎炎、芭蕉冉冉的季节，手倦抛书，偶尔打了个午盹的时候，又如何能料到，英莲丢失，房子烧掉，投亲不着，贫病交攻——并且在开悟之际，无意之间做了贾府兴亡的旁观者，做了笼罩一部大书的灵魂人物。手倦抛书，蔡确与甄士隐，萧条异代，却用同一个太平时世的慵懒动作，开启了数十年、几十回的风雨欲来、大厦将倾。

当然，作者随手写下这几个字的时候，未必有如此深意。但我看时，却忍不住忽然起了这样的联想。作者何必然，读者何必不然。这也是我喜读《红楼》的原因之一：耐看。只要你愿意，就能看出文字里的无限云烟、重重叠叠山。

现成话

从前有一个人，中产阶级，康阜之家。有钱有闲，有房有地。精通文学，热爱园艺。妻如花，女儿如玉。有爱心，常捐善款、救贫急。有人脉，京城里好几个做官的朋友。本来现世安稳，岁月静好，妥妥的。

可是意外突然发生。先是人贩子拐走了他的女儿，夫妻俩昼夜啼哭，几乎寻死，当下就病倒了。不久，隔壁管理不善，无端一场大火，连累整个家园烧成平地，只有性命侥幸逃脱。好在还活着。——即使太平鼎盛之世，富贵风流之地，这种事情也不见得能避免。整个社会正行进在驶往康乾之治的大道上，所以怪不得别人。这个倒霉的人，只好从城市退居农村。但农村也不总是世外桃源、田园牧歌。偶尔郊游，抒发下俯视情怀或者展示下对归隐的向往，都是不错的背景墙。但要长住，就难免种种风险，比如水旱鼠盗，比如官兵骚扰，比如久久低迷的GDP和几乎断绝的经济来源。所以终究安身不住，只能往亲情里，去寻求最后的庇护。带着妻子丫鬟，去投奔岳父家了。

这个人就是甄士隐。他终于在世故人情里，走到了自己人生的尽头。所谓宿慧彻悟，所谓撒手出家，应该都是小说家一厢情愿的美意。跌落到真正的现实中，他大概就只是一个无家可归、不知所终的流浪老人。摔倒未必有人扶。红界把甄士隐的遭遇称为“小荣枯”，是荣宁“大荣枯”的缩影。人生一手好牌，最终怎么会打成这样？所有的职场成功学，对于他都没有意义。成功学不会告诉你，意外到来时，你毫无招架之力；也不会告诉你，无人能救。亲情、学识、修养、品位乃至资产，在强势的命运面前，都不堪一击。

关于投奔岳父家以后的处境，书中虽寥寥几笔，刻画世事却极传神：“今见女婿这等狼狈而来，心中便有些不乐。幸而士隐还有折变田地的银子未曾用完，拿出来托他随分就价薄置些须房地，为后日衣食之计。那封肃便半哄半赚，些须与他些薄田朽屋。士隐乃读书之人，不惯生理稼穑等事，勉强支持了一二年，越觉穷了下去。封肃每见面时，便说些现成话，且人前人后又怨他们不善过活，只一味好吃懒做等语。士隐知投人不着，心中未免悔恨，再兼上年惊唬，急忿怨痛，已有积伤，暮年之人，贫病交攻，竟渐渐的露出那下世的光景来。"

这段里的"现成话"几个字，我深感兴趣。什么是现成话？不难想象，下文里的"好吃懒做""不善过活"等都是。书中还另有一段"现成话"的样本，就是卜世仁说给贾芸听的了："你那里有正经事，不过赊了去又是胡闹。你只说舅舅见你一遭儿就派你一遭儿不是。你小人儿家很不知好歹，也到底立个主见，赚几个钱，弄得穿是穿吃是吃的，我看着也喜欢。"简言之，就是站在道德高地，或者年辈高地，或者其他高地上，对在困境中的人义正辞严，指指点点，或嘲或嗔，却不能，甚至不肯施以援手。同样的，喜欢说现成话的人，也有一套成功学原理，随时准备兜售给你："你但凡立的起来，到你大房里，就是他们爷儿们见不着，便下个气，和他们的管家或者管事的人们嬉和嬉和，也弄个事儿管管。前日我出城去，撞见了你们三房里的老四，骑着大叫驴，带着五辆车，有四五十和尚道士，往家庙去了。他那不亏能干，这事就到他了！"这真是非常敬业的成功学文字，不仅授人以渔，连奋斗楷模、人生榜样都准备好了，买一送一。唯独不肯拿出半条鱼。

忽然就明白，为什么非常讨厌那些每逢有事就出来发言的人。开始只是奇怪，他们为什么对每件事都要发言，后来就是深深厌恶那些言论本身。现在知道，那也大都只是些自以为站在言论高地或者见识高地上的，故作痛心疾首或高屋建瓴却屁用没有的：现成话。

但是书里也说了，这是大如州的封肃。人间风俗，大都如是。

那个叫娇杏的姑娘

开到杏花寒食近。红杏，本来是探春的花名签，湘云的牙牌令，宝玉的伤春情怀寄托树，可是近日忽然想到的，却是这位名叫“娇杏”的姑娘。本来，她在全书中的作用，只不过是个打酱油的，路人甲，被作者顺手拈来，充当甄家小荣枯的外围旁观者，英莲“有命无运”的反衬者，贾雨村“风尘怀闺秀”的零部件，是“侥幸”二字的具象化。至于她个人的性格和面目，除了“仪容不俗，眉目清明”几个字，其他几乎全无。

现存八十回中，娇杏姑娘只在前两回出现，匆匆完成了自己“侥幸人生”的使命，就销声匿迹。也许后来还会再出现，无非是随着贾雨村命运，共沉浮而已。据说贾雨村的后事是“因嫌纱帽小，致使锁枷杠”，夫贵妻荣的娇杏姑娘，自然也好不到哪里去。侥幸得来，终将草草失去。

其实即便如此，仔细看来，娇杏姑娘的人生，应该仍算是“成功”或是“幸福”的那一种，值得歆羡。书中用寥寥几句，就交代了她人生的巨大转折：“却说娇杏这丫鬟，便是那年回顾雨村者。因偶然一顾，便弄出这段事来，亦是自己意料不到之奇缘。谁想他命运两济，不承望自到雨村身边，只一年便生了一子；又半载，雨村嫡妻忽染疾下世，雨村便将他扶册作正室夫人了。正是：偶因一着错，便为人上人。”名分，子嗣，旧式女人生命中的两件大事，就这样轻松化解。甚至连旧式婚姻里尤为难得的爱情，她也拥有。看看贾雨村为她写的那首“未卜三生愿，频添一段愁”就知道了。丫头身份，完全不妨碍她成为别人心中念念不忘的“玉人”。书中其他女子，如黛玉，如司棋，如晴雯，虽然性格处世有种种缺陷，但皆因有人牵挂，即平添几分可爱。爱，是生命里不可或缺的要素，却又可遇不可求。犹如男人的功名富贵。娇杏姑娘却于无意之中，鱼与熊掌得兼。——这简直就是成功楷模，励志典型。只可惜不可复制和粘贴罢了。

这仍然不妨碍，我们可以把娇杏姑娘的经历，视作人生理想——爱情美满，事业有成。虽然不知后事如何，总是人生大半都有了稳定的着落。纵然俗气，但正是这些世俗层面的满足，才能温暖人生本质的苍凉呵。正如眼下这三春，桃红李白，漫山遍野，往往被诗人诟病为俗气，却忘了，这才是春光能够烂漫的底色。

对桃梨杏李之类春花的鄙薄，不知始于谁了。老杜有著名的一联："颠狂柳絮随风去，轻薄桃花逐水流。"后人经常引作口实。其实细玩语意，癫狂和轻薄，不过是写出了柳絮的动态和桃花的质感，原本不涉及道德评判的。可后人谁管得了那么多。大苏为了夸奖故乡的海棠，不惜说"嫣然一笑竹篱间，桃李漫山总粗俗"；朱淑真为了赞竹，不惜说"纷纷桃李皆凡俗，四时之中惟有竹"；陆游为了赞梅，不惜说"饱知桃李俗到骨，何至与渠争著鞭"；徐积为了赞扬州琼花，甚至不惜说"杏花俗艳梨花粗，柳花细碎梅花疏。桃花不正其容冶，牡丹不谨其体舒"——都是文人习气。一向不喜欢替百花定品分高下的行为，每种道德评判，反映的都是人类的褊狭和忘恩负义。诸花里，我个人喜欢杏花一些，以为花开有闺阁态。但李曾伯为了赞红梅，竟然说"较量尽，胜夭桃轻俗，繁杏粗肥"——"粗肥"这种字眼都用上了，真是令人发指。肯开给你看，已经是天大的面子，挑什么挑啊。

正如娇杏姑娘，万花丛中偶一回顾，片刻心动，赢得人生一片新天地，不过是"侥幸"而已；漫山桃李，明媚了春光，也完全不必为醋酸诗人眼中的雅俗之别负责。更何况一向，大俗，即是大雅。

看不见的《红楼》——人在运河

《红楼》向来有南北之争，因为自己住在北京，所以心底难免倾向于北说。人总是囿于自身经历。比如，林妹妹进京，我就以为，肯定是坐船，走大运河过来的。弃船登岸，可能在张家湾，通州，这个远点；更有可能是在朝阳门或者广渠门。具体情形虽不可知，但这几处都是自己经常能走到的地方，所以凭空多了几分亲切。朝外东岳庙，也是常去的地方，有人说，太虚幻境的七十二司脱胎于此，的确有点意思，每个司，门口都有对联，警世劝人，这个也像。在书里，林妹妹的旅程是一笔带过了。但真要走起来，没有个把俩月恐怕是不行的。

为了更真切摹想体会林妹妹一路的情形，专门去看了谈迁的《北游录》。这真是一本奇书。其中的"纪程""后纪程"，就是他坐船走大运河，从嘉兴经苏杭扬州到北京，又从北京回到故乡，来回路上的日记，风物人情，雨雪天气，几乎每天都有记载。虽然这个人"诗文皆拙"，读起来有点辛苦，但内容实在有意思。每个单程，都是走了四个多月，数千里路。和林妹妹重合的部分，从扬州到北京，就走了将近九十天。想那林妹妹，应该也是这样走过来的。当然谈迁是穷儒生，林妹妹是巡盐御史家的小姐，路上要阔得多，天时地利人和，顺风顺水，也许路上会好得多，但也快不了多少了，水路本来就是慢功夫。《长生殿》作者洪昇，听闻父母遭难，痛哭流涕，昼夜并行，"钱塘去京师三千余里，间以泰岱江河，旬日余即抵家"，十几天就从北京回到杭州，是非常时期的非常之举。

在这个称得上漫长的旅程中，当事人必然会有很多见闻、感触和心得。谈迁是明遗民，注重描写战乱之后的荒凉景象，处处可见兴亡黍离之悲。洪昇客居北京，父母在杭州，其间多次往返，飘零奔波，身心疲惫，"北往南归两行泪，谁能分寄大江流"，"败芦寒雨断矶边，梦醒孤舟泪泫然"，写的都是旅途心情。林妹妹丧母离家，心情也可以想见。这样完全不同、毫无干系的三个人，先后漂在同一条大运河上，苦况不同，伤心则一。千年一河，水流脉脉，洗得尽多少恨事悠悠。

这种情景，本来是极容易做出好文章的，《红楼梦》中却极少提及。书中走过远路的，不独林妹妹，还有薛姨妈一家，香菱说："我们那年上京来，那日下晚便湾住船，岸上又没有人，只有几棵树，远远的几家人家作晚饭。"可见走的是水路。李纨提到那年上京的时候，见过几处关夫子的坟。薛宝琴的见识经历就更多了。书里的男性，贾政、贾雨村这样为官作宦的不说，自然走南走北，其他人，贾琏送林妹妹去过淮扬、苏州，薛蟠出门做过生意。连贾蔷也下苏州采买过女孩子，独宝玉没出过远门。

这些人的旅途景况，也和林妹妹一样，大都一笔带过，极少细描。我个人揣摩，可能是作者本人没有出过远门。如同宝玉，他更熟悉的是府邸生活，园林场景，最多是郊野风光。一个有过长途游历经验的人，在文章里是不会轻易浪费的，看看《围城》《儿女英雄传》这样的书，都是在路上不惜泼墨，浓笔重彩，写出来煞是好看。当然，也有另一个可能，作者把最好的东西留着，想留到八十回后，哭向金陵、瓜洲渡头的时候再写。但我们看不到了。

《北游录》还记了这样一笔，同船葛生，三十多年前（明天启初）从镇江进京，路费花了三缗多，谈迁进京（清顺治十年），则花了将近十倍。三十缗钱，折合白银大概三十两。由此可见，香菱爹爹送给贾雨村的五十两白银，两套冬衣，买舟西上、进京赶考，绰绰有余。香菱和林妹妹的父亲，都是贾雨村人生起步的强力助推器。另，林妹妹两次进京，都是秋季起身，冬底到京，也都是贾雨村陪着。我怀疑这不光是巧合。也许将来黛玉灵柩回南，和香菱一样，仍是贾雨村的见证，这才是有始有终。

《红楼梦》的时间死结

《红楼梦》的时间，原本就是个死结。全书时序、年龄、生日错乱的情形及原因，前人也已经说过很多。比如宝黛钗的年龄，老太太的生日，柳湘莲几月进京，等等。剪不断，理还乱。问题是，这些错乱不接榫，会影响读者的阅读感受吗？会影响《红楼》的价值吗？

当然不，不然二百年来也不会有那么多人心甘情愿溺于《红楼》。甚至初读的时候，很多人都不会注意到这些时间的错位，因为作者非常讲求每个事件的无痕对接。阅读平滑度很好，要多看几遍才能发觉。《红楼》之前的小说，多重娱乐、惩戒、教化等等，唯有《红楼》，竟是"咏怀"一路。其感人，也正在这种充满个人生命体验的"咏怀"。正如传统的画法不重形似，不以透视比例见长，书法不以笔画平顺见长，诗歌不以穷形尽相见长，重的是传神和意会。《红楼》这样的逸品，当然不会以日记体见长。烟云模糊处，且就模糊着罢了。

书中关于时间的交代，信息海量，且交错迷乱，互相矛盾，排时间表的人，往往都是拣我所用，做拼图游戏，尝试在这个莫大的迷宫中，寻出一条能暂时走通的小路。想当初曹公下笔，写至浓情快意之时，往往环环相扣密不透风，别的地方就未免留下时间缺口。比如黛玉进府的第二天，定省时就在王夫人处听见薛蟠官司的消息，笔墨何等现成，何等经济，所谓"过下无痕"，却没想到贾雨村至少还要几个月后才能到任去结案，所以只好把薛家进京路上花的时间延长再延长，足足走了一年多：打死冯渊没两天薛蟠就带领全家上路了，却直等冯渊家人告了一年，贾雨村结案向京城报了平安以后，才走进荣府大门。

想必曹公无意做账房先生写流水簿子，不屑或者无暇一一查对拼接。误入《红楼》深处的苦命人，只好一误再误，浪费无数脑细胞做那费力不讨好的拼图工作。也许竟是终身误。《红楼》十二呆，最呆莫过这掐着指头数日子，众里寻他千百度。

有时又猜想，缺口也许就在那个“次早”上，在那个“正值”上。哪里有那么巧的事情呢？黛玉进府的第二天，就听送宝钗的消息？也许是进府几年后的某个早晨。反正晨昏定省是每天都重复要做的功课，不定哪天，在同样定省的场景中听到了消息，为了“过下无痕”，就随手“次日”了。晨昏定省的固定场景，就好比《金锁记》中的那个镜子，充当了流年暗中偷换时不变的背景墙：

“风从窗子里进来，对面挂着的回文雕漆长镜被吹得摇摇晃晃，磕托磕托敲着墙。七巧双手按住了镜子。镜子里反映着的翠竹帘子和一副金绿山水屏条依旧在风中来回荡漾着，望久了，便有一种晕船的感觉。再定睛看时，翠竹帘子已经褪了色，金绿山水换了一张她丈夫的遗像，镜子里的人也老了十年。”可惜，《红楼梦》时代，小说还没有这种现代写法。

当然，这些也都是猜测，猜测而已。

应天府的人命官司

最近才意识到，贾府把贾雨村安排到应天府去做府尹，是件多么煞费苦心的事儿。差点被正文里“轻轻”两个字骗过。书里说：“题奏之日，轻轻谋了一个复职候缺，不上两个月，金陵应天府缺出，便谋补了此缺。”以前一直以为，“轻轻”两个字，写的是贾府巨无霸的体量，虽然赫赫百年已近末世，但势焰犹存，天下事仍在股掌之中。现在才知，两个“谋”字，才是关键。四大家族的原籍根基，都在金陵一带，只有交给自己人看管关照，才能放心片刻呀。薛蟠一案的处理，就是明证。万一此任应天府尹，是个不肯买账的愣头青，或者不在同条战壕内，这个案子很容易就成为“一损俱损”的导火索。如今雨村在，就一床锦被全都遮盖过去。

这个案子事实清楚：“两家争买一婢，各不相让，以至殴伤人命。”按照乾隆初年确立的《大清律例》，第二九〇条规定：“若同谋共殴人因而致死者，以致命伤为重，下手（致命伤重）者绞（监候），原谋者（不问共殴与否）杖一百流三千里，余人（不曾下手致命又非原谋）各杖一百（各兼人数多寡及伤之轻重言）。”薛蟠虽未必亲自动手，但算原谋者，主犯，所以依法至少应该判“杖一百，流三千里”，乃至偿命。但就拖了一年。门子说得明白：“并无难断之处，皆因都碍着情分面上，所以如此。”雨村最后的判决，也依然是“徇情枉法”，让薛蟠继续逍遥法外。虽然书里没写最后的法律文书具体如何措辞处置，但可以想见，应该大半接纳了门子的谋划。比如主犯薛蟠报了“暴病身亡”，不再追究等等。所以，我们在书里看到的那个四处活蹦乱跳、风生水起的“呆霸王”，实际上在法律层面早已经宣告死亡。但似乎从来没人在乎。

比较可悲的是死鬼冯渊了。书中说他“乃是本地一个小乡绅之子……自幼父母早亡，又无兄弟，只他一个人守着些薄产过日子”，可见勉强能够跻身中产。但在司法者的现实衡量中，“那冯家也无甚要紧的人，不过为的是钱，见有了这个银子，想来也就无话了”。“详加审问，果见冯家人口稀疏，不过赖此欲多得些烧埋之费”。果然“冯家得了许多烧埋银子，也就无甚话说了”。——世界安静了。唯一值得庆幸的是，冯渊年轻，是十八九岁，而非二十八九岁。尚未成亲，只是单身，上无父母，下无婴儿——死就死了，不会留给家属“幼年丧父、中年丧偶、老年丧子”的人间惨痛。

这回的文眼，自然是“护官符”。但如果真信了书里说的，这符是门子提供，贾雨村说“我竟不知”，才是上当。贾雨村从哪里来，他有什么不知道的，只不过在门子面前装傻罢了。两人完全不是一个重量级。与门子过招的寥寥几个回合，是写他“奸雄”里的“奸”。——后来把门子充发远方，脂批有句评语：“又伏下千里伏线。起用葫芦字样，收用葫芦字样，盖云一部书皆系葫芦提之意也，此亦系寓意处。”甄士隐解“好了歌”，有一句“因嫌纱帽小，致使锁枷杠”，脂批“贾赦、雨村一干人”。可见贾雨村后来也是远远充发了的，说不定还遇上了这个葫芦庙的门子。

再回看薛蟠这个案子，假如不是雨村包庇，而是“接二连三，牵五挂四”地追究起来，四大家族因此倾塌，覆巢之下，宝玉与十二钗等无辜受牵连，算不算“徇情枉法，胡乱判断”？冤也葫芦提，不冤也是葫芦提。所以，哪有绝对的公正，哪有真相的透明。有的只是能不能洞明的世事，和肯不肯练达的人情。

为谁合眼想平生

《红楼》“大旨言情”，除了风月之情、儿女之情，也有不少亲情、温情片段。以前不觉得怎么好，现在上了点子年纪，读来每每心有所动。有时候甚至觉得，这些文字，比宝黛钗之间那点子鸡毛蒜皮，更加令人唏嘘。比如王夫人和薛姨妈姐妹，比如贾政，都是人到中年。书中着笔都不多，很少有大段铺叙或者心理描写，但偶一涉笔，便足动容。比如薛姨妈进贾府，王夫人初相见，书中写道：“姊妹们暮年相会，自不必说悲喜交集，泣笑叙阔一番。忙又引了拜见贾母，将人情土物各种酬献了。合家俱厮见过，忙又治席接风。”“悲喜交集，泣笑叙阔”八个字，藏了多少心情。周瑞家的来梨香院找王夫人，“轻轻掀帘进去，只见王夫人和薛姨妈长篇大套的说些家务人情等语”。“长篇大套”四个字，又藏了多少故事。

比如贾政，一向是君子严父面目，平日里对宝玉不假辞色，“大承笞挞”一回，更是强化了他的暴怒神情。但“大观园试才题对额”一回，一个小动作，流露了真实内心：“命贾珍在前引导，自己扶了宝玉，逶迤进入山口。”一个“扶”字，是他下意识里的亲密和倚重。再，吩咐宝玉入住大观园之时，“贾政一举目，见宝玉站在跟前，神彩飘逸，秀色夺人……忽又想起贾珠来，再看看王夫人只有这一个亲生的儿子，素爱如珍，自己的胡须将已苍白：因这几件上，把素日嫌恶处分宝玉之心不觉减了八九”。这是反面敷粉。明说的是嫌恶，暗表的是亲情，左手和右手的亲情。另，还是薛姨妈进贾府时候，大家正忙着叙旧，贾政便使人上来对王夫人说：“姨太太已有了春秋，外甥年轻不知世路，在外住着恐有人生事。咱们东北角上梨香院一所十来间房，白空闲着，打扫了，请姨太太和姐儿哥儿住了甚好。”甲戌眉批：“用政老一段，不但王夫人得体，且薛母亦免靠亲之嫌。”体恤发妻，周旋亲戚，知道如何让太太得体，政老本是佳人。对比后来贾琏，对着王熙凤痛数王家不是，自然两种光景。

王安石有一首《示长安君》：“少年离别意非轻，老去相逢亦怆情。草草杯盘供笑语，昏昏灯火话平生。自怜湖海三年隔，又作尘沙万里行。欲问后期何日是，寄书应见雁南征。”作于嘉祐五年（1060），当时王安石将出使辽国，临行前写给妹妹王文淑，长安君是她的封号。文淑十四岁出嫁。儿时兄妹，中年相逢，其间况味，言语难尽，情景可和王夫人薛姨妈相见情景参看。贾府豪富多礼，凡有夜宴，总是灯火通明、杯盘鳞次，但其间人物的中年心境，大致应该相去不远。人类感情，无非那么几种，千古总是相通。看王安石后来所写《长安县太君王氏墓志》，可知王氏居家生活，此时有足悲者。长女智障，不能正常生活。“怆情”两字，并非虚设。薛姨妈丧偶，儿子不肖，种种难言，也都在“悲喜交集，泣笑叙阔”八个字里。

曾见今人有诗一句“为君合眼想平生”，莫名击中，不时默诵。后来知道化自沈尹默诗“今古悲欢终了了，为谁合眼想平生”，反觉沈诗悲凉有余，深情不若。大概是先入为主吧。王安石“草草杯盘供笑语，昏昏灯火话平生”一联，当时已流传开来，此后一直播于人口，入于人心。本是兄妹小聚，后来丰子恺先生的同名画作，却画成朋友相对。可见好句子一旦生成，落地能行，无所依附，游走人间。人人心中自有一幅图画，不必再问原作如何。

《燃藜图》与《莲舟仙渡图》

在扬之水先生的书里，看到一副元代盘盏：银盘椭圆形，纹样海浪；银盏是一叶莲舟，舟中端坐一老翁。出自湖南澧县澧南乡窖藏。非常眼熟，因为做《每日读诗日历》，插图用过一幅宋画《莲舟仙渡图》，构图与此完全相同：一瓣莲舟中，仙人手持书卷，身披树叶，悠然自得。当时却没有深究画意。如今看到扬之水先生说："澧南乡银酒船的造型便仿佛以宋人画作为图样。"图物相证，豁然开朗。

读书最喜这种感觉，各种原本各不相干的知识点，忽然连环触发，不可收拾，境界顿然一新。因为瞬间就想起了以前在公号里读过的韩愈《古意》："太华峰头玉井莲，开花十丈藕如船。"当时说："韩诗，雄奇健快，此又一例。不独'芭蕉叶大栀子肥'，连荷花都那么大气磅礴。"当时很多人都表示喜欢这句，倾倒。当然，韩愈一代文宗，当得起这份崇拜。可是要知道，上述宋画和元盏里的莲舟，用的就是这首唐诗里莲花的花瓣。

这话也不是我最先说的。宋代韩驹《题王内翰家李伯时画太一姑射图二首》其一，咏的就是这个题材："太一真人莲叶舟，脱巾露发寒飕飗。轻风为帆浪为楫，卧看玉宇浮中流。……不是峰头十丈花，世间那得莲如许。"如果不是华山之巅能开花十丈的玉井莲，世上哪有这么大的莲花瓣呢？这株莲花可是大有来头。《华山记》载："山顶有池，生千叶莲花，服之羽化，因曰华山。"不仅吃了可以成仙，连华山的命名，可能都是来源于它。花瓣如此不凡，里面坐着的仙人，自然也非同小可，韩驹诗里说了，是"太一真人"，也就是"太乙真人"。《封神演义》里有位太乙真人，是哪吒的师父，帮助哪吒莲花化身（但在别的书里，如《三教源流搜神大全》《西游记》，莲花化身的任务是由世尊完成的）。这两位未必有关系，因为宋代还没有那么丰富的哪吒传说。但他另有一项事迹，却是千古流传，即著名的“太乙燃藜”。

晋王嘉《拾遗记》载：刘向于成帝之末，校书天禄阁，专精覃思。夜有老人着黄衣，拄青藜杖，登阁而进，见向暗中独坐诵书。老父乃吹杖端，烟然，因以见向，说开辟已前。向因受《洪范五行》之文，恐辞说繁广忘之，乃裂裳及绅，以记其言。——这就是《红楼梦》里，贾宝玉不愿意睡午觉的那间上房，墙上挂着的《燃藜图》的主要内容。

当时宝玉见了这幅画，人物固好，“也不看系何人所画，心中便有些不快”，一定要离开，去了挂有《海棠春睡图》的秦可卿房中。《海棠春睡图》，画的不是海棠，却是杨贵妃。然后才有了太虚幻境一游，才有了观册听曲，才有了历尽“饮馔声色之幻”，才有了“将来一悟”。——瞧这人生曲线。

其实人生悟道的路有千万条。酒、色、财、气、诗、词、歌、赋、琴、棋、书、画、饮、食、男、女，无一不可。宝玉却偏偏选了“色”这一条。由情入色，自色悟空。终究还是年轻，心性未定。他整日家杂学旁收，却未必知道，太乙真人除了“燃藜照读”，还有“莲舟仙渡”这一节。“恍然坐我水仙府，苍烟万顷波粼粼。”比青埂峰下茫茫大士、渺渺真人如何？而且太乙真人故事，不仅入酒具，还入茶局：“太一真人走上莲花航，维摩居士惊起狮子床。不交半谈共细啜，山河日月俱清凉。”（洪咨夔《作茶行》）都是快活神仙。宝玉不喜《燃藜图》，也许正如贾政所训：“终是不读书之过。”

所以还是要多读书。

神仙穿什么

中国古代有个故事，叫画鬼魅易、画犬马难。意思是犬马之类整天在人们眼皮底下晃来晃去，稍有一点不像，大家就都看出来了。鬼魅谁也没见过，画成什么就是什么，没人能挑。神仙也如此，大家都是听说过、没见过，只好全凭作者笔一支。不过大多时候还是有迹可循，作者再云山雾罩、天马行空，终究仍在三界内、五行中，超越不了自己的时代不是？

比如《红楼》里的渺渺真人、茫茫大士，出场时候，外形不过是普普通通一僧一道。和普通人类最大不同，是精神风貌层面的“骨格不凡，丰神迥别”——这话相当于没说。在荒无人烟的青埂峰下，形象如此；来到熙熙攘攘的红尘人间，还要故意更邋遢一些：“那僧则癞头跣脚，那道则跛足蓬头，疯疯癫癫，挥霍谈笑而至”，好像生怕人们认出来，跟他们讨仙药。破衲芒鞋、拖泥带水的外表遮不住的，自然是“目似明星蓄宝光”的精气神儿，这个自然也只是有缘人才能看到。不知为什么，中国有一支神仙队伍，专走这种邋遢路线，比如布袋和尚、铁拐李、济公等。大约是要考验凡人的眼力、耐心和善意。可惜世人通常往往都是不够。

女神一般好些，大都给人留下仙袂飘飘的出尘之感，比如警幻仙姑。春梅绽雪，秋菊被霜，松生空谷，霞映澄塘，龙游曲沼，月射寒江，一溜儿排比形容，直写得蹁跹袅娜。但我们知道，《红楼》服饰大都虚写，只这几句，我们还想象不出警幻的具体样子。只好在那段“有赋为证”的大段铺排里，一个字一个字去找。

最关键的几句是：“仙袂乍飘兮，闻麝兰之馥郁；荷衣欲动兮，听环佩之铿锵。靥笑春桃兮，云堆翠髻；唇绽樱颗兮，榴齿含香。纤腰之楚楚兮，回风舞雪；珠翠之辉辉兮，满额鹅黄。”如果这是一则寻人启事，我们大致可以初步提炼出以下有效信息：衣袖宽大，可以飘起来，有熏香；穿着荷叶裁成的衣服，腰有环佩；发髻乌黑，脸色红润；樱桃小口，牙好；人比较瘦，行动轻盈；满头珠翠，额头像汉晋妇女一样，涂有鹅黄。——其中比较值得一提的是“荷衣”，这个来历很早了，从屈原开始就“制芰荷以为衣兮，集芙蓉以为裳”，“荷衣兮蕙带”。仅从衣料的角度皮相而论，警幻穿得和屈原差不多。后面还提到“莲步”，也许有人会以为这是小脚，但不一定，很可能就是泛泛的美称。

这就是书里“应惭西子，实愧王嫱”的警幻，《红楼》作者设想的警幻。但我们从如今的电影、电视剧、戏剧、画册各种图像资料里，看到的警幻几乎都不是这个样子，因为不符合我们对于神仙姐姐的想象。我们想象中的仙女，早已被我们所处的时代和时代塑造的审美趣味固化了。最有代表性的，就是前些年常见的任率英年画中奔月嫦娥的样子。当然这些年又有变化。

不独《红楼》。《西游》里的服饰，如今也被诠释得五花八门。前两天偶然翻到“四圣试禅心”，黎山老母变化成贾夫人，“穿一件织金官绿纻丝袄，上罩着浅红比甲；系一条结彩鹅黄锦绣裙，下映着高底花鞋”，正是明代流行服饰。头上还戴着《金瓶梅》里经常提到的“鬏髻”。但我们现在的动画片、电视剧、小人书中，看不到这种样子的黎山老母，因为很多人已经不太认识原来书中写的是什么了。

飕飕凉意知何许

信手乱翻，看到这样两首诗："木阴深静鸟声和，溽暑全消爽气多。太液池头夜来雨，微风新绿水增波。""百尺含风清暑殿，千寻积翠广寒宫。飕飕凉意知何许，尽在鸣蝉万木中。"写得不错，当得起"秀丽清警"的评语。诗题《诏赐金海乘凉》，作者明代严嵩。他和《红楼》，最经常被人提及的关系，就是"冰山"一词。凤姐判词的图画，"后面便是一片冰山，上面有一只雌凤"，寓意显然。而严嵩身后，一部抄家清单《天水冰山录》广为人知，甚至比他的诗文，他的书法，他二十年的相业，都走得更远。

当然，这个名词也不自他始。早在《开元天宝遗事》中，就有记载："杨国忠权倾天下，四方之士，争诣其门。……人有劝（张）彖，令修谒国忠，可图显荣，彖曰：'尔辈以谓杨公之势，倚靠如太山，以吾所见，乃冰山也。或皎日大明之际，则此山当误人尔。'后果如其言。"一般认为，这就是严嵩、贾府"冰山"一语的来历。

严嵩的这组诗，写于嘉靖二十一年（壬寅1542），当时他颇受皇帝宠信，八月"拜武英殿大学士，入直文渊阁，仍掌礼部事"，从此"窃政二十年"，权倾天下，赫赫扬扬，炙手可热，如日中天。诗前有长序，信息量巨大，非常值得一看，抄录如下："嘉靖辛丑六月二十六日，勋辅四臣同嵩供事西苑，直宿无逸殿。时溽暑蒸燠，上命中官导五臣，每以巳末申前，于金海边乘凉。是日，出迎和门，登舟，泊水云榭，观临漪亭，入椒园，至崇智殿。画栋雕甍，金碧辉焕，苍松翠柏，盘郁垂荫，不复知有暑气。明日，由趯台坡，陟昭和殿，又经乐成殿，观稼亭。又明日，往观于太素、清馥二殿，历宝月、会景、秋辉、涵碧诸亭。每至一所，择茂荫，授几而休焉。时荷花盛开，云锦极目，澄漪倒影，恍然如在蓬莱仙境也。伏自思念离宫秘苑，非凡迹所至，荷蒙皇上宠恩之厚，今春二月，既赐游小山，兹复赐游金海，连日泛流经壑，以遍历内苑之胜。遭逢之盛，在古鲜俪。诚何幸而得此也！忻感之余，恭赋近体诗十章，以志其盛。而境物繁巨，应接不暇，愧纪不能悉云。”

序中一片热肠，可与《天水冰山录》对看。凉意森然。不过二十年时间，时间的力量是最伟大的，足以把一切繁华，变成虚无。《红楼》也是如此。每一个繁华的瞬间，每一个言笑晏晏的截面，放到时间的轴线上，都是黯然。有限的时间内都已经如此，更不必说什么无限。

金海，就是诗中的太液池，如今北京的北海、中海、南海。明清两代，都是禁苑。序中历历提到的许多亭榭殿台，都已经更名或者毁坏。只有荷花不改，依然盛开。“云锦极目，澄漪倒影，恍然如在蓬莱仙境也”。有次在北海遛弯儿，听一名游客说：“这里没什么可看的，就一片水，快走吧。”不禁叹口气。对于不知情的人来说，一切都相当于不存在。但知道，又能如何？

史载严嵩之子世藩亦有奇才，“帝所下手诏，语多不可晓，惟世蕃一览了然，答语无不中。及嵩妻欧阳氏死，世蕃……日纵淫乐于家。嵩受诏多不能答，遣使持问世蕃。值其方耽女乐，不以时答。中使相继促嵩，嵩不得已自为之，往往失旨……以此积失帝欢”。从此埋下败家的种子。这段史料，虽然难免传闻之词，仍看得人目瞪口呆。这么聪明的人，阅历如此丰富，内心一定有过大波澜。如果写下来，不怕不比《红楼》更好看。可惜没有。

“红楼梦”从哪里来？

《红楼》和《西厢》的关系，已经毋庸多说。书中随处可见《西厢》影子。故事来自元稹《会真记》，张生、莺莺，都曾是真实经历。这段少年情事，元稹显然念念不忘，除了《会真记》，其他诗文里，也是改头换面、一说再说。其中最重要的是《梦游春七十韵》，寄给白居易的。序中说：“斯言也，不可使不知吾者知，知吾者亦不可使不知。乐天知吾也，吾不敢不使吾子知。”——可见倾诉欲之强烈。白居易果然不负男闺蜜之名，不仅细细读了，还一口气和了一百韵，篇幅差不多是对方两倍——元诗已经够长。除了再次铺叙对方的旖旎情事，还进一步提高发挥，上升到人生哲理的高度。真是好搭档。

和《会真记》写实风格不同的是，元白不约而同，都把这段经历打扮成了一场梦。元诗说：“昔岁梦游春，梦游何所遇。梦入深洞中，果遂平生趣。”到了一处风景优美的地方，见到一位美女，如此这般以后，“梦魂良易惊，灵境难久寓。夜夜望天河，无由重沿溯”。梦醒时分，前缘难续，从此情比金坚，“觉来八九年，不向花回顾”，真是感人肺腑。——至于两年后高高兴兴另娶高门，这是后话了。

白诗自然更加铺张淋漓：“昔君梦游春，梦游仙山曲。恍若有所遇，似惬平生欲。因寻菖蒲水，渐入桃花谷。到一红楼家，爱之看不足。”“遥见窗下人，娉婷十五六。霞光抱明月，莲艳开初旭。缥缈云雨仙，氛氲兰麝馥。”“眉敛远山青，鬟低片云绿。帐牵翡翠带，被解鸳鸯襆。秀色似堪餐，秾华如可掬。”“心惊睡易觉，梦断魂难续。……京洛八九春，未曾花里宿。”不过这些都不重要了，重要的是，我看到了“红楼”两个字。而且是和“梦”连在一起。一场关于红楼的梦，第一次出现在有具体情节的文字中。元诗里也有“红楼”字样：“红楼嗟坏壁，金谷迷荒戍。”讲妻子去世后，自己中年人生的荒败。白诗的“红楼”自然是承他而来，不过更明确地系在了少年情事。

当然，如果只是字句的牵拘，我们没有道理说这个“红楼”之“梦”和我们的《红楼》有什么关系。因为单以字面论，世间红楼无数，女子无数，春梦无数。但是元白的诗和序，显然提供了更多的信息。元诗详尽叙述了自己少年情事如梦消逝，如意姻缘中途崩折，随后宦途坎坷——种种经历之后，心有所悟。白诗则以佛法相宽：“欲除忧恼病，当取禅经读。……请思游春梦，此梦何闪倏。艳色即空花，浮生乃焦谷。良姻在嘉偶，顷刻为单独。入仕欲荣身，须臾成黜辱。”并在序中说：“叙婚仕之际所以至感者，欲使曲尽其妄，周知其非，然后返乎真，归乎实。”——遍历情缘，由色悟空；繁华转瞬，万事无凭。简直就是一部《红楼》小样。

情、婚、宦，差不多是每个男人成长的必经之路，因此，元稹和宝玉的经历，也就有了普遍性。当然有不同的地方，如宝玉根本就对仕途不感兴趣，但有情人不能成眷属，心理挫折是一样的。对于婚事，元稹另娶高门毫无压力，宝玉其实也做好了心理准备。“茜纱窗真情揆痴理”就是。藕官说：“比如男子丧了妻，或有必当续弦者，也必要续弦为是。便只是不把死的丢过不提，便是情深意重了。若一味因死的不续，孤守一世，妨了大节，也不是理，死者反不安了。”宝玉深表赞同，就是将来另娶宝钗的理论基础。所以续书里的调包计，真是笨死了，完全没必要。宝玉那样的聪明人，情悟梨香院，真情揆痴理，一步步走出魔障。最后悬崖撒手，也并非单单因为娶了宝钗，而是看破整个人生。元稹另娶，陈寅恪先生辨之甚详，从当时道德与人性并无冲突的角度解读。《红楼》，则用“情”字破解。

白序总结元诗，说：“三复其旨，大抵悔既往而悟将来也。”《红楼》也正是这样一部悔悟之书，开篇已经说得很明白：“实愧则有余，悔又无益之大无可如何之日也！”正是这种精神上的相通，我想，十二支具有预警意味的曲子，被命名为《红楼梦》，就不是偶然的，不是凌空而来、毫无依傍。

点题的第五回，宝玉做梦，到了一个缥缈的地方，遇到一些美丽的女子，有过一些奇幻的经历。和元白《梦游春》，格局完全一样，实际是古代“遇仙”题材的延续：从刘阮上天台，到《游仙窟》，到元白的“红楼梦”，再到宝玉，一脉相承。只不过故事内核，已经从艳遇，变成用情和人生预警。白诗里还有一句，看起来让人心惊胆落：“贪为苦聚落，爱是悲林麓。”我私下以为，这简直大概就是林妹妹姓氏的来源了。当然，这种纯粹的个人阅读体验，只宜自己保留，不打算也没资格成为公论。

《石头记》一书，最终以“红楼梦”之名风行天下，并非偶然。这三个字，单看字面，已是色空俱全，况味无限，迥非“石头记”的古拙可比。本来都是古籍中常见字样，前人拈出甚多，除了上面说的元白，还有李商隐诗、纳兰词等。但“红楼梦”第一次把这三个字牢牢焊在一起，以专有名词身份，行走人间。所以我猜，在《红楼》早期稿本的作者群里，大概总有一人，对元白的这两首诗独有心得，念念不忘，所以拈出诗中三字，作为曲子名，回目名，书名。也许就是楔子里的“吴玉峰”？第五回的回目，各个版本异文很多，可见一直处于修改状态，没有拟定。

多么高大茂密的树，都是从传统文化的土壤里长出来的。作者孜孜写作时，不断向前人借用羽毛，却不知经过披阅十载、增删五次，自己早已如凤凰涅槃，振翅一飞，华彩满天。

读书从四十岁开始

贾宝玉梦游太虚境一回，先看册子。伸手将“又副册”橱打开，拿出晴雯和袭人的来，可惜看了不解。遂掷下这个，又去开“副册”橱门，看了仍不解。便又掷了，再去取“正册”，看了黛玉宝钗的还是不解。但又不敢问，知道仙姑天机必然不肯泄露。只好随便接着往下看。还是警幻止住了他，说“何必在此打这闷葫芦”，然后带他去听曲。

听曲的时候，情形也差不多，虽然警幻给了他歌词原稿，让他照着看，但宝玉听了，感觉“散漫无稽，不见得好处”。“但其声韵凄惋，竟能销魂醉魄。因此也不察其原委，问其来历，就暂以此释闷而已。”最后差点睡着。

旁观者自然都是清的，知道这是宝玉生前身后事，知道警幻是要让他熟玩自家上中下三等女子之终身册籍，再历饮馔声色之幻，从而觉悟。但是当局者迷。——这也没办法，谁会知道自己没经历过的事呢？至于宝玉最后经历种种、终于开悟的情形，因为书残，后面的情节没有了，所以我们没法知道。

但我觉得，整个情形，大约应该和一个人读书的经历相仿佛。宝玉初游太虚境，就像一个人年轻时读书。年轻时候，自然是读书的好时光，手边的东西也多，随见随读，随读随记，随记随忘，不知道究竟哪本会和自己相关最深，甚至不知道书里说的到底是什么，但都无妨。不妨就一直那么读下去。直到有一天，有了一些经历，回头再看，才如梦方醒。所以孔子会说：温故而知新。常常温故，终于有知新的那一天；能知新，才是真读书了。所以，我总觉得，一个人真正的读书，大概要从四十岁开始。因为我自己的感觉是这样的。四十岁以后再读书，势如破竹。“苏老泉，二十七，始发愤，读书籍”，还是太早。

比如，最近一直在读杜甫、苏轼。以前一直喜欢的是李白、李煜、李清照等等，要么大开大阖，谈笑挥霍；要么字句清丽，婉曲销魂。总觉得喜怒哀乐寸寸契合，当然现在看来，其实也未必。最近明显转向，喜看杜甫、苏轼，尤其喜看这两位四十岁以后的诗文。大约是自己年龄也到了的缘故，他们说什么，好像忽然都听明白了。不用那么多的感情倾泻，淡淡一句，就都明白了。比如苏轼的“诗酒趁年华”。这是上中学就开始引用的句子啊，青春当年不可一世。一直以为是和“春风得意马蹄疾”一样的，今朝放荡思无涯。如今重读，才知道，“半壕春水一城花”，推杯换盏、觥筹交错之际，有泪在飞。

“诗酒趁年华”和“半壕春水一城花”都出自《望江南·超然台作》，1076年作于密州太守任上，苏轼当时四十岁。超然台是苏轼修葺、苏辙命名的。暮春天气，登台远眺，忽起乡思。当此之时，两兄弟的父母姐姐都已去世，王弗也去世十年，均归葬眉州。骨肉零落，远望故山，却说“休对故人思故国，且将新火试新茶”。一个“休”字，一个“且”字，多少况味。哪是我当年所理解的五陵年少、裘马轻狂？以前的书，看来真是白读了。所以，若论读书，我认为四十岁才算真正的开始。当然，在这个天才遍地、早慧者层出不穷的时代，我说的是那种为数不多的普通人，比如我。

所以，《红楼》书残，残就残了吧，后面的情节并没有那么重要，自有其他诗书或者经历，能够补足。不关文字。就像宝玉看到的册子，不懂的时候，看了也白看；懂了的时候，看都不用看。

修辞立其诚

关于绘画，历史上有几个著名的小故事，比如沈括《梦溪笔谈》记载的，欧阳修家的古画，被鉴定为正午牡丹，理由是“其花披哆而色燥,此日中时花也；猫眼黑睛如线,此正午猫眼也。”邓椿《画继》记载的，宋徽宗召人画孔雀，不满意，几天后提示说“孔雀升高，必先举左”，抬右脚是错的。又喜欢一幅月季，理由是“月季……四时、朝暮，花、蕊、叶皆不同。此作春时日中者，无毫发差。”《画继》还高度赞扬了另一幅画：“尝见一轴，甚可爱玩。画一殿廊，金碧熀耀，朱门半开，一宫女露半身于户外，以箕贮果皮作弃掷状。如鸭脚、荔枝、胡桃、榧、栗、榛、芡之属，一一可辨，各不相因。笔墨精微，有如此者！”

简言之，就是对细节准确的追求，令人发指。这种苛求，成就了院画，也招来了窃笑。要知道，形似和法度，历来都是通才达人不以为然的东西。和雪里芭蕉、枯木怪石那样的文人画相比，工笔细摹的花鸟楼台，总是低着一截，莫名气短。当你啰啰嗦嗦、亦步亦趋去核对每一处细节时，那谨小慎微、拘泥刻板的态度，马上就成了笑话。名画与笑话，不过一步之隔，就是无数评论里，各种赞美之后的那一个“但是”。但是，就好像田忌赛马，那些细节精准的院画，哪怕只能称之为“中驷”，也当远远胜过胡抹乱涂、眼高手低的人间“下驷”。

《红楼》，也是以细节精准出名的。比如林黛玉初进贾府，到了王夫人房间，“因见挨炕一溜三张椅子上，也搭着半旧的弹墨椅袱，黛玉便向椅上坐了”。在“半旧的”一句旁，甲戌侧批：“三字有神。此处则一色旧的，可知前正室中亦非家常之用度也。可笑近之小说中，不论何处，则曰商彝周鼎、绣幕珠帘、孔雀屏、芙蓉褥等样字眼。”再比如，刘姥姥初进凤姐房间，“只听见咯当咯当的响声，大有似乎打箩柜筛面的一般，不免东瞧西望的。忽见堂屋中柱子上挂着一个匣子，底下又坠着一个秤砣般一物，却不住的乱幌。……正呆时，只听得当的一声，又若金钟铜磬一般，不防倒唬的一展眼。接着又是一连八九下”。表面写刘姥姥镜花水月、耳目应接不暇的奇幻之旅，实际上也是点出快到午餐时间。甲戌此处夹批：“细！是巳时。”

此外，还有晴雯使用过的西洋鼻烟：金镶双扣金星玻璃的一个扁盒，揭翻盒扇，里面有西洋珐琅的黄发赤身女子，两肋又有肉翅；引来茯苓霜的玫瑰清露上，有螺丝银盖，鹅黄笺子；黛玉自斟的乌银梅花壶，小小海棠冻石蕉叶杯……所有的细节，不单是写物，更是写人，写事。

细节历历，大处却都烟云模糊了。朝代年纪、地舆邦国，一概失落无考。不知汉唐，无论魏晋，了不知南北。当然都是故意，所谓“假作真时真亦假，无为有处有还无”。正好比写宝玉去可卿房里睡觉，前面先写武则天当日镜室中设的宝镜，寿昌公主于含章殿下卧的榻，同昌公主制的联珠帐，西子浣过的纱衾，红娘抱过的鸳枕——满嘴跑火车，后面忽然来一句“秦氏便分咐小丫鬟们，好生在廊檐下看着猫儿狗儿打架”。就这一句，足以让人从云山雾海里，突然清晰扣住片段现实。

正因你一饮一啄，笔下描摹精细，我才肯信了你，太虚幻境种种荒诞无稽；正因你一颦一笑，文字细如牛毛，我才肯信了你，青埂峰下悲金悼玉的鸿荒寂寥。细节精准，给人的就是这种阅读的信心。修辞立其诚，你若不诚，我即无视。

万事开头难

有人收集过几十种名著的开场白，一一罗列，比如“幸福的家庭都是相似的，不幸的家庭各有各的不幸”（《安娜·卡列尼娜》），“他是个独自在湾流中一条小船上钓鱼的老人，至今已去了八十四天，一条鱼也没逮住”（《老人与海》），“他们走着，不停地走，一面唱着《永志不忘》，歌声休止的时候，人们的脚步、马蹄和微风仿佛接替着唱起这支哀悼的歌”（《日瓦戈医生》），“很多年以后，奥雷里亚诺上校站在行刑队面前，准会想起父亲带他去参观冰块的那个遥远的下午”（《百年孤独》）——果然惊艳。

《红楼梦》的开场白是什么？还真不好说。大部分抄本和后来的排印本里，回目下第一句都是“此开卷第一回也。作者自云……”但甲戌本，这句话并非正文，只是“凡例”的一部分。这话之前，还有别的句子，第一句“红楼梦旨义：是书题名极多，红楼梦是总其全部之名也”。严格说，“凡例”算不上正文，自然也算不上开场白。它们只是《红楼》的外围文字，包装故事的第一层壳：我要写“当日所有之女子”了。回目之下第一句则是：“列位看官，你道此书从何而来？说起根由虽近荒唐，细按则深有趣味。”然后开始讲女娲炼石补天、石头下凡历劫的故事。

这个故事是《红楼》又一层外壳。脂批称为“楔子”，也非正文。楔子是中国传统小说常见结构，是引子，说整个故事原本是刻在石头上的。石头上写的什么呢？“出则既明，且看石上是何故事。按那石上书云：当日地陷东南，这东南一隅有处曰姑苏，有城曰阊门者，最是红尘中一二等富贵风流之地。”“当日地陷东南”，貌似这个才是《石头记》货真价实的开场白。是不是高古雄浑，高端大气，一点也不输给上面所举国外名著之种种。

其实按照脂批的观点，从全书人物情节和结构考虑，第一回的甄士隐、贾雨村故事，也不算“正文”，而是“闲文”。第二回也如此，回前总批说：“此回亦非正文本旨，只在冷子兴一人，即所谓冷中出热，无中生有也。”结尾又说：“不得谓此处收得索然，盖原非正文也。”第三回收拾完贾雨村文字，写到“且说黛玉自那日弃舟登岸时，便有荣国府打发了轿子……”脂批说：“这方是正文起头处。此后笔墨，与前两回不同。”主人公登场，大戏才算真正开幕。但第三、四、五回，林妹妹进贾府，宝姐姐进贾府，宝哥哥梦游太虚境，仍都只是各自独立的小故事，时间逻辑互不干涉，主要功能是把散落各地的主人公集结一处，把众人未来命运稍作透露。行文叙事，仍然是铺垫，预热。

直到第六回，刘姥姥一进荣国府，情形才为之一变。巧的是，刘姥姥登场之前，作者居然也有一大段类似开场白的话：“按荣府中一宅人合算起来，人口虽不多，从上至下也有三四百丁，虽事不多，一天也有一二十件，竟如乱麻一般，并无个头绪可作纲领……”脂批说，这里是“另起本回正文”，仔细看去，岂止本回正文，自从刘姥姥来，此后情节牵三挂四、连绵不绝，日复一日、环环相扣，一气直贯第三十六回“情悟梨香院”，中间几乎没有停顿。下一回“偶结海棠社”，文气上差不多已是另起炉灶了。所以，如果说这一段文字，是全书前半部的开场白，应不为过。

《红楼》结构繁复、雕绘满眼。仅一个开篇，就层层铺垫、步步推进，不肯苟简。这正是作者十年辛苦、愈出愈奇的大成就。这样的开头，就好比伊索寓言里的大山分娩：一座山里发出了隆隆巨响，人群从四面八方聚集起来，观看大山会生出什么后代。大家企盼了许久，并且做了许多聪明的推测。当然，如果说如此隆重盛大的开场白，最后跳出来的，仍是一只小耗子，也未尝不可。这只极小极弱的小耗子，摇身一变，就变成了最标致美貌的一位小姐——盐课林老爷家的。

焦大

焦大在《红楼》中，露面仅一次，但让所有人都记住了他。原因只有一个：骂。骂得那叫一个痛快，针针见血、酣畅淋漓。全书中，再没有谁，把礼义廉耻的盖子，掀得这么彻底。旁边的人，虽然也动手把他捆起来，扔到马棚里，塞一嘴马粪，心里却未必不跟着痛快。当然那些指名被骂的，不会舒服。凤姐、贾蓉等人，就都假装没听见，还要把他远远打发到庄子上去。估计后来也这么做了，因为前八十回里，再也没听到过他的声音。世界清静了。

焦大是什么人？书里借尤氏之口说得清楚："你难道不知这焦大的？连老爷都不理他的，你珍大哥哥也不理他。只因他从小儿跟着太爷们出过三四回兵，从死人堆里把太爷背了出来，得了命；自己挨着饿，却偷了东西来给主子吃；两日没得水，得了半碗水给主子喝，他自己喝马溺。不过仗着这些功劳情分，有祖宗时都另眼相待，如今谁肯难为他去。"在宁府，这是一位老资格，老到几乎忘了自己的身份。

焦大骂大总管赖二的话里，有一句是："没良心的王八羔子！瞎充管家！你也不想想，焦大太爷跷跷脚，比你的头还高呢。"张爱玲以为，"跷脚"云云，是一句詈语。虽含糊雅驯，也似带秽亵。不管如何，这姿势相对他人，显然是高高站立的。不仅奴才总管，连主子也看不上。贾敬、贾珍都不怕，更没把贾蓉放在眼里："蓉哥儿，你别在焦大跟前使主子性儿。别说你这样儿的，就是你爹、你爷爷，也不敢和焦大挺腰子！不是焦大一个人，你们就做官儿享荣华受富贵？你祖宗九死一生挣下这家业，到如今了，不报我的恩，反和我充起主子来了。不和我说别的还可，若再说别的，咱们红刀子进去白刀子出来！"——骂到这里，就有点出戏了。

再老的资历，也只是奴才队里，所以当他骂到贾珍头上：“我要往祠堂里哭太爷去。那里承望到如今生下这些畜牲来！每日家偷狗戏鸡，爬灰的爬灰，养小叔子的养小叔子，我什么不知道？”唬得众人魂飞魄散，把他捆起来，用土和马粪满满地填了一嘴。

焦大也是，那么大的功劳，都没想着跟赖尚荣一样，先把自己赎出去，再捐个前程，喜获自由，以致到老，还要听命他人，干深夜送人的苦差事。只能猜测，也许是他过分留恋这身份。“我要往祠堂里哭太爷去”，一句话就暴露了他的心灵家园、精神支柱。在早已虚无的“太爷”面前，他矮下了。我无端觉得，鲁迅说“贾府上的焦大，也不爱林妹妹的”，有点愤青式武断了。如果这林妹妹是太爷发给他的，他会感激涕零地接纳，并供起来。

历史上敢骂的，不止他一人。灌夫骂座也是，击鼓骂曹也是，常山骂贼也是。每个敢骂的，背后都有强大的道德优势，并希望强加于人。世易时移，当然不可能。焦大与贾蓉、凤姐们，像崩裂为两块的冰山，终于渐行渐远。只能眼睁睁看着他们宴宾客，起高楼，以及大厦将倾。

黛玉与玫瑰

小时候读书，有英雄崇拜情结，心仪所有主人公。黛玉自然也一样，看着她说的话，句句在理，她行的事，件件合情。所有反对她的，都是无理取闹风刀霜剑。现在中年，再看黛玉的表现，尤其探宝钗半含酸一回，真是让人筋疼。

宝玉就是串个门子，大雪天的，黛玉进门就说风凉话，酸不溜丢的，嗳哟，我来得不巧了！还巧言辩护，不放过一切机会，呲打宝玉，敲打宝钗，嗔小丫头，踩咕李嬷嬷，连薛姨妈也不放过，说“必定姨妈这里是外人……”，逼薛姨妈亲自表态。还含羞带笑——累不累啊。终于，临走的时候，小心翼翼亲手帮宝玉戴上斗笠，在众人面前表演了一次亲密无间，这才满意地撤了。

拥钗派当然要打抱不平。凭什么啊？就这小性子。作者也千方百计想要解释两个玉儿的爱情：说木石前盟；说第一次见面就眼熟；说同随贾母一处坐卧，故熟惯，既熟惯，则亲密，既亲密，则有求全之毁、不虞之隙；说黛玉秉绝代姿容，具稀世俊美；说二人心情相对。——其实解释越多，说明作者越不自信，越不知道这“情”因何而起，自何而来。问世间情是何物——不必生死相许，单是相处之际的琐琐碎碎纠纠葛葛，谁又能说清？

贪看《小王子》，一篇写给成人的童话。小王子的忧伤让人印象深刻，一天看四十三次太阳下山。原因是和一朵花闹了别扭。一朵玫瑰花，一朵让人筋疼的玫瑰花：虚荣多疑，不很谦虚，撒谎，委屈，咳嗽，骄傲，挑剔，存心让他不安。恼火的小王子终于离开了自己的星球。

小王子流浪了很多星球，见到了很多事情。最后，一只狐狸让他明白了“驯养”的含义，明白了这朵玫瑰花的唯一。“因为我给她浇过水。因为我给她盖过罩子。因为我给她竖过屏风。因为我给她除过毛虫。因为我听过她的埋怨，她的吹嘘，有时甚至她的沉默。因为这是我的玫瑰花。”巧的是，神瑛侍者正好也给绛珠草浇过水。

小王子终于决定回去了，因为他要负责，他的玫瑰“只有四根小刺，保护自己，对付全世界”。这简直就是在说林妹妹：随时把自己全部的刺都亮出来，以为能够吓退整个世界。所以在薛家的饭桌上尖牙利齿而不自知。

黛玉，就是宝玉的那朵玫瑰。宝玉却把她比作芙蓉，风露清愁。《红楼》也用玫瑰花来比喻女子，但说的是探春，是尤三姐，因为国产的玫瑰，向来不是爱情花，而是欲望花：人人都想摘，只是怕扎手。用花比喻女子，本来是《红楼梦》的大结构，但其命意都是与命运有关，与驯养无关，与爱情无关。

我以为，中国古代关于爱情最好的句子是草而不是花：记得绿罗裙，处处怜芳草。这和狐狸说的那句话——“我不吃面包，麦子对我是没用的。但你有金黄色的头发……麦子，黄澄澄的，会使我想起你，我会喜欢风吹麦田的声音”——意思一样。

梦坡斋

第八回宝玉要去看宝钗，怕遇见老爷，绕了个远路，偏偏遇上老爷跟前的清客相公詹光、单聘仁。两位善解人意，特特告诉宝玉："老爷在梦坡斋小书房里歇中觉呢，不妨事的。"从这两位口中，我们知道，贾政的小书房，名字叫"梦坡斋"。甲戌批语解释说，是"梦遇坡仙之处也"。坡仙就是苏东坡了。我以前一直以为，这个书房名字只是因为"歇中觉"几个字，随事生文，别无深意，全书出现也仅此一次。不过最近看了苏辙的一首诗，转念想，也许作者真有点什么想法呢?

贾政和苏轼，在我们通常的印象里，是不太容易搭上界的。一个是急火攻心，一个是洒脱旷达。若说有奇缘，如何心事不一样哒?若说没奇缘，斋名偏又梦着他。一个人无风趣官多贵，一个案有琴书家必贫。一个威赫赫爵禄高登，一个竹杖芒鞋轻胜马。——嗯，就是这样南辕北辙。

苏辙的诗，题目是《次韵子瞻和渊明饮酒二十首》其三。当时苏轼谪居海南，终日无事，"细和渊明诗"，陶渊明有《饮酒》二十首，他也和了二十首。苏辙当时谪居雷州，兄弟俩隔海相望，离得倒是不远。不过条件艰苦些，如今的旅游胜地，当年都是蛮荒。收到苏轼和陶诗后，苏辙又和了二十首。第三首是："世人岂知我，兄弟得我情。少年喜文章，中年慕功名。自从落江湖，一意事养生。富贵非所求，宠辱未免惊。平生不解饮，欲醉何由成。"——一般人的印象里，苏轼总是旷达的、出世的，神仙一样的人品和生活。可看了这诗，再想想他的生平经历，还是苏辙的话说得准确："少年喜文章，中年慕功名。"一直也是名利场中人。心中的热切和期望，有时候一点也不比贾政少。翻了多少个跟头，黄州惠州儋州；多少次如鱼吞钩，试图解脱而不得；多少旷达，都是不得不故作，自我宽解。不然，没法活。今人喜欢意淫宋代政治的宽松，以为不杀就是大恩。经历过牢狱之灾的大苏，自然更知道什么是取祸避祸。东坡肉、东坡鱼、东坡肘子、东坡羹，都盖不住文字里的苦。

再看贾政，诗礼簪缨之族，钟鸣鼎食之后，起点不知比苏轼高多少，虽然天资不如，也算打个平手。虽然整部书中的行为，差不多都是在“求富贵”“惊宠辱”，但七十八回有一段心迹总结：“近日贾政年迈，名利大灰，然起初天性也是个诗酒放诞之人，因在子侄辈中，少不得规以正路。近见宝玉虽不读书，竟颇能解此，细评起来，也还不算十分玷辱了祖宗。就思及祖宗们，各各亦皆如此，虽有深精举业的，也不曾发迹过一个，看来此亦贾门之数。况母亲溺爱，遂也不强以举业逼他了。所以近日是这等待他。”——你看，差不多和苏轼一样，都是少年文章，中年功名，老来灰心。

《红楼》书只存八十回，贾家破败以后，我们知道，宝玉是悬崖撒手了，在宗教中找到一点点寄托。贾政如何，却不得而知。他才应该是那个大厦将倾、独木难支的人，抽不得身，撒不得手。纵然天资能力再有限，也只能硬撑，直到撑不住。当此之际，该如何安置心灵？也许乞灵于东坡，从东坡经历文章中寻得一点共鸣和慰藉？也许吧。

每个人的心路历程，到头来，大约都会殊途同归。

宝玉的老师是谁

一般人的印象里，宝玉大约真是不读书的。整天在内帏厮混，跟女孩子腻腻歪歪。怕上学，怕读书，怕写字，怕接交宾客，怕谈论仕途经济。偶尔开个诗社，写几句歪诗，还落在姊妹们后面。突击完成作业，也要姐姐妹妹们联手帮忙作弊。应付贾政检查、临时抱佛脚连夜温习功课，就闹个人仰马翻。典型的不成器。书中人人这样说，宝玉自己也这样说，仿佛不由人不信。其实，都是障眼法。

那些灵光一现、借贾政之口重重褒扬的著名桥段，比如试才题对额，闲征姽婳词，就先不说了。宝玉的灵性才气，也自不必怀疑。单说说宝玉的上学。六十六回曾借兴儿之口说："他长了这么大，独他没有上过正经学堂。我们家从祖宗直到二爷，谁不是寒窗十载，偏他不喜读书。"这话可以存疑的。我们知道，这种家庭，这么受器重的孩子，因为宠溺而完全放弃正规教育，是不可想象的。至少在和秦钟同学的那一段，书中明确写道，宝玉是上了家塾的。虽然在学堂做了什么大可商榷，至少别人该读的书，该开的蒙，该对的课，四书五经，八股举业，他一样也没落下。至于领悟深浅，和天分有关，实在是不好衡量，看他平时表现即知。秦钟去世后，到题对额的时候，他还在家塾里读书，因为贾政是听"塾师"背后夸赞宝玉"偏才尽有"。此后也没有完全停下来的迹象，除了几次生病不许出园。到六十三回宝玉生日，林之孝家的查夜，还笑着教导："如今天长夜短了，该早些睡，明儿起的方早。不然到了明日起迟了，人笑话说不是个读书上学的公子了，倒像那起挑脚汉了。"——说明还在上学。

除了去家塾，和秦钟讨论读书的时候，宝玉还提到了自己的"业师"："我因业师上年回家去了，也现荒废着呢。家父之意，亦欲暂送我去温习旧书，待明年业师上来，再各自在家里读。"可见是有专门的私人教师。宝玉所受的耳提面命当以此为主。看看黛玉的业师是贾雨村，进士出身，做过实任地方官，不难想象宝玉业师，该是何等人选。关于其人，书中却一字不提。

还有交游。路谒北静王时，北静王曾有一段话，颇可注意：“若令郎在家难以用功，不妨常到寒第。小王虽不才，却多蒙海上众名士凡至都者，未有不另垂青目，是以寒第高人颇聚。令郎常去谈会谈会，则学问可以日进矣。”此后宝玉果然常去。这是宝玉和北静王订交之始，后来过从甚密。虽然书中写到宝玉与北静王相关的地方，不是小妾就是优伶，但是那些肯定存在过的“海上众名士”和“高人”，那些令宝玉学问日进的熏陶浸染，我常常觉得，是被有意隐去了。

作者为什么不肯正面提及宝玉的学业进境和师友交游呢？也许因为不喜举业、不喜仕途经济，所以恨屋及乌，但我想，也许别有怀抱。比如，这是一部自悔之书。和别的写作者常见的自夸自恋不同，《红楼》充满了作者的自恨自毁。“背父兄教育之恩，负师友规谈之德，以至今日一事无成、半生潦倒。”在经历了大的理想幻灭和生活毁坏之后，作者重新审视人生与自我：既然读书无用，于家于国都无用，还读书做什么？既然胸怀大志无用，于世于事都无补，还胸怀大志做什么？无才可去补苍天，苍天已经不可补，没有机会去补，有才无才，又有什么区别呢？——有这一段大伤心，所以作者才真事隐去，甘愿放弃了自己的社会角色，仅仅混迹闺阁、寄情风月。甲戌本有评：“宝玉谒北静王辞对神色，方露出本来面目，迥非在闺阁中之形景。”就是把宝玉的社会性作为“本来面目”。但是大部分时间是藏起来了。

全书用补天起头，编造单剩了一块石头未用，不光是图故事好看。“补天”，向来都是形容非常大的政治抱负的专用语。“无才可去补苍天”，和“不才明主弃”的意思是一样的，只是更委婉：不待别人弃，已经先自弃了。出生在这种家庭，作为世家子弟，其与生俱来、耳濡目染的天赋责任感和使命感，不是平民能够理解的，但是被剥夺，彼此叛离，又不能明说，为了避祸，只好隐藏。

《西游记》里，祖师赶悟空下山，说：“你这去，定生不良。凭你怎么惹祸行凶，却不许说是我的徒弟。”悟空道：“绝不敢提起师父一字，只说是我自家会的便罢。”——绝不敢提起师父一字，《西游》是师父要求的，《红楼》却是作者自己不肯。

原因各别，辜负了师门，伤心都是一样的。

也须要阴骘积儿孙

《红楼》里，贾敬做过一件值得在中国古代出版史上记一笔的事情：自注《阴骘文》，请人好好写版，刻版，印刷一万份，免费赠阅。从作者到编辑，再到印制发行，一条龙服务。当然，他的利润期待不是银钱收入，而是在文昌星君那里挂上号的"阴骘"积累，"近报则在自己，远报则在儿孙"。

贾敬，贾门名义上第三代最高领导人。但是一心好道，百事不问，除了除夕新年祭祖大典，他是主祭，实在缺他不得外，其他如过生日、婚丧嫁娶一类，一概不回家，不出面。静室默处，一概无听无闻。自愿放弃了对整个家族的管理权，放弃了袭爵的荣誉，也放弃了大家长的责任。所以，宁国府长孙媳秦可卿的判词和曲子里，都直接指责宁国府乃至贾敬："漫言不肖皆荣出，造衅开端实在宁。""箕裘颓堕皆从敬，家事消亡首罪宁。"倒不必据此猜测贾敬和秦可卿有什么苟且首尾，只是放弃应尽的世俗社会责任这一条，白衣无功于国，已经足够严重了。虽然可能身不由己，但已经处在了掌舵人那样的位置上，放弃职守即是犯罪，无功即是有过。

当然贾敬本人未必承认这一指控，他一意孤行、一厢情愿地以自己的方式，兢兢业业尽心尽力。比如印刷发放《阴骘文》，想以文化软实力修身齐家。这是当年社会畅行文字，又称《文昌帝君阴骘文》，以文昌帝君口吻劝人劝世，和《关帝觉世真经》以及迎春读过的《太上感应篇》，同为道教三大劝善书。全文不过几百字，贾敬的注，估计字数也不太多，因为恰恰能够印成一"张"，一万张就是一万份。现在却少有人读了。我们不妨摘要看一下，并与贾府现实进行对照。

首先，贾敬印刷散发《阴骘文》，正是文内要求和提倡的："印造经文，创修寺院。”后一句贾府也做到了，大观园里就修了几处寺院，除妙玉带发修行外，还养了十二个小尼姑十二个小道士。效果如何，看看后来贾芹一段，虽然情节不全，也就不言可知了。另，“舍药材以拯疾苦”，贾母、王夫人尚有心去做，比如送刘姥姥各种小药，王熙凤待贾瑞，就差得远了，贾代儒本来想筹办“独参汤”，王夫人命凤姐称二两给他，凤姐只将些渣末泡须凑了几钱，命人送去。至于“勿谋人之财产”，可参看石呆子事件；“勿淫人之妻女”，可参看贾珍、贾琏之行径；“勿唆人之争讼”，可参看凤姐唆使张华告状；“勿破人之婚姻”，可参看弄权铁槛寺；“斗秤须要公平，不可轻出重入”，可参看凤姐、旺儿放高利贷；“奴仆待之宽恕，岂宜备责苛求”，可参看金钏儿、晴雯等。全文的主题，无非是“诸恶莫作，众善奉行”，广行阴骘，邀天赐福。贾敬印行，用意自然是好的，可是家人实际行动如此，即使印十万份百万份，又能如何呢？虚假的道德说教，脱离实际，高高在上，从来都是末世最坏的现象之一。

贾敬修道本身，自守清净，不惹红尘，远离名利是非，本来也是我们文化里推崇的一种人生态度。文字上总是非常好看的，但落到现实中，冷子兴说“只在都中城外和道士们胡羼”，大夫更看得明白：“导气之术总属虚诞，更至参星礼斗，守庚申，服灵砂，妄作虚为，过于劳神费力，反因此伤了性命。”明明是“吞金服砂，烧胀而殁”，只有怕受连累的众道士才肯人艰不拆，还在说什么“虔心得道，已出苦海，脱去皮囊，自了去也”。

“近报则在自己，远报则在儿孙。”贾敬、珍琏、凤姐诸人近报如此，远报呢？三春去后诸芳尽，子孙流散。不论有辜无辜，跟随大船，一并沉没。有罪的，罪有应得；无辜的，唯剩悲歌。

从会芳园到大观园

“庆寿辰宁府排家宴”一回，写凤姐与可卿说完衷肠话儿，进到园子里，有一段骈文，描写园中景致：“只见黄花满地，白柳横坡。小桥通若耶之溪，曲径接天台之路。石中清流激湍，篱落飘香；树头红叶翩翻，疏林如画。西风乍紧，初罢莺啼；暖日当暄，又添蛩语。遥望东南，建几处依山之榭；纵观西北，结三间临水之轩。笙簧盈耳，别有幽情；罗绮穿林，倍添韵致。”

一直以为这几句，是章回小说中常见的熟语套话，所以读的时候，总是跳过去。后来忽然意识到，这里写的是会芳园，是书中唯一一处对会芳园地形地貌的详细描写，忍不住回头再看。

会芳园在书中出现次数不多，集中在前十来回中，而且马上挪作他用，一般人容易忽略，但这是秦可卿最重要的人生舞台，甚至比她自己的卧房更重要。根据脂批，被删掉的“遗簪”“更衣”情节，就发生在园内的天香楼。自缢身亡后，又停灵于会芳园中之登仙阁，在这里办了一场“白漫漫人来人往，花簇簇官去官来”的盛大丧事。秦可卿人生落幕，会芳园随即被拆，并入大观园中。书中说大观园的筹画起造：“先令匠人拆宁府会芳园墙垣楼阁，直接入荣府东大院中。荣府东边所有下人一带群房尽已拆去。当日宁荣二宅，虽有一小巷界断不通，然这小巷亦系私地，并非官道，故可以连属。会芳园本是从北拐角墙下引来一股活水，今亦无烦再引。”可见大观园跨踞两府，会芳园已经被并入其中。大观园的地皮，大观园的格局，大观园的水道，相当一部分是在会芳园的基础上改造形成的。在这个意义上，可以说，会芳园就是大观园的前身，正如可卿故事，是宝黛故事的前身。

到七十五回，东府里忽然又出现了一次“会芳园”“天香楼”字样，有可能修大观园的时候，给东府保留了一小块旧花园。但一般认为，这可能是作者最后统稿的时候，漏改了。

根据书中信息，贾敬生日当在九月份，重阳前后，所以上段骈文中的“黄花满地”“红叶翩翻”“西风乍紧”“又添蛩语”等等，都是应景的写实之语，并非泛拟。以此类推，其他句子，也不妨看作写实。比如“纵观西北，结三间临水之轩”，恰好与“会芳园本是从北拐角墙下引来一股活水”相符；“红叶翩翻”，也与后文平儿拉鸳鸯到枫树底下说话遥遥呼应；“篱落飘香”，恍惚有稻香村的影子；“小桥通若耶之溪”，则难免令人联想到沁芳桥、蜂腰桥等等。虽然诸般景物，都是园林必备要素，但由此也可见出，作者下笔，胸中本来自有一幅蓝图在，所以能够移步换景，身法不乱。

会芳园去，大观园来。秦可卿去，十二钗来。作为一段相对独立的故事，它与青埂峰下、太虚幻境等神话要素，共同构成了《红楼》前传。这段前传，一个重要特点是：美好得不真实。可卿，是宝玉极愿意亲近的女性，愿意受她照顾，愿意去她房中，愿意亲近她的亲人，愿意接受她的性启蒙，愿意为她心似刀戳。至于她其他的社会属性、道德属性，则全被模糊掉了。这是宝玉的混沌时代，也是宝玉的黄金时代，如梦如幻。

所以，当他后来游荡在大观园里，情窦已开、烦恼无数的时候，已经只能称得上白银时代了。黛玉虽是三生缘定的木石前盟，但一个灌溉，一个偿泪，终究悲大于欢，离胜于合。没办法，这才是真实的人生。至于黛玉夭亡、贾府被抄之后，那就直接堕入黑铁时代。

贾瑞：野百合也有春天

咳咳，这位瑞大爷，说您什么好呢？图便宜、没行止也就罢了，您还害相思。相思这事儿，是您这种反面人物干的么？宝黛相思，情境优美，一起读少儿不宜，都惊艳绝伦。您上场——书不能读、诗不能写，财无万贯、家无官爹，偏偏看上的又是当家做主、有夫之妇的二奶奶——气氛不变才怪。豪门草根，优势半点没有，人物又猥琐，听天由命得了，等着贾代儒老爷子爱孙心切，给聘一房妻室，踏踏实实过日子。可偏不安分。道士好心，给了面风月宝鉴的镜子，也不照自己。

我曾经一度怀疑，贾瑞和凤姐，可能真的勾搭上了。不然如果只是单相思，凤姐多个追求者、爱慕客，虽算不上风光，也无伤大雅，无碍声名，不理他就是了。吩咐门上小厮，说不在家，不放他进来就完了。至于非要毒设相思局、置人于死地么？除非为了灭口。还有凤姐室内二人相对那段，对话气氛之暧昧，令人发指。即使是为了下钩子，施钓饵，凤姐姐也大失体统啊。虽说一家子骨肉，见个面聊聊天也无妨，但凤姐正言几句，表明态度，打去贾瑞的痴心妄想，不也光明磊落么，为啥非要痛下杀手？反正看完那段对话，再看两个人居然风清月白，奇怪。

风月宝鉴也来得奇怪，更奇怪的是作者和脂批围绕这面镜子那一大堆不明所以、反复唠叨的车轱辘话："千万不可照正面，只照他的背面"，"此书表里皆有喻也"，"观者记之，不要看这书正面，方是会看"。什么是正面，什么是背面？如果只是红粉骷髅的古老寓意，这种老生常谈，至于反反复复一再提醒吗？不让看正面，偏看正面。正面是什么，就是凤姐和贾瑞成了。背面看的是作者苦心，正面看的自然是表面现象，表面现象就是已经勾搭。《红楼》真真假假，正面情景若是假的，是贾瑞的虚拟幻想，但书里也分明说过“假作真时真亦假”。

小说本来就是后编的。如果打乱现有时间顺序，把线性故事变成一堆等待整理的情节，前面焦大骂“养小叔子的养小叔子”，说不定指的就是凤姐、贾瑞。这不奇怪，后面贾蔷说听见过凤姐和鸳鸯商量借当在五十三回，实际借当却在七十二回。书中情节无数，前后肯定多次编排调整，难免穿帮。所以焦大的“养小叔子”找不到事主。连隔壁焦大都骂上了，说明没有不透风的墙，丑闻早已满城风雨。凤姐反悔，要灭口，要撇清，这才不算反应过度。按说凤姐不该有这样的事，但是秦可卿的秽事都被作者删掉，删掉凤姐的，也正常。当然，如果说灭口，却让贾瑞病了一年，时间也未免太长，夜长梦多，贾瑞口无遮拦的话，什么不说出来。

不管怎样，贾瑞的单相思，都以一种可笑的姿势，被定格在《红楼》里。只有拿着镜子、意图救赎的道士，为他说了一句翻盘的话：“所以带他到世上，单与那些聪明俊杰、风雅王孙等看照。”——这八个字，看得人心里一惊。贾瑞的种种猥琐，几乎让人忘了他的出身教养全貌。虽然龙生九子种种各别，但细想来，他的不堪，大半还是源于爱错一个人。宝黛那样的两心恰好相印，是人间难得的幸运。其他如贾蔷、龄官，贾芸、红儿，潘又安、司棋，都是。对的人遇到对的人，故事怎么看怎么顺眼。而钱槐对柳五儿，来旺儿子对彩霞，因为单向，用强，发恨弄取成配，一念之差就成了丑角。野百合也有春天，动心这种事情，本来不一定必有回响。情场凉薄，成王败寇：相应和鸣的成其佳话，有求无应的沦为笑料。贾瑞虽然爱错，但在无能纨绔、情深不寿这点上，和宝黛是一样的。

世上哪有渣男

这几年流行一个词："渣男"。从元稹到胡兰成，概莫能免。其实我觉得，《红楼梦》大概才是厌弃须眉浊物、鄙薄混账男子的鼻祖呢，贾府就是渣男最大集散地。所以宝玉说"女儿是水作的骨肉，男人是泥作的骨肉"，又说"天生人为万物之灵，凡山川日月之精秀，只钟于女儿，须眉男子不过是些渣滓浊沫而已"。我没考证，但无端觉得，这句话简直应该就是"渣男"一词的最原始出处。

的确，《红楼》里写到的那些男子，除了皇帝和贾政，行文上不得不格外尊敬以外，其他大都糊涂混账得可以。第一个薛蟠，殴伤人命，强抢民女，作践脂粉，贪淫好乐，七宗罪基本上是占全的。贾敬，一味好道，只在都中城外和道士们胡羼。贾珍，没了管束之后，一味高乐不了，爬灰聚赌，无所不为，把宁国府竟翻了过来。贾赦，为老不尊。贾琏，见一个爱一个。贾环，人物委琐，举止荒疏。其他资源有限的爷们，如贾瑞、贾芹，也都德行有亏。

但如果写成坏人就是坏人、好人就是好人，那就成了《水浒》了：武松、李逵，连杀人都好看。《红楼》悲悯，笔端往往不经意就会流露出对人物的全方位观照，以及同情之理解。比如薛蟠，在妈妈妹妹亲朋好友眼里，未必不是好儿子、好哥哥、好丈夫、好朋友。有几处细节还尤其感人，比如三十五回对宝钗赔不是一段，"连忙跑了过来，对着宝钗，左一个揖，右一个揖"，又"叫香菱来倒茶妹妹吃"，又说："妹妹的项圈我瞧瞧，只怕该炸一炸去了。"又说："妹妹如今也该添补些衣裳了，要什么颜色花样，告诉我。"甚至于动情落泪，说："妈为我生气还有可恕，若只管叫妹妹为我操心，我更不是人了。如今父亲没了，我不能多孝顺妈多疼妹妹，反教娘生气妹妹烦恼，真连个畜生也不如了。"感动得薛姨妈、宝钗都哭了。——我见犹怜。

再比如贾环，七十回以后转变风格，连着写了几首诗，颇得好评。尤其是中秋“新词得佳谶”，贾政说他“自为曹唐再世”。曹唐以游仙诗著称。且不论写得如何，能读曹唐诗，环哥儿已经不俗。可惜后四十回不全，不知到底如何。至少应该不在巧姐的“狠舅奸兄”之列，因为他是叔叔。

还有前面说过的贾瑞。其他如贾珍，也有倾倒可卿的地方。贾琏，也能得到尤二姐的真心……换一个视角，看到的是不同的羽色花纹。他们在当时，那么做，只不过是处在人生那个位置，恰好遇到趁手的资源。

即便宝玉自己的理论，清净女儿和须眉浊物判然分开，也是不完善的。甚至很难自圆其说，只好又把女人分成嫁人和不嫁人两种，发明了“死珠子”“鱼眼睛”的补丁理论。婆子们要“请问请问”他的话，书中被打断，没有写出来，我总觉得这是作者故意回避了，因为他回答不了。

其实这世上哪有渣男，有的只是你对人性的不了解，不接纳。人性的幽暗恍惚、闪烁不定，人性中的大黑暗，从来超乎我们的想象。

什么时候，对这些能够悲大于怒，大概也就是接近解脱的时候了。

手绘《红楼》

《红楼》入门，自然要读今人整理校注过的本子比较好，尤其是以庚辰本为底本的，所谓站在巨人的肩膀上，会省很多力气，多得不少额外的知识，算是捷径。学有余力的话，就可以看看各种抄本了。好在《石头记》传世的抄本并不多，只有十几种，也都影印了出来。翻看这些手工时代的《石头记》，比较下各个版本的异同，再悬想揣摩种种异同的可能缘由，实在是一件很好玩的事情。

比如，在写到秦可卿出殡用的仪仗时，大半本子通常都是这样一句：更有两面朱红销金大字牌对竖在门外，上面大书："防护　内廷紫禁道　御前侍卫龙禁尉"。引号里的文字，有的一竖排下来，有的分三列竖排，最多文字外面勾个方框，圈起来，意思意思。独有列藏本，抄手竟然颇花了点心思，在表示牌面的方框下，还画上了立柱，戳在一众文字中间，卓然独立。三列文字错落有致地描在牌面上，一目了然，让人一看就知道：噢，原来是这个样子的。说实话，刚看到这图，惊喜之前，差点吓一跳。这太不常见了。各抄本里，好像只有宝玉的通灵玉、宝钗的黄金锁、怡红院的"万福万寿"，才享有这种专门传神写照的涂鸦待遇。这种兴之所至的手绘图案，在后来的刻印本里，为了技术上的简便，大都面目全非甚至消失了。幸好还有抄本留着。

现代印刷的《红楼梦》，一般要分两册或者三册，已经算是大部头了。如果手抄的话，即使只是前八十回，也有几十万字，可以想见，是一项怎样浩大的工程。所以一般都是好几个人分头去抄，抄完合起来，是一大摞。这一大摞，当年可以卖二三十两银子，够刘姥姥这样人家一年的开销了。谁家里藏一部《红楼》，也算有一点固定资产。但对抄手来说，却是一个辛苦活。一本不登大雅之堂的流行小说，自然不会有武英殿四库全书那样的缮写待遇。几个文化水平不高的人，点灯熬油，埋头苦抄，错字衍字，漏字漏行，在所难免。又辛苦，又要赶进度，遇到影响速度的图画，自然是能简化就简化。所以我不免有些武断地想，这些带有精细手绘图案的段落，应该已经非常接近作者的亲笔，因为只有作者在写作时，才会心手相应，心到手到；才会心血来潮，一时淘气，随写随画。即便不是作者，也应该是非常接近和熟悉作者的人，在誊稿子的时候精心加上。那些按量论价的抄手，很难有这个闲情逸致。依葫芦画瓢，难免偷工减料，巴不得越省事越好。

所以，这些带插图的文字，应该是最接近作者原稿的。大致说来，画得越精细，越接近；越敷衍，越远离。完全取消图画的，离原稿就更远了。这样想想，也许能帮着判断，各家抄本各回文字的亲疏远近？

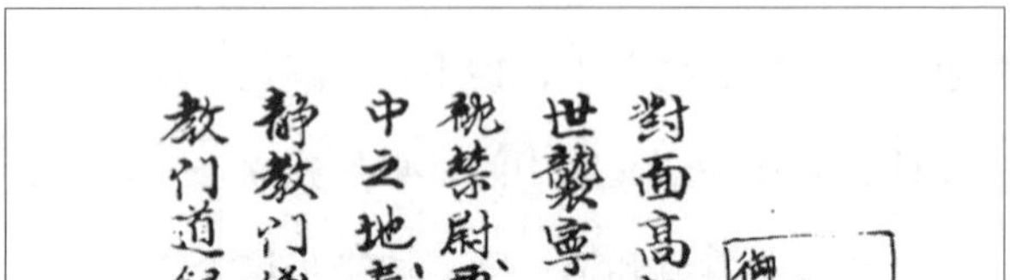
防護
內廷紫禁道
御前侍衛龍禁尉
對面高起着宣壇、僧道對壇榜文上大書、
世襲寧國公冢孫婦防護內庭御前侍衛、
龍禁尉、賈門秦氏恭人之喪、四大部州至
中之地奉天永建太平之國、總理虛無寂
靜教門僧錄司正堂、萬虛總理元始三清
教門道錄司正堂、紫生等敬謹修齋、朝天
四四七

列藏本《石头记》第十三回书影（中华书局2003年重印本）

传世文章本偶然

读书时候，知道《文心雕龙·隐秀篇》从元至正本开始，就掉了一页，中间缺数百字。当时顿觉天地无光，整本书都神采大减。无端以为，失去的，必然是最好的。剩下的文字，再怎么研读，意义都不大。好几年里，念念不忘，甚至痴心妄想，哪一年，走到哪一处，忽然在一处破旧的墙缝里，甚至古墓，发现了这本书，里面恰好就有这一页。马上打电话，通知学界，写论文……这样可笑的白日梦，不知有别人做过没。

《红楼》也一样。根据靖批，第十三回，被删去了四五页，连累回目都被修改，从"秦可卿淫丧天香楼"变成了"秦可卿死封龙禁尉"，从片言斧钺，变成备极哀荣。这完全是人为的。畸笏叟批语中曾夫子自道："老朽因有魂托凤姐贾家后事二件，岂是安富尊荣坐享人能想得到者？其事虽未行，其言其意，令人悲切感服，姑赦之，因命芹溪删去'遗簪''更衣'诸文，是以此回只十页，删去天香楼一节，少去四五页也。""通回将可卿如何死故隐去，是余大发慈悲也。"道德狂人从来如此，误尽世事而不自知。

《红楼》文字编织精密，只言片语都信息量巨大。一下少四五页，好多地方都接不上。不仅天香楼关键情节没了，连带很多细节缺失。比如秦可卿冬至已经病重，但去世出殡也在秋冬之际，中间至少隔了一年。这一两年里如何过渡？"遗簪""更衣"诸事，必应在可卿身体有所恢复才行。瑞珠到底因何触柱而亡？林如海从病重到去世，与秦可卿去世双线并行，估计也有细节受损。还有茜雪泼茶被撵，以及那些想也想不到的神来穿插之笔，等等。跟这些损失相比，删帖希望营造的道德修复成果，到今天，几乎可以忽略不计了。在笑贫不笑娼的时代，贾珍等辈招摇过市，更没人关心可卿的贞节牌坊。反倒是删帖，更加激发了众人挖掘隐私的热情，各路专家终于把天香楼事件挖了个底儿掉，与畸笏叟原意背道而驰，所谓欲盖弥彰。但文字的损失却再也无法弥补。我早已经不做找到《石头记》旧本的空梦。

至于后四十回，犹如断臂，更不抱任何希望了。大概情节虽然知道，但《红楼》从来都不是胜在情节。阙如之处，只好远观。如望潇湘烟水，于“雾失楼台月迷津渡”处，求得一些安慰。即便残缺，依然美不胜收，难掩国色，这就是《红楼》魅力吧。

无数值得传世的精彩文字，毁于水火，毁于战乱，毁于虫鼠，毁于查禁，或者如《红楼》，毁于人为干预……例子太多，不一一举。不难想象，我们今天所能看到的，比起曾经存在过的，不足万一。在历史长河里，多少人倾注毕生心血和精力写出来的东西，不过微微泛起一朵涟漪，就永久消逝了。那些流传到今天的文字，能够穿透重重时光和障碍，该有多么强大的生命力和运气。就好比如今藏在故宫博物院的那些斑驳缺讹的石鼓文，只言片语能够留存下来，有缘与今人相见，大概只能如韩愈所言：“鬼物守护烦㧑呵”。是天工，非人力。

所以，传与不传，大都偶然。只管耕耘，莫问收获。

《红楼》情绪

旧历三月三十，是古人送春的日子。按照孟仲季三春的说法，九十春光，这才是最后一日。古人此日，写过很多“送春”主题的诗词，比如白居易：“三月三十日，春归日复暮。惆怅问春风，明朝应不住。”贾岛：“三月正当三十日，风光别我苦吟身。共君今夜不须睡，未到晓钟犹是春。”真山民：“九十风光能有几，东风遽作远行人。樽前莫惜今朝醉，明日莺声不是春。”秦观：“节物相催各自新，痴心儿女挽留春。芳菲歇去何须恨，夏木阴阴正可人。”种种情绪，不一而足。

《红楼》结构，“三春”是大关节，核意象。秦可卿给凤姐托梦，赠言“三春去后诸芳尽，各自须寻各自门”。甲戌本有侧批：“此句令批书人哭死。”有眉批：“不必看完，见此二句，即欲堕泪。梅溪。”根据批语，可以知道梅溪和雪芹、棠村兄弟交好，密切到可以帮新书取名，“风月宝鉴”就是他题的，虽然没被采纳。第一回一僧一道分手时说：“你我不必同行，就此分手，各干营生去罢。三劫后，我在北邙山等你，会齐了同往太虚幻境销号。”甲戌眉批：“佛以世谓劫，凡三十年为一世。三劫者，想以九十春光寓言也。”警幻仙姑登场便歌“春梦随云散，飞花逐水流”，甲戌批：“开口拿春字，最紧要！”据说批书人深知拟书底里，从这些批语不难可以看出“三春”意象何等重要。

当然书中正文也屡屡点到，比如元迎探惜的名字，比如“三春争及初春景”，“勘破三春景不长”，比如“将那三春看破，桃红柳绿待如何？”“三春事业付东风”，等等。春自然和“花”分不开，“群芳开夜宴”时候的掣花名，直接把每位女子的性格命运与花联系到一起：宝钗牡丹，黛玉芙蓉，探春红杏，湘云海棠，李纨老梅，袭人桃花，麝月荼蘼……读完这一回，回头再看千红一哭、万艳同悲，再看三春去后诸芳尽，再看判词曲子，再读葬花词，如果还没有什么情绪波动，真是不用再读《红楼》了。

我认识的不少人说不喜欢《红楼》，包括一些饱学之士，一提《红楼》就皱眉头。这太正常了。《红楼》不是故事，它的有些情节简直不堪一提，如果换一种语言讲出来，要多乏味有多乏味。小时候曾有一套《红楼梦》小人书摆在我的面前，在那样热爱小人书的时代，我都没有珍惜，因为实在是太不好看了，看不懂。今天早晨还翻出孙温的彩绘《红楼》看了看，当时不是看故事，是想看看他把书中的穿堂、抱厦、角门、西花墙画成了什么样子。搜索的结果是有点失望，很多没有画出来。出版者很为普通读者考虑，在每幅图下面加上了故事简介。说实话，如果没看过原著，单看这些图画和文字，这仍然不失为一本很乏味的书。只有喜欢原著的人才知道，这书的好处在哪里。

《红楼》故事，远不如《西游》的奇谲，《三国》的壮阔，《水浒》的快意，那点子家长里短勾心斗角，甚至比不上《金瓶梅》的猎奇和《儿女英雄传》的家常。所以大部分侧重于故事的改编都会费力不讨好。一个韩国人曾这样描述自己看《红楼梦》电视剧的困惑：一群女人整天走来走去，有什么好看？刨除文化差异，又有多少中国人也持这样的观点，却碍于名著的面子隐忍不言呢？反倒是一些片段，比如越剧的黛玉葬花、宝玉哭灵，子弟书的黛玉悲秋，拥趸甚众。

《红楼》不是讲故事，它要传达的，是情绪。伤春，悲秋，怀旧，悼亡，寂寥，伤怀，牵挂，奈何，兴衰，消长……中国传统诗词歌赋里的种种情绪，在这书里几乎都能找到。情绪的承载，需要合适的文字，《红楼》文字之精，足以令人流连。所以故事残缺，全书未完，金碗虽破分量在，现存的文字仍能惊心动魄。《红楼》的力量，就是文字的力量。

这一场文字的盛宴。——要好的胃口，才能消受。

可卿出殡

《红楼》里大铺排的出殡自然是秦可卿。脂批说："写秦死之盛，贾珍之奢，实是却写得一个凤姐。"言之有理。王熙凤"协理宁国府"，那种珍贵，那种英气，那种声势，那种心机，那种骄大，无不令人印象深刻。但这一回里我最爱看的，还不是凤姐治家，而是临近出殡时那几句垫场的闲话："目今正值缮国公诰命亡故，王邢二夫人又去打祭送殡；西安郡王妃华诞，送寿礼；镇国公诰命生了长男，预备贺礼；又有胞兄王仁连家眷回南，一面写家信禀叩父母并带往之物；又有迎春染病，每日请医服药，看医生启帖、症源、药案等事，亦难尽述。又兼发引在迩，因此忙的凤姐茶饭也没工夫吃得，坐卧不得清净。"一句话一番世事，一句话一遍荣枯：有人生，有人死，有人寿，有人夭，有人团聚，有人别离，有人病苦，有人得意……悲欢相续。无数人生，在有限的同一时空，密集上演，却互不干涉。

可卿之死，对可卿而言，是终天之恨。对于他人，则不过尔尔。就连读者也往往忘记。贾珍大概是最痛苦的一个，但看到他痛哭流涕，"哭的泪人一般"，大家通常立刻反应到"爬灰"上，以为"可笑"，而非同情；看到尤氏"犯了胃疼旧疾，睡在床上"，马上想到夫妻勃豁。就连宝玉急火攻心、血不归经的那口血，也有人认为不清白。凤姐坐在圈椅上放声大哭，里外男女上下，见凤姐出声，都忙忙接声嚎哭——怎么看怎么像例行公事。贾蓉本来就似有如无。因为是养生堂抱养的，父亲秦业的悲痛自然也要打些折扣。弟弟秦钟么，一路忙着与智能儿偷情缱绻。至亲如此，其他人更不用说了。戴权坐了大轿，打伞鸣锣，亲来上祭，让人看的是内相的势焰熏天；北静郡王路祭，让人看的是初会宝玉和鹡鸰香串子。铁槛寺寄灵，让人看的自然是凤姐弄权……

宁府大殡浩浩荡荡、压地银山一般从北而至，种种热闹，主角都不是棺中的可卿，而是形形色色的轮番上场者。可卿只是提前退场的那一个。尚未退场，已被遗忘。斯人一生的喜怒哀乐、悲欢离合，斯人一生的爱恨名节，斯人存在的全部意义，到头来，都只不过是为了成全周围那一圈看客。

二丫头

《红楼梦》里，有一段关于“二丫头”的文字，在第十五回：劈空而来，戛然而止；不知因何而起，不知止于何处。惊鸿一瞥，转瞬即逝，堪称神来之笔。

可卿出殡的大队伍，浩浩荡荡、压地银山一般从北而至。这也是小说情节的主干。忽然，一小股车马岔出人群，离开大部队，往北飞走，凤姐、宝玉等人横生枝杈，要去附近村庄打尖——二丫头便是这根小枝杈上更小的枝杈。二丫头的戏份很少，先是嚷了一句宝玉：“别动坏了！”然后示范如何使用纺车，然后扭身就走。最后，宝玉等人离开时，才看见“迎头二丫头怀里抱着他小兄弟，同着几个小女孩子说笑而来”。眼中竟似完全没有宝玉。宝玉情不情，此时“恨不得下车跟了他去”，“以目相送”，“争奈车轻马快，一时展眼无踪”。宝玉等人走不多时，仍又跟上大殡，重新回到情节的主干。二丫头则就地消失，收拾得干净利落。

二丫头的故事，在《红楼》现存的文字里，可以说，有她不多，无她不少。脂批也把她看作“闲花野景”，说“写纺线村姑，是宝玉闲花野景一得情趣”。这固然可以看作作者的无意闲笔，随手点染，我却自从读到，一直念兹在兹，不能释怀。

记得有一年，开车在路上，经过一个村庄，司机放慢了车速。一个妇女正在街上，数落自家孩子。我们的车经过时，她忽然抬头，冲我们粲然一笑。她是个陌生人，那一瞥，一笑，却熟悉至极，亲切至极，就是你走在家乡的路上，最经常看见的那种表情。然后车就过去了。村庄，妇女，孩子，笑骂，都消失在车后。也许我今生，再也不会经过那个村庄，再也不会见到那位农妇，但那一抬头的笑容，那一笑给予我的瞬间暖意，却一直无法忘却。就像看一些百年之前的中国老照片，虽然画面灰暗了，风景迥异了，但从那些人物的脸上，依然能于不经意间看到熟悉的表情，让人眼前突然一亮。

二丫头，不过是宝玉眼中转瞬即逝的风景，同理，矜贵如宝玉，也不过只是二丫头眼中的过客。二人不知从何而来，不知何往而去，偶尔交会，如惊鸿一瞥，鸿爪踏雪泥，一别之后，不计东西。“车轻马快，展眼无踪”八个字，写尽聚散无常，人生况味。徐志摩广为传诵的《偶然》——“你我相逢在黑夜的海上，你有你的，我有我的，方向；你记得也好，最好是忘掉，在这交会时互放的光亮！”——写的大概就是这个意思。不过对方不是二丫头那样的村姑，所以就成为佳话。

《红楼》八十回后已经不见，即使能有全本，我也希望，后文千万不要再出现二丫头的情节。无巧不成书，太过巧合，流露的就是匠气、小家子气。《红楼梦》里“千里伏线”虽多，也一定要有二丫头这样一去无踪的闲云野鹤，才好看。人生本来充满种种偶然和不确定，作品何必处处有关合？

《红楼》的冷静

《红楼》里的死亡和葬礼，不来则已，来就扎堆。比如，十二到十六回，连续写了贾瑞、可卿、林如海、秦业、秦钟；六十三到六十九回，国丧大背景下写贾敬和二尤。如果全书完整，不难想见，后面的文字，这类情节将更加集中：老太太、元春、迎春、凤姐、黛玉、香菱……一个一个，接连消殒，不知作者要何等心肠，才忍下笔。这都是前八十回里言笑晏晏、行动生风的人啊，不是讣告栏里的陌生符号，可以拿来淡然谈论。所以我有时候想，《红楼》佚稿，有的是丢了，有的可能根本就没写。怎么写得下去！当然作者没有我这么矫情软弱。能写《红楼》的人，心早就硬了，硬如铁石；灵窍早就灰了，灰如土木。只有如此，才能在文字里，用冷静代替绝望，和悲伤。

《红楼》，写得多么冷静啊。开头寥寥几页，就用甄家一番小荣枯，隐括了贾府的大倾颓。随后演说荣国府，冷子兴，一个古董商人，八方交结，吃酒纷争，要靠老婆求人情。冷眼旁观者，偏是名利场上热心人，调侃不小。世事苍凉无耻、痛彻肺腑的真面目，都掩在重重华丽帷幔之后。作者重重写来，怕人生疑，又轻轻抹去，只让你看那人来人往的热闹，和帷幔的华丽。

贾瑞之死，白发人送黑发人，甚至可能导致代儒绝嗣，作者偏绕开这根痛感神经，写得可怜可笑，甚至帮着算钱，谁给了二十两，谁给了三五两，说“代儒家道虽然淡薄，倒也丰丰富富完了此事”，竟然是艳羡的意思。

可卿葬礼，脂批说“写秦死之盛，贾珍之奢，实是却写得一个凤姐”。不管写谁，醉翁之意都不在棺中人。好几回写众人大哭，都是各怀心事。其中凤姐：“只听一棒锣鸣，诸乐齐奏，早有人端过一张大圈椅来，放在灵前，凤姐坐了，放声大哭。”以凤姐和可卿的交情，这算是伤心外露、悲痛欲绝了。可接下一笔，轻轻荡开，让人难免瞬间出戏："于是里外男女上下，见凤姐出声，都忙忙接声嚎哭。"原来只是行礼如仪。很容易让人想到《史记》里的一幕，窦皇后找到幼时失散的亲弟弟，抱头痛哭，"侍御左右皆伏地泣，助皇后悲哀"——这种事儿也是帮得来的么？平白让画面多几分喜感罢了。

秦钟之死写得更是扯淡。此前秦业之死写得容易，三两句话就打发了，本来是过场人物，不足奇。秦钟是宝玉风流挚友、心灵知己，却也处理得很不严肃。小鬼已经登门，"又记念着家中无人掌管家务，又记挂着父亲还有留积下的三四千两银子，又记挂着智能尚无下落，因此百般求告鬼判"。脂批经常用"痛哭""堕泪"字样，强作解人，看得人气闷，唯有此处，批曰"扯淡之极，令人发一大笑"，说得着实痛快。都什么时候了，还不撒手，还能更荒诞些么？化悲伤为喜剧，为荒诞，需要力量。

当然，这一阶段最重要的葬礼，作者仍是避而不写了。那就是林如海之死，黛玉的父亲。这一事件，对黛玉人生道路和性格形成的影响，不问可知。我们只能从零星文字里，窥到，想到。正面有几句，如宝玉蹙眉长叹："了不得，想来这几日他不知哭的怎样呢！"还有侧面，比如"宝珠按未嫁女之丧，在灵前哀哀欲绝"，未必没有黛玉的影子。另，可卿的繁华排场，秦钟的身后萧条，施之林如海，也许仿佛。当然这都是摹想。真正的大悲伤，从来都是不说的。作者不肯说，我辈不强解。

黛玉奔丧回来，"宝玉心中品度黛玉，越发出落的超逸了"。超逸是什么？那就是，在经历了大喜大悲、生死离散以后，勘破世情，人间所有俗务，都与我无关了。我存在，只为值得的人与事，其他一切，俱是云烟。这就是黛玉神情。

春雨惊春清谷天

春雨惊春清谷天。这个季节，也是《红楼》里大观园最美的时候。沁芳闸畔的桃花，稻香村外的杏花，潇湘馆后院的梨花，怡红院的海棠，都开得正好。

一部书读熟了，难免喜欢翻回去，重看开头。仿佛看到斯人最初的面目，几分莞尔，几分唏嘘。对大观园而言，这开头就是“试才题对额”，读书者第一次随着贾政，透过宝玉的文字，领略园内风光。那时的园子，规模初具，正值三春，整体气象是“池边两行垂柳，杂着桃杏，遮天蔽日，真无一些尘土”。当此之时，黛玉还不曾葬花，龄官还不曾画蔷，晴雯还不曾撕扇，宝玉还不曾对杏长叹，海棠还不曾半枯，残荷还不曾拔掉，一切的一切，生机勃勃，元气淋漓。一元复始，万象更新。

有时候想，作者为什么要在省亲之前，专门写这一次题对额。当然是结构的需要，情节的需要。脂批曾说：“大观园系玉兄与十二钗之太虚幻境，岂可草率？”又说：“宝玉系诸艳之冠，故大观园对额必得玉兄题跋。”除此之外，我想，大约还是作者的偏爱，太爱这三春园林，所以要在省亲之前，不惜提前大半年，大写特写一次。试想，省亲在元宵节，隆冬未过，园林之内，“两边石栏上，皆系水晶玻璃各色风灯，点的如银光雪浪；上面柳杏诸树虽无花叶，然皆用通草绸绫纸绢依势作成，粘于枝上的，每一株悬灯数盏；更兼池中荷荇凫鹭之属，亦皆系螺蚌羽毛之类作就的”。纵然上下争辉，堪称“玻璃世界，珠宝乾坤”，但除了这种种人力打造的繁华外，还有什么可看呢？什么样的人力，才抵得过三春天然、无边烟景？可怜的元春，贵为省亲主角，这园林风景的精华，姹紫嫣红开遍，却一眼也没看到。

所以我总觉得，这次题对额的季节，是特意安排的。未必非是三春，但被作者强行安排在三春。黛玉说“这园子盖才盖了一年”；贾琏汇报，各色帘子幔子“也不过秋天都全了”；王夫人等日日忙乱，“直到十月将尽，幸皆全备”……这大半年的工作算起来都是装修了。按原文即便上年底贾琏到家马上动工的话，到此时题对额，不过三四个月，盖房子的速度未免也太快了些。——但小说就是小说，哪里拘泥那么多。

那一天，被宝玉和众人一一评点品题过的园林，仿佛于洪荒含混中，忽然有了性灵，面目开始分明，成了“这一座”，“这一株”。比如怡红院前那株西府海棠：“其势若伞，丝垂翠缕，葩吐丹砂。”人间何代无此树，何处无此花？但经宝玉一评“红晕若施脂，轻弱似扶病”，就是大观园的海棠，是隔着看红儿发呆的这一株，是麝月在树下晾手巾的这一株，是“凭栏垂绛袖”，与芭蕉“对立东风里，主人应解怜”的这一株，不再是唐明皇的“春睡未足”，不再是苏东坡的“高烧银烛照红妆”，也不再是刘克庄的“爱花成癖”，“今夕不来花下饮，明朝空向枝头觅”。人们常说的“在文学史上占有一席之地”，指的就是这一种吧。再比如潇湘馆的出场：“忽抬头看见前面一带粉垣，里面数楹修舍，有千百竿翠竹遮映。”贾政感慨：“若能月夜坐此窗下读书，不枉虚生一世。”宝玉题名“有凤来仪”四字。如此清丽堂皇的色调，以后竟做了林妹妹的伤心处。

三春明媚，且去看花。

梨花院落

某岁盛夏，去北京的大观园，走到潇湘馆后院，忽见一棵大树，树上果实累累垂垂，地上也四处散落，很多被游人踩碎——居然是一棵梨树。当下纳闷，这里怎么会有梨呢？不应该全是竹子么？梨树应该出现在梨香院啊！回来再翻，才知道自己读书不细，书上明明写着："出去则是后院，有大株梨花兼着芭蕉。"不仅梨花，怡红院独擅盛名的芭蕉，这里也有。倒是没提荷花。转而一想，这才正常呢，偌大的园林，每样植物每处种点，再普通不过。就像芭蕉，探春的秋爽斋也有，起诗社的时候，"蕉下客"就是这么来的。只是怡红快绿的"蕉棠两植"太出名，人们容易忘了其他地方的风景。

我的老家，房前村后，漫山遍野都是梨树，如今还有"万亩梨园"之称，已是著名景点。每到花开季节，阳光洒落，人小树高，只觉花瓣蔽天，个个透明。丰收时候更是孩子的节日。所以，每每提到梨花，我的第一反应都是阳光，山野，烂漫，丰饶。后来识了字，读了书，才知道古人有很多别样的句子，比如"梨花院落溶溶月""雨打梨花深闭门""梨花一枝春带雨""梨花春雨掩重门""梨花满院不开门"等等，别有一种寂寞、凄清、幽独的气息。——可惜后天得来的终究隔膜，不是直觉里熟悉的那一种。我熟悉的梨花，和宝姐姐倒是很搭，阳光健康，开朗含笑，八面玲珑。所以她住梨香院，把冷香丸埋在梨树下，我一点也不意外，仿佛天经地义，就该如此。

后来也替自己辩解，不怪我看书不细啊，除了这一处，似乎前八十回里就没有哪里再提到潇湘馆里的梨树了。林妹妹写《葬花吟》，叹的是"桃飘与李飞"；写《桃花行》，说"帘外桃花帘内人，人与桃花隔不远"。可老太太明明说过："这个院子里头又没有个桃杏树。"可见诗人的话是做不得准的。如果真有这么一棵大梨树，花开时节铺天盖地，林妹妹怎么会视而不见呢？也许是留着八十回以后再用，谁知道呢。据脂批透露，八十回后的潇湘馆是“落叶萧萧，寒烟漠漠”，与前文“凤尾森森，龙吟细细”对看。我左看右看，上看下看，也没从这八个字里看出“梨”来。元春省亲时，大家题匾额，有“梨花春雨”四字，想来除了梨香院，也可以挂在潇湘馆后院的了。但我彼时既然都不知潇湘馆有梨树，自然也不会想落天外，给挂到这里，还以为作者只是漫拟。现在才知，都是草蛇灰线，有板有眼。——眼拙人真是看不得《红楼梦》。

前两天翻王《西厢》，遇到这个句子，“门掩着梨花深院，粉墙儿高似青天”，写莺莺去后、张生徘徊时所见。忽然就明白了潇湘馆为什么非要有一棵梨树。那潇湘馆的格局：“一带粉垣，里面数楹修舍，有千百竿翠竹遮映”，再加上这株梨花，不正是莺莺所住西厢的小样么？《西厢》本来也曾把莺莺比拟为“湘陵妃子”，和“潇湘妃子”一字之差、含义全同。黛玉本来是各种理想美女的合体，《西厢》对《红楼》的影响有目共睹。顺手拈来一棵梨树，顺理成章。

牡丹已老木香初

在城里的高楼上住了二十多年，羡慕一切园林、花木、山川、河流。看《红楼》，也格外喜欢看里面的大观园。怡红院、潇湘馆、稻香村、蘅芜苑，都是有板有眼的地界；蕉棠两植，梨花梧桐，竹子蔷薇，都是有名有姓的群芳。我不懂园林，所以看上去什么都好。

“左右一望，皆雪白粉墙，下面虎皮石，随势砌去”，好；“苔藓成斑，藤萝掩映”，好；“数楹修舍，有千百竿翠竹遮映”，好；“隐隐露出一带黄泥筑就墙，墙头上皆稻茎掩护”，好；“几百株杏花，如喷火蒸霞一般”，好；“佳蔬菜花，漫然无际”，好；“池边两行垂柳，杂着桃杏，遮天蔽日，真无一些尘土”，好；“竹篱花障编就的月洞门”，也好……如果贾政题对额带的是我，而不是众门客和宝玉，那真是除了眼花缭乱不住点头咂嘴念佛，一句像样的评论也说不上来。宝玉批评稻香村“人力穿凿扭捏而成”、远非“天然”，我却也觉得挺好，挺适合贾政、李纨一路性格。

连看《金瓶梅》里西门庆的园子，都觉得好。新花园落成时，吴月娘带众人观赏，“也有那月窗雪洞，也有那水阁风亭；木香棚与荼蘼架相连，千叶桃与三春柳作对”，“见楼前牡丹花畔，芍药圃、海棠轩、蔷薇架、木香棚，又有那耐寒君子竹，欺雪大夫松；端的四时有不谢之花，八节有长春之景。观之不足，看之有余”……恍惚间很像《红楼》里的那个过渡句：“转过山坡，穿花度柳，抚石依泉，过了荼蘼架，再入木香棚，越牡丹亭，度芍药圃，入蔷薇院，出芭蕉坞，盘旋曲折……”虽都是小说中的套话、陪衬，但也可看出，明清时期的园林，大抵如此，牡丹亭、芍药圃、蔷薇院、芭蕉坞、木香棚、荼蘼架……大约算是标配了。幸好《红楼》里还有一出龄官画蔷，一出史湘云醉眠芍药裀，不然这句话，很容易泛泛看过了。

《红楼》里一带而过、再没露面的“木香棚”,《金瓶梅》里却多次派上用场，差不多仅次于葡萄架。西门庆在这里遇见李桂姐，潘金莲在这里私会陈经济。我本以为大约因为棚下比较香艳隐蔽，所以容易发生故事，没想到看了扬之水先生收入《物色——金瓶梅读“物”记》中《西门庆的书房》一文，才知另有深意。扬文引用文震亨《长物志》相关评说——“尝见人家园林中，必以竹为屏，牵五色蔷薇于上；木香架木为轩，名木香棚。花时杂坐其下，此何异酒食肆中？”——以为西门书房求“雅”得“俗”之证。当然不止这一条证据，扬先生还检出了翡翠轩中“卷棚”“黑漆缕金凉床”“彩漆描金书橱”“螺钿交椅”以及两边对称挂着的四轴名人山水等等诸项工艺，说：“若把当日文人的意见作为书房之雅的标准，则西门庆的书房便处处应了其标准中的俗。”甚至连翡翠轩前一盆“开得甚是烂熳”的瑞香花，也没看漏。《长物志》称其“枝既粗俗，香复酷烈，能损群花，称为‘花贼’，信不虚也”；李渔《闲情偶寄》则直言“瑞香乃花之小人”。

感叹《金瓶梅》作者笔底藏锋、佩服《物色》作者目光如炬的同时，却忍不住为群花叫屈。三春自去自来，群芳自落自开，与扰扰人世间“雅”“俗”二字何干？一向不喜为百花排序定品之举。山即是山，水即是水，此心安处，即是吾乡。牡丹老去，木香初开。苔花如米小，亦学牡丹开。如文震亨、李渔辈，那么汲汲于雅俗之别，累不累呢。

吟到梅花句亦香

“大观园试才题对额”一回，一众人等走到蘅芜苑。这所房子，远看“无味”，近观“有趣”，原因就在于“一株花木也无，只见许多异草”，味芬气馥，却大都叫不上名字。中国文学素来有“香草美人”传统，所以立刻激发了大家的创作欲望。一位清客率先拟了一联，贾政不太满意，拈髯沉吟，意欲也题一联。大概真的是于题咏上“平平”，竟没拟出，一眼看见宝玉，便命他题。宝玉题的是“吟成豆蔻才犹艳，睡足荼蘼梦也香”，果然香艳。贾政笑他：“这是套的‘书成蕉叶文犹绿’，不足为奇。”

尽管怀素“蕉书”是现成典故，芭蕉题诗也是文人常事，但“书成蕉叶文犹绿”句，我还是没查到具体出处，只知是清代比较流行的一副对联中的上句，与“吟到梅花句亦香”相对。这副对联何人所拟，起于何时，也不太清楚。宋人黄庚《和靖墓》有“西湖卜隐为诗忙，吟到梅花字字香”句，明人小说《刘生觅莲记》中有“吟到梅花处，诗成字也香”句，也许是下联的来历。我们先假设贾政说的就是这副对联，这样看来，宝玉所套的，就不仅是“书成蕉叶文犹绿”的句式，连韵脚“句亦香”的“香”，都直接拿过去了。也许这个套用痕迹太过明显吧，贾政都不好意思说破，替他隐去了。

明清时期，联语极大发展，作手也多，很多脍炙人口的好联，风行天下，却莫知出处。一些朗朗上口的俗语、励志诗，也是如此。比如时下特别流行的那首《劝学》“三更灯火五更鸡，正是男儿读书时。黑发不知勤学早，白首方悔读书迟”，近年来不断出现在各种各样的励志书、作文选、名人名言、书法作品甚至教材中，且署名“颜真卿”。它当然不是颜真卿写的，也不是某些地方标注的邵雍、朱熹或者苏轼等。这几句话，明清以来开始流行，大量出现在戏曲、小说、笔记、家训、镜铭乃至商业广告中，所以不少工具书把它归入“俗语”“谚语”一类。异文也很多。比如另有一种常见组合就是“三更灯火五更鸡，正是男儿立志时。一举首登龙虎榜，十年身到凤凰池”。后两句采自宋人张唐卿诗句，见于《梦溪笔谈》。还有一种“黄昏灯火五更鸡，正是男儿立志时。黑发不知勤学早，白头方悔读书迟。状元本是凡间子，宰相原非天上儿。好把经书勤早读，朱衣自有点头期”，因为长，流传并不广。梁章钜《楹联丛话》卷八“格言”中有一则比较可靠的记载：“彭文勤公少与蒋心余同学，有题书房旧联云：‘何物动人，二月杏花八月桂；有谁催我，三更灯火五更鸡。’今此联熟于人口，而不知其为文勤所制也。”

“书成蕉叶文犹绿，吟到梅花句亦香”，应该也属于这种“今此联熟于人口，而不知其为某某所制”的情形。其实宝玉（或者作者）真是偏爱这个句式和这个韵部，再看看他替潇湘馆拟的对联：“宝鼎茶闲烟尚绿，幽窗棋罢指犹凉”，是不是念着很顺口？也用“七阳”韵。还有沁芳亭的“绕堤柳借三篙翠，隔岸花分一脉香”，不肯换韵；稻香村的“新涨绿添浣葛处，好云香护采芹人”，恋恋不舍“绿”“香”字样。一整天统共写了这么几副对子，一直跳不出“红香翠软”“怡红快绿”的路子，也算是宝兄弟技穷了。所以省亲夜频频擦汗，打小抄，不是偶然的。

当然对于一个十三四岁的孩子，也算难为。更难为的是那些清客，居然凑趣道：“如今细评起来，方才这一联，竟比‘书成蕉叶’尤觉幽娴活泼。视‘书成’之句，竟似套此而来。”真真“岂有此理”。

元妃省亲的排场

1830年，一群俄国人从彼得堡出发，前往中国。队伍中有位矿业工程师，名叫科万科，为了学好汉语，主动选择《红楼梦》作为口语教材。他显然非常喜欢这部教材，写了不少读后感，其中有一段是这样的："中国人的家庭生活，喜庆节日，婚丧嫁娶，消遣娱乐，官吏宦官的舞弊，奴婢的机诈，中国人的贪婪和淫逸，还有母亲迎接做了皇帝妃子的女儿的时候的那种排场——这一切书中都有惟妙惟肖的描述。迎女儿的仪式实在滑稽，为了迎女儿回娘家过几个小时，竟然要筑起亭台楼阁，还要引来潺潺流水，总之，奢华之物，应有尽有，母亲要跪下迎接女儿，还要在一间专门屋子里给女儿叩头，女儿只有步入母亲的内室，才能像一般女孩子见了亲生母那样给母亲叩头。父亲要给女儿鞠躬行礼。但不能看女儿一眼，因为他只能在房间的帘外给女儿鞠躬。"（列藏本引）

他描述的显然是著名的"元妃省亲"。那是多少国人津津乐道、艳羡无穷的场面啊。不知当年俄国宫廷串亲戚是怎样的排场，估计没这么繁琐，不然这个小伙子的"culture shock"（文化冲击）不会如此强烈。我没查原文，不知是翻译问题，还是小伙子汉语没学好或者读书不细，我们知道，元春并没有去王夫人的内室，只去了贾母那里，想给贾母、王夫人等叩头也没有叩成，马上就被众人"跪止不迭"了。不过这个老外的理解大体还是准确的。

他不无得意地在叙述中展示自己的文化优越感，殊不知，这种排场，正是中国人博大精深源远流长古老文明"国粹"中的一种。当年刘邦起于草莽，与屠狗贩缯之辈共同打下江山。大老粗的他最初讨厌繁文缛节，各位大臣当然也哥俩好不见外，饮酒争功，喝醉了就大呼小叫，甚至拔剑乱砍。有个叫叔孙通的儒生，就制订了一套礼仪，说服刘邦施行：诸侯群臣，文东武西，仪仗森严，位置分明，谁动作出错，执法御史马上拉下去。整个大典，自诸侯王以下莫不振恐肃敬，无敢喧哗失礼者。于是刘邦感慨："吾乃今日知为皇帝之贵也。"元妃省亲的大排场，体现的正是皇权之贵，而非贾府之富。贾府所有的，只是如履薄冰，战战兢兢。

省亲之后贾家就开始穷了，因为皇帝家的银子并没有如期滚滚而来。贾府倾家荡产，不过买了个虚热闹。所谓奢华豪富，终成梦话。可怜的元春不过是白白搭了进去。《宋史》记载，杨太后指定谢家女儿进宫，兄弟们都很高兴，她的叔叔却竭力反对，说："即奉诏纳女，当厚奉资装，异时不过一老宫婢，事奚益？"虽然谢家女儿后来做了皇后、皇太后，不过这位叔叔总算虑及了女孩儿的情感生活，不相信宫廷有什么鬼爱情，所以几百年下来，还是令人感佩不已。

元妃省亲与高祖还乡

元妃省亲，是贾府鲜花着锦、烈火烹油之盛，个个心中歆羡，人人喜气盈腮。但富贵繁华之外，总透着几分恓惶和凄凉。比如册封之初，特旨宣贾政入朝陛见，合家人等心中皆惶惶不定，不知是何兆头。再如，贾府倾尽物力迎驾，皇家回赐终究有限，御制新书也好，宝墨也好，如意拐珠也好，大都是样子货，礼仪性大于实用性，套不得现。所以后来贾蓉胆敢跟人算小账，说，再省一回亲，只怕就精穷了。还不用说元春与家人内室相见，无言对泣。森严礼禁，盛大排场，恰恰映出人心深处的朝不保夕、战战惶惶。

富贵不还乡，如锦衣夜行，所以还乡文字一般都好看：人生盘点，快意恩仇。比如《史记》里记载的高祖还乡："十二年十月，高祖已击布军会甀，布走，令别将追之。高祖还归，过沛，留。置酒沛宫，悉召故人父老子弟纵酒，发沛中儿得百二十人，教之歌。酒酣，高祖击筑，自为歌诗曰：'大风起兮云飞扬，威加海内兮归故乡，安得猛士兮守四方！'令儿皆和习之。高祖乃起舞，慷慨伤怀，泣数行下。谓沛父兄曰：'游子悲故乡。吾虽都关中，万岁后吾魂魄犹乐思沛。且朕自沛公以诛暴逆，遂有天下，其以沛为朕汤沐邑，复其民，世世无有所与。'沛父兄诸母故人日乐饮极欢，道旧故为笑乐。"

刘邦的《大风歌》是一百二十人大合唱，自然比贾府的十二个小戏子波澜壮阔。基本盘不一样，这是皇上亲自驾临，是稳操生杀予夺大权的胜利者的欢宴。元春乃至贾府，不过一个仰人鼻息、任人摆布的棋子罢了。百般小心讨好，都未必能自我保全。

衣锦还乡，本来是项羽的梦想，他想做而没做到的，刘邦做到了——或者说，刘邦做到并被史臣记录了。后者显然更重要。项羽做西楚霸王几年间，未必没有衣锦还乡的实现感，可是史书无载，只给后人留下含恨别姬的垓下哀歌，和抱惭自刎的乌江背影——依然是锦衣夜行。史书是胜利者书写的。

这段文字最后一句“道旧故为笑乐”，也格外精彩，就是互揭老底，翻旧账。当然不是为了翻脸，而是今昔对比，成倍增加当下的成就感和欢乐感。就像刘邦喜欢问他父亲：“始大人常以臣无赖，不能治产业，不如仲力。今某之业所就，孰与仲多？”然后殿上群臣皆呼万岁，大笑为乐。估计不止一人看出了这话中的喜感，所以元代睢景臣专门写了一套《哨遍·高祖还乡》：“【三煞】那大汉下的车，众人施礼数，那大汉觑得人如无物。众乡老展脚舒腰拜，那大汉挪身着手扶。猛可里抬头觑，觑多时认得，险气破我胸脯。【二煞】你须身姓刘，你妻须姓吕，把你两家儿根脚从头数。你本身做亭长耽几盏酒，你丈人教村学读几卷书。曾在俺庄东住，也曾与我喂牛切草，拽耙扶锄。”据说很多人写同一题目，但他采用了这种揭老底手法，独拔头筹，人称“制作新奇，诸公皆出其下”。

这是文学史上很重要的一篇作品，同时文学史告诉我们：这是讽刺刘邦的装腔作势，揭露刘邦的无赖嘴脸，是对封建社会最高统治者最无情的嘲弄等。其实和《史记》里那句话对看就知道，这完全是对皇权的另一种形式的致敬。真要说讽刺，还是比不上《红楼》里元妃省亲这一段。尽管作者一直强调，“及至君仁臣良父慈子孝，凡伦常所关之处，皆是称功颂德，眷眷无穷”，尽管上上下下省亲大典上不敢有半点怠慢和丝毫马虎，但那战战兢兢的姿势，暴露了一切。

元春改作业

读书无聊的时候，就会瞎琢磨。比如，最近一直想，元春为什么要删掉“蓼汀”呢？那四个字不挺好吗？宝玉拟题情形大致如下：一群人走到这里，发现有石洞有流水，有落花有垂萝，半遮半掩，像极桃花源洞口情景，所以马上有人提议取名“武陵源”，贾政不喜欢；又有人提议“秦人旧舍”，仍不离桃花源典故。宝玉批评说含“避乱之意”，需要“颂圣”的场合“如何使得”？然后自拟“蓼汀花溆”。这四个字平铺直叙，虽不甚佳，也无大过，所以贾政批完“胡说”，还是认真叫人做了灯匾挂起来。

元春最先看见的就是这块匾，笑道：“‘花溆’二字便妥，何必‘蓼汀’？”一语既出，太监飞传，贾政忙换。——官大表准么。不过这样一改，的确是更清爽了。回头再看原题，也的确有重复之嫌。进而再想想，“蓼汀”二字，秋意萧索，真不如“花溆”，看起来花开团团、春意盎然。也许元春真是感受到了这两个词的季节差异吧。因为蓼本来就是秋季开花，是古人抒写江野秋怀的典型意象。比如陆游《蓼花》诗：“十年诗酒客刀州，每为名花秉烛游。老作渔翁犹喜事，数枝红蓼醉清秋。”直接把“红蓼”和“名花”对提。唐代于鹄有句“家在荒陂长似秋，蓼花芦叶水虫幽”，也可见含有秋野荒凉之意，与大观园此时的“玻璃世界，珠宝乾坤”多少有点不搭调。不过也难说，元春并没有回避这个字，建筑赐名就有“蓼风轩”；作者也没当回事，后面几次径直管这地方叫“蓼溆”。元春后面的题词还有“桐剪秋风”“荻芦夜雪”，也都是文人情怀，算不上欢乐祥和的富贵气象。所以最根本的原因，也许还是嫌他啰嗦。

这样看来，元春改得很不错，比宝玉的好。后文把“红香绿玉”改成“怡红快绿”，把偏正结构的并列，变成动宾结构的并列，增添了动感和情绪，也很不错。这些地方，我觉得和作者让宝钗做一字师，让黛玉扔小纸团一样，都是归功闺阁的写法，是为了证明“我”虽不肖，“闺阁中本自历历有人”。不见得隐藏多少政治上的深意，或者其他微言大义。不喜欢“绿玉”，也大可不必非往宝黛姻缘上攀扯。至于把“天仙宝境”改成“省亲别墅”，改得这么质木无文，那是不肯张扬、自我谦抑的意思。低调，是元春性格的重要内容。她自谦“素乏捷才，且不长于吟咏”，和贾政说“我自幼于花鸟山水题咏上就平平”口吻一样，都是先自占地步。

整部书里，元春是我最喜欢也最伤感的女子。除省亲一回，她出场极少，却无处不在。所有文字里，论道德文章，她几乎毫无瑕疵，像一个遥远而完美的存在。她因贤孝才德，选入宫中作女史。她“崇尚节俭，天性恶繁悦朴”——门客虽有虚夸颂圣成分，但是无人知处，她曾心中默默叹息奢华过费，又曾反复叮嘱“以后不可太奢，此皆过分之极”。她好容易回家一次，见了贾母、王夫人，满眼含泪，满心里有许多话，只是说不出。她只怨过一句“当日既送我到那不得见人的去处”。就这句话，还经常被人念错，念成“见不得人”。略一颠倒，意思可就完全两样了。原话怨而不怒，念错就是痛骂，哪里还是元春口气。她待宝玉，情同母子，看见宝玉，携手揽于怀内，抚其头颈，一语未终，泪如雨下。但这几乎是一份单向的、没有回报的付出。她进宫时，宝玉尚小不知世事；晋妃时，宝玉又牵挂着秦钟，视有如无。

贾妃省亲一回，人人都道是繁华，岂不知凄凉至极。只看那母女内室相见情景，看那父女对话，看那起驾回銮，字字是泪。那些仗着贵妃名头作威作福的人，跟元春心事有什么关系呢？鸳鸯骂她嫂子：“怪道成日家羡慕人家女儿作了小老婆……我若得脸呢，你们在外头横行霸道，自己就封自己是舅爷了。我若不得脸败了时，你们把忘八脖子一缩，生死由我。”鸳鸯骂得，元春却一句道不得。

她原本有可能像贾敏那样，嫁一位探花郎，谈吐相称，夫唱妇随。或者像王夫人或凤姐，当家理政，儿女绕膝。孙绍祖那样的极品，世上能有几个，未必她们姐妹都碰上。——可是一入深宫，就注定只能成为盛大祭坛上，一粒清光寂寞的华美饰珠。

诗酒且图今日乐

书看久了，《西游》也就成了《红楼》。比如《红楼》原名《石头记》，写“无材可去补苍天”的那块石头“亲自经历的一段陈迹故事”。孙悟空也是石头变的，《西游记》就是一部孙悟空心灵成长史，所以完全也可以叫《石头记》。不同的是《红楼》里那块石头，“高经十二丈，方经二十四丈”，《西游》里的石头，只“有三丈六尺五寸高，有二丈四尺围圆”，要小得多，约略相当于鸡蛋和西瓜。但它们的数据，用的却是同一套密码：“三万六千五百块”和“三丈六尺五寸高”，都代表周天三百六十五度；“二十四丈”“二丈四尺”，都代表二十四气……古代科技的圈子太小了。

开头高度相似，内文也有很多雷同。只看那猴儿初生时天不拘地不管的自由自在情形：“食草木，饮涧泉，采山花，觅树果……夜宿石崖之下，朝游峰洞之中”，和绛珠仙子的“终日游于离恨天外，饥则食蜜青果为膳，渴则饮灌愁海水为汤”，是不是很像？石猴的诞生是由于“每受天真地秀，日精月华，感之既久，遂有灵通之意”，绛珠仙子也是“既受天地精华，复得雨露滋养，遂得脱却草胎木质，得换人形”。猴子的“灵通”两个字，还和宝玉的“通灵”直接勾连。菩提老祖给孙悟空命名，书中有赞“正是：鸿蒙初辟原无姓，打破顽空须悟空”，简直就是《红楼》里的句子啊，连空空道人都有了。只不过开辟鸿蒙，一个情种，一个逆种。

悟空载“姓”归来，众猴闻说，鼓掌忻然道：“大王是老孙，我们都是二孙、三孙、细孙、小孙——一家孙、一国孙、一窝孙矣！”都来奉承老孙……真个是合家欢乐！是不是很容易想起，荣府庆元宵，合家赏灯吃酒，凤姐说的那个“亲孙子、侄孙子、重孙子、灰孙子、滴滴搭搭的孙子”的笑话？最惊人的还在后面。《西游》说悟空“又会了个七弟兄，乃牛魔王、蛟魔王、鹏魔王……日逐讲文论武，走斝传觞，弦歌吹舞，朝去暮回，无般儿不乐”。其他什么“论武”什么“弦歌”，都容易理解，只是想不出悟空和牛魔王一起“讲文”，会讲些什么。后来才知，成见限制了我的想象力。悟空绝对堪称文武双全、文采斐然。闹了蟠桃会后，天兵天将追杀到家门口，悟空公然不理，先说“今朝有酒今朝醉，莫管门前是与非”，又说“诗酒且图今日乐，功名休问几时成”，真是儒将风度，气定神闲。取经路上，偶遇一座高山，也能脱口念出宋代寇准的“古”诗：“只有天在上，更无山与齐。”名著么，这种小小的时空错乱可以忽略不管。

不仅出口成章、引经据典，悟空还能亲自写诗。五十一回遇到青牛怪，唐僧被捉，悟空连棒都丢了，只好上天求救。如此危急关头，在等玉帝回话的片刻工夫，书中写他忍不住作诗纪兴曰：“风清云霁乐升平，神静星明显瑞祯。河汉安宁天地泰，五方八极偃戈旌。”通篇颂圣，妥妥的正能量，真真的好兴致。除了没有诗味，其他都很像诗。

也许因为一路受师父的文学熏陶吧。木仙庵三藏谈诗，所开杏花社，一点也不输《红楼》的海棠社、桃花社；女儿国里唱和春夏秋冬四景诗，细细读来，竟然也有宝玉“即事诗”的影子。《红楼》有长篇古风《葬花吟》《桃花行》《姽婳词》，《西游》也不示弱，某个“一轮高照，大地分明”的月圆之夜，唐僧对月怀归，也曾口占一首古风长篇：“皓魄当空宝镜悬，山河摇影十分全……”

以前《西游》只看故事的，真是错了呀。《红楼》里搬演《大闹天宫》，宝玉居然嫌弃“繁华热闹到如此不堪”，若是宝姐姐知道，又该批他“不知戏”了。

石不能言最可人

苏州拙政园的雅石斋，有一副对联："花如解笑还多事，石不能言最可人。"不知何人所题，用的是陆游的句子。陆游《闲居自述》全诗为："自许山翁懒是真，纷纷外物岂关身。花如解笑还多事，石不能言最可人。净扫明窗凭素几，闲穿密竹岸乌巾。残年自有青天管，便是无锥也未贫。"末两句，简直就是"老天饿不死瞎家雀"的文雅版。倒是和拙政园的"拙"，有几分相通，都是退一步海阔天空。

据说拙政园和《红楼梦》，有着千丝万缕的联系。当年的苏州织造曹寅，曾把家眷安置在这里。《红楼》开篇即说："当日地陷东南，这东南一隅有处曰姑苏，有城曰阊门者，最是红尘中一二等富贵风流之地。"又说林如海"本贯姑苏"，旁有脂批："十二钗正出之地，故用真。"这说明，书里虽然真真假假，云山雾罩，朝代年纪，地舆邦国，全都失落无考，特意回避"东南西北"四字样，不欲着迹于方向，但"姑苏"二字，是确凿无疑的。

我无法确证，曹家人是否见过雅石斋这对联，但《红楼》作者对陆游诗，大致是应该读过的。只看两位姑苏女子黛玉和香菱，很有专业范儿地讨论放翁诗"重帘不卷留香久，古砚微凹聚墨多"，就知道了。何况"花如解笑"这两句并不偏僻。在脂批中，还曾出现过另外两句气息相近的诗。

《红楼》文中写绛珠仙子"终日游于离恨天外，饥则食蜜青果为膳，渴则饮灌愁海水为汤。只因尚未酬报灌溉之德，故其五内便郁结着一段缠绵不尽之意"处，甲戌有眉批："以顽石草木为偶，实历尽风月波澜、尝遍情缘滋味，至无可如何，始结此木石因果，以泄胸中悒郁。古人之'一花一石如有意，不语不笑能留人'，此之谓也。""一花一石如有意，不语不笑能留人"，出自唐代刘长卿《戏赠干越尼子歌》，有一字之差，原文是“一花一竹如有意，不语不笑能留人”，想必是脂砚斋入戏太深，无意间把人家的竹子改成了更应景的石头。刘长卿诗里的女尼身世“鄱阳女子年十五，家本秦人今在楚”，竟也约略有些类似妙玉。

《红楼梦》的故事主干，就是木石前盟。把人物化为山石草木，是一种怎样的无奈。只有离情去欲、泯灭性灵，只有自我各种决绝，才可以做到。前人有言：“相濡以沫，不如相忘于江湖。”以前总觉得这话说得无情，不近人情。现在越来越觉得：如此，便好。

第十九回“情切切良宵花解语，意绵绵静日玉生香”，花解语，和解笑一样，回头看时，未必不是多事。玉生香，也不啻于石能言，当时可人，事后未必不都成遗恨。“石不能言”也好，“不语不笑”也好，说的都是一种无言的境界。大音希声，大象无形。是烈火烹油之后的到头一梦，是鲜花着锦之后的万境归空。

有时候在山里闲走，忽然就佩服起《红楼》作者来。一草一木，一山一石，触目都是木石前盟。所以香山植物园里，有人指认某块石头就是那块石头，某棵树就是那棵树，早些年，我是忍不住就要哈哈大笑的，现如今却觉得，也未尝不可。哪块石头不是那一块呢？哪棵树哪棵草不是那一株呢？无处不在，触目皆是。那些园林，那些故事，早已逝去；那些情怀，那些情绪，却依然还在。

石不能言最可人，作者却偏偏写了一部洋洋数十万言的石头记。一大块石上字迹分明，编述历历。奈何？

轻轻抹去

“俏语谑娇音”之前，宝黛二人口角，为了宝钗吵得嘈嘈切切，宝玉急于剖白，反被黛玉啐了一口：“我难道为叫你疏他？我成了个什么人了呢！我为的是我的心。”宝玉道：“我也为的是我的心。难道你就知你的心，不知我的心不成？”拌嘴无好口，一话赶一话，最重要的句子就这么不假思索脱口而出。这是两人首次论“心”。按照普通文艺青年的路数，当此之时，一言既出，心迹已明，应该是音乐响起，百花齐放，四目相对，两情依依，走抒情路线。可是《红楼》里，黛玉听后，低头一语不发，半日说道：“你只怨人行动嗔怪了你，你再不知道你自己怄人难受。就拿今日天气比，分明今儿冷的这样，你怎么倒反把个青肷披风脱了呢？”宝玉笑道：“何尝不穿着，见你一恼，我一炮燥就脱了。”话题一转，直接从情感栏目切换到天气预报，教导穿衣指数，小心眼的林妹妹还是稳占上风。

脂批曾总结《红楼》文法，有截法、岔法、突然法、伏线法、由近渐远法、将繁改简法、重作轻抹法、虚敲实应法种种，以为“信手拈来无不是”。这段用的就是“重作轻抹”。浓墨重彩、紧锣密鼓写出来，各种郑重其事，临了却轻轻一抹，过下无痕，好像什么都没有发生。这种写法还有不少。脂批特意点出来的，比如第二十二回宝玉悟禅机，又是说“赤条条来去无牵挂”，又是写偈子，又是填《寄生草》，出家结局呼之欲出，却被黛玉、宝钗一搅和，便笑道：“谁又参禅，不过一时顽话罢了。”散尽一天云彩。又比如，七十五回中秋词，贾赦夸奖贾环的诗好：“竟不失咱们侯门的气概。”“以后就这么做去，方是咱们的口气，将来这世袭的前程定跑不了你袭呢。”直揭下文，让人欲问贾琏、宝玉下落。可是贾政忙劝：“那里就论到后事了。”堂皇口吻光明正大，一带而过。再比如，王熙凤梦见别家的娘娘打发人夺锦，明明是势败家亡的兆头，完全可以写成各种惊痛，各种玄虚，偏偏用旺儿家的笑道："这是奶奶的日间操心，常应候宫里的事。"听起来合情合理，不由人不信。重大消息稍一逗漏，立即风吹棹转，轻轻放过。后面的故事若无其事继续进行。似真似幻，难信难疑。

脂批虽算不上多么系统、高明的批评理论，但这些直觉随感式的心得，还是极有启发。比如，说通灵宝玉，先让冷子兴略略一提，后让宝钗细细一看，是因为"不肯一笔直下，有若放闸之水，燃信之爆，使其精华一泄而无余也"。"轻轻抹去"也是如此，不肯一泻千里，不肯让人一览无余。又评"俏语谑娇音"一波三折，说"真是卖弄有家私之笔也"。——"卖弄有家私"说得好。《笑林广记》嘲笑秀才写不出文章，说是跟养孩子不一样，肚子里没有；说是肚里虽有五六百个字，只是一时凑不起来。可见这家私不是容易有的。《红楼》自然有。至于卖弄么，有时是，有时真不是。当弄则弄，当收则收，绝不泛滥。

汪洋恣肆，随意挥洒，遍地才情，并不太难；难的是在汩汩滔滔时候，能够轻轻截住。节制，于人于文，大约都是一种美德。

这样钝愚，还参禅呢

《红楼》第二十一、二十二回写过一段宝玉参禅，二十二回题目就叫“听曲文宝玉悟禅机”，吓人一跳，还以为宝玉从此就悟了，那后面的“悬崖撒手”怎么写？当然虚惊一场，几个人一玩笑，就轻轻抹去了。《红楼》惯用此法，比如“花落人亡两不知”的葬花，也偏偏写在前半部，写在宝黛除了小儿女口角，还什么都没有真正经历的时候。到了真正花落人亡的时候，又该怎么写？反正，作者是把最难的工作，留到了后面。而后面，我们看不到了。也许，没有结尾，就是最好的结尾吧。世事不正经常如此么。

宝玉这次热身性质的参悟，表面缘由是听曲文，实际还是因为在几个女孩子里周旋不过来。所谓“目下不过这两个人，尚未应酬妥协，将来犹欲为何”，所以无趣，无可辩，赌气走人。此时心境，正好应了“赤条条来去无牵挂”的景，应了《南华经》的景，所以才有一场大哭，才有偈子，才有《寄生草》。不然，一如素日太平无事的话，纵是看一百回《山门》，读一百遍《南华经》，也都只是泛泛茫然。

钗黛用来打击宝玉的例子，是著名的六祖悟道偈。宝钗道：“当日南宗六祖惠能，初寻师至韶州，闻五祖弘忍在黄梅，他便充役火头僧。五祖欲求法嗣，令徒弟诸僧各出一偈。上座神秀说道：‘身是菩提树，心如明镜台，时时勤拂拭，莫使有尘埃。’彼时惠能在厨房碓米，听了这偈，说道：‘美则美矣，了则未了。’因自念一偈曰：‘菩提本非树，明镜亦非台，本来无一物，何处染尘埃？’五祖便将衣钵传他。”

再看宝玉的偈“无可云证，是立足境”，和黛玉的续“无立足境，是方干净”一比较，果然是“有”和“无”的区别。所以宝钗深表赞同，宝玉也深为叹服。

但是宝钗的另一句话，都被大家忽略了：“只是方才这句机锋，尚未完全了结，这便丢开手不成？”意思是，宝玉未悟，即使是黛玉结到这里，也还没有了结，怎么办？但是大家果断丢开手，不再深究。

前一段到广州，看了光孝寺，正是六祖出家的地方，风动幡动发生地。菩提犹在，郁郁苍苍，自然想起上面的一段公案。反复念诵之余，忽然有了自己的几句话：“菩提树是树，明镜台是台。万物自万物，尘埃便尘埃。”无墙可写，发在朋友圈里。当时还小得意了下，仅此一念，便知自己离开悟尚远，不过如彼时之宝玉，激于人生细事，偶有灵光闪现罢了。

回头去看宝玉的那支《寄生草》，连篇累牍的“我他伊”“悲愁喜”“亲疏密”，全是贪嗔痴，怨憎会，爱别离，求不得。孜孜以求“有趣”，所以才如此“无趣”。虽然脂批盛赞，也只是传奇小说文字，成不得“语录”，入不得“公案”。也难怪黛玉说他：“这样钝愚，还参禅呢。”总是机缘不到。

宝玉续庄的文字下，还有一条突兀的脂批，关于“赵香梗先生《秋树根偶谭》”“子美祠为郡守毁为己祠”的。批语最末说“因索书甚迫，姑志于此，非批《石头记》也”。有人根据这句话悬拟出了不少《石头记》写书批书借书索书情景。其实批者说得明白，“非批《石头记》”。“索书”的“书”，是指那本《秋树根偶谭》。不过是《石头记》的空白处，临时做了批书者的摘抄簿。查资料，原来吴小如先生也早就这么讲过。可惜很多人没看到。

谁将游戏参三昧

《红楼》过元宵，一个重要关目是猜灯谜、制灯谜。事起元妃："忽然人报，娘娘差人送出一个灯谜儿，命你们大家去猜，猜着了每人也作一个进去。"可见宫中此风已盛。吴梅村有诗："七宝琉璃影百层，沦漪月色漾寒冰。词臣主客诗图进，御帖亲题万寿灯。"据说写的就是顺治宫中灯谜事。上行下效，有清一代，文虎横行。上至文人雅士，下至贩夫走卒，谁不会破几个谜呢？经史子集、传奇小说及谚语什物，无不入谜。有集会，有谜社，专门著作都出了好几种。场面隆重的，观者如堵，想挤都挤不进去。每有射中，鼓声大作，奖品丰厚。能猜谜的，固然是高才；能制谜的，也必须是高手。好的谜语传播人口，载入书籍。所以，甚至有人戏称谜语为"清一代之文献"，声言"凡一代有一代之文学，楚之骚，汉之赋，六朝之骈语，唐之诗，宋之词，元之曲，清之谜，皆所谓一代之文学，而后世莫能继者也"。当时小说，如《镜花缘》《红楼梦》《二十年目睹之怪现状》等等，皆以灯谜点缀，也正是这种社会流行的反映。

《红楼》有谜。有的揭出谜底，暗寓各人命运；有的没，比如宝黛钗三谜，宝琴的十首怀古诗。前人曾猜过答案，大半贴合，少数还不够稳妥，莫衷一是。比如宝玉的："天上人间两渺茫，琅玕节过谨提防。鸾音鹤信须凝睇，好把唏嘘答上苍。"这几句我认为完全不知所云的话，有人猜是风筝琴（俗名鹞鞭），有人猜是吹火筒，反正我是想不到。还有宝琴的《赤壁怀古》："赤壁沉埋水不流，徒留名姓载空舟。喧阗一炬悲风冷，无限英魂在内游。"前人猜是纸糊法船，完全没见过。不过看到最后一句，我首先想到的，是尸横累累的灭蚊灯。所以《红楼》之谜，虽然也心痒手痒，跃跃欲试，但二百多年前的衣食用度，现在大都面目全非，让人从何处想来？白费力气罢了。

《红楼》更被拿来制谜。曾有人说："《红楼梦》一书，包罗万有，若借以制谜，大可专立一门。"（张起南《橐园春灯话》）更有人说："余即有嗜红之癖，尝取《红楼梦》为谜材，日积月累，所作不下数千条。"（吴克岐《犬窝谜话》）清人制谜，大多采用"四书五经"、《古文观止》、《唐诗三百首》、《西厢记》、《牡丹亭》、《三国演义》、《水浒传》、《红楼梦》等，因为这些书要么经典，要么通俗，几乎家置一编，人人成诵。在当时，一说大家都知道，不生僻。不过到了现在，西学东渐，新学兴起，熟悉这些文字的人，远不如前。好在《红楼》和唐诗，还算显学。有些谜语，如今拿出来，还能用。比如谜面"林妹妹如何禁得住，就是宝兄弟也禁不起"（五十一回凤姐议在园中添厨房语）射唐诗一句。谜底为太白诗"总是玉关情"，意为：总是两个玉儿让凤姐操心。这个谜底的另一谜面也有趣，附记于此："臣东邻有女，窥臣已三年矣。"用宋玉。再比如，谜面"情中情因情感妹妹"，射"儿女共沾巾"。"送宫花贾琏戏熙凤"射"但闻人语响"。"芦雪庵争联即景诗"，射"云在意俱迟"。"宝哥哥晨赴潇湘馆"，射"坐看云起时"，云指湘云。"病神瑛泪洒相思地"，射"不见玉颜空死处"，玉指黛玉。除唐诗，还有猜词牌的。比如，"贾雨村风尘怀闺秀"射"念奴娇"。"憨湘云醉眠芍药裀"射"醉花阴"。还有一条，需要动用一点知识储备，谜面"汉书八表天文志"，谜底是"赖大家"。因为班固著《汉书》，八表和天文志未及完成就去世了，由妹妹班昭踵继完成。班昭，宫内称为"班大家"。有人盛赞此谜："是皆以史事为扣，的是读书人吐属，曾有一毫江湖气否？"真是顾盼自雄，唯有读书高啊。

问题是，当年的书，现在已经很少有人读了。正如纯种犬，血统越纯正，格调越高雅，灭绝也就越快些。看着几部谜书中，满坑满谷的掉书袋谜语，不由这么想。游戏文字，兴衰消长，亦各有定数。天意难逃。

说谜语，不能不提到谜格，什么徐妃格、曹娥格、卷帘格、隐冠格……都是谈吐行文之际，展示打虎专业素养必备之利器。不过几部谜书，也都不约而同引到杨万里论诗的一段话："从来天分低拙之人，好谈格式而不解风趣，何也？格式是空架子，易学；风趣便写性灵，非天才莫办。"（谢云声《灵箫阁谜话初集》转引）所以呢，懂格，当然最好；不懂，也没关系，直接假装自己是天才就OK。

为何读书

当年读马尔克斯《百年孤独》，印象最深的，不是开头，而是结尾：奥雷里亚诺·布恩迪亚在一个奇异的瞬间，感觉破译了命运的密码。他想起羊皮纸手稿上的一句话，跟他曾经亲闻亲见的，这个家族的兴衰，完全相符："家族中的第一个人将被绑在树上，家族中的最后一个人将被蚂蚁吃掉。"然后，他找到那些羊皮纸手稿，迫不及待读起来。他毫无困难地读懂了整个家族的历史。在越来越强烈的飓风里，他拼命往后翻书，越来越接近关于自己的描述。他想弄清楚自己的死亡日期和死亡情况。就在他读完最后一行、明白了自己结局的瞬间，结局同时到来，整个城镇被飓风扫平。

剥离原书的一切隐喻、背景和微言大义，假设这就是"读书"行为本身，那么，当世界末日来临时，当一切终将归于虚无，读书的意义何在？当一切都将同归于尽，被彻底抹掉，一切都将永远不会重现，为什么还要坚持读下去？是为谁，为什么而读？

《红楼》中，宝玉最被诟病的行为，就是不肯读书，愚顽怕读文章。老爷打他，袭人劝他，众人讪他，都是因他不喜读书。宝玉当然不是不读书，根据书中情节，可以替他开一个不完全书单如下：四书、五经、左传、国策、公羊、穀梁、庄、骚、文选、欧阳修、温八叉、李长吉、白乐天、西厢、古今小说、传奇脚本、古今人物通考、各类诗文集等等。尤其喜读杂书，杂学旁收，足抵得过半个古典文学博士了。他所不喜的，只不过是举业时文八股那一类。也就是仕途经济、立身扬名之书，类似于今日之教科书。为什么大家那么重视这类读书？因为这不是他一个人的事，而是负担着整个家族兴旺的使命，亦即所谓为家族崛起而读书。所以可以理解贾政为什么会恼羞成怒、大打出手。

可是宝玉读书的目的显然不在此。他喜读西厢，完全是因为人生阶段正好走到这里。书里“落红成阵”的句子，正好和眼前风景相应：只见一阵风过，把树头上桃花吹下一大半来，落得满身满书满地皆是。宝玉要抖将下来，恐怕脚步践踏了，只得兜了那花瓣，来至池边，抖在池内。然后黛玉就来了。“倾国倾城貌，多愁多病身”，也恰好和心事对应。他喜读南华，也正是因为触动了“焚花散麝”的心思，所谓“茫茫着甚悲愁喜，纷纷说甚亲疏密。从前碌碌却因何，到如今回头试想真无趣”。每一本书，每一个心有所动的句子，都与个体生命的觉醒和战栗互相呼应。当然，这两个例子，只是生命的片段。

回到《百年孤独》，奥雷里亚诺·布恩迪亚之所以如此沉迷于阅读行为，在世界末日的暴风雨中仍不放弃，正是因为他读的不是普通的书，而是自己的命运。人类对自身，永远充满好奇。而人类留下的文字，深藏着命运的各种密码。阅读最重要的目的，就是要在各种文字里，寻到自己，印证自己，指引自己。比如一千多年前，有人写下这样的句子：“生年不满百，常怀千岁忧。”我们已经不知道这个人是谁，但能清晰感受到他内心的忧惧。同时，也明确接收到了他留给我们的善意：“昼短苦夜长，何不秉烛游？”另一个人则写：“死去何所道？托体同山阿。”这个人我们知道名字，但也早已无法表达谢意，时空永隔。

唯有替内心读书，明白自己的生死所以，才是向天地间智慧文字致敬的最好方式。

小红：动人春色不须多

小红的出场，伴随着一系列情节混乱和缺失。跑到宝玉外书房门口叫“哥哥”，哥哥是谁？宝玉外书房叫绮霰斋，名字居然和房里大丫头一样。这不合理。贾芸种树，应该是宝玉去北静王府的“后天”，因为这一天他从凤姐处批了银子，第二天五鼓起床，先还钱，再出城买树，怎么也赶不及当天早晨回来。凤姐交代的也是“后儿”。可是从小红这边写，宝玉从北静王府回来，得空回了贾芸扑空的事，接着凤姐就打发人来说，明天有人种树。第二天一早，红玉去潇湘馆借喷壶，果然看见贾芸坐在山子石上监工——溜溜少了一天。

那个手帕子也奇怪，红玉丢的时候，贾芸的工程还没影儿，偏等他进来种树才捡到；红玉梦见被他捡到，果然就被他捡到。巧合如此随意，近乎不负责任，不像《红楼》一贯喜欢的千里伏线，情理之中。红玉的老子娘，既然是林之孝两口子，必然不输于晴雯，却是晴雯仗了老子娘的脸面占上风。还有名字，公然犯宝黛。这个倒不稀奇，她年龄大，起名在先，不过因为是奴才，自然要给主子让路。问题是脂批说：红字切绛珠，林玉则是直通，非要和黛玉扯上关系，就有点莫名其妙了。这些迹象大概说明，小红这个人物，还没完工。贾芸、红玉的情节线，是后来穿插进来的，还不能拼接无痕。

当然这些都不重要，重要的是她和宝玉的关系。书里说，“这红玉虽然是个不谙事的丫头，却因他原有三分容貌，心内着实妄想痴心的向上攀高，每每的要在宝玉面前现弄现弄”。撇开功利性因素不说，至少对宝玉，她是曾经渴望接近的。宝玉呢，自那天晚上一见，也就留了心。想直点名唤她来使用，一则怕袭人等寒心；二则不知红玉是何等行为，若不好，倒不好退送的。因此心下闷闷，早晨起来也不梳洗，只坐着出神。——脂批说：“玉儿每情不情，况有情者乎？”可见也是动情。不过这种感情，即便双向，也还都在草色遥看、似有如无之间，并不真切。接下来的画面优美香艳："只见西南角上游廊底下栏杆上似有一个人倚在那里，却恨面前有一株海棠花遮着，看不真切。只得又转了一步，仔细一看，可不是昨儿那个丫头在那里出神。"甲戌批："试问观者，此非'隔花人远天涯近'乎？""隔花阴人远天涯近"，是《西厢记》里张生、崔莺莺的戏码，脂批引这句，明显是调侃了。一旦坐实，就成戏谑。

写春光，《西厢》说"蝶粉轻沾飞絮雪，燕泥香惹落花尘"，《牡丹亭》说"袅晴丝吹来闲庭院，摇漾春如线"，黛玉《葬花词》说"游丝软系飘春榭，落絮轻沾扑绣帘"。其轻软飘忽，摇漾不定，与春心一样。芳心本无定主，宛若飞絮游丝，只看遇到哪一个。所以当小红遭遇秋纹恶意，不觉灰心大半时，恰遇贾芸，便四目留情。宝玉犹豫不决，一旦凤姐要人，就轻轻撒手。那片刻的求近之心，便宛若春光里的自在飞花，如烟轻梦，展眼无痕。

在怀春是罪的年代，脂批拼命不肯承认这一点，先说小红是奸邪婢，被逐出怡红院，后来看到狱神庙的下文，又说"勿错认为芸儿害相思"。自欺欺人了。人生路上，一路走来，会遇到很多人和事。有善意接纳提携，也有恶意提防踩踏。能够酿成真爱、相伴终生的，毕竟极少。绝大多数，都是相逢一瞥，转眼西东，落花流水两无情。而那彼此错面之间，能有的那一点点善意，便已是最动人的春色。

有一首唐诗："去年今日此门中，人面桃花相映红。人面不知何处去，桃花依旧笑春风。"我非常喜欢。但是不喜欢根据这诗敷演出来的所谓"本事"：崔护第二年再去，女孩子居然就死掉了。少女看见一位帅哥，心动是有的，好感是有的，相逢一笑，灿烂了整个春天，然后各走各的路，快快乐乐开始新的生活，不是很好吗？更喜欢的是苏轼那首："墙里秋千墙外道，墙外行人，墙里佳人笑。笑渐不闻声渐悄，多情却被无情恼。"人生连相逢都不必，只是听到你的声息，看到你周围的风光，已经对你深怀善意。这就是春天。意外邂逅，相逢一笑，刹那的心动就已经很好，何必深交。

四月二十六日芒种节，众花皆谢，花神退位。这一天，黛玉葬花。小红的人事关系，也正是在这一天，离开了怡红院。这一去，除了端午节打醮那一天在上车的拥挤人群里，还有“闻秘事凤姐讯家童”莺儿口中，偶一露面，从此再无音讯。所有的伶俐口齿和高傲心性，也都再无展现。要到八十回后，这惊“红”一瞥，才和另一抹红——茜雪，给白茫茫一片大地真干净的世界，带来仅有的温暖。可是迷失无稿。和历史上英雄豪杰的“不知所终”一样，令人无限怅惘。

三姑六婆

三姑六婆，向来名声不雅。《红楼》里随处可以看到这群人的身影。最坏的一个自然是马道婆，宝玉的寄名干娘，却和赵姨娘嘀嘀咕咕，收了五百两银子欠条，就滥施魔法，让宝玉和凤姐大病一场。且不说这里面科学性如何，十个小鬼、两个纸人、几句咒语有没有这么大威力，单是这份用心险恶，就让人恨得牙根痒痒，可以杀无赦了。还有馒头庵的老尼净虚，受人钱财，替人消灾，生生拆散张金哥的好姻缘，断送两条性命，还把凤姐拖进弄权的泥潭不可自拔。拐走了芳官、蕊官、藕官的老尼姑智通和圆心，虽然因为书残，恶行没有彰显，但是可以想见，几个小姑娘过不上什么好日子，王夫人的一片好善之念也肯定是被辜负了的。总之，好好的太太们，都被这些三姑六婆教坏了。

不独《红楼》，其他古书里，对三姑六婆也没什么好脸色。《朱子家训》说“三姑六婆，实淫盗之媒”，《镜花缘》甚至主张家里的妇女“以三姑六婆视为寇仇，诸事预为防范，毋许入门”。因为“一经招引入门，妇女无知，往往为其所害，或哄骗银钱，或拐带衣物”等等。要钱事小，有的时候还会要命。帮西门庆勾搭潘金莲的王婆，就是好例子。简直就是万恶之源。

“三姑六婆”据说分别是“尼姑、道姑、卦姑”和“牙婆、媒婆、师婆、虔婆、药婆、稳婆”。单从字面看不出什么不妥来。前三者满足人们的精神需要，后六者满足人们的日常生活需要。靠本领谋生，都是术业有专攻的知识女性，可以说是我国最早的职业妇女。不说别的，谁家不生孩子，离得开稳婆么？人们对她们缺乏敬意，我以为，不过是因为当年对整个女性群体都缺乏敬意而已。你看，家门出了点什么事，无非归结为两点：一是三姑六婆坏，二是妇女无知。跟男人半毛钱关系都没有。

马道婆搞鬼的时候，甲戌本未能免俗，有一段批语："三姑六婆之为害如此，即贾母之神明，在所不免。其他只知吃斋念佛之夫人太君，岂能防范得来？"——说的无非也是这两个意思。其实人性里的恶大致相近，不见得非有男女之别。当然也不可讳言，女性自有其性格弱点。像老太太这样的神明，王夫人这样的曾经着实响快，凤姐这样的一贯杀伐决断，在刘姥姥妄谈神佛的时候，能暗合心事，其实大都和子嗣艰难有关。老太太不必说了，如果红学家考证是真，贾赦、贾政都不是亲生的，最疼的黛玉之母也先她而去；王夫人失了贾珠；凤姐接连小月，一直生不出儿子。再强的性格，也强不过"命"，强不过"无常"二字。

在山庙里，每每看见送子娘娘、引蒙娘娘、眼光娘娘、痘疹娘娘座前香火繁盛，就不由会想，有娃的女人，一生事业，大概都在这深深几拜中了。因为有所爱、有所求，有所护、有所守，就不由自主有所畏惧、有所忌惮；不由自主想要和虚空里的谁，做一笔交易来担保。当其时，首先匍匐放弃的，就是智慧、年华。金钱什么的都是末节了。

闲言碎语怎能不讲

程颐大约立志要做一个口无遮拦的人，所以明知很多人努力作诗，很多人夸杜诗好，偏不肯藏话，直出胸臆说：“如今言能诗无如杜甫，如云：‘穿花蛱蝶深深见，点水蜻蜓款款飞。’如此闲言语，道出做甚。某所以不常作诗。”——果然如愿，做了好多年靶子。倒不是杜甫不能批评，而是他批评的角度颇有意思：“闲言语。”幸好他没见到《红楼梦》，这一大部闲书！

若按正统文学观念来看，诗赋正道，小说不入流。诗歌程颐尚且看不上，小说更别提。可是喜欢小说的人那么多，《红楼》的流行，挡都挡不住啊。作者开篇就先自占了地步：“市井俗人，喜看理治之书者甚少，而爱适趣闲文者特多。”大众审美没办法，再大的帽子也压不住。《红楼》整部书，都是静极思动，从“闲”上来。书中众儿女，觅的是“闲愁”；演说荣国府，谈的是“闲话”；结诗社填词，写的是“闲情”；愚妾辱亲女，争的是“闲气”……宝玉干脆外号就是“富贵闲人”。通篇文字更是琐碎闲腻，可以和老杜“蝴蝶蜻蜓”媲美的地方很多。黛玉葬花、宝钗扑蝶就不说了。宝玉闷的时候，在回廊上调弄一回雀儿，又顺着沁芳溪看金鱼。怡红院的女孩子趁下雨积水，把些绿头鸭、花鸂鶒、彩鸳鸯，缝了翅膀，放在院内玩耍。开螃蟹宴时，林黛玉坐绣墩倚栏杆，拿着钓竿钓鱼。宝钗俯在窗槛上，掐了桂花蕊掷向水面，引得游鱼浮上来唼喋。探春和李纨、惜春立在垂柳阴中看鸥鹭。迎春又独在花阴下拿着花针穿茉莉花……一群富贵闲人，富贵闲事，富贵闲情。但如果只是写小儿富贵，这部书还有多大看头呢？关键在于，《红楼》的底子，是“白茫茫一片大地真干净”。穿茉莉的迎春，一载黄粱；看鸥鹭的惜春，独卧青灯；缝水鸟翅膀的女孩子，风流云散；桃羞杏让的大观园，人去园空。所有良辰，都成哀景；所有笑语，都成悲歌。当时只道是寻常的无数闲闲，都成神伤。作者大梦醒来，遥望前尘，能疗伤自慰的，除了晨夕风露、阶柳庭花，还有什么呢？

杜甫诗亦是如此。在写《自京赴奉先咏怀五百字》时（755），他似乎感觉，这个世界已经糟得不能再糟了："朱门酒肉臭，路有冻死骨。"所以通篇都是愤怒和抱怨。但两年以后（757），当他经历了安史之乱，经历了"烽火连三月，家书抵万金"的磨挫，终于能够再回家看看时，同样是探亲路上，他就能看见"菊垂今秋花，石戴古车辙"，看见"山果多琐细，罗生杂橡栗。或红如丹砂，或黑如点漆"。这些平时不起眼的小细节，忽然鲜明如画，可亲可爱，甚至让人感到不可言说的愉悦。当然可能跟季节有关，上次回家是隆冬，到家才知道孩子都冻死了一个。这次是闰八月，风景犹在。但我觉得，更重要的是阅历和心情。

早年读《北征》，也不明白作者为什么突然插这一段闲言语，最近再看，忽然就明白了。诗人此时已经四十多岁，经历了战乱离散，大苦难的背景下，唯有这些细小的生机，仿佛老树劫后之新芽、沙漠困极之清泉，聊可安慰沧桑老怀，自然弥足宝贵。所以，当来年（758）春天，杜甫终于一家团圆，到曲江散散步，看到韶光满眼，写写"穿花蛱蝶深深见，点水蜻蜓款款飞"时，要多么没心肝，才能说这是"闲言语"呢？

《红楼》二十五回有一段：黛玉因见宝玉近日烫了脸，总不出门，倒时常在一处说说话儿。这日饭后看了两篇书，自觉无趣，同紫鹃、雪雁做了一回针线，更觉烦闷。便倚着房门出了一回神，信步出来，看阶下新迸出的稚笋。甲戌侧批："妙妙！'笋根稚子无人见'，今得颦儿一见，何幸如之！"所引正是杜甫诗句。小说情景无疑也是化用了老杜诗意。当年杜甫写时心内是如何想，雪芹落笔时心内是如何想，颦儿看时心内是如何想，读者读时心内是如何想，都不重要了。重要的是，在这情景熟悉的诗句里，隔着千百年、千万里，我们相遇。

诗酒放诞，文采风流

《红楼》里，有极繁华文字，也有极悲凉文字；有极旖旎文字，也有极快活文字。极快活的，薛蟠瓜藕请客，冯紫英闯席离席，算是一段。直是写得少年意气，四座春风。脂批更直接以“英侠人”呼之，赞“一派英气”。

出场是这样的：正说着，小厮来回“冯大爷来了”。……薛蟠等一齐都叫“快请”。说犹未了，只见冯紫英一路说笑，已进来了。众人忙起席让座。——寥寥几句，写得全盘皆动。略一寒暄，马上切换——薛蟠见他面上有些青伤，便笑道：“这脸上又和谁挥拳的？挂了幌子了。”冯紫英笑道：“从那一遭把仇都尉的儿子打伤了，我就记了再不怄气，如何又挥拳？这个脸上，是前日打围，在铁网山教兔鹘捎一翅膀。”——五陵年少，快意恩仇，背后仿佛无数风云涌动，却只淡淡一语带过。连宝玉都难掩好奇心——宝玉道：“几时的话？”紫英道：“三月二十八日去的，前儿也就回来了。”宝玉道：“怪道前儿初三四儿，我在沈世兄家赴席不见你呢。我要问，不知怎么就忘了。单你去了，还是老世伯也去了？”——隐约又是一番华筵，遥遥掩映——紫英道：“可不是家父去，我没法儿，去罢了。难道我闲疯了，咱们几个人吃酒听唱的不乐，寻那个苦恼去？这一次，大不幸之中又大幸。”

当然后文我们知道，这个所谓“大不幸之中又大幸”，不过是公子口角，故弄玄虚，骗人赴席的由头。离席时掷地有声承诺的“多则十日，少则八天”，第二天也就立刻兑现了。但也只觉他豪爽，口角春风，不觉少年大言欺人。一段文字，抵得上王维名篇《少年行》：“新丰美酒斗十千，咸阳游侠多少年。相逢意气为君饮，系马高楼垂柳边。”

但就是这段神气完足、鲜衣怒马的小插曲，一不留神也瞧出个bug。我们知道这次饭局是薛蟠冒充贾政强行邀客、临时召集的，事在葬花前一日，四月二十五。上一个明确的时间点是三月中浣共读《西厢》。中浣即中旬，姑且定在最早算十一日，第二天宝玉中觉也没睡不知道忙啥，第三天去北静王府，第四天早晨惦记了下红玉，第五天王子腾夫人寿诞，晚上赴宴回来脸被烫。又过一两日，马道婆来，与赵姨娘定计。假使第二天，马道婆的魔法就奏效，这也接近下旬了。病到第四天，一僧一道来，持诵通灵宝玉，这铁定已是三月下旬。那和尚特意交代："将他二人安在一室之内，除亲身妻母外，不可使阴人冲犯。三十三日之后，包管身安病退，复旧如初。"下回也说："话说宝玉养过了三十三天之后，不但身体强壮，亦且连脸上疮痕平复，仍回大观园内去。"所以不管前后怎么推算，四月初三四这几天，宝玉都应该在家中静养，不可能跑什么沈世兄家去赴席。

问题是发现了这个bug后我一点儿也不开心，因为它影响甚至破坏了我维持了很久的阅读快感，得不偿失。难怪前人说不求甚解或者难得糊涂。

《红楼》与唐伯虎

故宫的“石渠宝笈特展”，展出了唐寅的行书《自书词》卷，劈头一句就是“红楼画阁天缥缈”，一路细细看下来，不由又想起《红楼》文字与唐伯虎的关系。

《红楼》书里，直接提到唐伯虎的地方，就有多处。比如第二回贾雨村阔论“天地生人”，在“若生于公侯富贵之家，则为情痴情种，若生于诗书清贫之族，则为逸士高人”类里，列举了“近日之倪云林、唐伯虎、祝枝山”。秦可卿的卧房里，挂着“唐伯虎画的《海棠春睡图》”。薛蟠看春宫画，不认识“唐寅”两个字，念成“庚黄”。宝玉试才，大观园题碣“杏帘在望”，引用“旧诗云：‘红杏梢头挂酒旗’”，出自唐伯虎《杏林春燕》诗。宝钗行酒令，说“处处风波处处愁”，也是唐伯虎的句子。这是明用，至于暗用，以及其他文字相似处，就更多了。比如学界一直认为，黛玉的《葬花吟》，仿的就是唐伯虎葬花故事：“唐子畏居桃花庵，轩前庭半亩，多种牡丹花。开时，邀文徵仲、祝枝山赋诗浮白其下，弥朝浃夕，有时大叫恸哭。至花落，遣小伻一一细拾，盛以锦囊，葬于药栏东畔，作落花诗送之。”《桃花行》则是仿《桃花庵歌》。前人罗列二者字句相同近似处已多，不再一一。

唐伯虎是苏州人。《红楼》全书开端，也是始自姑苏：“当日地陷东南，这东南一隅有处曰姑苏，有城曰阊门者，最是红尘中一二等富贵风流之地。”书中黛玉、妙玉、香菱等都是姑苏人氏。龄官、芳官等十二个小戏子，甚至撑船的驾娘，也都是姑苏选来。在林如海“本贯姑苏”几个字旁，甲戌有批：“十二钗正出之地，故用真。”说明和书中金陵、长安等其他地名不一样，姑苏是实指。有这层乡贤乡谊的关系，也许就不难理解全书对唐伯虎的熟稔和认同。更何况，还有精神层面的契合。

唐伯虎虽然才子风流，但并没有后来传说里的那样优游自适。由于科弊案的牵连，后半生颇为潦倒，甚至要靠人接济为生，最后凄凉辞世。而且，科弊案还牵连了另外一位好人，主考官程敏政。这位程敏政，幼时聪敏，有“神童”之称，又是名臣之子，十来岁就由皇帝亲自下诏，送他到翰林院读书，后来大学士老师把女儿许配给他。二十三岁以进士第二人及第，也就是俗称的榜眼，授翰林院编修。学问渊博，才华过人，仕途堪称一帆风顺。忽然就遇到了科弊案，有人举报他收受了唐寅等人的贿赂，泄露题目。其实不过恰巧他的学问大，试题稍冷僻，大多数人没有押到题，而唐寅恰巧文才很好而已。事实证明，唐寅也并不在录取名单中，所谓卖题，纯属子虚乌有。但既然有人首告，为平息舆情，皇帝也就不留情，不问青红皂白把他撤了。人生太顺利的人，经不住折腾，没几个月，程敏政就愤恨而死，年仅五十四岁。可惜了那么好的人生开端。沈周有两句诗挽他：“君子不知蝇有恶，小人安信玉无瑕。”真是贴切。这很像《芙蓉女儿诔》里的句子：“偶遭蛊虿之谗，遂抱膏肓之疚”，“钳诐奴之口，讨岂从宽；剖悍妇之心，忿犹未释”。大栋梁，小儿女，居然同恨。

所谓旷达、彻悟，不过是现实人生已无出路时，于精神世界无奈开辟的另一出路。管不管用，难说。大苏、唐寅、程敏政，大约都可作如是观。人人看到他们文字里的放旷，看到才子名下的风流，又有谁知那些隐忍难言的试图屈服。“数过清明春老，花到荼蘼事了。”如梦幻泡影，如露亦如电。人六如，我亦六如。一切如此而已。

信手拈来蜂腰桥

“蜂腰桥设言传心事”是通行本《红楼》中的一个重要回目，说小红暗怀心事，半路上和贾芸四目传情，并借和坠儿闲谈泄漏消息，为后面一段换帕公案埋下伏线。这段文字多数抄本刻本都无异文。独有列藏本和梦稿本，回目是“蘅芜苑设言传密语”，正文里也不见蜂腰桥的影子。小红去找莺儿，“刚走到蘅芜苑门前，只见那边坠儿引着贾芸来了”。在门前和坠儿说完闲话，脸一红，“一扭身进蘅芜苑去了”。地点很清楚，回目和正文也是合榫的。前面小丫头让描花样子、莺儿借笔、贾芸从后门带进来，所有的情节设置，也都是为了让两个人在这里相遇。——但仔细思量一下，蘅芜苑用在这里，显然不太合适，因为直犯宝钗。大家如果只看回目，说不定会疑心到宝钗有什么不检点行为，尤其“蘅芜苑”与“潇湘馆”对举的时候，因为这个回目的下半句就是“潇湘馆春困发幽情”。总之不太妥帖。作者动笔的时候，思路顺流而下，不见得考虑这么周详，但回头修改时，一定会发现并推敲，精益求精，使之更符合情理。《红楼》文字魅力就在这些小节的精细处。解决办法显然很巧妙，作者凭空在怡红院去蘅芜苑的路上设置了一座蜂腰桥，就轻轻洗去了宝钗可能蒙受的嫌疑，还移步换景，增加了大观园的庭院深深、山重水复。

为什么说“蜂腰桥”肯定是后来的改笔呢？因为其他抄本里留下了明显的线索，比如庚辰本里的文字是：“红玉刚走至蜂腰桥门前，只见那边坠儿引着贾芸来了。”显然是用“蜂腰桥”替换了“蘅芜苑”三个字，那个很突兀的“门”字，就是删改未尽的证据了。“琉璃世界白雪红梅”一回，也用过一次这座桥，是李纨打发了请凤姐儿去的人打着伞走过。不过这样一来，这座桥的位置可就有点扑朔迷离了。因为从稻香村去凤姐院，貌似大可不必经过蘅芜苑。——谁知道呢。

这一小小的改笔，说明列藏本和梦稿本的此回文字，更接近《红楼》早期稿本面貌。——因为工程浩大，各个抄本大都是分头抄写，并非成于一时一地一人之手，每回文字依据的底稿也不见得相同，可能是作者不同时期的改本，所以各抄本文字的早晚，也只能一回一回地辨别，不能笼统地说谁早谁晚。判定了早晚，就能大致揣摩作者写作和修改的思路，往往会有想不到的惊喜。——像走迷宫一样，不喜欢的只觉茫然无味，好这一口儿的却乐在其中，其乐无穷。当然，我也很同情那些替大观园画地图的人，就像这样，作者随手抖出一个地名，那些专家要花多少心思、费多大力量，才能把它安插妥帖啊。可惜，惜春的“携蝗大嚼图”完全没有下文，不然大约还可以参考下。

小红思春，曾被脂批斥为“奸邪婢”，说不配在怡红院听差，所以发配到凤姐那里去了。后来又辩解说“此系未见抄没、狱神庙诸事，故有是批”，其实不必。人性本来复杂，可卿爬灰，不妨碍梦托家事；小红动情，也不妨碍探牢报主。非要删去天香楼，贬低红芸恋，都是批评家们道德洁癖用的不是地方。

年年岁岁花相似

年年岁岁花相似，岁岁年年——似乎人也没有什么不同。单个的生命，可能苍老凋落，整体人类的心境，却并没太大变化。比如东汉的《董娇娆诗》借桃李之口，替美人叹息：“秋时自零落，春月复芬芳。何如盛年去，欢爱永相忘。”数百年后，大唐的《白头吟》仍在浅吟低唱：“宛转蛾眉能几时，须臾鹤发乱如丝。但看古来歌舞地，惟有黄昏鸟雀悲。”再越千年，黛玉的《葬花词》“一朝春尽红颜老，花落人亡两不知”，依然同一机杼。

伤春叹逝，差不多是永恒的主题，古往今来，相关作品，数不胜数，也最容易引人共鸣。这其间，女性的感慨，似乎更容易深刻，所以文人也喜欢代女子立言。总是千百年来，性别相对弱势的缘故：把女性的价值，更多定位在了红颜、生育、家庭的意义上。而美貌和生育能力，肯定比生命和心灵，消逝得更快一些。甚至很多人觉得，女子的命运，只要到了“绿叶成阴子满枝”，就足以嗟叹了。人工定义的“韶华”，真是短到不能再短。剩下的时光，就只剩下被厌弃，忽略。他们这样暗示我们，也希望我们这样接受。

《红楼》里，我们通常叹惋宝黛有情人不能终成眷属，却比较少去追问，黛玉成了宝二奶奶以后，贾家也并未败落，两人又该如何。王子和公主，从此过上了幸福的生活吗？未必。不是宝玉不肯专情，而是大环境要求他不能专情。未娶亲之先，先放两个人伏侍；成亲之后，三房五妾，今儿朝东，明儿朝西。这些都不过是寻常标配。这种配置，倒是符合人性。只是对人性的这种考虑和周全，没有惠及女子。当然经济能力是另一个问题。

唐代陈羽，有一首《古意》，不太知名却极有意思，简直可以当作天下大多所谓美满婚姻的写照。篇幅很长，普通选本不常见，所以还是全部引用：

十三学绣罗衣裳，自怜红袖闻馨香。人言此是嫁时服，含笑不刺双鸳鸯。郎年十九髭未生，拜官天下闻郎名。车马骈阗贺门馆，自然不失为公卿。是时妾家犹未贫，兄弟出入双车轮。繁华全盛两相敌，与郎年少为婚姻。郎家居近御沟水，豪门客尽蹑珠履。雕盘酒器常不干，晓入中厨妾先起。姑嫜严肃有规矩，小姑娇憨意难取。朝参暮拜白玉堂，绣衣著尽黄金缕。妾貌渐衰郎渐薄，时时强笑意索寞。知郎本来无岁寒，几回掩泪看花落。妾年四十丝满头，郎年五十封公侯。男儿全盛日忘旧，银床羽帐空飕飗。庭花红遍蝴蝶飞，看郎佩玉下朝时。归来略略不相顾，却令侍婢生光辉。郎恨妇人易衰老，妾亦恨深不忍道。看郎强健能几时，年过六十还枯槁。

我一直觉得，这篇特别好，过目难忘那种。无数世事人情，都在其中了。几年之前，初次读到，即抚嗟不已。它回答的，大约就是“王子和公主从此幸福地生活在一起”以后的故事。所以，所有那些哀婉缠绵、回肠荡气、不知何起、死死生生、欲罢不能的伟大到不行的爱情，落到现实中，也大都不过是一个小小的开始。当然，前提是，你要活得足够长。像黛玉那样早夭，才是敬业的爱情好故事。美，要有足够的“凄”做底色，才够美。

当然，活得足够长，就要考虑所谓“韶华”“红颜”之后的问题。不管别人怎么看，反正我个人的意见是：灵魂的丰富、轻盈，所能够带来的人生喜悦，最终将超过其他，无关性别。

葬花无计写荒唐

小时候读《红楼》，一直以为葬花词是高潮，应该出现在全书末尾。一朝春尽红颜老，花落人亡两不知，音乐响起，全剧落幕，观众哭成泪人儿。现在二十七回就唱完，太早了，后面百十回可怎么办呢？还不得像《三国》，诸葛亮星殒五丈原一样，后面多少回，固然波折种种，也味同嚼蜡、无法再看了。可《红楼》没有。若无其事，照样一板一眼写下去，大家也看下去。宝黛生命中那么重要的一刻，于别人，好像什么都没发生过，风过无痕。

可作者应该知道呀。那么恸彻肝腑，写的时候怎么可能不代入。但轻轻放过了。笔底依旧太平，时光依然流逝。一大群人，该吃吃，该喝喝，该哭哭，该笑笑。春花秋月，好像永远没完没了。曹公当然不会这么没心肝。唯一合理的解释大概是，他认为这一段没那么重要，至少没重要到可以笼罩全书，后面还有更重要的，还将有更大的悲悯，更高的人生观照，足以结束全书。

以前看过一个纪录片，儿子殉职，八旬老母执意要来看最后一眼。在众宾肃穆、气氛庄严的追悼会上，老人被搀到棺前。忽然伸手，打了亡者一个耳光。还有严歌苓的小说《小姨多鹤》，日眷回乡路上，多鹤母亲杀子，自杀。还有哪部小说里写过的，一个贫穷的母亲，失去了孩子，贵妇人来看她的时候，惊讶地发现她在吃东西。天哪，她还能吃得下去！她本该痛不欲生的啊。

没有什么“本该”。“常理”通常也都无理。一个人，仅凭自己有限的经历和视野，往往理解不了另一种生命所抵达的深度，更无权评判。正像不了解萧红的孕产经历，不了解她在一个十月怀胎，又一个十月怀胎，都经历了什么，就无权扮圣母，指责她的弃子、灭子、无母性。那些声音，轻狂，无理，而不自知，却偏偏震天响。

回到《红楼》。锦衣玉食、活在华丽笼子里的宝玉，仅在前八十回里，就经历了可卿之死、秦钟之死、金钏儿之死、晴雯之死，以及悲伤着黛玉的悲伤。抄家之后，更不可问。大厦倾倒，一败涂地，骨肉离散，金玉成空。他的体悟和敏感，本来超出常人，当此之时，又该如何？

“把这韶华打破，觅那清淡天和”，是一条理想归路。心灵有处托放，现实却未必如意。“寒冬噎酸齑，雪夜围破毡”，在生命最本质最基层的饥寒和疼痛面前，再回望当年，春恨秋悲，都是奢侈品。一件奢侈品，怎么担当得起生命更大的新感悟。“悲喜千般同幻渺，古今一梦尽荒唐。”唯有“白茫茫一片大地真干净”，才能勉强道出万一罢了。

所以葬花词，我一直以为是道大菜的，其实，只是前菜。

黛玉葬花的技术细节

《红楼梦》写黛玉葬花有两次，一是共读《西厢》时，一是芒种饯花时。前者三月中旬，葬的是桃花瓣；后者四月二十六，葬的是凤仙石榴花瓣。虽然小说家言，但笔墨细如毫发，一丝不乱。葬花是宝黛重头戏，自然也是改编家的心头爱，所以戏剧、电影、电视剧都浓墨重彩、做足功夫。由于表演形式的限制，黛玉造型各各不同自不必说，单是花具，配置也不一样。书中写黛玉："肩上担着花锄，锄上挂着花囊，手内拿着花帚。"花帚扫花，绢袋盛花，花锄掩埋，各有用途。只是实用工具，上了舞台，未必好看。林妹妹又那么娇弱。从剧照中可以看到，梅兰芳先生的花帚，形状很收敛，劳动效率未必高，但不抢戏，主要突出的是花锄和遍地锦绣花囊。王文娟等的越剧造型，干脆不用花帚，还把花囊换成了玲珑过梁的精致花篮，画面感更强。舞台上不可能真正动土，所以戏剧"葬花"主要看身段和唱腔的功夫。饶是梅先生那样的艺术大师，鲁迅看了剧照还很不满意，"万料不到黛玉的眼睛是如此之凸，嘴唇如此之厚的"。可见，能契合众意的林妹妹何等难得。

电影和电视剧实地取景，比起舞台自然少一些局限，至少可以真花真树、真正破土了，但稍不留心则容易失之粗疏。八九版电影里的花具，除了花帚、花锄，还借鉴了戏剧中的花篮，在花篮里放了一块白绢，用白绢包起花瓣，然后埋在土里——虽不是绢袋，也算神似了。八七版电视剧倒是忠实地使用了老三样，但是那个绢袋，和梅兰芳先生舞台上使用的相近，折枝花卉的刺绣，精致到不像话，黄土抛洒的时候，看得人心疼。葬花虽不是黛玉日常功课，但肯定不止书中提到的两回。读《西厢》时黛玉说已经有花冢，可见不是头一次来收拾落花。葬一回花，埋掉一个绣工精美的绢袋，好半年才做成一个香袋的林妹妹，想必赶工不及。外面市卖的粗糙东西，宝玉、凤姐等既然都不用，用来葬花，想来也是唐突的。如果是府内负责针线的人做的，不肯多说一句话、多行一步路，吃个燕窝还要思量一下怕添麻烦的林妹妹，断不容自己这样糟蹋东西。想来想去，还应该是不带刺绣的素绢袋子更合情理，但显然不如刺绣好看，不如后者能增强繁华转瞬即逝的幻灭感。也许这就是所谓的“艺术的真实”。花篮也罢，绣袋也罢，虽然都算不上“忠实原著”，但这种不惮精良、精益求精的制作态度，对葬花情绪的入微体贴，对剧中人物的怜惜珍重，终究令人感佩。

还有那个花冢，不过取“以山为陵”的古意，虽名为冢，实在没必要非得另外堆起袖珍坟头。而且黛玉明明说，那畸角上我有“一个”花冢，不过是个总的葬花之地而已，何来两个甚至一溜土馒头？再说大观园里忌讳很多，藕官烧纸差点惹出一场是非，不干不净的东西都不让带进来，山坡上忽然出现一排疑似坟头，婆子们难道就能轻轻放过、不赶着去汇报？

当然，花锄花囊花帚花冢，终究都属皮相，可以言传口授。至于曹公着意咏歌的，那“如花美眷，似水流年”的心动神摇，那“花落水流红”的万种闲愁，那“逃大造、出尘网”也无可解释的悲伤，那“花落人亡两不知”的无奈幻灭，种种心痛神痴，读书者能领会到几分，只能看每个人自己的造化和修为了。

燕子来时不闭门

春分天气，第一候“玄鸟至”，玄鸟就是燕子。关于燕子，《红楼》里最动人的一句描写，见于黛玉生闲气。头天晚上去怡红院，吃了晴雯的闭门羹，黛玉回来，生了一夜闷气，第二天起床晚了，恐怕别人笑话，赶忙梳洗出门。偏偏宝玉来了。黛玉不理他，回头便叫紫鹃：“把屋子收拾了，撂下一扇纱屉；看那大燕子回来，把帘子放下来，拿狮子倚住；烧了香就把炉罩上。”一面说一面往外走，正眼不看，全然不理打躬作揖的宝玉，就出门了。宝玉只好后面跟着。

这一段真是好看。谁没欺负过该欺负的人呢？更难得的是那一个任人欺负。脂批说：“不见宝玉，阿颦断无此一段闲言。”各位啥时看见黛玉整天絮絮叨叨关心家务事？紫鹃又岂是时时刻刻需要耳提面命的？全是平时不必说的闲话，此时却非说不可，一句都少不得。无端获益的是那大燕子，凭空被殷切关怀了一次。之所以叫大燕子，应该是因为窝里还有小燕子，当时芒种节，正是小燕儿们孵化出壳的时候，想想都柔软。

当然，黛玉关心燕子，这也不是第一次。书中提到过的，元妃省亲时替宝玉打小抄的那首《杏帘在望》，颔联就是“菱荇鹅儿水，桑榆燕子梁”，口吻烂漫，自然天成。被元妃推许为前三首之冠，第一名。到了《葬花吟》，又说：“桃李明年能再发，明年闺中知有谁？三月香巢已垒成，梁间燕子太无情！明年花发虽可啄，却不道人去梁空巢也倾。”这一回是指责的口吻了，代花立言，代闺阁立言。

关心也罢，指责也罢，总是不能忘情。燕子本是无情物，秋去春来，养儿育女，是人家不可更移的生物钟。雕梁双栖，软语呢喃，干卿底事？但在好事者眼里，山鸟山花吾友于，一草一木总关情，非要跟自己挂上钩不可。——不仅黛玉，宝玉也有这个毛病：“时常没人在跟前，就自哭自笑的；看见燕子，就和燕子说话；河里看见了鱼，就和鱼说话；见了星星月亮，不是长吁短叹，就是咕咕哝哝的。”这是傅秋芳家老婆子背后的议论。笑骂凭人笑骂，此恨就关风与月。

古往今来，用燕子做题材的作品，实在太多了。“燕燕于飞，差池其羽”，据说是春秋时卫后庄姜涕泣送别时看到的情景。“翩翩堂前燕，冬藏夏来见。兄弟两三人，流宕在他县。”写的则是汉代，衣服破了都没人补的穷兄弟。太平宰相晏殊，小园香径酒后徘徊，感慨“似曾相识燕归来”。落魄杜甫，晚年流落湖南，老病孤舟，水面上偶然相逢的小燕子，却是“如今社日远看人”，惊疑不定。地无南北，人无贵贱，旧时王谢堂前燕，寻常人家也是年年都看。那飞来又飞去的轻俏剪影，究竟牵动的，是什么样的思绪，只有当事人自己知道罢了。

无数关于燕子的诗句里，我特别喜欢的还有这样一首：“芳草依依没旧痕，望中新柳识山村。余寒任在东风里，燕子来时不闭门。”尤其最后那句:“燕子来时不闭门。”完全敞开，不设防，因为心中有期待、喜欢、信任、怜惜、友爱、仁慈，种种。诗题《仲春漫成绝句》，作者是清代的明泰，据说与曹雪芹同时。

《红楼》的雅化

张爱玲说自己熟读《红楼》以后，“不同的本子不用留神看，稍微眼生点的字自会蹦出来”。的确如此，读列藏本经常会有这种感觉，这个本子太不寻常了。虽然抄手粗疏，常见低级错误，但不时蹦出的眼生事物，往往让人眼前一亮。比如，小红口齿伶俐回凤姐的话，里面几句通常抄本是：“五奶奶前儿打发了人来说，舅奶奶带了信来了，问奶奶好，还要和这里的姑奶奶寻两丸延年神验万全丹。”到了列藏本，突然变成“还要和这里姑奶奶寻几丸子胎产金丹”。袭人被踢吐血，通行本“宝玉即刻便要叫人烫黄酒，要山羊血黎洞丸来”，列藏本宝玉想要的是“山羊血牛黄丸等药”。药名都变了。

我不通医理，但纸上谈兵、胡乱猜拟的结果大致是这样：对跌打损伤来说，黎洞丸显然比牛黄丸更对症一些。“胎产金丹”的主治方向一望可知，豪门女眷家庭小药常备、彼此互通有无也很正常，但它的问题在于名称太过直白，不够雅驯。延年神验万全丹，就更文艺腔；和人参养荣丸、天王补心丹并列，也毫无违和感。而且，“胎产金丹”很容易让人联想到孕产病痛，后者则更多是保健养生，一派富贵祥和气象。所以我猜，列藏本这两处应该是早期稿本的手笔，万全丹、黎洞丸是改笔。因为不像抄错，反方向修改也不容易说通，哪有越改越糟的。而且八成就是曹雪芹改的，据说他精通医道，随手做下小调整，自然很容易。

曹雪芹自称在《红楼》成书过程中所做的工作是“披阅十载，增删五次，纂成目录，分出章回”，并不以作者自任。也就是说，他是在一份现成已有的原稿上工作的。因为在他之前，已经有空空道人从石头上抄录回来，辗转经过吴玉峰、孔梅溪，才到达他手里。剔除那些烟幕弹一样的神话，仍不难看出其中的真实成分。虽然脂砚斋替他抱不平，说雪芹就是作者，比如“楔子”就是他写的。

但这恰恰说明，大部分文字不是。这个原稿有很多不尽如人意之处。曹雪芹做的就是编辑整理、前后统一、提炼主题甚至推翻重写的优化工作。优化的一个重要方面是雅化和细化。

除了细节，还有整体语言的诗化、人物形象的雅化等。比如宝玉，现在看来是很成功的情圣形象。但是他爱吃别人嘴上的胭脂，今天的女性多少有些不容易接受。列藏本还有一个细节：宝玉酒后，明知彩霞和贾环有情况，不爱搭理自己，还一边说笑一边拉着人家的手“只往衣内放”，彩霞夺手不肯。引号里的字别的本子没有。幸好这个细节删掉了，不然就是典型的性骚扰。难怪贾环心里那么大的怨气，先用灯烫，后进谗言。

当然，要从《红楼》里确切辨认出哪些是曹雪芹的手笔，哪些是原稿的，哪些是后人的，几乎是一件不可能也无必要的工作。因为所有文字已经融为一个整体，猜测无意义。只有个别地方有迹可循，可供窥斑知豹，让我们看到一点创作修改的痕迹。还好，喜欢《红楼》的，有的是闲人。

端午节礼

《红楼》端午，元妃代表皇家赏赐贾府节礼。宝玉和宝钗一样，都是四样："上等宫扇两柄，红麝香珠二串，凤尾罗二端，芙蓉簟一领"，正是端午节令、炎热天气里用得上的祛暑纳凉之物。老太太六样，比宝玉宝钗多着"一个香如意，一个玛瑙枕"，如意代表身份，玛瑙枕华贵清凉，符合贾母年龄辈分。太太、老爷、姨太太比老太太减一等，虽然也是长辈，只多着一个如意。同辈的林姑娘、二姑娘、三姑娘、四姑娘，则只有扇子同数珠儿。大奶奶、二奶奶两个单立门户的当家人，"每人两匹纱，两匹罗，两个香袋，两个锭子药"，是过日子的实用品。别人都没了。

从这份礼单看，虽然皇家有泼天富贵，但元春还是颇费斟酌的，充分考虑了各人的亲疏尊卑，所以其中逗漏的宝玉、宝钗关系也就格外引人注意。很多人把它作为元春支持"金玉良缘"的重要证据。我们且不管它，单来看这份赏赐有什么历史渊源。

首先看"上等宫扇"。端午"裁扇""画扇""颁扇"的习俗由来已久，宋诗中较多咏到宫中扇面的纹样，有"宝扇舞龙鸾"（真德秀），有"画扇迎双凤"（许及之），自然都是传统的皇家龙凤纹样。还有"重重团扇画秦娥"（晏殊），也就是苏轼所说的"嬴女乘鸾扇"，画的是弄玉吹箫引凤升仙故事。还有的不画人物花鸟故事，而是留待皇帝题字，"团扇裁成留不画，应时只乞圣人书"（许及之），这个就更宝贵了，所以周必大说："皇恩隆宰辅，赐扇御书诗。"明清时代"赐扇"风俗更盛。臣下获赐的扇子，题材也更多样，除了山水花鸟，还有"当今名翰"书写的"古人嘉言"（王绂），甚至"二十四孝人物"（严嵩）等。——宝玉等人得到的"上等宫扇"，不知扇面到底什么样子，比宫中所用，自然应该减等，龙凤图案是不能僭越的，圣人笔墨也不可轻亵，估计就是吉祥图案、山水花鸟之类。

再看凤尾罗。唐代端午本来有“赐衣”制度，杜甫就领到过，还写了首感激涕零的《端午日赐衣》诗，先赞美衣料：“细葛含风软，香罗叠雪轻”，再表达感恩：“终身荷圣情”。后世经常被人引为故实。贾府端午没领到衣服，却领到一堆原料，大奶奶、二奶奶的“两匹纱，两匹罗”便是，大概可以随意裁剪了。凤尾罗可以做罗帐，“凤尾香罗薄几重，碧文圆顶夜深缝”（李商隐）；也可以做罗衾，“凤尾罗衾寒尚怯”（刘天迪）；还可以做罗衫，“凤尾香罗衫子薄”（叶绍本）。但总觉得《红楼》里用的是李商隐诗意。“曾是寂寥金烬暗，断无消息石榴红”，如果元春非要把这件东西给宝钗，大约也预示了某种寂寥吧。

引发宝钗羞笼、宝玉羡慕、黛玉嘲笑呆雁的红麝串子，和奶奶们的“香袋”“锭子药”，都属于香料药饵一类。这也是端午节物的大项。凤姐备办端午节礼的时候，贾芸投其所需，送的正是冰片、麝香之类。贾芸说：“往年间我还见婶子大包的银子买这些东西呢，别说今年贵妃宫中，就是这个端阳节下，不用说这些香料自然是比往常加上十倍去的。”一语道破天机。皇家赏赐，自是无上恩典，但贾府所得，不过是贾府自己花的钱罢了。

赵嬷嬷曾说接驾是“拿着皇帝家的银子往皇帝身上使”，可皇帝家的银子哪儿来？还不是贾王史薛各家送进去？四大家族的财富，看似源于皇帝的生杀予夺，但究其点滴，还是乌庄头等人一草一木耕种、一鸟一兽捕猎，再一步一步运来。贾府受的赏、获的罪，最终无非都是一场虚热闹。

语感为王

参与制作《红楼梦日历》植物版时，捎带把《广群芳谱》又读了一遍。这才发现，人家说明文的文字，都跟诗一样。简洁利落，有啥说啥；形象生动，说啥像啥。信息量大，却又绝不夹三缠四，拖泥带水。随便举几例：

比如它解释梅花："梅，先众木花。花似杏，甚香，杏远不及。老干如杏，嫩条绿色。叶似杏，有长尖。树最耐久，性洁，喜晒。浇以塘水则茂，忌肥水。"几个短句子，就把花期、花态、花性说得清清楚楚。为什么非要和杏花相比呢？因为北方人大都不认识梅花。南方人则根本不必解释。王安石有一首《红梅》诗："春半花才发，多应不奈寒。北人初未识，浑作杏花看。"另一首佚名《胃马索》也说："奈北人、不识南枝，唤作腊前杏先发。"一说杏花，北方人就都明白了。所以每个句子都是有针对性的。

再比如大俗之物的萝卜白菜，人家是这样写的："萝卜，一名莱菔，一名芦菔……处处有之，北土尤多。其状有长圆二类，根有红白二色……根叶皆可生、可熟、可菹、可齑、可酱、可豉、可醋、可糖、可腊、可饭，乃蔬中之最有益者。气味辛甘无毒。下气消谷，去痰癖，止咳嗽，利膈宽中，肥健人令肌肤细白。""白菜，一名菘。诸菜中最堪常食……味甘，温，无毒，利肠胃，除胸烦，解酒渴，利大小便，和中止嗽，冬汁尤佳。"——看得我这个地道的北方人都想再吃了。

还有药材，"茯苓，一名伏灵……生深山大松下。盖古松久为人斩伐，其枯槎枝叶不复上生者，谓之茯苓拨；其拨大者，茯苓亦大，有大如拳者，有大如斗者。外皮黑而细皱，内坚白，似鸟兽形、人形、龟形者为佳。皆自作块，不附着根。亦无苗叶花实。性不朽蛀，埋地中二三十年，色性无异。有赤白二种"。听起来很神奇的一种生物。

看见“龟形者为佳”一句，忽然想起《红楼》里宝玉胡诌药方的那一段，历来标点都是这样的：“我这个方子比别的不同。那个药名儿也古怪，一时也说不清。只讲那头胎紫河车，人形带叶参——三百六十两不足——龟大何首乌，千年松根茯苓胆，诸如此类的药都不算为奇……”可是前几年，红研所的本子忽然把这几味药改成了下面这样：“只讲那头胎紫河车，人形带叶参，三百六十两不足龟，大何首乌，千年松根，茯苓胆……”活生生把四味药变成了六味。而且煞费苦心加了几百字的考证，说“三百六十两，言龟之大”。三百六十两折合旧秤二十多斤，听起来是不小，可人家宝玉上文明明说了“太太给我三百六十两银子，我替妹妹配一料丸药”，现在又说“三百六十两不足”，就是在掉花枪、报花账、耍贫嘴，逗老妈和妹妹开心。再，既然茯苓“龟形者为佳”，何首乌想必也是。茯苓“生深山大松下”，“千年松根”也自然是“茯苓胆”的修饰语。这个来回读几遍就知道了。

写文章什么最重要？语感。李纨所言，像倒了核桃车子的，痛快利落。或者像小红一样，口声简断。看过很多今人写的所谓文言文、大赋，读起来那叫一个难受。也是核桃，但都塞嘴里了，呜呜噜噜、倒腾不开，恨不得替他抠出来。还有每年的所谓吓监考老师一跳、把专家难倒的文言文高考满分作文。如果是我家孩子，先打一顿再说：会不会好好说话！

真想求求那些写文言文的，别写了，先去读读书吧。读什么都好，《广群芳谱》都好，更别说《红楼》、古典诗词了。

笨笨的倒好

前两天读《豳风·七月》，再次被下面几句惊艳："春日载阳，有鸣仓庚。女执懿筐，遵彼微行，爰求柔桑。春日迟迟，采蘩祁祁。女心伤悲，殆及公子同归。"春天来了，太阳很暖，有黄莺在叫。女子们提着深筐，沿着小路，去采桑叶。很多人在采蘩。远古的明媚。扬之水先生曾称之为"美丽的《七月》中最美丽的一小段"。

这美丽的文字，末两句，却历来众说纷纭：为何伤悲，公子是谁。有说担心被诸侯之子抢掠的，有说担心随诸侯之女远嫁的，有说思嫁的。《管锥编》曾言："苟从毛郑之解，则吾国咏伤春之词章者，莫古于斯。"总之是忧伤。读之莫名，却明亮而喧哗的忧伤。

忽开脑洞，想起《今生今世》里一段话，讲胡张初识："才去看了她三四回，张爱玲忽然很烦恼，而且凄凉。女子一爱了人，是会有这种委屈的。她送来一张字条，叫我不要再去看她，但我不觉得世上会有什么事冲犯，当日仍又去看她，而她见了我亦仍又欢喜。以后索性变得天天都去看她了。"

一向不喜胡兰成为人与为文，却不得不承认他这里有一句，说得对。女心伤悲。至于二人后来仳离，那简直是一定的。即使不逢乱世，也难有始终。因为以套路对情深。整篇《民国女子》读下来，看到的总是一方的笨拙与绽放，另一方的熟练周旋与沾沾得计，难免叹息。胡兰成的文字自然是好的，但那种好，就像某种妆容精致，教人一看就不喜欢。

《红楼》里，贾琏也是处处留情的摘花客。看他对多姑娘，"多以金帛相许"之后，"也不用情谈款叙，便宽衣动作起来"。对鲍二家的，趁凤姐生日坐席不在家，"就开了箱子，拿了两块银子，还有两根簪子，两匹缎子"，叫丫头悄悄送去，叫她进来，又布置丫头出门望风。总是轻车熟路、行云流水一般。《金瓶梅》里的西门庆，刮剌好几个家人媳妇，差不多也都是这一套路。太熟套，就和“情”无关了。

相形之下，自然是宝黛的笨拙。从情不自禁的失言，到患得患失的斟酌；从求全之毁的口角，到不虞之隙的赌气；从煞费苦心的试探，到急眉赤眼的摔玉；从对月长吁，到临风洒泪；从抱病，到焚稿……无一不是用力过猛，生手初次。——直看得人屏息静气，心存敬意，无限怜惜。无他，此中有真意。一个“真”字，抵得过万千套路。

“笨笨的倒好”，这句话，本来是王夫人褒赞袭人、麝月的，以为她们两个不解风情，不会勾引宝玉。其实挪用到宝黛爱情上，也正合适。这大概是王夫人没想到的。人生初相见，谁都没经验。事情搞砸了，从头再来遍。所以宝玉一次次道歉，黛玉一次次原谅，看客一次次替古人着急，动容入戏。

也许世人没都那么幸运，七八岁时遇上的第一个，就是“看着面善”“何等眼熟”的木石前盟。我不知道七八十岁才遇上的，有没有。遇到好几个才找到对的“那一个”，也许更是人生常态。不管何时何地，碰对了，情真了，面对一个人，突然笨起来，不知为什么常常难过，就对了。自己会知道的。至于对面的那个人，是不是和你一样，只能交给天意，已经不重要了。重要的是发觉不对及时止损，像张爱玲一样。

《桃花扇》结尾有几句诗：“大道才知是，浓情悔认真。……回头皆幻景，对面是何人。”悟固然是悟了，未免太绝情。悔什么呢？大道与浓情，本来就是人生这枚硬币的两面。

蔷薇几度开

如果说海棠、芭蕉，是怡红院的主题，蔷薇，就是怡红院的背景花。“试才题对额”一回，众人园子里转了一大圈，最后来到怡红院，从后院出去，就看到“院中满架蔷薇、宝相”。“敏探春兴利除宿弊”一回，李纨说：“怡红院……还有一带篱笆上蔷薇、月季、宝相、金银藤，单这没要紧的草花干了，卖到茶叶铺药铺去，也值几个钱。”可见繁盛。

蔷薇盛开于春末夏初，因花朵鲜妍密匝、枝条柔弱曼长，长期被人和女性联系在一起。秦观的“有情芍药含春泪，无力蔷薇卧晓枝”，就被人鄙夷为“女郎诗”。——其实女郎诗也不是那么好写的。不管什么诗，要写好，都要才情。像周邦彦的《六丑》，用“颤袅”两个字来形容，真是传神。

《红楼》里的重要桥段“龄官画蔷”，就发生在这满篱繁花的背景之下。湘云捡到金麒麟，也是在蔷薇架下。我一直觉得，宝玉的金麒麟，就是这个时候丢在这里的。

当时宝玉悄悄隔着篱笆洞儿看到的情形是：一个女孩子蹲在花下，手里拿着根绾头的簪子在地下抠土，一面悄悄地流泪……画来画去，还是个“蔷”字。再看，还是个“蔷”字。里面的原是早已痴了，画完一个又画一个，已经画了有几千个“蔷”。——当时宝玉以为，这只不过是眼前“蔷薇”的“蔷”，小女生触景生情、为赋新词罢了。

一开始，宝玉还以为人家只是模仿黛玉，要葬花，差点训斥出口。幸好不曾造次，多看了一会子，才知道是写字。又多看了一会子，更是体会到人家内心的熬煎。从可厌到看痴，从看痴到同情，宝玉内心发生了很大变化。当然更大的变化和震动，是在他看到龄官和贾蔷的景况之后。

在梨香院，先是受到龄官的冷落，不习惯；然后看到贾蔷、龄官相对的情形：一个曲意迎合，一个无理取闹；一个真情若现，一个假情试探；满心里许多话，俱说不出，能说出来的，只是琐琐碎碎口角之争；求近之心反弄成疏远之意——都是宝玉经历过的，早已熟悉的套路，所以他一下子就懂了——这才领会了画“蔷”深意。这个“蔷”，不是那个“蔷”。

龄官是戏班里的翘楚，连元妃都称赞，“说龄官极好”，脂批说“可知尤物”。贾蔷的用心则可能从一开始就有了，下江南采买女孩子就是他的差使。省亲那么大的场面，命她做《游园》《惊梦》，已经“扭他不过”，都是伏笔。宝玉当时也是在场的，但居然就一直不认识龄官，可见被林妹妹一叶障目了。龄蔷后事不知如何，书里没有交待，也许应该不错吧，希望如此。只是她身体也不好，咳血，真是愁人。

那宝玉一心裁夺盘算，痴痴地回至怡红院中，自此深悟人生情缘，各有分定，只是每每暗伤：“不知将来葬我洒泪者为谁？”——“识分定情悟梨香院”，简直是宝玉思想的一个分水岭。他终于从一个唯我独尊、自我中心的混世魔王，变成了意识到他人存在的相对清醒者；从一个我爱人人、人人爱我的泛爱主义者，变成了悟知情缘有限的客观主义者。当然，要直到家族倾覆、无力回天之际，他才能真正摆脱“补苍天”的政治幻觉，意识到个人在宇宙和社会中的渺小与微茫。

在那渺小微茫中，努力发出原本属于生命性情自身的光，正是《红楼》已经做到的。万物皆有尽时，唯有此情长久。几见明月当头？不如蔷薇在手。

喜聚不喜散

“人生无根蒂，飘如陌上尘。分散逐风转，此已非常身。落地为兄弟，何必骨肉亲。得欢当作乐，斗酒聚比邻。盛年不重来，一日难再晨。及时当勉励，岁月不待人。”这首熟诗，小学就抄过后四句，当励志鸡汤，只不知是陶渊明的。不过反正，前面那大半截，当时读了也不懂；现在，不读也知道。尤其中意“斗酒聚比邻”这一句：不就是《老友记》几个人，一张罗就出去吃饭了么。人到中年，忽然喜聚不喜散。

这话，原是说宝玉的。端午家宴，大家无兴散了，黛玉倒不觉得，宝玉心中闷闷不乐。因为黛玉天性喜散不喜聚。她想“人有聚就有散，聚时欢喜，到散时岂不清冷？既清冷则生伤感，所以不如倒是不聚的好。比如那花开时令人爱慕，谢时则增惆怅，所以倒是不开的好”。宝玉相反，“情性只愿常聚，生怕一时散了添悲；那花只愿常开，生怕一时谢了没趣。只到筵散花谢，虽有万种悲伤，也就无可如何了”。

黛玉是受过伤的文艺女青年，发言行事每每出人意表，不肯苟同时世，孤僻，都是正常的。宝玉也经常说孩子话，语不惊人死不休，两人恰是一对，怎么这里忽然和光同尘起来。当年曾想，也许这就是他不及黛玉的地方吧，终究是一个喜欢并习惯热闹的纨绔子弟。也是更欣赏他那些孩子话：“女儿是水作的骨肉，男人是泥作的骨肉。我见了女儿，我便清爽；见了男子，便觉浊臭逼人。”不过现在，开始疑心这并不是孩子话。七岁八岁狗也嫌的男孩能说出这话来，我是不信。更像是中年或者老男人的情怀，借孩子之口。曹公写《红楼》时，怎么也算中年。读了陶渊明这诗，再反观诸己，更坚信了这一点。

陶虽隐居，依然交际广泛，诗中常有“闻多素心人，乐与数晨夕”，“邻曲时时来，抗言谈在昔”，“日入相与归，壶浆劳近邻”，“相见无杂言，但道桑麻长”……逃的只是官场，并不是人世。而且愈到晚年，愈亲近人间，亲近自然万物。字里行间释放出的朴素善意，对邻人的，对家人的，对朋友的，对万物的，千载之下依然能被感知。所以那么多人喜欢陶诗——与整个世界和解，不拧巴。杜甫也一样，文章老更成，关键词也是亲近人间。“人生不相见，动如参与商。”“明日隔山岳，世事两茫茫。”所以能聚则聚，喜聚不喜散。

《红楼》第一回，风尘怀闺秀，本意原是“今风尘碌碌，一事无成，忽念及当日所有之女子”。正文里的雨村、娇杏故事，不过是随手现编的段子，作者都不肯认真处理的过场戏。不然后来雨村官居高位，和贾府成了通家之好，已经做了夫人的娇杏，竟然和贾府女眷没有任何来往。稍稍通气，香菱也算他乡遇故人了，可是没有。只字不提，说明不在乎。大旨言情的《红楼》，真正意图是人到中年，回首前尘，对生命中曾经遇到和错过的女子，怀金悼玉。水做的骨肉，无价宝珠，渣滓浊沫，鱼眼珠子，都是半生经验的总结陈词，而非神童预言。正如喜聚不喜散，是十足的中年情怀。

贾宝玉那样的男朋友，十来岁的时候，就肯从头到尾做小伏低、曲意周全，遇到黛玉无理取闹，只垂头自审，或者吞声叫几千个好妹妹，一点刚性也无——这份耐心与委曲，同龄的男生看不上，同龄的女生遇不上。无他，因为不存在。他对黛玉的种种关照，与其说是真爱，不如说是意淫，是一种置身高处或者别处的怜悯与宽容。是一个失意的中年男人，回首往事时，对曾经心爱的女子，想象中的呵护。当年不曾做到的，如今在孤灯文字里，一一补足。

谁塑狮儿供一笑

《红楼》里曾专门用两大回文字写下雪，写大观园里人怎么玩，“琉璃世界白雪红梅”，“芦雪广争联即景诗”，可看完仍觉不过瘾，觉得他们不会玩，无非踏雪赏梅、写诗烤肉，总是差点儿意思。

直到从三十一回字缝儿里看见“雪人”二字，才觉得不算辜负。原文是这样的，林黛玉嘲笑湘云：“惟有前年正月里接了他来，住了没两日就下起雪来……老太太的一个新新的大红猩猩毡斗篷放在那里，谁知眼错不见他就披了，又大又长，他就拿了个汗巾子拦腰系上，和丫头们在后院子扑雪人儿去，一跤栽到沟跟前，弄了一身泥水。”“扑”有拍拍打打的意思，堆过雪人的都知道这道工序是什么意思。仅此一节，我就觉得，湘云才是《红楼》里最有趣的人，会玩儿。下雪而不堆雪人，却去写那劳什子诗，有个什么意思呢？真是闷煞。

《红楼》里的雪人，只这一笔带过。续书里堪称最难看的一种——《红楼幻梦》（花月痴人撰），却用了几乎一整回来写，还配了十几首诗。值得一提的是，这里的雪人不是我们日常随便一堆的那种，而是宝玉专门请了匠人，“我到琼兄弟那边，瞧见花厅前塑着个雪美人，实在精致有趣，是南边华、龚、谢、计四位名公塑的。我已托他们带家伙到这里来塑一个玩”。而且堆出来，是个让宝玉惊呆、众姐妹瞠目的雪美人，“一会儿脸相修整成工”，连贾母都赞：“这是个晴丫头活过来了。”下文果然就当作晴雯的替身——给葬了。情节如何暂且不论，这种专业水准的堆雪人，着实让我艳羡了下，以前从没见过呢。另一部续书《补红楼梦》（嫏嬛山樵撰）中，估计也记着原著中湘云堆雪人这事，所以特特布置湘云写了首《雪狮》诗，咏雪狮子。

我觉得，雪狮子，大概才是“堆雪界”的正宗，因为至少从宋代，人们就开始这么玩了。《武林旧事》载：“禁中赏雪，多御明远楼。后苑进大小雪狮儿，并以金铃彩缕为饰。”《东京梦华录》载：“豪贵之家，遇雪即开筵，塑雪狮，装雪灯，以会亲旧。”可见从宫中到豪贵，蔚成风气，所以民间也跟着流行。不过宫中贵家的精致些，带有各种装饰，大约都是请匠人专门制作的。所以元曲里有“巧手匠雪狮儿一千般成”的句子。直到清宫，仍然流行这种风气，乾隆、嘉庆年间，都有不少关于塑雪狮子、雪象、雪马的诗句和图画。话本小说里的流行语“雪狮子向火”，说的就是这个。

普通人家大约就只能自己动手其乐无穷了，把十个手指头都冻成红萝卜也在所不惜。所以宋元以来乃至明清的诗里，很容易就能找到大量写雪狮子的句子。如张耒：“六出装成百兽王，日头出后便郎当。撑眉拄眼人谁怕，想汝应无热肚肠。”六出就是雪花，郎当就是颓败消融。又如宋末元初杨公远：“喧呼童稚塑狮儿，仿佛形模便有威。枯炭点睛铃用橘，酒杯叠叠印毛衣。”这个小孩子们堆的，就简陋些，只有大概形状，眼睛用黑炭，铃铛用橘子，身上的花纹用酒杯口一个个扣出来。——可行性这么强，看得自己都想马上动手了。

这么好玩的东西，出家人也没放过。“仰山指雪”的著名公案，就是仰山禅师指着一个相貌威武、日出即消的雪狮子问众人：“还有过得此色者么？”看得懂的，据说就参透了。前人给过一些提示，比如雪是白的，白是众色之本，等等。还有“色即是空，空即是色”。参参看。

金簪子掉在井里头

宝玉最对不起的人，应不是黛玉，而是金钏儿。虽然和黛玉到头来也是镜花水月，但毕竟用了真情。两情若是久长时，又岂在一纸婚书。一句“终不忘”，已是木石前盟最好的结束。

可金钏儿算怎么回事呢？这是个性格有点大大咧咧的姑娘，跟着王夫人去看薛姨妈，主人唠家常，她就在台阶坡上和小丫头香菱玩，晒太阳。听到香菱身世，也知叹息伤感。贾母去打醮，王夫人有事不能去，她还要跟着凤姐去，看热闹。喜欢跟风奚落宝玉。宝玉来见贾政，心里正不自在的时候，她偏当着别人一把拉住，悄悄笑问：“我这嘴上是才擦的香浸胭脂，你这会子可吃不吃了？”虽然有点疯疯张张，但也不难看出宝玉平日是何等行径了。在心有专属之前，甚至之后，厮混内帏、流连花丛都是生活常态。这也怪不得他，当时大家，风气如此，丫头们所有身家都是主子的，不为越礼。只不过初试云雨之后，作者就有意按下不表了。再说，博爱，情不情，本来就是宝玉性情的重要特征。书里后来有一句：“和那些丫鬟们无所不至，恣意要笑作戏。”这是晴雯死后、宝玉纵情。接着又说：“这百日内，只不曾拆毁了怡红院，和这些丫头们无法无天，凡世上所无之事，都顽耍出来。如今且不消细说。”意在言外了。禁欲，从来都不是《红楼》宣扬的主题。

再来看金钏儿，到底做下了什么大逆不道的事情。王夫人午睡，金钏儿坐在旁边捶腿，困得乜斜着眼乱恍。宝玉进来，摘人家的耳坠子。金钏儿睁眼，见是宝玉，抿嘴一笑，摆手令他出去，仍合上眼。如果真就出去了，一天大事化为乌有。但偏偏“宝玉见了他，就有些恋恋不舍的”，悄悄地探头瞧瞧王夫人合着眼，便自己向身边荷包里带的香雪润津丹掏了出来，向金钏儿口里一送。金钏儿并不睁眼，只管噙了。这跟贾琏抢二姐的槟榔有什么两样呢？谁更清？谁更浊？然后“宝玉上来便拉着手”，悄悄笑道：“我明日和太太讨你，咱们在一处罢。”金钏儿不答。宝玉又道：“不然，等太太醒了我就讨。”金钏儿睁开眼，将宝玉一推，笑道：“你忙什么！‘金簪子掉在井里头，有你的只是有你的’，连这句话语难道也不明白？我倒告诉你个巧宗儿，你往东小院子里拿环哥儿同彩云去。”宝玉笑道：“凭他怎么去罢，我只守着你。”只见王夫人翻身起来，照金钏儿脸上就打了个嘴巴子，指着骂道：“下作小娼妇，好好的爷们，都叫你教坏了。”宝玉见王夫人起来，早一溜烟去了。

然后金钏儿就被撵了，跳井了。与此同时，宝玉则悠然地看了龄官画蔷，没好气地踢了开门来晚的袭人；次日因宝钗不和自己说话，没精打采吃了午饭，先拌嘴，后来又哄晴雯撕了扇子，还出去吃了薛蟠一顿饭；再次日，金麒麟送了湘云，林妹妹跟前诉了肺腑，出去会了贾雨村——然后才听说金钏儿的消息。再怎么“五内摧伤”，也晚了，毫无意义。晴雯被撵，宝玉还牵挂着，偷偷出去看望一次；金钏儿被撵，整个过程宝玉无事人一样，毫无作为，虽然肇事者明显是他。

虽然再后来，哄玉钏儿尝羹，金钏儿生日井边私祭，百般弥补，也都于事无补。你以为自己难过一下，惭愧一下，这事就扯平了么？不可能啊。白居易《井底引银瓶》说：“为君一日恩，误妾百年身。”宝玉连一日恩都没有，只一句玩笑，就轻轻断送了金钏儿性命。金钏儿说“金簪子掉在井里头，有你的只是有你的”，其实只说对了一半：是掉到井里了，可从来都不曾是你的。

黄金时代

贾政在书里，说过一句振聋发聩的话。宝玉见过雨村回来，听说金钏儿跳井，五内摧伤，失魂落魄，茫茫然走到大厅，竟与父亲撞个满怀。贾政早看他不顺眼，当头喝道："我看你脸上一团思欲愁闷气色，这会子又咳声叹气。你那些还不足，还不自在？无故这样，却是为何？"

这自然是父子之间的隔膜。一个望子成龙，想看慷慨挥洒；一个怀金悼玉，正自葳葳蕤蕤。世界上最远的距离，就是你站在我面前，却不知我在想什么。读者自然多数是同情宝玉的。可是宝玉，也的确需要这一棒喝："你那些还不足，还不自在？"青春少年样样红，要雨得雨要风得风；无须跃龙门，已经万千爱宠。锦衣玉食，骄婢侈童，别人奋斗一生未必达到的物质优裕，他一出生就全部自动拥有。不必顾虑贫富限人，不必为衣食所累，自由王国仿佛触手可及。可是他的感觉却是："我只恨我天天圈在家里，一点儿做不得主，行动就有人知道，不是这个拦就是那个劝的，能说不能行。虽然有钱，又不由我使。"

这段话，竟和电影《黄金时代》引用的萧红信中那段话，不谋而合："窗上洒满着白月的当儿，我愿意关了灯，坐下来沉默一些时候，就在这沉默中，忽然像有警钟似的来到我的心上：这不就是我的黄金时代吗？此刻。自由和舒适，平静和安闲，经济一点也不压迫，这真是黄金时代，但又是多少寂寞的黄金时代呀！别人的黄金时代是舒展着翅膀过的，而我的黄金时代，是在笼子过的。"所不同的是，萧红明确感知到了黄金，宝玉还只看到笼子。要等到大厦倾倒以后，凄然回首，才知道眼下抱怨和轻掷的，正是自己的黄金时代。

不独宝玉不知，黛玉也不知。湘云也不知，宝钗也不知。凤姐、贾琏也不知。贾政、王夫人也不知，贾母也不知。每个人都觉得还有几百年的熬煎，天天计划着怎么收拾房子，怎么做衣服，怎么过生日，怎么吃。倒是两个丫头，小红和司棋，无意间曾一语点破："千里搭长棚，没有个不散的筵席。"但在当时，不曾激起一点涟漪。半部《红楼》，写的就是这一段热热闹闹的黄金时代。华丽的袍上爬满跳蚤，人人忙着为跳蚤烦恼。直到一把烈火烧掉所有，才在白茫茫一片大地真干净中，回想锦绣繁华。

黄金时代，生命丰满，未必一定极乐。宝玉有自己的愁闷，黛玉也有自己的哀伤。正如萧红，生命里有着别人未必能测的痛创。电影竟为她引来无数不自量力的批评，比如指责她的私奔，弃子，情感改易。众口哓哓。如果仔细读过她的作品，稍稍了解她经历过的饥饿和抛弃、颠沛和负累，怎么会说得出呢？她的每一种经历，都足以击碎人生。每次重拾修复，总有一些碎片不见了，留下空洞。和黛玉一样，她们都不是完人，也无意做完人。黛玉半年才做一个香袋，就没打算用努力去讨好这个世界。击碎过黛玉的，先是父母双亡，后是爱情无望，心事终虚化后，再也无力自愈再生，一恸而亡。相形之下，萧红来于泥土，显然更韧一些。修复的次数多了，空洞也多。好在，她有天分，把种种空洞，通过文字，变成了生命的通透和灵动，甚至温软。像黛玉一样。这些文字的精灵。

都下清客最多

清梁章钜《归田琐记》“清客”条说：“都下清客最多，然亦须才品稍兼者方能自立。有编为十字令者曰：‘一笔好字，二等才情，三斤酒量，四季衣服，五子围棋，六出昆曲，七字歪诗，八张马吊，九品头衔，十分和气。’有续其后者曰：‘一笔好字，不错；二等才情，不露；三斤酒量，不吐；四季衣服，不当；五子围棋，不悔；六出昆曲，不推；七字歪诗，不迟；八张马吊，不查；九品头衔，不选；十分和气，不俗。’则更进一解矣。程春庐曰：‘果能如是，虽近今翰苑诸君，何以加此。’然吾见亦罕矣。”——提出了合格“清客”的十项基本原则。

逐一对照，发现贾府所养的这群清客，居然大差不差，“一笔好字”虽然书里没提，但宝玉曾说詹子亮的工细楼台极好，程日兴的美人是绝技。书画同源，想必不差。贾蔷下姑苏聘请教习、采买女孩子、置办乐器行头等，曾带着单聘仁、卜固修两个清客相公同行，这两位对于“六出昆曲”，应该也是内行。“七字歪诗，不迟”更不必说了，不管陪着贾政父子试才题对额，还是闲征《姽婳词》，清客们出口成章的本事，估计都能让今天的不少“诗人”汗颜。更重要的是，“盖有南威之容，乃可以论于淑媛；有龙渊之利，乃可以议于断割”，自己能写几笔，评论起别人来，才可以更得体，更熨帖，更能搔到痒处。倒三不着两的赞美，比批评贬损，更容易让人犯尴尬症。贾府清客们在这方面的表现，真是可圈可点。比如对贾政赞贾兰“可知家学渊源”，算是奉承到根子上；赞贾环时仍不忘捎上贾兰，“再过几年，怕不是大阮小阮了”，算是买一送一。宝玉年龄最大，就赞他“老手妙法”。《姽婳词》一路写来，众清客的评语，简直就是一部小型文学鉴赏史，起承转合各种角度的赞美术语都用上了。比西门庆家的应伯爵如何？

其他几条，也都表现得淋漓尽致。比如“二等才情，不露”。怀才不露估计比怀孕不显肚子还难，但贾府清客做到了。“大观园试才题对额”，开门见山，山上有镜面白石一块，正是迎面留题处。贾政请“诸公”题名，“诸公”说了几十个，却都不肯出色。书中说：“原来众客心中早知贾政要试宝玉的功业进益何如，只将些俗套来敷衍。宝玉亦料定此意。”此后一路行来，众人都是照此办理。真是世事洞明，宾主尽欢。这一条里，尤其传神的，还有“二等”两个字。“三等才情”不入流；“一等才情”里，那“文齐福齐”的，自然中状元、入翰苑；“文齐福不齐”的也可以去做风流才子。只有这个“二等”，来做清客，恰恰好。

还有“十分和气”。清客们在贾府多次充当了和事佬。宝玉去上学前，贾政严父面目，声色俱厉，众清客就起身赔笑：“老世翁何必又如此！今日世兄一去，三二年就可显身成名的了……”然后便有两个年老的携了宝玉出去。宝玉受笞，大家虽没拦住，但上前夺劝、觅人送信，有效缓解了事态发展。

当然，《红楼》给清客们命名“沾光”“善骗人”，肯定也是有根由的，必然是在贾府落败过程中，清客所为有不足道者。梁章钜所言的“才品稍兼”，才易，品难。但也正如他的朋友程春庐所说：如果这两条都做到了，那不就比“近今翰苑诸君”更优秀了吗？

贾珠之死的一点猜测

王夫人给人的感觉，通常是一个“淡”字。和贾母的关系，淡淡的；和贾政的关系，淡淡的；和众姊妹的关系，也是淡淡的。和邢夫人等更不必说了。只有在事关宝玉时，才会喜怒出于胸臆，真情毕露。这和经历修养有关。大家闺秀，侯门贵妇，人届中年，自然有几分沉静气质。说说笑笑显然更合乎年轻媳妇和慈祥老祖宗的身份。此外还有一重原因。王夫人生活中，有一个非常重要的事件，因为发生在《红楼梦》的叙事时间范围之外，很容易被人忽略，这就是贾珠之死。

丧子之痛给人的打击，尤其是母亲，非局外人能想象。虽然古代青少年夭亡率比较高，但贾珠是那么优秀的一个孩子，又是长子，已经进了学，娶妻生子，不难想见王夫人和整个家族对他的期待。贾政不喜宝玉，原因之一应该就是贾珠珠玉在前。反正他老人家当时不缺优秀儿子。

且不论贾政、王夫人少年夫妻时是何等情景，恩爱也罢，敷衍也罢，都属猜测。只看书中这些年：暮年夫妻，老来丧子，有人有事的时候，尚可说人说事；无人对坐时，有何意趣，情何以堪。所以，王夫人转而向佛，求得心灵慰藉；贾政则往他处取暖。二人去向不同，孤寂则一。外人看来自然也就是淡淡的。从一个“着实响快”的小姐，到整日吃斋念佛，其间应该是有一番经历的。

贾珠之死，是这个家族的隐痛，痛到平日几乎无人提及。只有遇到非常剧变、激烈冲突的时候（比如宝玉受笞），或者人物心理活动非常丰富的时候（比如贾政吩咐宝玉入园），才偶一显现，然又转瞬即逝，生怕触及。所以刘姥姥信口开河讲神佛送子，独能暗合贾母、王夫人的心事。贾珠之死，使王夫人成为惊弓之鸟，对于宝玉的守护往往过当。金钏儿、晴雯的处置，很明显心态失衡、举措过重。赵姨娘、贾环的威胁也慢慢浮现，如果宝玉有个闪失，冠带家私可就真真都是人家的了。凤姐不喜赵姨娘，实际是与王夫人休戚与共。

贾珠之死还可能是贾府奇怪持家模式的引发点。正常来说，应该是长房主持内务。邢夫人虽是续弦，她的人“起先也曾兴过时”，后因贾母不大作兴她才灭了威势。贾珠未亡之先，石头故事开始之前，推测贾府当家模式如下：贾母住西路院；贾赦住东路院，邢夫人当家，凤姐新娶没什么发言权；贾政、贾珠住中路院，王夫人、李纨持家。两家共同侍奉贾母。贾珠之死打破平静。彼时，王夫人、李纨大恸之余，必不能出面迎来送往治家理事。王夫人甚至可能病倒。贾母曾说她“多病多痛”。其时探春尚小，所以出现了和可卿丧事时相同的情形：诰命往来，内闱无人。凤姐本是王夫人的内侄女，借来暂理家务在情理之中。石头故事开始于贾珠死后几年，所以我们看到的直接就是凤姐当家了。凤姐慢慢显示才干，深得老太太欢心，从此王夫人抓大放小，李纨专心守节。后来，老太太归西以后，凤姐重回邢夫人手下，就没有好日子过了。

也就是说，贾珠不死，是用不着凤姐到贾政这边当家的。王夫人、李纨，自然也是另外一番神情风貌。可惜人生无定，世事无常。

危机四伏端午节

古代端午这天，甚至整个五月，都不被待见：五月被称为恶月，五日也被当作恶日，因为相传这天邪佞当道，五毒并出，所以跟端午相关的风俗，也多为驱邪避毒，比如蒲艾簪门、虎符系臂、饮雄黄酒、吃五毒饼、兰汤沐浴、彩丝续命等等。相应的，五月也有很多禁忌，比如汉代人相信“五月到官，至免不迁”(《风俗通》)，做官的人如果五月去上任，注定高升无望；还相信“五月盖屋，令人头秃”(《全后汉文》)；后人甚至发展到不许晾晒草席(《荆楚岁时记》)。当然最恐怖的还是，相信五月尤其是端午节那天出生的孩子，“男害父，女害母”。不知道多少婴儿因此遭难，只知道孟尝君、宋徽宗等都是侥幸活下来的名人。《红楼梦》时代好像已经没人相信这些鬼话了，比如薛蟠的生日是五月初三，薛姨妈一样溺爱纵容，也没人追究他父亲的早死是否与他有关。但对宝玉来说，某年五月，的确是个少见的凶月。

《红楼梦》里恨不得天天过节，作者更擅长在节日的热闹繁华之下逗漏凄凉，比如元宵节的热闹里点缀灯谜，中秋节的热闹里点缀笛声，过年的热闹里点缀聋子的炮仗散了吧的笑话。端午也不例外，和它相关的十来回文字里，热闹之下，危机四伏，几乎每件好事的背后，都藏着一件坏事。比如，元春赏端午节礼，长长的礼单子，看起来圣眷隆重，钗黛的区别待遇却埋伏着木石前盟化为泡影；五月初一看戏，张道士提亲，成人之美的本意却引来宝黛一场大吵；初三薛蟠生日，谁都不去看戏害老祖宗落泪抱怨；初四宝黛和好，却被宝钗机带双敲，这一天，宝玉还连累了金钏儿，误踢了袭人。所以到了初五，众人只过了一个淡而无味、没精打采的节，坐了一坐就散了。散会后宝玉还差点撵了晴雯，晚上牺牲好几把扇子才挽回心情。到了初六日，更是从前做过事没兴一齐来，开罪了史湘云，诉错了肺腑，金钏儿跳井，忠顺王府派人上门，贾环添油加醋，终于惹得贾政发威，数罪并罚，一气打了个半死，一直养到八月才出门。本来是五月榴花照眼明的鼎盛日子，却因为这种种不如意，打了折扣。鲜花着锦，招来了蜜蜂也招来了马蜂；烈火烹油，空气中飘着火焰也飘着烟灰。

五月的宝玉如此倒霉，我疑心简直是作者有意安排的。三春怎及初春景，三春去后诸芳尽，大观园中人的黄金时代应该是春天，端午正逢盛夏，自然不是他们的季节。还有一个巧合，《红楼梦》里的坏人，有好几个姓夏的。比如夏金桂，此女一出，“丰年好大雪”弹指之间化为流水；比如经常和芳官、藕官等人作对的夏婆子，几句闲话，就遥遥惹出大观园的抄检。当然了，还有那位经常跑来借钱的夏太监，未必不和元春将来的命运密切相关……春雨春花的终结者，不是严冬，是盛夏。正是这个五月的前几天，四月二十六交芒种节，黛玉的《葬花吟》横空出世，送春归去。随后的日子，已是众花皆谢，花神退位。夏天已经到了，春天当然早就走远了。

题帕

小手帕传情达意，在我国悠久的爱情史上，是有光荣传统的。单是宝黛一起读过的那些少儿不宜（显然不止《西厢》一种）里，就有现成的例子：近日宝玉弄来的外传野史，多半才子佳人都因小巧玩物上撮合，或有鸳鸯，或有凤凰，或玉环金佩，或鲛帕鸾绦，皆由小物而遂终身。这些小说，名字无法猜得了，但大概情节可以想象，无非你赠我受、终成眷属之类。

关于手帕的含义，最广为人知的当属冯梦龙所集《山歌》里的那一段："不写新词不写诗，一方素帕寄心知。心知接了颠倒看，横也丝来竖也丝。这般心事有谁知！""丝"就是"思"，老掉牙的谐音法。可这个意思，用在宝黛这里却未必妥，这俩人用的哪一样东西——香囊、扇套、穗子、荷包——不是丝的呢？随便给个什么，都有"丝"，不一定非得帕子。

解铃还须系铃人，所以要看黛玉的《题帕三绝》。第一首："眼空蓄泪泪空垂，暗洒闲抛却为谁？尺幅鲛绡劳解赠，叫人焉得不伤悲！"关键在"劳解赠"几个字：原来你知道啊，知道我的伤悲！我还以为你不知道，我居然一直不知道你知道。我才知道你知道，你知道我已经知道了么？……就是这么绕。但绕来绕去，不离一个"知"字。回头再看，两个人之前的种种纠结口角，大半都是围绕"知不知"。心是早就有的，三生石上旧精灵，可是不知道，不相信，彼此猜疑，尤其黛玉猜疑。第二十回，史湘云来，宝钗叫走了宝玉，黛玉生闷气。宝玉回来赔不是，说："你这么个明白人，难道连'亲不间疏，先不僭后'也不知道？""我也为的是我的心。难道你就知你的心，不知我的心不成？"黛玉服软，这回算是知道了。可是后来又犯迷糊。二十七回因为晴雯不开门、错疑在宝玉身上闹别扭，二十八回因为端午节赏赐不开心，二十九回更因为张道士提亲大闹，惹宝玉砸玉。宝玉想："别人不知道我的心还可恕，连他也奚落起我来。"因此心中更比往日的烦恼加了百倍。黛玉说："我知道，昨日张道士说亲，你怕阻了你的好姻缘，你心里生气，来拿我煞性子。"

这次吵架过程中的大段心理描写，差不多是所有恋爱心理中最好的。一个变尽法子暗中试探，一个也每用假情试探，两假相逢，终有一真，琐碎口角，历历皆是。终于把求近之心，弄成疏远之意。好在，知与不知，都无妨情深。所以不久又是"黄鹰抓住了鹞子的脚"，扣了环了。结果落在宝钗眼里，被人家机带双敲。何苦来呢?

宝玉深知黛玉之病、黛玉之情，所以后来说"你放心"，"你皆因总是不放心的原故，才弄了一身病"。黛玉直至偷听了宝玉、袭人、湘云的谈话，才如梦方醒："素日认他是个知己，果然是个知己。"两心既知，宝玉"诉肺腑"就多余了，不听也罢，作者索性安排林妹妹回身走开。这一走，再见的时候就是宝玉被打个半死、林妹妹眼睛哭得像个烂桃子了。所以，送手帕，只是上面两心相知的余波，一个由头罢了。当时宝玉拉住林妹妹，说："我说一句话再走。"林妹妹推开，说："你的话我早知道了！"

既然知道，那就接着哭吧。题帕的第二首："抛珠滚玉只偷潸，镇日无心镇日闲。枕上袖边难拂拭，任他点点与斑斑。"意思是：我偏哭！第三首："彩线难收面上珠，湘江旧迹已模糊。窗前亦有千竿竹，不识香痕渍也无？"意思是：我还哭，使劲哭！把一生的眼泪都还了他。

明代高濂有一首《西江月·题情》："有恨不随流水，闲愁惯逐飞花。梦魂无日不天涯，醒处孤灯残夜。恩在难忘销骨，情含空自酸牙。重重叠叠剩还他，都在淋漓罗帕。"是不是每个字眼都很眼熟？警幻仙姑唱的歌"春梦随云散，飞花逐水流。寄言众儿女，何必觅闲愁"与此高度重合。还有罗帕上要"还他"的淋漓热泪。所以我想，《红楼》作者读过这首词，那简直是一定的。

古代有个叫弥子瑕的，和国王关系好，吃桃的时候，觉得味道不错，就把剩下的半个随手喂了国王。国王感动到不行，以为是真爱。有一天忽然明白过来，上面有口水，这不卫生啊，治大不敬罪。虽然讲的是搅基，但这个故事仍然告诉我们：人对了，什么都对；人不对，什么都不对。不光礼物。

荷叶莲蓬汤

宝玉挨打后，反弹性受宠，一下子成为众人变本加厉呵护的中心。心血来潮，要吃一种小荷叶儿小莲蓬儿的汤。就这么灵光闪现一碗汤，此前此后书中再没出现过，在这一回里，却如同古人佩戴的“叮当七事”上的“花题”：一个小小由头，总揽了全书好几条大小线索，串联了好多件大事小情。

第一件，当然是显示贾府的豪奢。当家人凤姐已然全忘了这茬，到处找模子。先吩咐婆子去问管厨房的要，又遣人去问管茶房的，最后是管金银器皿的送了来。淡淡交代几个行当，无意就透露了家大业大。然后借“珍珠如土金如铁”的薛姨妈之口点染：“你们府上也都想绝了，吃碗汤还有这些样子。若不说出来，我见这个也不认得这是作什么用的。”四副银模子长这样：“一尺多长，一寸见方，上面凿着有豆子大小，也有菊花的，也有梅花的，也有莲蓬的，也有菱角的，共有三四十样，打的十分精巧。”这么精巧的东西，在贾府就只“呈样的作了一回”，“谁家常吃他了”。除了宝玉，再没人惦记。

第二件，显示了凤姐的精明和老太太的更精明，宝钗的更更精明，以及宝玉如何对黛玉，众人如何看宝钗——这一大长串。本来只是宝玉要吃，凤姐让做十来碗。王夫人不懂，凤姐解释，老太太笑她：“猴儿，把你乖的！拿着官中的钱你做人。”凤姐认账，宝钗凑趣：“我来了这么几年，留神看起来，凤丫头凭他怎么巧，再巧不过老太太去。”这句话才真是嘴巧，说得一众人等心花怒放，满座皆欢。老太太回答：“我如今老了，那里还巧什么。当日我像凤哥儿这么大年纪，比他还来得呢。”隐隐约约又是无限云山在内，前尘往事，让人想象无穷。然后就是宝玉勾着贾母原为赞黛玉，不想反赞起宝钗。——宝钗或成最大赢家。

第三件，是金钏儿、玉钏儿一段公案，也是这回的重中之重。宝玉只是挨了一顿打，金钏儿可是跳了井，丢了命。玉钏儿自然没好气。所以一进怡红院，“便向一张杌子上坐了”。相形之下，莺儿就不敢坐，连脚踏也不敢坐。虽然玉钏儿是太太屋里的人，有坐的资格，但带着情绪也是显而易见的。也可以见出王夫人派她来送汤，心里是多么没有承算。宝玉自然明白，打叠起千百样的温柔，虚心下气磨转，只为一腔歉意。到底哄着玉钏儿吃了一口，终于不负这碗荷叶莲蓬汤的隆重出场。

第四件，是傅秋芳横空出世。宝玉正喝着汤呢，忽然来了傅家两个婆子。宝玉见她们的理由居然是“恐薄了傅秋芳”，真是蠢到感人。结果自己碰泼了汤，烫到了手，还连声问玉钏儿疼不疼。当然也因为是玉钏儿，才关心太切，换了别人未必如此。这一切都落到两个不知情、无知识的婆子眼里，所以一出门就尽情嘲笑：“外像好里头糊涂，中看不中吃”，“千真万真的有些呆气”。真希望这些话能原封不动传到傅秋芳的哥哥傅试耳朵里，人间又少一番折腾。

第五件，是莺儿打络子。这件事本来排名很靠前的，但莺儿被宝玉忽略了，所以排在这里。这一段里，各种对话信息量巨大，却是个残本，因为黛玉来后没了下文。

第六、七、八件，本还可以继续数下去，忽然觉得不必了。因为忽然意识到，这么热闹繁华、兴师动众的一碗汤，其实宝玉只喝了两口，玉钏儿只尝了一口，全洒了。林妹妹因为没去吃饭，一口也没喝到。

爱的故事，爱的结局

《红楼梦》时代，广为流传的爱情故事差不多有《西厢记》《牡丹亭》《长生殿》《桃花扇》等。前三部尤其是全书的大关节，引用过很多次。曾有人分析，所以不用《桃花扇》，可能是文字狱的关系。

不过我想，可能还有别的原因。《西厢记》和《牡丹亭》，我们知道，最终的结局都是“有情人终成眷属”。尽管主人公也经历了种种磨难，待月西厢，草桥送别，甚至出生入死，开棺掘墓，但有了喜剧结局的托底，所有过程中的苦难磨挫，都蒙上了一层盈盈笑意，所以有的桥段简直就是喜剧、闹剧，比如张生跳墙，梦梅吊打，观众不仅不会担惊受怕，反而乐作壁上观。《长生殿》倒是悲剧，杨玉环魂断马嵬坡，生死两隔。可是作家仍然构思了一个大团圆，让皇帝、贵妃天上相见，“死生仙鬼都经遍，直作天宫并蒂莲”，“笑骑双飞凤，潇洒到天宫”。总之，还是不离不弃，神仙眷侣。《桃花扇》的结尾就有点不一样了，李香君和侯方域历尽艰险终于相遇，侯方域还满心打算“夫妻还乡”，却被人一语喝散：“呵呸！两个痴虫，你看国在那里，家在那里，君在那里，父在那里，偏是这点花月情根，割他不断么？”然后，两个人就“悟”了，断然分手，各自修行，道是“回头皆幻景，对面是何人”。

这点和《红楼梦》有点像。黛死钗嫁，宝玉最后也是“悟”了。所以我怀疑，如果书里用《桃花扇》，应该留到这个时候，悬崖撒手。当然，《红楼梦》毫不干涉时事，不会涉及“国家君父”的大题目，但大厦将倾是一致的。《仙缘》里韩湘子的唱词：“甚么大阶勋？宾客填门，猛金钗十二醉楼春。受用过的家园何处也？你是个痴人！”句句实情，正是对宝玉的当头棒喝。

《红楼梦》其实是一部贾宝玉心灵史，其余人，如家人宾客、十二金钗，不过都是他开悟史上遭遇的种种人间幻象。黛玉葬花时，已经悟过一次。“一而二，二而三，反复推求了去，真不知此时此际欲为何等蠢物，杳无所知，逃大造，出尘网，使可解释这段悲伤。”然后还有情悟梨香院。就这么一步步走向彻悟。宝玉爱博心劳，却爱而不得。木石前盟没有结局，家园不知何处，终究身归大化：“天不拘兮地不羁，心头无喜亦无悲”，从哪里来，回哪里去。大荒苍苍，青埂茫茫，唯有那历历字迹，唯有那些人间惹下的是非，才是曾经走过的证据。

时间是真正的终结者。大限来时，形神俱灭，皮之不存，毛将焉附？那所有的纠结迷离，沮丧失魂，掂量思忖，徘徊怅恨，一旦无常，全都风过无痕。知道了这结局，也就看穿了这大戏。爱山爱水，爱名爱利，爱前爱后，爱人爱己，千般爱恋中，修炼的都是自己。

桂花

桂花树的存在，极大动摇了我对《红楼》地理的想象。因为据说，以前北京是从来没有露地桂花的，都是盆栽，冬天要搬入室内。比如颐和园的那些百年桂花，我还专门去看过两次。但大观园里，三十七回凤姐说：“藕香榭已经摆下了，那山坡下两棵桂花开的又好，河里的水又碧清，坐在河当中亭子上岂不敞亮，看着水眼也清亮。”不仅有桂树，而且不止一株。不仅露天栽种，而且是很大株，树荫下可以铺两张花毡。七十一回还专门强调了“大桂树阴”。八月花开繁盛，不仅可以折来插瓶，击鼓传花，还可以把桂花蕊收集起来，做桂花糖蒸新栗粉糕，或者与菊花叶儿掺一起熏绿豆面子，预备吃螃蟹后洗手。甚至还可以随随便便折来玩，连一向稳当持重的宝钗，都掐着桂蕊掷向水面，引游鱼浮上来唼喋。可见并不十分珍藏密敛，总是常见的缘故。——真是不像北京。

北京直到近些年，才看见“有了桂花林”之类的新闻。文章说：“1992年春天，园林人员在（北京颐和园乐农轩）山坡背风向阳处栽植了112株金桂、银桂、丹桂和四季桂，他们随时观察桂花的长势，采取必要的技术措施，使桂花长势旺盛……现在是这批桂花树在北京度过的第三个冬天，它们已完全适应了北方冬季的气候，长势茁壮。来自全国的从事桂花研究的专家日前特为这批桂花进行了鉴定。颐和园把桂花的临界限向北推进了500公里，这在植物栽培学、植物生理学、植物生态学等多方面都是一个突破。”科学家不打诳语，我相信这件事。何况这一成果当年已经通过鉴定，并获得“北京市园林局科技进步一等奖”。

这个成果却再次验证了在北京，当年不可能有大观园里那样的桂花树。这对我这个北方人来说，多少有些悻悻。只好退一步理解，就像栊翠庵的红梅花、元宵节的省亲游船一样，这些桂花，都是深植在作者记忆深处的秦淮金粉、旧日繁华。一动念，一落笔，就难免逗漏消息。其实在讲到桂花夏家的时候，作者已经开始含糊其辞了。“他家本姓夏，非常的富贵。其余田地不用说，单有几十顷地独种桂花，凡这长安城里城外桂花局俱是他家的，连宫里一应陈设盆景亦是他家贡奉，因此才有这个浑号。”大片桂花田，只能在南方。宫里用盆景，就可以是北方了。当年薛夏通家来往，从小一处厮混，大概应该是金陵时代的事。薛蟠是出门贸易的时候顺道去夏家，可见如今不在一处，一南一北也说得通。——谁知道呢。作者有意真事隐去，我们还是桂花阴下、了不知南北算了。

云烟与丘壑

排时间表，是读《红楼》养成的习惯，也是读《红楼》最大的痛，排来排去排不定。这一回，老太太离七十五岁还差好几年，下一回，就八十寿庆了。这一回，生日还和宝姐姐差不多，都在灯节以后，下一回，就是八月初三了。每一处都言之凿凿，每一处都硬邦邦地矛盾。又不能一个电话过去，勒令作者重新修改。也曾以此断定，《红楼》不是出于一人之手，是多人文字的集合，是好几个故事的拼接，是十来年片段的组合。现在看来，即使是同一个人同一时期写的，这种矛盾疏漏也是可能存在的。

我没写过小说，但凭空悬想一下，也知道不是件轻巧活儿。几十万字，千头万绪，要安排妥当，一一熨帖，谈何容易。好的作者，好的作品，难免是激情型的，灵感型的，突如其来的某个画面，可能就是大篇文字的引子。记得曹禺曾多次谈自己写《雷雨》的经历："我先写的是最吸引我的一些片段：如第三幕四凤对母亲发誓和以后周萍推窗进入四凤卧室的戏，又如第一幕中喝药以及第二幕鲁侍萍和周朴园相认的戏。后来如何穿插，又费了一番思考，才组织成这样一个剧本。"天才型的创作，大抵这样。《红楼》应该也不例外。最后没有编圆，是时间问题，天不假年了。

除了疏忽，有些地方，大概也是故意。比如第三十七回偶结海棠社，开篇就是"这年贾政又点了学差，择于八月二十日起身"。明明白白标立了一个特大的时间牌。然后接下去写："却说贾政出门去后，外面诸事不能多记。单表宝玉每日在园中任意纵性的逛荡，真把光阴虚度，岁月空添。"完全是时光飞逝、不知又过了几世几年的感觉。再接下去，是"这日正无聊之际，只见翠墨进来，手里拿着一副花笺送与他"。当天就起海棠社，咏海棠诗。第二天，接了湘云来，晚上设计菊花题。第三天，请老太太进园子赏桂花，聊枕霞阁旧事，吃螃蟹，黛玉夺魁菊花诗。同一天，刘姥姥来，投了老太太的缘，被留住一晚上，讲小姑娘雪地抽柴草的故事。第四天一早，宝玉派茗烟去找庙，好容易等到日落，茗烟才回来。两人正说话，宝玉被老太太的人叫走，商议给湘云还席。我深度怀疑宝玉这一天是凭空多出来的，因为刘姥姥一整天都毫无作为，太不合情理。第五（四）天，老太太两宴大观园。第六（五）天，刘姥姥来告别，说明天一定要回去。凤姐说，“老太太从来没像昨儿高兴”，一个园子倒走了多半个，结果被风吹病了，巧姐也病了。刘姥姥提醒“给他瞧瞧祟书本子”，彩明念《玉匣记》：“八月二十五日，病者在东南方得遇花神。”可知，两宴大观园那一天，是八月二十五日。往回倒推，起海棠社是八月二十或者二十一日，贾政走的当天或次日。这也和探春笺中所说“前夕新霁，月色如洗”对得上。所以，前文那句“光阴虚度，岁月空添”，不过是文人故作狡狯、笔底随起云烟而已。仿佛有无限丘壑，其实都是烟幕弹。

孤标傲世偕谁隐

最近又看了下《红楼》中的菊花诗，林妹妹夺魁的那一次。发现有几个高频词，如湘云诗："数去更无君傲世，看来惟有我知音。""傲世也因同气味，春风桃李未淹留。"黛玉诗："孤标傲世偕谁隐，一样花开为底迟？"探春诗："高情不入时人眼，拍手凭他笑路旁。"虽然都是代菊立言，写的传统价值观，但至少，这是她们自己认同的思想感情。三个人的性格不同，但在写作文上，中心思想却如此一致。

十几岁的小姑娘，纵然身世凄凉，湘黛父母双亡、寄人篱下，探春庶出，但涉世究竟不深，怎么内心就和世人世事疏离到这个地步？当然，这个年龄的小姑娘，青春期，自视高，不容物，往往目中无人。自己当年也是由这种状态走出来的。想象了下她们脸上那种孤傲不可侵犯的神情，不由叹了一口气。其实这种紧张的姿态，大半是由于假想敌太多，防卫过度了。就像葬花词里的"风刀霜剑严相逼"，不放松。

传统文化里有几种姿势，年轻时候会仰慕和追随的，随着年龄增长，看法会渐趋平和。比如屈原的"举世皆浊我独清，众人皆醉我独醒"，陶渊明的"归去来兮，田园将芜胡不归"等。没经历多少世事时，不太容易明白，这些果断决绝的句子背后，都有具体的人和事。无论投江还是归隐，都有某种形势所迫，不得已。人生的每一种结局，都是各种力量互相制衡的结果。譬如《红楼》，如果能如宝玉设想，百年世家一直温柔富贵下去，他为什么还要出家呢？悬崖撒手并不是他的初心。一味模仿前人的决绝和激烈，难免剑走偏锋。菊花诗里的"傲世"，狭义说，湘黛探，互为彼此的那个"世"，谁傲谁呢？广义说：除了有限的家长下人，更多的"世"，她们还没接触到。所以，总觉得，小小年纪，满篇傲世之言，多少有些蹈空。

朋友赞扬另一位朋友年轻时刻苦好学，说他“离古人很近，离今人很远”，羡慕了很久。有一次把这句话讲给刘勇强老师，他马上反驳，说要“齐古今”。当时如棒喝，马上决定接受这一句。那次还提到了张岱的《西湖七月半》，我说自己以前喜欢，现在感觉太过刻薄，有名士气、文人气，不足取。通篇口气就是除了自己再没好人。刘老师马上引了苏轼自况语：“吾上可陪玉皇大帝，下可以陪卑田院乞儿，眼前见天下无一个不好人。”——苏张境界，真是高下立判啊。

刘老师是我非常佩服的人，不单因为他学问好、文章棒，聊天有趣；也不单因为他齐古今、无分别，三观正确，更在于他与世沉浮、韬光养晦的一段大福：前些年为上课方便，他买了海淀图书城对面的房子。后来的事情大家都知道了，飞涨。他经常感慨：“我每天晚上回家睡一觉，都比在北大教书挣得多。”刘老师的吉祥物是“西红柿”，《西游记》的西，《红楼梦》的红。

所以，轻易别傲世，要放松。如果恰巧能生活得好，为什么不呢？

王绂的菊花诗

故宫“石渠宝笈特展”有幅王绂《画竹图卷》，本是《元人君子林卷》图之七。专家鉴定，此卷所收七家之作，除李衎、王绂两家墨竹为真迹外，其余五家均为伪作，所以将王绂墨竹取出另裱成卷。王绂，字孟端，无锡人。元末明初人，史书称他“博学，工歌诗，能书，写山木竹石，妙绝一时”。王绂画的竹子，曾被称为“明朝第一”。据说乾隆帝极其喜欢。我多看了一会儿这幅画，倒不是因为画得好，而是想起了他的一些诗，以及《红楼》。

《红楼》里用一大回书写菊花诗，缘起也交待得格外详细，是宝钗提议：“如今以菊花为宾，以人为主，竟拟出几个题目来，都是两个字：一个虚字，一个实字，实字便用‘菊’字，虚字就用通用门的。”然后用这个标准，拟定了十二个题名：《忆菊》《访菊》《种菊》《对菊》《供菊》《咏菊》《画菊》《问菊》《簪菊》《菊影》《菊梦》《残菊》。并且说：“如此又是咏菊，又是赋事，前人也没作过，也不能落套。”当时我是信了这话的，以为前人真的没有做过，很是佩服这些小姑娘们的创新巧思。至于后来那些菊花诗写得到底怎么样，倒没顾上深究。

后来，偶尔翻到了王绂的几首诗，不由“咦呀”了一下。诗题是《和董校书秋香十咏》，十首诗下还分别有小标题，依次是《种菊》《灌菊》《催菊》《探菊》《删菊》《折菊》《移菊》《玩菊》《餐菊》《对菊》。单从这些题目看，人家的先后逻辑次序也是分明的，种了就要浇灌，浇灌就盼着开花，开了就修整花型，好花就折来插瓶，赏玩，佐酒，甚至吃。再看看宝钗说的：“起首是《忆菊》；忆之不得，故访，第二是《访菊》；访之既得，便种，第三是《种菊》；种既盛开，故相对而赏，第四是《对菊》；相对而兴有余，故折来供瓶为玩，第五是《供菊》；既供而不吟，亦觉菊无彩色，第六便是《咏菊》；既入词章，不可不供笔墨，第七便是《画菊》；既为菊如是碌碌，究竟不知菊有何妙处，不禁有所问，第八便是《问菊》；菊如解语，使人狂喜不禁，第九便是《簪菊》；如此人事虽尽，犹有菊之可咏者，《菊影》《菊梦》二首续在第十第十一；末卷便以《残菊》总收前题之盛。这便是三秋的妙景妙事都有了。"——思路是不是像是一个模子刻出来的？我还不知道"董校书"是谁，也不知道她的"秋香十咏"是什么样子，但从王绂的这组诗，大致可以知道，早在明初，文人墨客和欢场上的小姑娘们就这么玩了，而且玩得不亦乐乎。其他例子大概不会没有，等遇到再说。另，袁枚《随园诗话》误记《红楼》女子为"校书"，称"当时《红楼》中有某校书尤艳"，大约也是心理惯性的缘故，未必真见到书。

当然，宝钗、湘云不一定看过王绂的诗，曹公编小说也都是信手拈来，随意驱使，连《葬花吟》化用唐伯虎都能做到如雪入水了无痕，这八竿子打不着的王绂，想必更不用专门提下了。王绂纵然知道，也未必肯下降几百年，来争这个发明权。

说了半天，还是来看下王绂的这组诗，颇有几首，历历可读。如第四首《探菊》："无日不相访，殷勤直到开。一从栽种后，篱落几徘徊。"再如第五首《删菊》："秋来菊覆畦，青蕊著枝时。蕊少花方好，浑消三两枝。"我觉得比《红楼》里的菊花诗轻松好玩，是不是？

空有荷花生

荷花，从来都是热闹的。生于炎夏，万众瞩目。“接天莲叶无穷碧，映日荷花别样红。”“红香世界清凉国。”即便有佛教清净意味，即便可远观不可亵玩，依然挡不住古往今来人们对它和气温一样高涨的热情。

《红楼》里也是如此。女孩子喜欢以莲为名。香菱原名英莲，小丫头里有个莲花儿，唱小生的叫藕官。男性也不例外，有柳湘莲。宝玉吃的是莲蓬荷叶粥，戴的是鸳鸯戏莲兜肚。

大观园里，有水系，有荷花。有专人夹泥种藕，有采莲船，有莲蓬。端午前后，湘云来时，荷花还没有开。但是主仆对话中，提到了一个新品种，说史家池子里种的是“楼子花”。楼子，原本是牡丹、芍药、菊花等的常用品名，大致形状是花上有花，如同重重楼台。后来就泛用到生长旺盛、气脉充足的各种花卉中，比如下文提到的石榴花，接连四五枝，翠缕就形容为“楼子上起楼子”。莲花里的楼子花，大概就是《广群芳谱》中提到的“重台莲”之类：“一花即开，从莲房内又生花，不结无子。”但大观园里的荷花是结莲蓬的，宝玉曾经摘了十个去祭秦钟，所以可能就是我们常见的品种。所以湘云说：“他们这个还不如咱们的。”

荷花池中有藕香榭，和滴翠亭一样，也是盖造在池中水上。四面有窗，左右有曲廊，跨水接岸，后面又有曲折竹桥暗接。柱上挂着黑漆嵌蚌的对子：“芙蓉影破归兰桨，菱藕香深写竹桥。”显然这处亭榭是专门为赏荷用的。老太太抬头看了“藕香榭”的匾，忽然想起自己小时候，家里也有这么一个水上亭子，叫“枕霞阁”。以前我一直以为，这个“霞”，自然就是字面上的“霞”，“澄江静如练，余霞散成绮”的“霞”，以江扣水，正合适。刚才忽然意识到，荷花开时，灿若霞锦，此时亭中消暑，不也可以称作“枕霞”么？想想那画面，真是美煞。虽然书中不曾写，但想必是有的。

夏末秋初，袭人经过沁芳桥畔时，看到的已是“池中莲藕新残相间，红绿离披”。再晚一点，就是荷败藕枯，宝玉嫌“这些破荷叶可恨，怎么还不叫人来拔去”。黛玉说：“我最不喜欢李义山的诗，只喜他这一句‘留得残荷听雨声’，偏你们又不留着残荷了。”宝玉乖觉，马上转弯，说：“果然好句，以后咱们就别叫人拔去了。”——但在兴利除宿弊的敏探春眼里，这些破荷叶，都是可以拿去卖钱的。

前一段，偶读李白《对酒忆贺监二首》，中有几句：“人亡余故宅，空有荷花生。念此杳如梦，凄然伤我情。”——从来不知，还有这样伤心的荷花。贺知章为李白解金龟换酒的故事，估计很多人都知道。但是贺监殁后，李白吊临的伤痛失落，未必很多人知。《唐宋诗醇》曾评：“白于知章有知己之感，对酒伤怀，不减西州一恸。”西州一恸，典出《晋书·谢安传》：谢安抱病经西州门还都，不久去世。羊昙一向受他爱重，内心悲痛，所以“辍乐弥年，行不由西州路”。有一次喝醉，不知不觉走到西州门，悲感不已，“以马策扣扉，诵曹子建诗曰：‘生存华屋处，零落归山丘。’恸哭而去。”

“人亡余故宅，空有荷花生。”不知大观园里的那些荷花，后来都如何了。当年宝玉，在山坡上听到葬花吟，曾试想黛钗等人终归无可寻觅之时，自身不知何在何往之时，斯处斯园斯花斯柳又不知当属谁姓之时的情形，不知彼时彼际欲为何等蠢物，杳无所知，逃大造，出尘网，使可解释这段悲伤。——其实无解。

有多少鲜妍明媚极尽繁华，就有多少回头皆幻万境归空。

再说枕霞阁

史家以前有座枕霞阁。老太太顺口一提，大家就安到湘云身上，替她取了个“枕霞旧友”的雅号。湘云也就却之不恭了。因为阁子位于水上，观赏的是水景，“枕霞”二字，自然是取“余霞散成绮”“落霞与孤鹜齐飞”等经典含义。上篇突发奇想，说因为还能观赏到荷花，荷花开时，灿若霞锦，此时亭中消暑，似乎也可称作“枕霞”。这次继续大开脑洞。

其实古人说的“枕霞”，经常还有另一个含义，就是刚刚睡醒的时候，脸上留下的红印儿，枕头簟席之类硌出的花纹。又叫“枕痕”或者“枕函花”。用于美女，各种风情旖旎，暧昧含混。比如韩偓的《懒起》：“百舌唤朝眠，春心动几般。枕痕霞黯澹，泪粉玉阑珊。”张泌的《柳枝》词：“红腮隐出枕函花，有些些。”宋祁的《蝶恋花》：“绣幕茫茫罗帐卷。春睡腾腾，困入娇波慢。隐隐枕痕留玉脸。腻云斜溜钗头燕。”再比如张元干的《祝英台近》：“枕霞红，钗燕坠。花露殢云髻。粉淡香残，犹带宿酲睡。”写的是美人醉时睡态。这几句，是不是很容易联想到憨湘云醉眠芍药裀？“卧于山石僻处一个石凳子上，业经香梦沉酣，四面芍药花飞了一身，满头脸衣襟上皆是红香散乱，手中的扇子在地下，也半被落花埋了，一群蜂蝶闹穰穰的围着他，又用鲛帕包了一包芍药花瓣枕着。”如果作者当初拟名“枕霞”，又派给湘云，果真存有这份心思的话，那就真是足够促狭了。不过高手写文章、开玩笑，通常都是这样的，神出鬼没。

当然男人也会睡觉，也会有枕痕，比如苏轼写的“觉来身世都是梦，坐久枕痕犹著面”，陆游写的“枕痕著面眼芒羊，欲起元无抵死忙。……老去此身无著处，华胥真恐是吾乡”。两位老先生胡子拉碴，情景自然没那么香艳，但诗人笔锋一转，就写成了人生如梦。这个主题，跟《红楼》其实也是蛮搭。《红楼》最后要表达的，不也是“到头一梦，万境归空”么。

关于枕霞阁，庚辰本有句脂批：“看他忽用贾母数语，闲闲又补出此书之前似已有一部《十二钗》的一般，令人遥忆不能一见。余则将欲补出枕霞阁中十二钗来，岂不又添一部新书？”意思是，贾母少女时代，也应该是有一群钗黛这样的女孩子的，自然也应该有同样一段缠绵情思、绝代芳华，可是转瞬不见。到了书中所写的时间段，贾母辈的凋零自不必说，连贾母的女儿——黛玉的母亲，都已经逝去。贾敏的少女时代，自然也有一群同样娇俏的女孩儿，但在时光的流转中，她们都被无情省略了。即便钗黛，作者下笔之时，距今也已二百多年，当初言犹在耳的一颦一笑，忽喜忽悲，也都散作云烟，无复追寻。如果不是有这么一部《红楼》，在这人世间，她们来过，爱过，笑过，哭过，却什么痕迹都不曾留下。

《红楼》里写了很多梦。甄士隐之梦，宝玉之梦，凤姐之梦，小红之梦，尤二姐之梦……真梦假梦，都成一梦。当然一味消极也不是办法。古人也想了很多理论来自我开解。比如范成大就曾写过几句偈语：“窗外尘尘事，窗中梦梦身。既知身是梦，一任事如尘。”——大夏天的，先睡一觉再说。

所以每天午睡起来，惺忪朦胧之际，对脸上硌的红印，不要再随便一抹、掉以轻心了。我们的古人早就从各种角度，挖掘内涵，并用优美讲究的语言，表达了个底儿掉。传统文化真是博大精深呢。

蕉叶杯

读书不求甚解，不明白的地方，往往用自己的人生经验去补足。比如《红楼》里这几句："黛玉放下钓竿，走至座间，拿起那乌银梅花自斟壶来，拣了一个小小的海棠冻石蕉叶杯。""海棠冻石蕉叶杯"是什么？没见过。但前面宝钗取笑过的"绿蜡春犹卷""冷烛无烟绿蜡干"，言犹在耳，所以想当然地，以为"蕉叶杯"，就像小半截蜡烛，蕉心犹卷，瘦而略深，倒也与"小小的"三个字相称。很多年来，就一直这么"以为"着。

最近读扬之水先生《奢华之色》，书中引用了南宋张同之夫妇墓出土的一件蕉叶杯，才知道叶子居然是平展开的，"不过浅浅弯成弧形，略足盏意"。《文物》记载这件蕉叶杯"长9.2、宽5.9、高1.6厘米"，可见是宽宽浅浅，以盛酒少而厕身于"小小"之列。

"小小"两字，也是有来历的。宋代有一则流传甚广的故事，回道人（吕洞宾）到某家讨酒喝，主人拿出十几件酒器招待："闻道人善饮，欲以鼎先为寿，如何？"回公答"饮器中，惟钟鼎为大，屈卮螺杯次之，而梨花蕉叶最小"云云。"蕉叶"即蕉叶杯。喝完酒，回道人照例在墙上写了一首劝世诗："西邻已富忧不足，东老虽贫乐有余。白酒酿来因好客，黄金散尽为收书。"不过这次是用石榴皮写的。这就是著名的"榴皮题壁"故事。

苏轼当然是知道这个故事的，他曾以此为题，次韵写过三首诗，集中犹存。我不太确定，他是否知道回道人所说的"蕉叶最小"的话，虽然这个故事的各种细节，在宋人的记录里已经活灵活现，但苏轼自己还写过这样的话："吾兄子明，饮酒三蕉叶。吾少时望见酒盏而醉，今亦能三蕉叶矣。"苏轼多次说过自己酒量小，"自言生平有三不如人，谓著棋、吃酒、唱曲也"，"吾饮酒至少，常以把盏为乐”，“饮酒终日，不过五合”。可见蕉叶杯小，是当时人们公认的。

自此以后，“不胜蕉叶”，就成为酒量小的代名词。比如陆游《幽事》说：“酒仅三蕉叶，琴才一履霜。”明袁宏道《觞政》说：“余饮不能一蕉叶，每闻垆声，辄踊跃。”清冒襄《影梅庵忆语》说：“姬能饮，自入吾门，见余量不胜蕉叶，遂罢饮。”

所以，《红楼》里说林妹妹“拣了一个小小的海棠冻石蕉叶杯”，每个字都不是随随便便虚下。后面又说“斟了半盏”，换成烧酒，“只吃了一口”，为了体现林妹妹的不食人间烟火，作者也算不遗余力了。

还值得一说的是，这个小小的杯子里，海棠、芭蕉都有了，也许可以看作“怡红快绿”小照。清人对于冻石，态度不一。《红楼》里人尤其是老太太，显然是喜欢的，书里还提到了“墨烟冻石鼎”和“蜡油冻佛手”，都是老太太赏鉴过的。

不过清初，青州法庆寺（就是姽婳将军林四娘所在的那个青州，据说明衡王府被查抄后，一半财产归入寺中）有位住持天岸升禅师，曾有语录：“江南有太湖石、昆山石、茅山石、青田石、大松石、楚石、冻石，皆石之似玉而非玉也。好事者衣之以锦、文之以绣、贵买贱卖，只图热闹门庭、父教子承。那管金沙混滥。遂致家珍户惜，尽是一等石头；若论希世之珍，实所未见。”——简言之，黛玉拣的，老太太爱的，宝钗清供的，就是块假宝玉。

《红楼》作者未必想那么多，《红楼》读者未必不那么想。所以说读书，其实读的，不过是自己的人生经历。

思想盛宴

食不厌精，脍不厌细，本是人之常情。我喜读孔子，就是因为他不太端圣人的架子，体贴物理人情，每每说出凡人心中比较隐秘的那一点想头。比如他说："诗三百，一言以蔽之，曰思无邪。"多么好的老师，肯为学生划重点，拟标答，才三个字。谈到人生规划，坦承愿"老者安之，朋友信之，少者怀之"，毫不掩饰老少通吃的偶像心态。弟子们侍坐，各言其志，曾点说："莫春者，春服既成，冠者五六人，童子六七人，浴乎沂，风乎舞雩，咏而归。"意思是：大好春光，出去玩吧。夫子喟然叹曰："我也去！"这样的人，天然容易接近。纵无编制，依然万世师表、至圣先师。

不过他也有一句话，"割不正不食"，当年让我隐隐觉得有些多事。有肉吃就不错了，挑什么呢？后来才明白：如果刀工不好、切法不对，有些肉嚼不烂呢。仓廪实而知礼节，观千剑而后识器，吃的肉多了，就会多明白一些情形。

我喜《红楼》，最初就是看上了里面的吃穿用度，属于俞平伯先生所说"凡情谬赏芳华"那一类。十五岁时，眼界未开，心性不明，书中提到的一应金锁宝玉、饮茶吃饭、春花秋月、诗词歌赋，都是平生未见，不胜向往之至。看见胭脂鹅脯、碧粳米，看见女孩子们一色的大红斗篷，看见三春的累金凤，都不免会叹口气。虽不至于像刘姥姥，对着一盘茄子大发感慨，看到几篓螃蟹也还淡定，但当看到吃完螃蟹她们要拿"菊花叶儿桂花蕊熏的绿豆面子"来洗手，还是扎实实羡慕了，并没想到要批判养尊处优、暴殄天物、浪费粮食之类。

前几天去故宫，又看了寿康宫的"皇太后生活用例"。现在越来越喜欢这种纯说明性的文字，觉得不逊于《红楼》。比如讲到皇太后"年例"（金二十两、银二千两等）、"日用"（猪一口、羊一只、鸡鸭各一只等），不由想起《红楼》里，老太太、太太的月钱二十两，老太太吃饭用的水牌等。人间天上，所需事类基本相同，无非大小多少的区别。还有皇太后的“铺宫”，“玉盏金台一副，金执壶二，金方一，金盘十五，金碟六，金碗五……铜舀二，铜簸箕一……磁渣斗六，洋漆矮桌二……戳灯三十、香几灯十四、羊角手把灯八”，也无非锅碗瓢盆台灯垃圾筐之类，和平常人家所需大同小异，只是金银铜锡质地不同、精粗不一。不过，谁不喜欢贵重精美的东西呢？

每次看到那些精美的器物，或者读到书里的繁华，都不免想：这难道不是人人希望并应该拥有的生活么？一个正常的社会，难道不是应该让每个人都富裕安康么？为什么财富有时会成为罪恶？孔子还曾经说过：不患寡而患不均。所以真正的罪恶应该是不均衡，以及人为制造并固化这种不均衡的力量。

故宫景运、隆宗门外，及内东路、内西路长街上，有几口制作工艺比较粗糙的铁缸，和太和殿前鎏金铜缸根本没法比，据说原是和珅旧物，是他被抄家二十多年后，又由继住者的儿子绵慜查点上交的。因为僭逾，“皆非臣下应用之物”。权倾天下如和珅，连这么简陋的大铁缸，都没资格用。官方公布的和珅大罪里，还有一条“查出正珠朝珠一挂”，皇帝自己说：“朕视之殊为骇异。正珠朝珠为乘舆服用珍物，岂臣下所应收藏？……曾讯之和珅家人，供称和珅日间不敢带用，往往于灯下无人时，私自悬挂，临镜徘徊，对影谈笑。其语言声息甚低，即家人亦不得闻悉。此种情状，竟有谋为不轨之意。若此事败露于正月十八日以前，即不照叛逆凌迟处死，亦当予以大辟。”连“灯下无人”时候的言行，都能定成凌迟大罪，真是无所逃于天地之间了。

再想想孔子的“食不厌精，脍不厌细”，真是奢侈的思想盛宴。

刘姥姥救巧姐

贾府遭难后，巧姐肯定是刘姥姥救的，这没问题，判词和脂批都说得很清楚。如何救就不知道了，书残了。想那荣府，百年世家，故旧门生遍天下，自己家里也几百号人，大难来时，能托孤的却是一个求亲告贷的贫老婆子。

千百人里，为什么独有刘姥姥肯救巧姐？只是因为路上碰巧遇到了吗？可能。给巧姐取名的时候，刘姥姥已经预言："日后……或一时有不遂心的事，必然是遇难成祥，逢凶化吉，却从这'巧'字上来。"据脂批说是应验了的。所以必有一系列的巧合巧遇促成了巧姐的被救。只是这个"巧"，所有的续书者都梦不到，编不圆。

当然，还因为刘姥姥是王家的亲戚，受过凤姐的接济，和巧姐又有起名的渊源等，不是纯粹的陌路人。可亲戚也并不总是可靠，巧姐就碰到了"狠舅奸兄"。凤姐接济过的也不止一家。而且接济刘姥姥，更多是出于偶然，不是亲情。第一次来，凤姐对这个穷亲戚多少还有点不待见，敷衍了事。第二次，因为投了老太太的缘，老太太喜欢，大家凑趣，凤姐脸上有光，才重重答谢了一次。刘姥姥一个积古的老人家，积年的老寡妇，深通人情世故，这点眉眼高低，还能看不出来？甘当篾片，自嘲自乐，陪众人取笑，事后并不介怀，还千恩万谢的。——银子才是硬道理。本来是含羞忍耻、伏低做小开口告贷，拿到钱后却不仇富，不骂娘，知恩图报，存心还是厚道。

刘姥姥忍耻开口时，脂批说："老妪有忍耻之心，故后有招大姐之事。"可见，她救巧姐是有风险的，要"忍耻"而行，道德上付出代价。不像普通的做好事，会有政府嘉奖；或者政治投机，一本万利。《赵氏孤儿》里的程婴和公孙杵臼，惊天动地"救孤"，因为一开始就知道"一者报赵驸马平日优待之恩，二者要救晋国小儿之命”。“你若存的赵氏孤儿，当名标青史，万古流芳！”刘姥姥没有这些春秋大义，很可能不仅花钱，还要受人指指戳戳。因为据推测，巧姐不幸流落烟花巷。收留巧姐并许配板儿，算不上体面。但在体面和巧姐的归宿之间，刘姥姥选择了像翅膀一样庇护落难孩童。

诗人牛汉曾这样描述自己的曾祖母：“她面孔黧黑，布满老树皮般的皱纹，可是心灵却如瓜瓤那么又红又甜。我的童年时期见过不少这样的老人，他们经历了艰难的一生，最后在生命的内部酿出并积聚起隽永而仁慈的美好性灵。”也许到了做奶奶姥姥这样的年纪，内心的仁慈与美好一点点蕴蓄起来，容易做出这样的选择。小悦悦事件里，肯伸手救助被碾压女童的也是捡垃圾的贫老婆子，她和我们常见的姥姥奶奶一样。她们的“妇人之仁”，在种种文治武功中，别有一种温暖。

因为有这样的底层，这样的老人，两亩薄田可以过日子，守多大的碗吃多大的饭，不觊觎，不愤激，有担待，不仇富，虽然豪门垮了，大厦倾了，但地基还在，底层还稳，《红楼梦》白茫茫一片大地真干净的时候，康乾盛世依然还可以继续平稳前驶。但当老人也变得狞厉，要靠出门碰瓷谋生活，要存心讹诈扶起自己的好心人，那世道才是真的堪忧。

博弈犹贤

从小到大，一直受的是“两耳不闻窗外事”的教育，除了读书，琴棋书画，都算不得正业。更不用说扑克骨牌之类了，家里就没有。所以《红楼梦》“金鸳鸯三宣牙牌令”一回，虽然也看得热热闹闹，却究竟不明所以。最近因为工作关系，决心搞个明白。先是看今人各种注释和图解，然后顺藤摸瓜，就找到了《宣和牌谱》这部书，以及各种增补重订本。嚯，这一下，简直是天地洞开。原来里面门道那么多，很多玩法足称文人雅戏，却独蒙赌博恶名那么久。

骨牌又称宣和牌，据清代陈元龙《格致镜原》引《诸事音考》记载，它的起源是这样的：“（徽宗）宣和二年（1120），有臣上疏设牙牌三十二扇，共计二百二十七点，以按星辰布列之位，譬天牌二扇二十四点，象天之二十四气；地牌二扇四点，象地东西南北（金《宣谱二卷》载：象春夏秋冬）；人牌二扇十六点，象人之孝弟忠信、礼仪廉耻，发而为恻隐羞恶、辞让是非；和牌二扇八点，象太和元气流行于八节之间；其他牌名类皆合伦理、庶物器用。表上，贮于御库，疑繁未行。至宋高宗时，始诏如式，颁行天下。”如果这个记载属实的话，骨牌形制流传至今，也将近千年了。

那么正能量、高格调的游戏，开始流传不广也是正常的。直到人民群众把种种玩法发扬光大，它才彻底流行开来。除了多人、双人，它还可以单人玩。徐珂《清稗类钞·赌博类》云：“凡戏具，皆须纠率同志，惟骨牌亦可以独坐自怡，或旅馆萧寥，或蓬窗寂静，未携书籍，更鲜朋欢，时一拈弄，足以消遣。”《红楼梦》里显然是多人玩法，诗词行令更是无数玩法中最绿色卫生的一种。早期宫廷和富贵人家用象牙制作，所以称牙牌；民间多用兽骨，称“骨牌”。现在大都是竹木塑料了。但骨牌名字却流传下来。《红楼》特意使用“牙牌”两个字，先自占了富贵风流身份。

纸上谈兵，看了那么多图解，才知道，《红楼》众人所说的骨牌名都是有出处的。有意思的是，这些名字都和骨牌的颜色、排列形状相关。比如，“么”是一个小红点，就可以代表地、星、日月、珠、春水、儿孙等。“三”是三个斜排的绿点，就可以代表鱼龙、宝剑、禽鸟、蚕、柳条、铁索等；“四”是排成正方形的四个红点，就可以代表人、锦、霞、火、花、彩凤、纯阳、赤等；“五”是五个绿点，就可以代表梅花、老虎、莲蓬、菱角、云等……老太太的牌里，有一张“六与幺”，上头一个红点，下面六个绿点。老太太说：“一轮红日出云霄”，除了押韵，就是用上面的一点红，比喻“一轮红日”；下面的六点绿，比喻青云。薛姨妈有张“大长五”，是上下两个五点，薛姨妈就说：“梅花朵朵风前舞。”湘云的牌里有张“长幺”，上下两个红点，湘云就说：“双悬日月照乾坤。”刘姥姥的牌里有张“三四”，上面是绿色斜三，下面是红四，刘姥姥说：“大火烧了毛毛虫。”真是形象啊。难怪众人笑道：“这是有的。”还有一张“幺四”，上面一点红，下面四点红，刘姥姥说：“一个萝蔔一头蒜。”真是天才的想象力！原来一直以为这种场合，刘姥姥只是充当篾片，薛蟠一样胡乱应付，徒留笑柄，现在看来，合辙押韵，体物象形，其实样样都合格。相比之下，林妹妹的“良辰美景奈何天”，真是弱爆了。也只有宝姐姐这样的有心人，才会去揪她的错，却忽视了刘姥姥这种纯天然、接地气、原始稚拙、泥土芬芳的自然之美。

研究半天，才学得这一点皮毛，可是已然兴奋得不行。断然决定，要去踅摸一副骨牌，看着图谱，好好研究研究。子曰：“不有博弈者乎？为之，犹贤乎已。”

大观园的梧桐

大观园里，每处建筑都有自己的标志性植物，植物往往又与主人声气相关。比如怡红院的芭蕉、海棠，潇湘馆的竹子，稻香村的杏花，蘅芜苑的香草。探春住的秋爽斋，就是梧桐。这梧桐虽不如前几种出名，书中也多次点到，探春给宝玉写信说“时漏已三转，犹徘徊于桐槛之下”，宝玉建议探春起别号说“这里梧桐芭蕉尽有”，黛玉构思《白海棠诗》也是“或抚梧桐，或看秋色”。元妃省亲时题写的四字匾额“桐剪秋风”，应该就是挂在这里的。当然最有名的还是贾母带着刘姥姥来逛时，隔着纱窗往后院内看了一回，说道：“后廊檐下的梧桐也好了，就只细些。”

这里的梧桐不是时下流行的行道树法国梧桐，也不是北方常见、春季开紫花的泡桐，而是“青桐”或者“碧梧”。明人《群芳谱》记载：“梧桐皮青如翠，叶缺如花，妍雅华净，赏心悦目，人家斋阁多种之。”秋爽斋种这个正相宜。梧桐、芭蕉都叶片宽大，也正符合探春“素喜阔朗”的性格。老太太轻易不来大观园，每来一次，所做的指示都是高屋建瓴意味深长。比如让黛玉换窗纱，就直通《芙蓉女儿诔》中的“茜纱窗下”；嫌宝钗屋子素净，也暗示其将来金玉良姻难美满。这些梧桐想必在探春远嫁后也会有个交代，比如“梧桐更兼细雨”“一任阶前点滴到天明”什么的，可惜现在看不到了。

我们知道梧桐是生长较快的树种，贾母犹然嫌细，可见是盖大观园时新栽的，而不是移植现成的大树。以贾府的财力权势，未必移不起，却不做这种违背天和、伤害生理的事情，想必是不介意“树小墙新”，也不怕人联想“暴发户”，因为人家有底气，身后即是世袭近百年的公侯府。金陵地界石头城的老宅里，“树木山石，也还都有蓊蔚洇润之气”，便是岁月的积淀。既然有资格涵养百年，自然也有耐心等待将来。认为植物与气数相关，是古人的迷信，但对大自然保持几分敬畏总不是坏事。

诚心诚意地移植一棵大树，究竟有多难？朱家溍先生在书里讲过这样一件事：红豆馆主溥西园看中了言菊朋家里有一株树，姿势很有画意，就和言菊朋商量，能否出让。言菊朋说：“我没打算卖树，你如果十分喜欢这棵树，我就送给你，可是你怎么挪走？要是移到你家种下去不活，那不是白饶吗？”当时西园先生向护国寺悦荣花厂请来一位种树人，经过与种树人研究，提出了具体办法：需要五个年头的工夫，第一年先在树的北面挖下去，切断这一面向外伸延的根，用木板插进泥土中作截断，然后仍旧把土埋起。以后每年做一面，第五年做树根下面，到第六年才可以起动，连根带泥用草席、草绳包起来，运到另一个地方种下去，可以保活。后来就是照这个办法做的。

据说在言家运出的时候是拆了一段墙，到西园先生家也是拆墙进去的。这株树确实活了。整个过程所花费的人工物力可以想见，更难得的是这种确保成活的虔敬之心。管挪不管活的话，和谋杀有什么两样呢。树的好，人的痴，都暂且不论，单单说为了一棵树，能耐心地等待五六年，内心要多么安定，对“山河静好、岁月绵长”要有多大的信念，才能这么做啊。

一位山河飘摇中的末代皇裔，尚能如此，再看看那些整天价起高楼、宴宾客、只争朝夕的人，你说着的是什么急。

竹根杯

刘姥姥进大观园，喝酒吃饭，看见人家的瓷杯，怕失手打了，想换一个朴素些的木头杯子。凤姐先是吩咐“到前面里间屋，书架子上有十个竹根套杯取来”，后来听了鸳鸯的劝，换成“黄杨根整抠的十个大套杯”。鸳鸯的理由是：“我知道你这十个杯还小。况且你才说是木头的，这会子又拿了竹根子的来，倒不好看。”一点促狭，却彻底剥夺了这套竹根杯出场的机会。作为烘托气氛的小道具，可怜就这么被随口一提又匆匆放过，连个露面的机会都没捞到。

以前每次读，我的想法大概和刘姥姥一样，觉得这就是贾府里的粗笨东西了。竹根杯么，不过竹根罢了，谁家还没几件寻常日用。直到某天，无意翻到南北朝庾信的《奉报赵王惠酒诗》，才大吃一惊，原来这么个小东西，居然还有这么大的来历。诗歌大意是：诗人隐居在桃花源一样的家中，忽然有阔朋友派人来送酒，“稚子还羞出，惊妻倒闭门”，一家人的诚惶诚恐写得很形象。然后“野炉然树叶，山杯捧竹根”，收到贵重礼物的一家人，欢天喜地开饭饮酒。没有燃料，就烧树叶；没有杯子，就用竹根。都是就地取材。虽然简陋，却不失隐者风味。所以后来，唐代李贺在《始为奉礼忆昌谷山居》的想家诗中，也写道：“土甑封茶叶，山杯锁竹根。”大意是：（我离开家后）茶叶收起来了，饮酒用的竹根杯也锁起来了，很后悔出门做官。总之，大抵都是穷人用的东西，隐者配置，所以后来也有“逸人荷叶盖，隐者竹根杯”（《新撰类林抄》）的说法。

老杜有一首诗：“莫笑田家老瓦盆，自从盛酒长儿孙。倾银注玉惊人眼，共醉终同卧竹根。”有人以为这里的“醉竹根”也是用竹根杯喝酒，其实想多了。因为第一句分明说用的“田家老瓦盆”。所谓“醉竹根”，不过是说不拘使用什么样的酒器，都一样能喝醉，都一样可以随处醉卧。

贾府的竹根杯，自然要比庾信家的、李贺家的精致。虽然没有正面出场，无一字描摹，但从妙玉拿出的“九曲十环一百二十节蟠虬整雕竹根的一个大海”，和黄杨套杯的“雕镂奇绝，一色山水树木人物，并有草字以及图印”来看，不难想象其风格。邓之诚《骨董琐记》曾记载了明代巧匠严望云，为收藏名家项元汴制作的一件竹根杯：“如荷叶式，附以霜螯莲房，巧而雅。墨林题一绝云：‘截得青琅玕，制成碧筒杯。霜螯正肥美，家酿醉新醅。’”则是以竹根为材质，做成荷叶“碧筒杯”的样子了。

竹子清雅，竹制品自然也给人清新雅致的感觉，所以探春也喜欢，要求宝玉给她带些“柳枝儿编的小篮子，整竹子根抠的香盒儿，胶泥垛的风炉儿”，并赞其“朴而不俗、直而不拙”。大观园中人，三观倒是一致，宝玉称金玉铜磁为“没处撂的古董”，又奉承妙玉“到了你这里，自然把那金玉珠宝一概贬为俗器了”，赢得妙玉“十分欢喜”。

材质普通，就只好在做工上下功夫。清代朱昆田（朱彝尊之子）曾有《蘅圃寄竹根杯》诗，写到杯子的精致雕工：“或作折枝垂果实，或作细草抽苗条。或于古藤窜鼯鼬，或于丛棘栖鵂鹠。秋虫一一列琐细，恍若趯趯还喓喓。水边老屋足幽趣，松床菌枕同香寮……”花鸟草木，人物山水，无所不有，单是文字就已经看得人眼花缭乱。如果是我的话，见人力如此穿凿，早就想发宝玉那一问了：“古人常云天然二字，不知何意？”

不一样的怡红院

怡红院的陈设，除了题匾额、见贾芸两处，刘姥姥醉卧也是一次精笔细描。不过在不同的版本里，刘姥姥看见的情景不太一样。比如以庚辰本为底本的通行本一般是这样的：

> 于是进了房门，只见迎面一个女孩儿，满面含笑迎了出来。……原来是一幅画儿。刘姥姥自忖道："原来画儿有这样活凸出来的。"……一转身方得了一个小门，门上挂着葱绿撒花软帘。刘姥姥掀帘进去，抬头一看，只见四面墙壁玲珑剔透，琴剑瓶炉皆贴在墙上，锦笼纱罩，金彩珠光，连地下踩的砖，皆是碧绿凿花……

而列藏本里的文字是这样的：

> 于是进了房门，只见一个女孩儿，满面含笑迎将出来。……原来是一幅画儿。手也未拉的成，头上倒碰了一个疙瘩。刘姥姥自忖道："原来画儿有这样活人一样的。"……方一转身，只见有一小门，门上挂着葱绿撒花软帘，刘姥姥便掀帘进去。抬头一看，只见四面墙壁玲珑，琴剑瓶炉皆贴在墙上，金珠玉器，皆用锦罩罩好，地下铺的皆碧绿凿花的毡子……

两段文字主要有三处不同，一是对美女画的评价，前者是"活凸出来"；后者是"活人一样"；二是摆设，前者是"锦笼纱罩，金彩珠光"的精致对仗，后者是"金珠玉器，皆用锦罩罩好"的大白话；三是地上，前者铺砖，后者铺毡子，也就是地毯。论文采，显然是前者更好些。尤其是那个“凸”字用得好，应该是精心炼出来的字。黛玉、湘云在“凹晶馆联诗”的时候专门议论过，认为并非俗字，用作轩馆之名，新鲜不落窠臼。这里用来形容人物肖像的立体感，当然比“活人一样”更有表现力。从版本传承、编辑加工的角度看，也很难想象，后来的抄手会把一个活灵活现的字眼特意改成普通字样。同样，后来者也没有理由把文采斐然的“锦罩纱笼、金彩珠光”改得那么朴实无华。所以，根据这两个小小的细节，也许我们可以推测，列藏本的底本，有可能竟然早于庚辰本的底本，从而更多保存了早本的面目。而这些文学化的修改，正是那“增删五次”的遗痕。

如果这个猜测成立，那么怡红院里铺的可能就是地毯而不是地砖了。碧绿凿花的砖，本来也已经很不错，足够豪华，可是和地毯一比，舒适度就差一些了。刘姥姥来的时候已是八月下旬了，怡红院已经换上了葱绿撒花软帘，室内换上地毯，节气也对。碧绿和葱绿的颜色也搭配。刘姥姥头回来在凤姐房里，看见门口是“大红撒花软帘”，“炕上大红毡条”，颜色同样是搭配的。曹家作为织造世家，讲究家居布艺自然是情理中事。地毯上“凿花”，修剪出浮雕效果，工艺上是能够实现的，保存至今的“燕京八绝”之一“京毯”就是这样。我倾向于地毯而非地砖，说起来还由于一个非常平民化、没出息的想法：砖上凿了花，走起来岂不硌脚，再说一旦有积土打扫多不容易。

灵性已通

经常看到有人讨论，黛玉和宝钗，谁更值得娶。每每看到，总是气闷，好像看到有人鄙薄一朵玫瑰不到二两，或者夸耀一朵牡丹足有半斤重。

《红楼》里人物的价值，向来不在身份。不然贾雨村、王子腾就是最值得大书特书的。然而，书的主角却是宝黛。从世俗眼光看，这两个人几乎毫无可取之处。书中批宝玉的《西江月》说得明白："可怜辜负好韶光，于国于家无望。天下无能第一，古今不肖无双。寄言纨袴与膏粱：莫效此儿形状！"于仕途经济中，百无一用。整天厮混内帏，要吃丫头嘴上的胭脂，一点刚性没有，毛丫头的气都受得——放在今天，也不太容易被人接受。黛玉也是，所谓妇女传统美德的德言容功，似乎都不无可议。"德"无规劝之功，"言"有刻薄之讥。"容"么，虽然书上说她"秉绝代姿容，具希世俊美"，但多半是情人眼里出西施，王夫人等人其实并不待见这一款。"功"，半年做不成一个香袋，也很废柴。身子骨又那么弱，薄命早夭，简直是福寿之人避之不及的晦气。然而，还是有那么多人喜欢他们，每每洒一掬同情之泪，唏嘘不已。为什么呢？

书上开篇那块石头，虽然被称为"蠢物"，或"自恨粗蠢"，但初次亮相时，却分明说它"自经煅炼之后，灵性已通"。"灵性"二字，正是宝黛与其他人判然分别之处。宝玉歪批南华时，曾写下"灰黛玉之灵窍"的句子，可谓深知黛玉。人为万物之长，正因为这一点灵性不灭。于万千繁华里，独独能领悟到"试看春残花渐落，便是红颜老死时。一朝春尽红颜老，花落人亡两不知"，是黛玉的灵性。听了黛玉之歌，独独能领悟到"既黛玉终归无可寻觅之时，推之于他人，如宝钗、香菱、袭人等，亦可到无可寻觅之时矣。宝钗等终归无可寻觅之时，则自己又安在哉？且自身尚不知何在何往，则斯处、斯园、斯花、斯柳，又不知当属谁姓矣！——因此一而二，二而三，反复推求了去，真不知此时此际欲为何等蠢物，杳无所知，逃大造，出尘网，使可解释这段悲伤”，是宝玉的灵性。宝玉其时并不知黛玉前晚的委屈，黛玉其时也并不知宝玉的悲伤，但两人何尝不是一点灵犀，澈然贯通，所以旋即和好。而几百年后，仍能从上述文字里，一眼看出两人的灵性，并被深深打动，又何尝不是读书者的灵性。灵性相通，无关时空。

这不是一部治国理政的书，也不是一部经世致用的书。不是厚黑学，不是成功学。它是一部灵性之书，讲的是人生美学。这是《红楼》最不同于其他小说的地方。所以，看到有人谈论宝钗成为宝二奶奶，就是成功上位，真是无言以对。婚姻，只不过是一种社会捆绑形式罢了。宝钗即使和宝玉成亲，她和宝玉之间，也永远无法拥有宝黛曾经的心灵交融。宝黛一起经历过的种种灵魂悸动，也永远不会被人取代，那是他们各自私人的生命体验。宝钗的价值，当然也不应该是取代谁，而是活出自己的灵性。

宝钗好不好？当然好，好到几乎完美。《红楼》虽然写的是十五六岁少年的情事，但它是作者中年时期的作品，是一位历尽波澜的中年人，回望当年的心灵记录。他已经洞察人情，不再需要通过贬损别人来证明自己当初选择的正当性，所以他把宝钗写得非常好。然而，灵性并不曾相通，奈何？他也不明白宝玉为什么会选择黛玉，只好编造了一个“木石前盟”的故事，这相当于没有解释。

谁又能说清自己的爱情。

溺爱是人生里的蜜

凤姐过生日那天，宝玉私自外出，祭奠金钏儿。家里差点“都反了”，等他回来，众人真如得了凤凰一般。贾母、王夫人先都说他不知道好歹，又骂跟的小厮们，又问他到底哪儿去了，可吃了什么，可唬着了。又要打跟的小子们，众人说情才罢了。书里说：“贾母先不放心，自然发狠，如今见他来了，喜且有余，那里还恨，也就不提了；还怕他不受用，或者别处没吃饱，路上着了惊怕，反百般的哄他。”

第二回冷子兴演说荣国府，贾雨村提到甄宝玉，说“也因祖母溺爱不明，每因孙辱师责子”。甄贾宝玉，本是一体，无非真假之间。所以这话，说的自然也是贾宝玉。贾母上述这番反应，就是“溺爱不明”的最好写照。可是作为一名同样头发长见识短的妇道人家，我并没觉得有什么不妥，反觉贾母所为，都在情理之中，熨帖适意。尤其看见“辱师责子”几个字，真是神清气爽扬眉吐气。

书中贾母溺爱宝玉的例子，实在是太多了，举不胜举。只说宝玉出场时的一个小细节：“一语未了，只听外面一阵脚步响，丫鬟进来笑道：‘宝玉来了！’”前段和朋友讨论中国古典小说中的“笑道”，提到有种观点是：“中国古典小说中的发话词来来回回就那么几个，基本上是一个封闭系统。而‘笑道’可说是用得很普遍的，而用的场合又往往并不恰当，这种用法已经成了中国文学传统的一部分，读者习以为常了，就不会追究它的字面意义，不会觉得碍眼，也不会期待作者选用别的字眼。”“从某种程度上说，中国古典小说中的‘笑道’其实不仅仅留于字面，而是成为小说人物语言的一种程式，一种默认的符号。”不知其他小说中如何，至少《红楼》里的“笑道”，大半都是这样。

我没统计过《红楼》里有多少“笑道”，但说满坑满谷应该不过分。前八十回里，如无特殊情况，几乎人人未语先笑，透着旧式大家的涵养与日常起居的和气。我一直没觉得这是无意义的发话词，书里大量“笑道”“含笑道”“大笑道”“陪笑道”“冷笑道”“讪笑道”……每个都不是虚下。读《红楼》这么多年，如果不是别人提醒，都从来没单独注意过这个词组。原因之一可能是母语，阅读平滑度好。那些非中文背景的读者，不容易领会其间的微妙区别，自然容易蒙圈。《红楼》用字精准，不能用其他话本小说或者通俗演义小说中的套话来轻易类比。比如凤琏商议芸儿种树一节，宝钗机带双敲一节，无数“笑道”写出了人物情绪的细微变化，很难删改或替换。

回到丫头的这个“笑道”。宝玉一回来，不写贾母笑，先写丫头笑，可见素日之地位，可见贾母待宝玉如何，可见贾母之溺爱人人皆知。甲戌本这里有句脂批：“余为一乐。”总之，宝兄出场，各种相见欢。有没有这个“笑”，自然不一样。

有笑就有哭。贾母情绪最激动的一次，应数宝玉挨打了。以前看贾母颤巍巍厉声教训贾政，王夫人、李纨哭作一团，贾政含泪下跪苦求认罪，只觉得热闹，心中替趴在那儿的宝玉暗爽。如今却有了不一样的感觉，不忍读。试想下，一个四十岁上下的中年人，胸中满是无材补天、枉入红尘的失意感，疼爱过他的至亲都已逝去，暗夜青灯，笔下追述少年时代这种情节时，眼里噙着泪，那简直是一定的。那些无原则的溺爱，即使都成追忆，也是这个冰凉世界的暖色啊。

溺爱，是人生里的蜜，永远都不会太多。

平儿的委屈

平儿本来是凤姐的人，从娘家带来的陪嫁丫头，心腹，左膀右臂，得力助手，可并不是一味愚忠。在凤琏之间，有时私下里，不由自主更加倾向贾琏。比如软语救贾琏，善待尤二姐，给贾琏银子替二姐办后事等。在护航凤姐之外，对贾琏，另有一番体贴之情。两性之间的事情本来暧昧难说，何况侍妾身份。用力过猛，就是赵姨娘、秋桐、宝蟾之流；置身事外，就是老太太屋里的老姨奶奶、周姨娘、佩凤、偕鸳之类，毫无存在感。这种身份地位，在男女主子之间，本来前不得，后不得；左不得，右不得；轻不得，重不得；明不得，暗不得。进退无据，上下失衡。可作者却偏偏派她叫平儿，也许正是宝玉所说的“贾琏之俗，凤姐之威，他竟能周全妥帖”吧。周全妥帖，大都只能是主动取消自我的结果。

平儿，和香菱一样，当是副册中人物，可是没有判词，连猜她结局的线索都没有。唯当初贾琏发狠一句，“你两个一口贼气。都是你们行的是，我凡行动都存坏心。多早晚都死在我手里！”按照全书千里伏线、一语成谶的惯技，将来恐怕是和凤姐一起玉石俱焚了。贾琏这种人，对别人的好处，未必肯细细区别。平儿平日里小心收藏、紧紧压抑的那份女儿心思，大约也就此付诸东流。

平儿薄命，并无父母兄弟姊妹，独自一人，供应贾琏夫妇二人。贾琏本是命运随意摊派给她的男人，滥情，寡恩，纨绔习气。但她别无选择。所幸，命运同时也给了她消解不幸的办法，那就是，让她对这个男人产生了认同感和依赖感，并上升到好感甚至爱情。这大概和香菱对薛蟠一样，也是一种斯德哥尔摩情结吧。香菱看到薛蟠被打得鼻青脸肿，自己哭得眼睛都肿了。平儿看到贾琏被打，也是恨得咬牙切齿。最典型的当然还是“软语救贾琏”那一回。背着凤姐，替贾琏遮饰。贾琏求欢，却摔手跑了，所以连凤姐也挑不出她的毛病来。其间分寸，真是难以拿捏。作者肯用丑极太露之文，写贾琏、多姑娘之事，甚至肯用明笔，写送宫花琏凤相戏，却没有写过平儿，也许是不肯唐突。

平儿在府内，得到的是大部分主子的称赞和下人的好口碑。李纨就不用说了，打抱不平，甚至还因为把平儿摸得浑身痒痒，被敏感者疑为有什么倾向。宝玉等人，也都敬重。回目里的“喜出望外平儿理妆”，开始我一直以为说的是平儿得了贾母安慰，自觉面上有了光辉，才喜出望外；后来发现说的是宝玉，“得在平儿前稍尽片心，亦今生意中不想之乐也。因歪在床上，心内怡然自得”。“又喜又悲，闷了一回。”这也可以和“呆香菱情解石榴裙”对看。宝玉对平儿的好，对香菱的好，并非如珍琏辈，专在女人身上下功夫，以淫乐悦己；而是对其人的激赏：“极聪明极清俊的上等女孩儿”，和对其命运的同情：“此人薄命，比黛玉犹甚”。——不是看你为我做了什么，而是看我为你做了什么。这就是区别。

他人终究都是他人。贾琏千般不是，却是她无法逃脱的宿命。再小心收藏，再紧紧压抑，她的情肠一直都在。也唯其如此，当受了天大委屈，被贾琏、凤姐迁怒动手，哭得哽咽难抬时，别人安慰她，述说凤姐素日待她的种种好处，都说不到点子上。终究还要她自己忍不住说出来：“况还有我们那糊涂爷，倒打我。”说着便又委屈，禁不住落泪。

受委屈，还算不得委屈；别人看不到的委屈，才是真委屈。

相逢是偶然

偶见《食虾》小诗，觉得很好："江上秋风起，鲈莼正忆家。舟行良不恶，日啖小鱼虾。"作者王十朋，据说就是《荆钗记》里的那位，曾被黛玉批评"不通的很"。好歹人家也曾在大宋王朝中过头名状元、做过龙图阁学士，还留下一千多首诗，就这么被一个小姑娘轻轻荼毒了。所以，所谓身后名么，不如眼前一盘虾。

凤姐过生日，宝玉私自外出，回来后众人正在看戏，演的就是《荆钗记》。林黛玉因看到《男祭》这一出上，便和宝钗说道："这王十朋也不通的很，不管在那里祭一祭罢了，必定跑到江边子上来作什么！……"宝钗不答。宝玉回头要热酒敬凤姐儿。私祭金钏儿这件事，三个人都心知肚明。唯独那些特别入戏的太太、老太太，虽然看得心酸落泪，也有叹的，也有骂的，但都做了不知情的背景墙。

《红楼》的写法有很多种，其中一种是不写之写。这里的《男祭》就是。虽没交代剧情引用台词，但当年家喻户晓，只要提个名字，大家就知道想说什么。今天，就非得引用不可了。

如王十朋的唱词里有："我和你，好似巫山一片云，秦岭一堆雪，阆苑一枝花，瑶台一轮月；到如今，云散雪消，花残月缺，好生伤感人也！""徒捧着，泪盈盈一酒卮；空列着，香馥馥八珍味。慕音容，不见伊；诉衷曲，无回对。俺这里再拜自追思：重会面，是何时！揾不住双流泪，舒不开咱两道眉。""纸钱飘，蝴蝶飞；纸钱飘，蝴蝶飞；血泪染，杜鹃啼。好教人睹物伤情越惨凄！魂灵儿想自知，俺不是负心的。负心的，随着灯灭！花谢有芳菲时节；月缺有团圆之夜。俺呵，徒然间早起晚息，想伊念伊！要相逢，除非是梦儿里，和你再成姻契！”王十朋母亲的唱词里则有：“我只得拜冯夷，多加些护持，早早向波心脱离。惟愿取，免沉溺；惟愿取，免沉溺。”（《缀白裘》本）

看了这些，就知道这戏为什么应景了。适合不适合凤姐生日单说，至少每句话，都可以在祭奠金钏儿时使用，就像今人在合适的场景引用流行歌曲。据说当年，这一折的演出效果是“悲壮淋漓，声泪俱迸，一座尽倾”（《板桥杂记》），可见动人之深。“三言”的《张廷秀逃生救父》、李渔的《连城璧》，都有形象描写。宝玉私祭时，除了焚香施礼，什么都没说。所有要说的话，都在这些唱词里了。这种写法，也避免了与后文《芙蓉女儿诔》相犯。

其中“巫山一片云”几句，流传甚广，曾改头换面出现在各种传说中，比如宋代杨大年随机应变自编章献太后祭文，明代解缙自编贵妃祭文等，用的都是这几句。清杨恩寿《词余丛话》总结说：“此词浮艳轻佻，施之君后，失礼已甚……施之于此（指《男祭》），则妙文也。”的确也符合《红楼》文风。另，从这几句话，是不是隐约能看到“阆苑仙葩”的来历？

王十朋诗名虽不甚著，也有些作品清新可观。如《江月亭》：“长江何处水，明月几州天。月与江无约，相逢是偶然。”语出白居易写给元稹的“夷陵峡口明月夜，此处逢君是偶然”。宋代韩维诗“白首相逢是偶然”，王安石诗“相逢皆偶然”，大苏《与莫同年雨中饮湖上》“到处相逢是偶然，梦中相对各华颠”，也都源自此句。一个在四十六岁中状元之前，穷得连纸都买不起，只能在桌子上写了擦、擦了写的正统读书人，忽然成了南戏传奇的男主角，忽然落到黛玉口中，又忽然在今天被提起——不都是偶然么。

相逢都是偶然，千载与谁相期。

《红楼》里的老太太

《红楼》中的贾母，蔼然可亲，威风八面：两府供养，四代奉承，财政人事大权明放暗收，牢牢在握。简言之，就是领导核心，精神领袖，树倒猢狲散之前的那棵大树。以致曾有人怀疑，老太太的地位，高得有点不像话，不合常理，并因此猜想人物原型的种种显赫，不寻常。其实这是人们很熟悉的故事框架，比如《杨家将》里的佘太君，《百年孤独》里的乌尔苏拉，“祖母”都是贯穿全书的灵魂人物。后四十回“玩母珠参聚散”的细节，写得很好，虽然不容易想象，这磁性巨大的“母珠”到底是什么，但比喻贾母，再合适不过。

贾母地位，首先当然是伦理层面的。诰命在身，代表皇权；代善正妻，代表父权。君臣父子，都是伦常所关，丝毫不敢马虎。对贾政、王夫人、元春也都如此。作者善写人性之恶，但大都集中在贾赦、邢夫人，赵姨娘、贾环等身上，笔触从来不敢稍稍上移。其次，老太太自身的能力。多年治家，宽猛相济，威望和亲和力都有。年轻时喜欢收拾屋子，是个精明利落人；老了爱和孙子孙女在一起，是个慈爱随和人。第三，老太太屋里那些大箱子大柜子，随便抬点，就够儿孙过一段的。经济基础决定上层建筑，老太太的发言权，不容置疑。第四，就是上面说的，故事结构的需要了。

当然不是所有老太太都这么幸运。生老病死，人生四苦，老是其中之一。老无所养，老无所依，最是人生不堪事。即便衣食无忧，被尊重也同样重要。老太太屋里，还有几位老姨奶奶，如果不是探春跟吴新登家的翻旧账，随口一提，有谁会知道呢？她们当然是存在的。漫漫人生，一样消耗在那座大院子里，却只做得一群无名无姓的酱油客。甚至比不上赖嬷嬷：虽为奴才，因为儿孙“赖上荣”，回到家里，就楼房厦厅、众人尊敬，老封君一样。也比不上刘姥姥。刘姥姥进贾府，本来是走亲戚，地位平等。充篾片，含羞忍辱开口告贷，只是因为穷。当时没人能想到，她会成为后半部的主角，救助巧姐，收拾了贾府最后一点残片。

这几位老太太，身份阅历迥然不同，但都有一个共同点，就是人生智慧。贾母不必说了，赖嬷嬷痛诉奴才家史，批评“那珍大爷管儿子倒也像当日老祖宗的规矩，只是管的到三不着两的”，刘姥姥劝狗儿“守多大碗儿吃多大的饭”，都闪耀着朴素的智慧光芒。《史记》里也记载了一位老太太，陈婴之母。秦末战乱，豪雄四起，东阳几万人马要拥戴陈婴称王。陈母说：“自我为汝家妇，未尝闻汝先古之有贵者。今暴得大名，不祥。不如有所属，事成犹得封侯，事败易以亡，非世所指名也。”婴乃不敢为王，带着军队投靠了项梁。归汉后四世封侯，有个曾孙女叫阿娇，就是汉武帝的陈皇后。

“暴得大名，不祥。”老太太真是明白人。如今还有几个懂得或者在乎。她们的智慧，虽然没有出门走四方、治国安天下，但那是用生命，用心，一点点累积起来的。因为她们曾经给予生命，并亲历了生命的成长。在贴身陪护中，有机会洞察人性之细微，体会生命之可贵。如果以后在马路上看到老太太摔倒，一定要去扶，保不齐里面就有几位这样的明白人。她们的人生阅历，她们的内心财富，不是每个人都能测。

邢夫人

邢夫人，是《红楼梦》里著名的“尴尬人”“嫌隙人”，几桩重要的事迹，比如，帮贾赦讨鸳鸯，当众给凤姐没脸，勒掯贾琏二百两银子，把绣春囊封送王夫人，挑起抄检大观园等，看起来都可恨又可怜。第四十六回作者曾借凤姐心目，为邢夫人做一小结：“禀性愚犟，只知承顺贾赦以自保，次则婪聚财货为自得，家下一应大小事务，俱由贾赦摆布。凡出入银钱事务，一经他手，便克啬异常，以贾赦浪费为名，‘须得我就中俭省，方可偿补’，儿女奴仆，一人不靠，一言不听的。”八十回后，想必还会有一番恶作为，比如休弃凤姐、嫌恶巧姐之类，可惜不得其详。七十五回一条脂批，为我们提供了些许线索：“按尤氏犯七出之条，不过只是‘过于从夫’四字，此世间妇人之常情耳。其心术慈厚宽顺，竟可出于阿凤之上，特用之明犯七出之人从公一论，可知贾宅中暗犯七出之人亦不少。似明犯者反可宥，恐其饰己非而扬人恶者，阴昧僻谲之流，实不能容于世者也。”又说：“此为打草惊蛇法，实写邢夫人也。”可见，“饰己非而扬人恶”，“阴昧僻谲”，也是邢夫人当之无愧的考语。

如此看来，邢夫人的不足取，已经昭昭分明，无需多说了。但我还是经常会想起开篇不久的一个情节。宝黛共读《西厢》时，袭人急匆匆把宝玉叫走，给偶感风寒的贾赦请安。贾赦命人“带哥儿去太太屋里坐着”。邢夫人见了宝玉，行礼如仪后，就拉他上炕坐着，倒茶。贾环、贾兰来时，只能坐在椅子上。宝玉则同邢夫人坐在一个坐褥上，邢夫人又百般摩挲抚弄。贾环、贾兰告辞，宝玉要一同回去，邢夫人笑道：“你且坐着，我还和你说话呢。”二人走后宝玉问：“大娘方才说有话说，不知是什么话？”邢夫人笑道：“那里有什么话，不过是叫你等着，同你姊妹们吃了饭去。还有一个好玩的东西给你带回去玩。”——偏心溺爱之情，溢于言表，不在贾母、王夫人之下。虽然也可以说她是看老太太疼宝玉，跟着汫上水，但这是在自己家里，不是在贾母跟前，没必要太装的。当然对人厚薄不一，也暴露了她的愚，但那种母爱天性的自然流露，是无法抹掉的。其间还骂过一次在书中神出鬼没的贾琮："那里找活猴儿去！你那奶妈子死绝了，也不收拾收拾你，弄的黑眉乌嘴的，那里像大家子念书的孩子！"——责骂中流露出的爱怜之意，也可观可玩。这一段生活琐事中，邢夫人不自觉流露出来的平和、慈爱、温润，应该正是她天性的组成部分。她并不是生来就恶、无恶不作。再推想她未嫁之先，在家做女儿的时节，未必不是十二钗一流人物。

细想想邢夫人的处境，其实可怜，父母不知什么原因，肯把女儿嫁作填房，身为续室，婆婆不喜，丈夫不爱，儿女不敬，下人不服，兄弟不和，父母双亡，家境寒素——种种枯寂中，一颗备受挤压的心灵如何能正常生长？富足无事时，天性尚能流露一二；一旦大厦将倾，唯求自保、不惜倾轧他人，就成了本能的选择。想想《金锁记》里的曹七巧。宝玉说：这些人怎么嫁了人，染了男人的气味，就这样混账起来？——骂的是谁呢？

贾母

贾母，书中的老太太，老封君，福寿双全，儿孙满堂，应有尽有，颐养天年，看起来是《红楼梦》里最舒心最享福的人。其实细按，总有那么一些不适意，一些说不出来的郁结。比如，端午节打醮，张道士的一番话，就逗漏了一些消息。那张道士向贾珍道："当日国公爷的模样儿，爷们一辈的不用说，自然没赶上，大约连大老爷、二老爷也记不清楚了。"《红楼梦》里人物生日年龄多有错乱，不过大致有个谱儿。说这话的时候，贾珍应该三十多岁不到四十，贾赦、贾政四十开外，贾母差不多七十出头。如此算来，贾代善去世时，贾母也就四十上下，三十多岁的可能更大——标准的中年。虽然有国公府的家底，大家族的护持，但熬到儿女成人，支撑门户，其间自然颇多不易。

再者，凤姐泼醋一回，贾母曾替贾琏辩护："什么要紧的事！小孩子们年轻，馋嘴猫儿似的，哪里保得住不这么着。从小儿世人都打这么过的。"言下之意，国公爷在的日子，老太太也是这么过来的，那镜里恩情，绣帐鸳衾，不得不让各种各样的姨娘、姑娘，再分一杯羹。好在老太太看得开，从未将儿女私情，略萦心上。

还是这次风波后，老太太训斥贾琏："我进了这门子作重孙子媳妇起，到如今我也有了重孙子媳妇了，连头带尾五十四年，凭着大惊大险千奇百怪的事，也经了些，从没经过这些事！"这里的"大惊大险千奇百怪"，恐怕不是空口无凭泛泛一说。只看老太太在赌博事发后的一系列处置，就知道是位理家老手。后来把权力下放给孙子媳妇，嚼得动的吃两口，睡一觉，闷了时和孙子孙女儿玩笑一回——不过都是老虎打盹，偷个懒。如果真能偷懒成功，一直偷懒到终其天年，这才是真正的享福和省心。实际上，看看赦政珍琏等一众儿孙的德行，《红楼》

到最后，很可能老太太也不得不亲眼目睹整个家族的败局并且无力回天。这才是有命无运、累及爹娘，这才是多子多累，多寿多辱。

福也罢寿也罢，无论何色人等，结局都将是“白茫茫一片大地真干净”。谁都逃不过。

香菱学诗

香菱的薄命，是上了回目、大书特书的。又是“薄命司”中副册第一人。有命无运，累及爹娘，八字焊定终身。可是因为有了“学诗”一节，不仅游走大观园，加盟海棠社，联句芦雪广，后来还寿怡红、开夜宴，成为群芳会中人。写诗，本是自我生命的觉醒。正是大观园人民对这种觉醒的普遍认同，才使得侍妾身份的香菱，暂时过上了一个正常人的有尊严的生活。宝玉曾经叹道：“这正是地灵人杰，老天生人再不虚赋情性的。我们成日叹说可惜他这么个人竟俗了，谁知到底有今日。可见天地至公。”由此也可见，写诗，是一件够多么高雅、多么高贵的事情。所以也就难怪，古往今来的诗人，在跟写诗有关的问题上，是那么地锱铢必较，寸土必争。

香菱初学，必然有一个阶段，所以开始写的几首，都不算好。黛玉、宝钗等人也直言不好，但都态度友善地给出了建设性意见，帮助提高，终于使香菱长进，写出了合乎规范的诗歌，获得海棠社入门券。虽然入社后，仅在芦雪广联诗时写了一句，后来再没什么建树，但这就好比英雄上梁山。上山前种种英武，上山后泯然众人。如星归位，等着排座次就行了。所以正传重头戏还是学诗。

学诗过程中，宝钗也挤对过她，嘲笑她“呆香菱之心苦”，但人家是自己人，开几句玩笑无伤大雅。黛玉做老师当仁不让。湘云更是热心，没昼没夜跟她高谈阔论。宝玉、探春、李纨等，也都极尽鼓励玉成之能事。没有一个人，以诗坛大佬的身份自居，挺身而出指手画脚，说这个不好那个不好，试图一槌定音。因为诗，归根到底还是人。对诗的宽容，其实是对人的宽容。一个人能活得好，比诗写得好，重要太多。

在学诗引发的几次小型讨论中，很多即兴发言都可圈可点。比如香菱拜师，黛玉说："我虽不通，大略也还教得起你。""什么难事，也值得去学！"听着就很舒坦，轻巧伶俐，比那些上来一副"我是专家我老大"的笨牛姿态，美感强太多。接下来的话"若是果有了奇句，连平仄虚实不对都使得的"，"第一立意要紧。若意趣真了，连词句不用修饰，自是好的，这叫做不以词害意"，经常被人征引，用来说明不必死守格律。其实这是英雄大言欺人了。别的不必说，只看书中那些格律诗，有哪首是出格离谱的。老手随便听听还可以，正如杜甫的"老去诗篇浑漫与"，是建立在"晚节渐于诗律细"和"语不惊人死不休"的基础之上的。新人，还是老老实实循规蹈矩比较好。一开始就随心所欲，只能是不知所之。

再比如，宝玉、探春等人一起坐听香菱讲读诗心得，读到"渡头余落日，墟里上孤烟"，香菱说："我们那年上京来，那日下晚便湾住船，岸上又没有人，只有几棵树，远远的几家人家作晚饭，那个烟竟是碧青，连云直上。谁知我昨日晚上读了这两句，倒像我又到了那个地方去了。"宝玉赞道："会心处不在多，听你说了这两句，可知三昧你已得了。"诗家三昧，前人谈过太多。到底是什么？大都难以言传。但读来心动，若有所遇，至少是标准一条。

香菱谦窘，说自己写诗只是学着玩。黛玉探春都笑："谁不是顽？难道我们是认真作诗呢！"宝钗笑她第二首写跑题："你看句句倒是月色。这也罢了，原来诗从胡说来。"写着玩，才是真态度。"诗从胡说来"，才是真知言。不只是无功利，其实在胡说、在玩里，每个人生命的底色，如黛玉之悲，香菱之苦，已经流露无遗。所以，诗写得好坏，远没那么重要，重要的是，一个人，要葆有写诗、欢乐和自我觉醒的权利，谁都无权剥夺。

夕阳西下

三朋五友走京西古道，傍晚时分，来到西落坡村的马致远故居。所谓故居，尤其年代久远的，比如这座号称明清以前——我以为，往往不过是后人发思古之幽情的附会物。大致位置也许不差，只是我不太相信眼前的砖瓦草木，还能有当年东篱遗泽。即便有，化学成分也和今人咳唾差不多，没啥可贵的。可珍贵的是那些句子，印在种种不同纸张上，飘在年年秋风里。

同行的友人却很肯定。她说自己每年都要来这里几回。一次，独自走在古道上，一回头，正看见夕阳西下。刹那间，《天净沙·秋思》的每个词，都到眼前。枯藤，老树，昏鸦，小桥，流水，人家。历历在目，若合符契。身后，仿佛有古代的马队，正在静默走过。所以她坚信，马致远写的，就是这里的风景。我诧异：不是“断肠人在天涯”么，哪有在自己家门口说“肠断”“天涯”的——再转念一想，如果指的不是自己而是正从眼前经过的那些驼队，那些异乡人，也通。只不过代人立言，总不如说自己更刻骨。朋友悻悻然，显然没有被我说动。这是畏友，我只好再让步，努力认同她。最后搜肠刮肚寻到的理由是：人在家乡，也难免天涯之感，即使只走几步路吧，“猛可的那一层云下，抵多少门外即天涯”，“客行无远近，门外即天涯”。再退一步，即便不出门，天地者万物之逆旅，光阴者百代之过客，大家都不过寓形宇内，出家在家，都是天地过客。断肠人在天涯，是普天下人同鸣共感。——曲学阿“友”。

夕阳西下，本来最易引人思绪。古诗词不必说了。“西风残照，汉家陵阙。”“乌衣巷口夕阳斜。”就是小说里，也屡屡用到。武松来到景阳冈，“一步步上那冈子来，回头看这日色时，渐渐地坠下去了”。金圣叹批：“骇人之景。我当此时，便没虎来，也要大哭。”《红楼》里，香菱也提到。她读王维诗并发表心得说："'渡头余落日，墟里上孤烟'，这'余'字和'上'字，难为他怎么想来！我们那年上京来，那日下晚便湾住船，岸上又没有人，只有几棵树，远远的几家人家作晚饭，那个烟竟是碧青，连云直上。谁知我昨晚读了这两句，倒像我又到了那个地方去了。"

王维全诗是："寒山转苍翠，秋水日潺湲。倚杖柴门外，临风听暮蝉。渡头余落日，墟里上孤烟。复值接舆醉，狂歌五柳前。"写深秋景象。虽有蝉鸣，据说寒蝉可以叫到九月。香菱上京，路上走了很久，具体季节却不太清楚，看到这落日孤烟情景的时节，尤其不可考。但心情可以想见，凄清冷落可以想见。她是《红楼》薄命女子里的苦命人，所谓上京，不过是被薛蟠挟裹，一路踉跄而来。命运从来都不在她自己手里。她唯一的自我保护，就是遗忘。做了门子的小沙弥问她，她被拐子打怕了，万不敢说；再问，只说不记得小时之事。周瑞家的问她父母家乡，她都摇头说，不记得了。她从不回忆往事。偶一忆及，还是旅途中一个毫不相干的情景。她心有所感的另外两联，"大漠孤烟直，长河落日圆"，"日落江湖白，潮来天地青"，也都是落日，异乡。唯有家乡不可碰触。

香菱读摩诘，未必与赠裴迪当时情形相符，但她有她的感悟。正如黛玉听"姹紫嫣红开遍"，未必深知杜丽娘情怀底里，仍无妨心恸神痴。我们也未必一定明白马致远的秋思，但夕阳西下时分，秋风吹过，自然而然，想起了这些句子。

心有所动，即是读懂。

林妹妹的诗论

林妹妹，大约算是《红楼》里最大的诗人了，开过桃花社，夺过菊花魁，《葬花吟》脍炙人口，《风雨词》催人泪下。有作品，有口碑，有奖项，称得上众望所归。所以，她偶尔发几句诗论，大家也都很重视，视为专业意见，纷纷跟着点头，或者忙不迭围着研究。比如她说“我最不喜欢李义山的诗”，马上就有一堆文章出来替她解释，恨不得把整个文学史捋一遍。她说“若是果有了奇句，连平仄虚实不对都使得的”，又说“断不可学这样（陆游）的诗”，也都一大票拥趸。

才高八斗的曹植，曾经自负说：“盖有南威之容，乃可以论于淑媛，有龙渊之利，乃可以议于断割。”林妹妹自己锦心绣口，才貌双全，评诗自然再合适不过，每发一言，也都极有见地。虽然随意闲谈率尔而对，也都是阅读心得日积月累，不是急智无中生有。不过别忘了这是小说呀。林妹妹的小心思，那是无处不在的。也许从相关情节里，我们还能扒拉点其他含义出来。

比如她说不喜欢李义山。未必是李义山一定那么不招人待见。义山诗的文学成就和美学价值，交给别的文章，我们只看林妹妹怎么忽然就恼了。上下文是这样的：迎春姊妹等并宝玉上了同一条船，宝玉道：“这些破荷叶可恨，怎么还不叫人来拔去。”宝钗笑道：“今年这几日，何曾饶了这园子闲了，天天逛，那里还有叫人来收拾的工夫。”林黛玉道：“我最不喜欢李义山的诗，只喜他这一句‘留得残荷听雨声’。偏你们又不留着残荷了。”宝玉道：“果然好句，以后咱们就别叫人拔去了。”——明明是跟宝玉呛声。短短几句话，宝玉是一贯的服软，宝钗是一贯的善解人意，林妹妹，自然也是一贯的小性儿。

这次要小性儿，来历有点远了，要往前翻。贾母带着刘姥姥参观潇湘馆，一大群人，呼啦啦都来了，来看林妹妹，唯独宝玉不在。书中借贾母之口问：“宝玉怎么不见？”丫头答：“在池子里舡上呢。”这傻小子，居然还在船上疯玩呢。表面写贾母的偏心，暗中触动的却是黛玉的小心眼。因为中间隔了几处参观、一顿饭、刘姥姥鸽子蛋和众人爆笑，大家早忘了这茬。一上船，林妹妹又想起来了，所以宝玉一开口，林妹妹就开始攻击。李义山纯属躺枪。

陆游那个例子更明显些。香菱说：“我只爱陆放翁的诗‘重帘不卷留香久，古砚微凹聚墨多’，说的真有趣！”黛玉道：“断不可看这样的诗。你们因不知诗，所以见了这浅近的就爱，一入了这个格局，再学不出来的。”——“你们”是谁？再，首推王摩诘、老杜、李青莲、陶渊明，是林妹妹慧心处，只是这评语对陆游有点不公。“集中十九从军乐，亘古男儿一放翁”，自然不会是林妹妹兴趣所在。更重要的是，宝玉特特拈出给袭人命名的“花气袭人知昼暖”，正是放翁诗句。所以，说这话时宝玉虽不在场，但林妹妹一贯的不以为然，也就不难想象了。

可见林妹妹的诗论，有时从耍小性来，拉古人垫背。小说家言，做不得真。就像“红刀子进去，白刀子出来”，是醉人口中文法。“我最不喜欢李义山”，“虚的对实的，实的对虚的”，也是小女儿声口。非要改成“白刀子进去”，“虚的对虚的”，正确固然正确了，那才叫没趣。林妹妹又不是老学究，又不要写论文挣学位，也不要名山事业传之后世，那么认真干什么？随口一说，又不是错。

对宝玉诗文，林妹妹虽然暗中回护，明里也总是贬多褒少。只看替他打小抄、欺他交白卷、嘲他读庄子就是了。小性儿、歪派，轻易岂肯施予他人。等到真要满口夸他文章好，像改罢《芙蓉女儿诔》那样“含笑点头称妙”，必是心中早已有“无限的狐疑乱拟”了。

你看起来很好吃

“琉璃世界白雪红梅”，是《红楼》里文艺范儿十足的一回。雪，梅，诗，酒，古代文人清高无尘、随意闲适的象征，几乎样样都有了。只是被湘云的鹿肉横插了一杠子。脂粉香娃割腥啖膻，招来黛玉的嘲笑：“那里找这一群花子去！罢了，罢了，今日芦雪广遭劫，生生被云丫头作践了。我为芦雪广一大哭！”宝姐姐这次也是态度鲜明，替林妹妹帮腔：“你回来若作的不好了，把那肉掏了出来，就把这雪压的芦苇子揌上些，以完此劫。”

其实吃肉也可以很风雅，所以当湘云不服来辩，冷笑说“你知道什么！是真名士自风流，你们都是假清高，最可厌的。我们这会子腥膻大吃大嚼，回来却是锦心绣口”，马上就得到了最大范围的同情和认可。而且果然，在后来的联句中，湘云出品最多，大家也不得不承认，这是那块鹿肉的功劳。所以，在这个回合中，湘云完胜。爱吃肉就是爱吃肉，不装，唯大英雄能本色么。

当然这并不是说林妹妹不本色，林妹妹的本色就是弱，吃了不消化，螃蟹也只能吃一点大夹子肉，平素十顿饭只好吃五顿，需要惜福养身的。妙玉更甚，“啖肉食腥膻，视绮罗俗厌”，刘姥姥用过的杯子都不肯再要。这都是各人本色，无可非议。问题是，一上升到价值观，就开始互相指摘。林妹妹嘲湘云“叫花子”，湘云嫌林妹妹假清高。不就是吃个东西么，何至于此。如果她们知道，下文里她们锦心绣口、含英咀华的红梅花，在古人手里有过什么遭遇，估计都会吓哭。

自南朝何逊以来，谁如果没有几首心水梅花的诗，简直不好意思自称文人。陆游一首诗就是很好的例子：“闻道梅花坼晓风，雪堆遍满四山中。何方可化身千亿，一树梅前一放翁。”我相信他只是“痴”。但另一位诗人，可就是真“吃”

了。杨万里有首《夜饮以白糖嚼梅花》："剪雪作梅只堪嗅，点蜜如霜新可口。一花自可咽一杯，嚼尽寒花几杯酒。先生清贫似饥蚊，馋涎流到瘦胫根。赣江压糖白于玉，好伴梅花聊当肉。"——生生从梅花里嚼出了肉的味道。这绝不是偶一为之，他在不同诗歌不同场合多次提到："吾人何用餐烟火，揉碎梅花和蜜霜"，"蜜点梅花带露餐"，"只有蔗霜分不得，老夫自要嚼梅花"。某次大家给他饯行，"满谷皆梅花，一望无际"，他故态复萌，"独倚一株老梅，摘花嚼之"，别人不仅没有把他当作野人、叫花子，还很羡慕地说："韵胜如许，谓非谪仙，可乎？"除了蘸糖、渍蜜、生嚼，还可以熬粥："脱蕊收将熬粥吃，落英仍好当香烧。"——反正和焚琴煮鹤的感觉差不多了。

吃梅花，大约是宋人的习惯，而且相信，吃了就能写出好诗来。当时另一位诗人刘翰《小宴》就说："一曲歌云劝玉觞，归来斜月恰侵床。小窗细嚼梅花蕊，吐出新诗字字香。"——谁知道呢？不过也是，菊花、桂花吃得，梅花如何吃不得？其实《红楼》里人也是吃梅花的，比如宝姐姐的冷香丸里，就有一味是"冬天的白梅花蕊十二两"，黛玉的联诗里也有一句是"沁梅香可嚼"。只是如果有人，把妙玉送的红梅花，当场揪下几朵来塞嘴里，恐怕林妹妹也是不依。

其实，对一样东西，肯吃它，才是最高礼赞。

是几时孟光接了梁鸿案

第四十九回，有一段宝玉打趣黛玉的话：“‘孟光接了梁鸿案’这五个字，不过是现成的典，难为他这‘是几时’三个虚字问的有趣。是几时接了？你说说我听听。”宝玉一时好奇心重，想追问人家姐妹淘之间拌嘴又和好的小八卦，用这么曲折的典故，也算啰嗦了。

不过《西厢》是宝黛两人的密电码，所以黛玉一听就懂，耐心给他解释了错酒令、送燕窝等事，并表明“谁知他竟真是个好人，我素日只当他藏奸”，从此与宝姐姐冰释前嫌，与宝玉也进入了关系平稳的良好互动阶段。这是《红楼》的一个重要转折处。不过今天我们不关心宝黛，只说一说梁鸿的这个“案”。

梁鸿是东汉人，他家用的“案”自然是东汉时的东西，食案，一种带短腿的小托盘。当时人也自然都认识，无须解释。就是过了几百年，到了唐代，也还没人怀疑“举案齐眉”的可行性。故宫博物院藏相传五代卫贤所作《高士图》，犹得其意。降及南宋，据说有位曾丰先生，在他的《后耳目志》里提出：“孟光举眉齐案，俗直谓几案耳，吕少卫语林少颖：‘案’乃古‘碗’字，故举与眉齐耳。”（《寄园寄所寄》引）大意是，他当时能见到的案，已经不适合“举”了，所以“案”就是“碗”。这种思路也是清奇，完全不考虑世间还有自己没见过的东西这种可能性。

他的观点当时影响不大，不过到了明清，却被很多人继承，有人进一步发挥道：“孟光力能举臼，案卓（桌）举亦不难，但梁鸿必须踊跃而食矣。”（《丹铅总录》卷八）意思是，孟光力气那么大，都可以把石臼举起来，举张桌子也不是难事，只是梁鸿要跳起来吃饭了。据说与会名流举座大笑，看来大家都很赞同。真是有趣的谈资。不过到底还是有明白人，杨慎、王世贞早就反驳过，可是挡不住。只相信自己有限人生经验的人，一向太多。

沈从文先生1954年10月在《光明日报》发表了《文史研究必须结合文物》，里面提到："二十年前学人讨论'举案齐眉'的'案'，勉强附会认为是'碗'，才举得起，不免以今例古，空打笔墨官司。事实上从汉代实物注意，一般小案既举得起，案中且居多是几支羽觞耳杯，圆杯子也不多！"当时的"二十年前"，就是三十年代了，直到那时，还有学者夹缠不清，拿这个话题做文章。沈先生厚道，没有点出当事人，我们自然也不必多事。但是这种讨论的余响袅袅不绝，不免为识者所笑。

四十年代初上海，《万象》发表了吕伯攸先生一系列故事新编体小说，其中一篇就叫《举碗齐眉》。当时钱钟书先生也在上海，稍晚几年写成的《围城》里，有这么一句话："'我你他'小姐，咱们没有'举碗齐眉'的缘分，希望另有好运气的人来爱上您。"一般研究者往往以为，这个词是承上句的"我偏不愿意女人读了那本书当我是饭碗"而来，固然没问题，但是焉知没有历史上这一桩"举碗之争"公案的影响呢？钱先生脑洞大，我们也只能猜，读书没人家多，没办法。

忽然想起这件事，是因为最近有人说，青玉案要念成"青玉碗"。取名于"众里寻他千百度"的某企业，其掌门人在央视上念的就是"碗"。遍翻百度，发现其根据，无非就是上面这些古人说过的"案"就是"碗"的昏话。真是岂有此理。当然，人非圣贤，孰能无过，我自己写文章发议论，也经常出错。

孽海情天

第五十回里，密不透风的联诗、制谜情节中，忽然插入一段宝琴提亲文字。贾母细问他的年庚八字并家内景况。薛姨妈度其意思，大约是要与宝玉求配。凤姐嗐声跺脚："偏不巧，我正要作个媒呢，又已经许了人家。"贾母听见有了人家，也就不提了。一般都以为贾母这里是想着宝玉，所以曾有年轻朋友问：贾母不是宝黛恋的支持者么？为什么还要这样做？

我当时回答：书中并没确指。薛姨妈是猜测，凤姐不肯再说，贾母也没有明说，未必是宝玉。《红楼》文字神出鬼没，云山雾罩，平地里另生枝节，于贾母胸中再添出一个角色来，也是非常有可能的。前面毫无铺垫，后面忽然增出一人，于小说情节有大推动，大转圜，却又合情合理——这是《红楼》非常拿手的。所以贾母这里撮合宝玉、宝琴的可能性，只有一半。

即便贾母心中想的正是宝玉，也不意外。宝玉是贾母的心肝肉，府中地位无人能比，哪怕黛玉。大家应该还记得，清虚观打醮时，贾母曾与张道士闲谈："我养这些儿子孙子，也没一个像他爷爷的，就只这玉儿像他爷爷。"说这话时，"由不得满脸泪痕"。可见祖孙情外，另有一种精神寄托。所以宝玉的地位，无人能替。也所以贾母对宝玉的择偶标准，只能有一个，那就是"只有更好，没有最好"。放着眼前有宝钗、黛玉、湘云一干人等，还要叮嘱张道士"打听着，不管他根基富贵，只要模样配的上就好，来告诉我"，又亲自打听宝琴，都是广撒网，细拣选，老年人应有之义。

至于宝黛恋，很难说老太太知情或者竟然是支持者。启功先生讲《红楼》，曾说："从前习惯'中表不婚'，尤其是姑姑舅舅的子女不婚。如果姑姑的女儿嫁给舅舅的儿子，叫做'骨肉还家'，更犯大忌。血缘太近的人结婚，'其生不蕃'，这本是古代人从经验得出来的结论，一直在民间流传着。”这段话其实就完全解决了这个问题。老太太不会那么糊涂，连风俗习惯都不知道，要拧着来。

换一个角度看，大家族子弟的亲事，往往是利益格局的重组，能扩张更好，至少也不要缩水，讲究的是门当户对、强强联合。所以贾母才会有“不管他根基富贵，只要模样配的上就好”的特别交代，以示宠溺。但宝黛成亲，对谁都没明显的好处，甚至称得上是“内耗”，因为连嫁妆也要贾母出。有人说黛玉自有“二三百万银子”的家私，这些前人的谈资，随便听听好了。没被爱情蒙蔽双眼的人们，算盘比谁扒拉得都清楚。只可怜了孽海情天无望浮沉的小儿女，还把贾母当作了救命稻草。

贾母自然是疼黛玉的。但疼并不一定就要许给宝玉，或者成全两人的心事。黛玉初来，贾母带在身边，与宝玉同吃同住，恰恰说明老太太没有别的想法，不然会避嫌。宝黛情愫，对宝黛而言，是木石前盟；对老太太而言，却是一场意外，一道难题。老太太无解，命运也无解。最可怜的是黛玉，除了宝玉，她几乎见不到别的同龄男性，连朝夕相处的宝姐姐家里的哥哥弟弟，也几乎见不到。宝玉是她被命运劫掠一空的生活中，唯一触手可及的目标。最难得的是宝玉，那么多人生选项，却依然，终不忘世外仙姝寂寞林。

宝琴是这几回的中心人物，性格模样家世经历都好，堪称完美。薄命司里暂时也没有她的名字，所以一直以为她结局会好一些。但忽然想起她许的是梅翰林的儿子，不在梅边在柳边。再想想杜丽娘的“情不知所起，一往而深，生者可以死，死者可以生”的瞎折腾，不由怃然。

凤仙花开

年少时喜读《红楼》，很大程度上是因为，里面写的东西，跟我的生活完全不一样。我的生活里，没有带玉又好看的哥儿，没有好看却生病的小姐；没有省亲的贵妃，没有审案的雨村；没有当家的凤姐，没有跪磁瓦子的丫头；没有大餐吃的螃蟹，没有头戴的累金凤；没人填词作赋，没人谈情说爱；没有芭蕉，没有海棠；没有芍药，没有竹子……栖居鲁南一隅，生命的前十七年，所见着实有限。不过话说回来，如果你写的我都见过、都知道，写得还没我好，我为什么要看你呢?

但是有一个细节，记得当年是受到别样触动，意外打通了书本与现实。就是晴雯瞧病那一段：“从幔中单伸出手去。那大夫见这只手上有两根指甲，足有三寸长，尚有金凤花染的通红的痕迹，便忙回过头来。”——犹记当时咦呀一声：这红指甲，我也是染过的呀，而且用的也是金凤花。不过鲁南方言叫它“假桃子”。后来看《广群芳谱》，说它“又有夹竹桃之名”，也许是一音之转。

其实此前凤仙花已经出现过两次，一次是芒种日，宝玉“低头看见许多凤仙石榴等各色落花，锦重重的落了一地”，就兜起来，要去葬花。一次是贾母等人看望挨打的宝玉之后，看见“史湘云、平儿、香菱等在山石边掐凤仙花呢”，时在五月。不过两次都是夹杂在无数笔墨中一带而过，没留下什么印象。印象最鲜明出挑的，还是这红指甲。

小时候，都是邻家大姐姐帮我染。掐几朵花儿，几片叶子，和明矾放一起，捣碎成泥。挑点儿花泥，涂满在指甲上。然后用蓖麻叶包好，细线缠紧扎住。这个环节需要互相帮助。大姐姐灵巧，嘴咬着一端线头，另只手拈住另端，能给自己系上，我就不行，必须求人。耐心地等大姐姐自己先涂满扎好，把剩下的花泥，涂到我的指甲上，一一绑好。一件期待已久的大事，就算郑重完成了。通身是花草新鲜汁液的味道，青苦涩甜。染指甲一般在晚上，十个手指头都缠上，除了睡觉，什么都做不了了。浸润一夜，时间够长，颜色也深。一觉醒来，赶紧看指甲，果然红彤彤一片。只是经常不均匀，有时连指肚儿也是红的。有时候等不及，白天染，就只好擎着两只手走来走去。不小心碰掉，指甲上只淡淡一层，聊胜于无。即便红色狼藉吧，也举着手到处让人看。这一天，阳光变得粉红，空气有些甜蜜。每个手指头，都想单独翘着，展示尖端那一抹花碎之红。

《广群芳谱》里这样描述凤仙花的形态："苗高二三尺，茎有红、白二色，肥者大如拇指，中空而脆，叶长而尖，似桃、柳叶，有锯齿……椏间开花，头翅尾足俱翘然如凤状，故又有金凤之名……自夏初至秋尽，开卸相续，结实累累，大如樱桃，形微长有尖，色如毛桃，生青熟黄，触之即自裂，皮卷如拳……苞中有子。似萝卜子而小，褐色……"——我不知那么常见的东西，当年家门口一种一大片的，居然能被写出这么多字来，眼前突然就出现了桃一样的叶，凤一样的花，红的粉的，以及一碰就裂开四散的小小种子……

当年《红楼》读到这里，以为偶堕凡间，刹那寻常；如今读到这里，想家。

《红楼》里的“一丈青”

爆炭晴雯病中教训小丫头，“向枕边取了一丈青，向他手上乱戳”，“一丈青”即耳挖勺或耳挖簪，清代尺寸偏长，簪脚尖利，用来戳人正是趁手。《水浒传》《金瓶梅》《歧路灯》等小说里，扈三娘、来昭妻、老宋婆几位身份年龄各不相同的女性，绰号也都是“一丈青”，学界有过不少讨论，简言之，即身材高大、性格泼辣之谓。“一丈”都是形容其长。女性身材高大者并不太多，所以特特点出。《水浒》偏用五短身材的矮脚虎来配扈三娘，除了情节推动作用，更多是迎合市井趣味的低级恶谑。

我为什么一直不喜欢《水浒》？就是本能觉得，这是一本对儿童和女性缺乏善意（充满恶意）的书。别的不说了，单看扈三娘。太平时世的话，她本是扈家庄上顺风顺水的好女子，父亲宠爱，兄长呵护。邻村有个“第一了得”的未婚夫，门当户对知根知底，应该算是才貌相当称心如意。至于“天然美貌海棠花”“使两口日月刀，好生了得”，这些锦上添花的加分项，倒都其次。被俘指配给王英时，书中写道——宋江亲自与他陪话，说道：“我这兄弟王英，虽有武艺，不及贤妹。是我当初曾许下他一头亲事，一向未曾成得。今日贤妹你认义我父亲了，众头领都是媒人，今朝是个良辰吉日，贤妹与王英结为夫妇。”一丈青见宋江义气深重，推却不得，两口儿只得拜谢了。一个“只得”，交代了所有。要知此时，扈三娘生于斯长于斯的扈家庄已被夷平，烧作白地，扈太公一门老幼尽数被杀，未婚夫被杀，哥哥逃亡。无数苦痛，一句“推却不得”，全都抹去。此时对她的强行婚配，此前对她小心押送、认作义妹的所谓礼遇，众人称贺，都成功德。自此世间再无身为女儿、妹妹、未婚妻的扈三娘，只剩下一个打打杀杀的符号，剩下“一丈青”的绰号陪绑“矮脚虎”供闲人猥琐哄笑。在“替天行道”“有德有义”的诸种大旗下，一个小女子的血泪凄苦离合悲欢，有什么要紧呢？被踩到泥里，都没人看见。也只有抹去她的所有悲苦，宏大的英雄叙事、忠义主题，才能被成全，并完美继续。

如果说《水浒》里，有谁曾对底层女子表达过善意和援助，我能想到的只有一个——鲁智深，能对素无瓜葛的金家父女百般周全，真是人间至善。所以他日后成佛作祖：“听潮而圆，见信而寂。”书中写他留下一篇颂子：“平生不修善果，只爱杀人放火。忽地顿开金枷，这里扯断玉锁。咦！钱塘江上潮信来，今日方知我是我。”圆寂这段，真是醍醐灌顶的好文字，比书中无数打打杀杀的场面，更加惊心动魄。死生善恶，全都勘破。和宝姐姐所赞的《山门》那支《寄生草》一样，都是好文字：“漫揾英雄泪，相离处士家。谢慈悲剃度在莲台下。没缘法转眼分离乍。赤条条来去无牵挂。那里讨烟蓑雨笠卷单行？一任俺芒鞋破钵随缘化！”宝玉“喜的拍膝画圈，称赏不已”。《红楼》盛赞《水浒》的，似乎也只此一处。

我喜欢《红楼》，和不喜《水浒》，原因其实是一样的，都是本能感受到的，文字里对女性的态度。

吉祥话儿怎么写

《红楼》五十三回集中写了两府过年情形。其中有一个过渡段："当下已是腊月，离年日近，王夫人与凤姐治办年事。王子腾升了九省都检点，贾雨村补授了大司马，协理军机参赞朝政，不题。""不题"两个字，真是小说家的史笔。如此大事，轻轻宕开，只做了一个若有若无的过年背景。虽然只有在这个背景庇护下，贾府才能过个安稳年，但就是一笔放过。反倒是那些细节，浓墨重彩，不厌其烦，一一写来。

比如宁府，倾押岁锞子，关春祭银子，拟请客日子，小厮们抬围屏，擦几案……忙得不亦乐乎。然后有人手里拿着个禀帖并一篇账目，回说："黑山村的乌庄头来了。"贾珍道："这个老砍头的今儿才来。"随后一段文字，真是精彩极了。尤其那一大篇账单子："大鹿三十只，獐子五十只，狍子五十只，暹猪二十个，汤猪二十个，龙猪二十个，野猪二十个，家腊猪二十个……榛、松、桃、杏穰各二口袋，大对虾五十对，干虾二百斤……外门下孝敬哥儿姐儿顽意：活鹿两对，活白兔四对，黑兔四对，活锦鸡两对，西洋鸭两对。"每回我都津津有味，逐字逐项看上半天，比年轻时候看共读《西厢》、黛玉葬花入神多了。同时心里想着，这些东西如果都送到我家来，该有多么好。虽然对宁府，是杯水车薪，入不敷出，但对我，就是个大肥年啊，绝对一点不嫌弃——只是想想，心里都美。这一段才真叫辞藻警人，余香满口。

言归正传。这段提到了一样细小东西，禀帖。相关文字如下：

贾蓉接过禀帖和账目，忙展开捧着，贾珍倒背着两手，向贾蓉手内只看红禀帖上写着："门下庄头乌进孝叩请爷、奶奶万福金安，并公子小姐金安。

新春大喜大福，荣贵平安，加官进禄，万事如意。”贾珍笑道：“庄家人有些意思。”贾蓉也忙笑说：“别看文法，只取个吉利罢了。”

百忙之中，爷俩居然有闲心讨论文法。这说明，拜年也是有文法要求的。

禀帖，本是卑幼向尊长汇报或庆贺的书面文字，乌进孝用禀帖，正无不可。后演变为官府文书，乾隆年间已有定式。比如改用折式，所以贾蓉要“展开捧着”。庆贺年节要用红禀，即用红纸书写，所以贾珍看到的是“红禀帖”。书写格式上也有严格要求，每页只写五行，开首第一行低三格起写官衔，自报家门；第二行与第一行之官衔平行，单写“禀”字；第三行抬二格，写“大人”等称谓字样。然后是吉祥话儿，或贺年或贺寿，各有切题应景的套语，以全部使用四六对句最为庄重。乌进孝的禀帖，格式已经看不到，但这几句吉利话儿，是庄稼人常用的口彩，非四六体，所谓不合文法，也就指这个了。其实，比起我们今天写贺年卡的那几句话，“新年快乐”“万事如意”之类，实在差不到哪里，所以自己先惭愧下。

至于为什么要用四六骈体，民国时期《广注分类四六大尺牍》序文中说得明白：“言每值升迁凯旋节庆，以及褒勋祝嘏之题之属于上行平行者，分卑谊浅，既不可抗颜叙寒暄之语，又无从隔靴作亲切之词。涉议论则即属骄夸，谈风月则无斯体统。斟前酌后，舍四六外，竟无由下笔。至此始悟旧幕必用骈体之故，毕竟非前人之性喜歌功颂德，而好为其难也。”——简言之，就是那些仅仅流于形式的交情，还是使用流于形式的文字，最为稳妥。

禀帖怎么写吉祥话儿，也是很有讲究的。清代张鉴瀛辑《宦乡要则》载，要避讳：“庙讳、御名人知敬避，然上司之名亦不可犯。倘不留心，必干上司申饬。如上司名福安，即避福安二字，改用钧祺字样。”这真是部奇书，面面俱到，可惜很多东西现在用不上了。乌进孝的几句话，就没触讳。庄稼人也有自己的心眼儿。长度也有讲究，同样是上书记载：“禀帖自官衔起至请安，或三十行或三十五行，或二十行或二十五行，方觉好看。”另，“贺上司新任及各喜事年节之类，必称其官职大小搬衍典故，不可错用。如贺督抚用节钺封圻字样，贺藩臬用薇垣乌台字样。大凡颂扬语，只可抬高一层说，不必过分。若督抚用贺藩臬事实，藩臬用府道事实，上司必不欢喜，似官阶改降故也”。真是体贴入微。人情世故，俱在其中。再另，“贺年节之禀，用时令故实，必择吉祥者用之”。比如端午节的典故多与屈原沉江有关，使用的时候就要格外小心。乌进孝乡下人，不懂得用典，只一味吉祥话，走到哪里都不会出错。不通文墨，有不通的好处。

小小禀帖，《红楼》写来，细节也是纹丝不乱。仓廪实而知礼节，但再完备的礼节，也只是附丽。真正决定命运的，还是前面那一笔带过的，藏在生活背后的黑色力量。

惜春画·慧娘绣·香菱诗

大苏曾有论诗画名句："论画以形似，见与儿童邻。赋诗必此诗，定非知诗人。"所以形似，在诗、书、画界里，向来地位不高，几乎是文人和艺人（匠人）的分界线。文人讲究写意，非文人才讲究步步写实。惜春画大观园，碰到的就是这个难题。

她素日所画，不过是几笔写意，又不会工细楼台，又不会人物。但老太太的要求高，不单画这园子，连众人都要画在上头，像行乐似的才好。后来还点名要把宝玉宝琴红梅花也画上。可以想见惜春的难为。所以在别人都关心进度的时候，世事洞明、人情练达的宝钗，立刻指出问题所在："这园子却是像画儿一般，山石树木，楼阁房屋，远近疏密，也不多，也不少，恰恰的是这样。你只照样儿往纸上一画，是必不能讨好的。这要看纸的地步远近，该多该少，分主分宾，该添的要添，该减的要减，该藏的要藏，该露的要露。这一起了稿子，再端详斟酌，方成一幅图样。第二件，这些楼台房舍，是必要用界划的。一点不留神，栏杆也歪了，柱子也塌了，门窗也倒竖过来，阶矶也离了缝，甚至于桌子挤到墙里去，花盆放在帘子上来，岂不倒成了一张笑'话'儿了。第三，要插人物，也要有疏密，有高低。衣折裙带，手指足步，最是要紧；一笔不细，不是肿了手就是跏了腿，染脸撕发倒是小事。依我看来竟难的很。"并给她出了个近乎作弊的主意："我教你一个法子。原先盖这园子，就有一张细致图样，虽是匠人描的，那地步方向是不错的。你和太太要了出来，也比着那纸大小，和凤丫头要一块重绢，叫相公矾了，叫他照着这图样删补着立了稿子，添了人物就是了。"这个方案显然非常可行，所以立刻得到众人拥护。不过最后两句宝钗虽然说得含糊，也不难看出，这幅画即使将来画成，底稿是人家的，人物是人家的——这样一来，还有几分算是惜春的呢？

当然，这么说是太较真了。老太太让惜春画，不过也和贾政让宝玉题额一样，图的是个本家风味。如果真信了刘姥姥的话，以为惜春这么能干，是个神仙托生的，可就真上了乡下老太太的当了。《围城》里方鸿渐评论汪太太的画，假充内行道："写字不能描的，不比画画可以涂改。许多女人会描几笔写意山水，可是写字要她们的命。"所以说起来，画家们的这几笔写意，固然有时候是文人之高标，艺苑之神逸，有时候也难免是藏拙之道。

还有书中重笔推崇过的慧纹。实物虽然不可见，但文字描写栩栩如生，其特点是："屏上所绣之花卉，皆仿的是唐、宋、元、明各名家的折枝花卉，故其格式配色皆从雅，本来非一味浓艳匠工可比。每一枝花侧皆用古人题此花之旧句，或诗词歌赋不一，皆用黑绒绣出草字来，且字迹勾踢、转折、轻重、连断皆与笔草无异，亦不比市绣字迹板强可恨。"当初看到慧娘十八岁夭逝时，还曾感叹，这是怎样一位少年天才！再细看，原来都是模仿，也就释然了。真是小人之心。后来再看，说贾府这一副璎珞一共十六扇，又觉得仿佛并不像书里渲染得那么珍稀，就又释然一些。大约因为我不属于"翰林文魔先生们"，所以惜花之心、惜才之意都没那么强烈。

还有香菱学诗。黛玉教导她："若是果有了奇句，连平仄虚实不对都使得的。"她自己也领悟："原来这些格调规矩竟是末事，只要词句新奇为上。"香菱初学的那几首，根本就没人讨论格律问题，讲的都是内容意境之类。原因很简单，这种入门的功夫，香菱是已经过关了的。当然再往上，也难。

惜春之画，慧娘之绣，香菱之诗，以专业论，想来不过尔尔。以小说中人物情节论，却非同小可。无他，生命一部分。

那年元宵，黛玉的存在感

五十四回，某年元宵，贾府一如既往，张灯结彩，花团锦簇，过得热闹非凡。蒙府本回末有段批语堪称精彩："读此回者凡三变。不善读者徒赞其如何演戏、如何行令、如何挂花灯、如何放爆竹，目眩耳聋，应接不暇。少解读者，赞其座次有伦、巡酒有度，从演戏渡至女先，从女先渡至凤姐，从凤姐渡至行令，从行令渡至放花爆：脱卸下来，井然秩然，一丝不乱。会读者须另具卓识，单着眼史太君一席话，将普天下不近理之'奇文'、不近情之'妙作'，一起抹倒。是作者借他人酒杯，消自己块垒，画一幅行乐图，铸一面菱花镜，为全部总评。噫！作者已逝，圣叹云亡，愚不自量，辄拟数语，知我罪我，其听之矣。"

或知或罪，都不敢妄攀前人。不过不管善读不善读，同一段文字，读者各有会心，那简直是一定的。最近再看这段，心心念念，众里寻他，搜的却只是黛玉的身影，那个父母双亡、寄人篱下、每逢佳节倍思亲的孤女。我们知道，邻近几回，由于宝琴的出现，黛玉排名已经相当靠后了。这次过年，贾府祭祀的大场面，就是从宝琴眼里写出来的。一来就得了贾母的凫靥裘，和贾母一床睡觉，还逼王夫人认作干女儿。虽然黛玉和宝钗尽释前嫌，对宝琴也赶着叫妹妹，并不提名道姓，直是亲姊妹一般，但旁观者看来，仍未免心酸。一个孩子，大约只有在自己亲生父母心目中，地位才是恒久不变的。

繁闹场中，另一个意外获得关注的主角，是袭人。本来贾母是要表达不满的，宝玉临时离席，只有麝月、秋纹并几个小丫头随着。贾母因说："袭人怎么不见？他如今也有些拿大了，单支使小女孩子出来。"这真是考验人缘儿的时候到了。王夫人马上出面，起身笑回道："他妈前日没了，因有热孝，不便前头来。"贾母听了点头，却显然没被说服，又道："跟主子却讲不起这孝与不孝。若是他还跟我，难道这会子也不在这里不成？”另一员大将凤姐儿，忙过来继续救场：“今儿晚上他便没孝，那园子里也须得他看着”，然后一二三四，说了一大篇袭人必不能来的道理，末了反将贾母一句，“老祖宗要叫他，我叫他来就是了”。贾母听了，不仅完全认同，转怒为喜，更加表示了关切，要赏银，还想着派鸳鸯去陪，后来还命婆子送果子菜馔点心之类，给她去吃，惹出秋纹“金花娘娘”的戏语。袭人在怡红院中的地位，在宝玉身边的地位，至此看来，已是板上钉钉了。

宝玉离席，一个重要原因也是要回房，去看看袭人，甚至看看鸳鸯。回来以后，合席敬酒，因贾母有命“一齐斟上”，一个都不能少，直到这时，才轮上黛玉，奋然出场：至黛玉前，偏她不饮，拿起杯来，放在宝玉唇上边，宝玉一气饮干。黛玉笑说：“多谢。”可怜的丫头，这一博，显然用力过猛，连凤姐都看不下去了，平白无故来嘱咐宝玉：“别喝冷酒，仔细手颤。”然后惹出贾母掰谎，笑批《凤求鸾》，破才子佳人陈腐旧套。不知说者有心还是无意，反正听者读者，都有些无故心惊。

好在，好在到了最后，放花炮的时候，“因林黛玉禀气柔弱，不禁毕驳之声，贾母便搂他在怀中”。唯这一笔，终于刷出了漫天烟花里，林妹妹明暗不定的存在感；也抹去了这一夜，后人心头，所有深深浅浅的悲酸。

《红楼》和《西游》

四大名著里，和《红楼》交集最多的，是哪一部？我以为，是《西游记》。

孙大圣等人的名头，简直就是长在贾府妇孺口上。湘云下雪天穿了件里外发烧大褂子，黛玉就笑她："你们瞧瞧，孙行者来了。"李纨夸平儿，打比方"有个唐僧取经，就有个白马来驮他"。宝玉不自在，书上也说"便如孙大圣听见了紧箍咒一般"。

最长最好的段子，自然是老太太讲的十妯娌吃猴尿故事。真是个好段子。薛姨妈说"笑话儿不在好歹，只要对景就发笑"，不单凑趣，而且夸得到位。我疑心这是老太太的即席发挥，原创，其他书里没看见过。开场白"一家子养了十个儿子，娶了十房媳妇"，透着人丁兴旺阖家团圆，绝对是老太太身份。"惟有第十个媳妇最聪明伶俐，心巧嘴乖，公婆最疼"，先自占地步，含蓄表示自己素日可能也有偏心，但属于人之本性。跟贾赦中秋讲的偏心故事一比，真是高下立见。偏心这种事，和领导缺点一样，只能领导自己承认，下面人怎好乱讲的？

接下来说"这九个媳妇委屈，便商议说：'咱们九个心里孝顺……'"云云，其实是替其他媳妇挽回面子。有了这句定性，下面再怎么发挥，众人心里都踏实了。老太太的讲话艺术，真是杠杠的。整个笑话的中心自然是凤姐，明贬暗褒，透着不一般的疼爱。肯替你编段子的，才是真爱，老太太就是这样啊。但又给众人台阶。当然还要感谢孙大圣，不是他那一泡猴儿尿，怎么能让大家笑得这么欢。

《红楼》众人如此熟悉《西游》，当然未必是读书，应主要来自看戏听书。元妃省亲后，东府里看戏，就有《孙行者大闹天宫》。宝钗过生日，先点的也是一折《西游记》。宝玉却不喜欢。在东府，"见那繁华热闹到如此不堪的田地，只略坐了一坐，便走开各处闲耍"，结果撞见茗烟偷情。对宝钗，他又抱怨："只好点这些戏。”“我从来怕这些热闹。”我若是宝姐姐，也要教育他：你哪里知道这出戏的好处！要说《西游》热闹，你还算不知戏呢。

脂批里也经常表示对《西游记》文法的不满。比如黛玉说“那一年我三岁时，听得说来了一个癞头和尚”，甲戌眉批：“奇奇怪怪一至于此。通部中假借癞僧、跛道二人点明迷情幻海中有数之人也。非袭《西游》中一味无稽、至不能处便用观世音可比。”每次都请观音，这种偷懒的结构，我以前也腹诽过。现在想来，倒也无可厚非，奥特曼、超人不都是这种套路么？广大少年儿童和人民群众喜闻乐见的，必有其传播学、心理学的合理性在。深入人心才是硬道理。

可卿榜文上有“四大部洲至中之地”字样，庚辰眉批：“奇文。若明指一州名，似若《西游》之套，故曰至中之地，不待言可知是光天化日仁风德雨之下矣。不云国名更妙，可知是尧街舜巷衣冠礼义之乡矣。直与第一回呼应相接。”其实《西游记》点明四大部洲也未必是俗套，因为它讲的才真正是云山雾罩、大荒无稽之事，一定要坐实地名，才显得煞有介事。《红楼》讲人间真事，才要虚化。

《红楼》里经常用“猴儿”“猴儿崽子”做亲密詈语，我有时疑心，这里也有大圣的影子隐现。哪还有第二个这么活泼泼有个性的猴儿呢？当然湘云编的那个“耍的猴儿”，老太太说的“猴子身轻站树梢”，不在其例。“猴”门深似海。

好孩子探春

很多人都喜欢探春，但觉得她关于舅舅的那段话是白璧微瑕，白圭之玷。探春原话是："谁是我舅舅？我舅舅年下才升了九省检点，那里又跑出一个舅舅来？我倒素习按理尊敬，越发敬出这些亲戚来了。既这么说，环儿出去为什么赵国基又站起来，又跟他上学？为什么不拿出舅舅的款来？"照今人看来，这段话非常势利眼，不近人情，殊不知，在当时却是常理，主流价值观。除了嫡母王夫人，不容再有第二个妈，亲生的也不行。自然也没有姓赵的舅舅。亲情再大大不过这个理。同样，主流价值观不把奴才当人，探春说"那些小丫头子们原是些玩意儿"，也就不奇怪了。像宝玉那样"不要人怕他""连那些毛丫头的气也受得""视姊妹弟兄皆出一意，并无亲疏远近之别"的平等思想，今人只道是寻常，当年却是"呆意思"和"愚拙偏僻"，相当非主流。当然，与生身父母划清界限的事儿，也不独封建社会才有。青春期的少年，会把一切妨碍自己上行的东西弃掷一旁，踏在脚下，只是有人假叛逆之名，有人假正义之名而已。也许成年之后知道反悔，也许竟不反悔，想来父母都会宽容，算是宿命。

当然探春仍然属于"清白女儿"行列，没有太大野心。所以对于赵姨娘，还保留了一些温情，蔷薇硝事件后曾说："这么大年纪，行出来的事总不叫人敬服。……耳朵又软，心里又没有计算。这又是那起没脸面的奴才们的调停，作弄出个呆人替他们出气。"在一片贬损气氛中，这几句带有回护意味的话，简直算是褒扬。

书里夸探春的地方很多，才自精明志自高，敏探春兴利除弊，浑名"玫瑰花"等。但最高的称许，我觉得还是一句脂批："使此人不远去，将来事败，诸子孙不致流散也！"如果不是嫁得太远，以她的能力见识，覆巢之下定能有所庇护。可惜。金紫万千谁治国，骂死纨绔；裙钗一二可齐家，包括探春。

有时似傻如狂

宝玉的考语，书中最常用的，无非“傻狂痴呆”诸字。当然没人当真，因为有聪明灵秀、超凡脱俗、一往情深做底子。平时怕读文章，不妨诗词歌赋锦心绣口；偶尔混世魔王，其实伏低做小闺阁良友。最难得的，弱水三千只取一瓢饮，万花丛里片叶不沾身。虽然怜惜普天下清净女儿，心里眼里却只有一个林妹妹。林妹妹，简直就是他的镜子，心性才情为人处世，活脱脱一女版宝玉。我一直不明白为什么还要安排一个甄宝玉，虽然年貌符合，但后文缺失，行迹不明，真是不明白他干嘛来了。脂批说“甄玉送玉”是大关键，但我们已经看不到，且不管他。有黛玉就够了。如果这两人只生活在灵河岸上三生石畔，只住在离恨天外太虚幻境，真是神仙眷侣。在人间就难免相离悬望。即使曾经相遇，也难逃尘网劫数。

黛玉眼里的完人，在钗湘袭那里，就要受到一些批评，批评他不问仕途经济，不结交为官做宰的人；在贾母王夫人那里，就要报告行踪，接受安插身边人；在贾政那里，难免大承笞挞。至于贾环、赵姨娘，更是虎视眈眈。这样的环境，一个以赤子面目呈现的人，会感受到怎样的炎凉？唯有心灵粗糙神经大条才可免于受伤，可是宝黛偏偏又都敏感。宝玉听葬花，会恸倒山坡，黛玉见旧帕，会顿悟题诗，就是因为彼此明白。我很喜欢看宝玉在宝钗家喝酒那一段，李嬷嬷不让喝，黛玉一面悄推宝玉，使他赌气，一面悄悄地咕哝说：“别理那老货，咱们只管乐咱们的。”惹得李嬷嬷着急，薛姨妈圆场。劝宝玉不喝冷酒的宝钗赢了理，输了情。爱，可以纵容，可以反目，唯独不可以规劝。因为爱你就是要成全你，让你成为你自己。

黄庭坚曾评晏几道有四“痴”：“仕宦连蹇，而不能一傍贵人之门”，“论文自有体，不肯作一新进语”，“费资千百万，家人寒饥，而面有孺子之色”，“人皆负之而不恨，已信之终不疑其欺己”。第一第二宝玉几乎全同，都是出身高门却不问仕途，不喜举业。第三第四，前八十回宝玉表现并不明显，要到家败之后才能看得更明白。读小山（晏几道）词，体会其人年年春恨，摹想其人际遇心迹，再看宝玉，不难知道，这一类人，这一种痴，人世间绝非仅有。

繁本六十七回，也强调宝玉的痴：一心只留意在黛玉身上最重，“那些呆样子问东问西地招人可笑”，可惜举出的例子，显得宝玉像个天然呆。比如宝钗说“越怕越有鬼”，宝玉忙接：“宝姐姐，鬼在哪里呢？我怎么看不见？”惹得众人开声大笑。又夸袭人是“公道人”“周到人”，说笑话笨得像老牛，哪有半点伶俐机锋？我怀疑在成书过程中，很可能果然有一个带些呆气的贵公子做原型，那些略输文采的事迹，说不定也都有所本，并非虚构，不然那种像极了流水账的啰嗦，真不是常人的想象力能够办到的。经过一遍遍修改，才最终形成如今的宝玉：灵秀之上的痴绝，聪俊之外的清狂。

阅尽繁华之后，除了心灵的无限舒展，知己的无间契合，人生还有什么值得追寻呢？没有。

邢岫烟：无心即强大

邢岫烟，真真是《红楼》女子里的稀有品种，走哪儿都招人怜，和她有关的文字，一路读来，最为舒服，哪儿哪儿都合适，都符合人群里最正确的价值观。她最大的背景，就是一个“贫”字，家世寒素。别人或者因贫受窘，岫烟却因贫成就。

早年因为家贫，得以结识妙玉，做了十年邻居。一墙之隔，朝夕问字，既有贫贱之交，又有师生之分，从而打下了闲云野鹤、超然物外的底子。却又不及妙玉的孤僻清高、矫枉过正，所以恰恰好。

投亲来到贾府，姑妈邢夫人在府中并不得势，自己的父母也不是年高有德之人，于女儿分中平常，所以本来，岫烟最多不过是在大观园里逛几天就走的匆匆过客、路人甲，却先被凤姐取中。“凤姐儿冷眼敁敪岫烟心性为人，竟不象邢夫人及他的父母一样，却是温厚可疼的人。”又怜她家贫命苦，因此比别的姊妹多疼她些。下大雪那天，大家赏雪联诗喝酒吃肉，十来件大红衣裳，映着大雪好不齐整。就只她没有，仍是家常旧衣。平儿看在眼里，事后专门送了她一件大红羽纱的雪褂子。

宝钗见她家业贫寒却为人雅重，暗中每相体贴接济；探春也是，见人人皆有她独无，怕人笑话，曾送她一个碧玉佩。这自然是钗探两个聪明细致的地方，但坦然接受别人的好意，也是一种不多见的美德。当宝钗提醒她“咱们如今比不得他们了，总要一色从实守分为主，不比他们才是”的时候，岫烟笑道：“姐姐既这样说，我回去摘了就是了。”宝钗忙又解释：“他好意送你，你不佩着，他岂不疑心。我不过是偶然提到这里，以后知道就是了。”岫烟忙又答应。真是一派天真，毫无心机，不是那种佯羞诈愧、一味轻薄造作之辈。受人恩惠处，分寸最难拿捏，感激过多近于谄媚，略无一言则似无情。所以贾雨村得了甄士隐冬衣银钱，不过略谢一语，并不介意，仍是吃酒谈笑。这是英雄做派。岫烟一个家常女儿，做到如此实在是心性淳厚，当得起“雅重”二字。

当然，最大的成就是她的姻缘。薛姨妈见邢岫烟生得端雅稳重，且家道贫寒，是个钗荆裙布的女儿，便欲说与薛蟠为妻。又怕薛蟠行止浮奢，糟蹋人家的女儿。这哪是亲妈。“正在踌躇之际，忽想起薛蝌未娶，看他二人恰是一对天生地设的夫妻。”唉。好事就是这么来的，水到渠成。薛家现今大富，薛蝌生得又好，更重要的是，“蝌岫二人前次途中皆曾有一面之遇，大约二人心中也皆如意”。还有比这更好的吗？宝玉、黛玉无限熬煎终于求而不得的，宝钗、湘云得而复失的，元迎探惜得非其所的，岫烟于无意之间稳稳到手。无心插柳柳成荫——如果以后不生变故的话。

宝玉病后，看见大杏树，花已全落，叶稠子小，想起邢岫烟已择了夫婿一事，感慨又少了一个好女儿。又想过几日杏落枝空，再几年，岫烟未免乌发如银、红颜似槁，因此不免伤心，对杏流泪。——可惜只知可怜别人，却不知最该可怜的是自己：时时处处一团思欲愁闷气色，何曾比得上岫烟闲云野鹤，从未将儿女私情略萦心上？情深不寿，说到底都是自我消磨。无心，才是真强大。

即使乌发如银、红颜似槁吧，岫烟这样内心强大的女子，也必定是怡然老去。没有什么好伤感的。

关于“补天”

某岁清明，宝玉病中，拄了一支杖，靸着鞋，步出院外散心，遇到一株杏树。此时所闻所见和所思所想，书中有一大段描写：

> 从沁芳桥一带堤上走来。只见柳垂金线，桃吐丹霞，山石之后，一株大杏树，花已全落，叶稠阴翠，上面已结了豆子大小的许多小杏。宝玉因想道：“能病了几天，竟把杏花辜负了！不觉已到‘绿叶成荫子满枝’了！”因此仰望杏子不舍。又想起邢岫烟已择了夫婿一事，虽说是男女大事，不可不行，但未免又少了一个好女儿。不过两年，便也要“绿叶成荫子满枝”了。再过几日，这杏树子落枝空，再几年，岫烟未免乌发如银，红颜似槁了，因此不免伤心，只管对杏流泪叹息。
>
> 正悲叹时，忽有一个雀儿飞来，落于枝上乱啼。宝玉又发了呆性，心下想道：“这雀儿必定是杏花正开时他曾来过，今见无花空有子叶，故也乱啼。这声韵必是啼哭之声，可恨公冶长不在眼前，不能问他。但不知明年再发时，这个雀儿可还记得飞到这里来与杏花一会了？”

大观园写来山重水复，其实基址究竟不大，不过三里半的一个园子，这株杏树，想来就是稻香村那一片里的，当初题对额时，“如喷火蒸霞一般”，开得正好。宝玉这段情思，“艳恨浓愁香流满纸”，容易引人共鸣，但从一个中年人旁观者的视角望过去，却充满退缩，充满对人生未来、成年世界的恐惧，畏老，畏死。

他为什么那么害怕未来？从读者全知的角度来看，自然是因为他的未来不容乐观，充满变数。黛玉早夭，抄家，败落，每进一步，都是危机重重。直至悬崖撒手，自我解脱。全书开篇那首诗中曾有石头自况："无材可去补苍天，枉入红尘若许年。"按照古典文学表达的惯例，"无材"就是"有才"的意思，是"怀才不遇"，完全有能力"补天"，只是没有机会。从屈原到李杜，从鲍照到黄景仁，这种气味我们非常熟悉。所不同的是，宝玉本来是有十拿九稳的机会的，出身公侯之家，只需静静长大，用贾赦的话说，"可以做得官时就跑不了一个官的"。但是煮熟的鸭子居然飞了，覆巢之下自无完卵。所以，对于"美中不足，好事多磨""乐极悲生，人非物换""到头一梦，万境归空"等虚无哲学，他才格外感同身受。

那么宝玉到底有没有"补天"的政治才能？仔细研究了他的知识结构，我其实并不乐观。从书中看，他所擅长的，无非读读闲书，写写艳诗，骑骑驯马。还不如薛蟠、贾蔷，连远门都没出过。唯一的长处，是个好人，像方鸿渐一样，一个无用的好人。当然，这并不妨碍如果贾府一如既往地兴旺发达，他仍能在一定位置上施展手脚，甚至走到很高的位置。须知刘项原来不读书，古代历史上一个人能否参与治国理政，向来与其人知识结构关系不大。

足智多谋的诸葛亮，根据《三国演义》和《三国志》，算是难得的全才了，上知天文下知地理，能借东风，能造木牛流马，能布八阵图，能摆空城计，备受先主信任，鞠躬尽瘁死而后已，也不过占得三分天下，数十年而已。何况其他人。和写诗一样，从政需要的是"别材"。《红楼》后四十回里，我独喜"守官箴恶奴同破例"一回，写贾政官场受人播弄，情形如画。小人"欺之以方"，贾政终究被参回家。宝玉若做官，未必不是如此。——这算是好的了，若是误国误民还要单说。

生杀予夺

偶然重读鲁迅《祝福》，忽然发现年轻时候不曾看懂的，祥林嫂悲剧的真正根源所在：她一直没有属于自己的财产。甚至连她自己，也只是财产的一部分，只配被转来转去，却无权支配任何东西。我们不知她的出身，不知她的父母家境，但没有含着金匙出生，那简直是一定的。初嫁祥林，从门当户对角度衡量，男方的彩礼、女方的嫁妆，都未必太多，至多温饱而已。她第一次正式出现在鲁镇，唯一的私有财产，大概就只剩下身上的乌裙、蓝夹袄、月白背心，以及头上的白头绳。

然而她是勤劳的，是能够用自己的双手创造财富的。她整天做，又有力，简直抵得过一个男子——虽然每月工钱只有五百文。她不惜力气地做了三个半月，其间包括年底的扫尘、洗地、杀鸡、宰鹅，彻夜的煮福礼，全是一人担当。终于挣了一千七百五十文，一文都没用。可是她婆婆来了，和雇主寒暄之后，就把她的工钱和衣服，从从容容全部取走。不仅如此，还把她堵嘴捆住扔到船里，强行带离。仿佛婆婆是她天生的主人，她只是一个奴隶，毫无人身自由。我不懂为什么会这样。

她的个人意志也是不存在的。不管如何激烈反抗，还是被以八十千的价格转卖给了深山里的贺老六。唯一的短暂意外是，这次再嫁貌似交了好运，给了她新生。她有了丈夫，有了儿子，有了房子，似乎终于有了庇护和依靠。变故却再次来临。这次虽然没有婆婆，却出现了一位大伯，要收回房屋，赶她走。她也就真的走投无路。仿佛她所有的价值，都是附着在他人身上的。他人消失，她就立刻赤贫。我也不懂为什么会这样。

第二次出现在鲁镇，她唯一的私有财产，仍然只是乌裙、蓝夹袄、月白背心，以及一个荸荠式的圆篮和一个小铺盖。好在这位大伯并没有赶尽杀绝，没有卖她，也没来强占工钱。她终于能够攒到十二块鹰洋那么大一笔财产了，然而转手又给庙里捐了门槛。那么勤劳能干、抵得上一个男人的她，似乎只因不是男人，最后穷死了，尘芥一般。

忽然就明白了《红楼》里关于婆子的一段话。宝玉向来看不上婆子，斥为死珠子、鱼眼睛。春燕也附和，批评自己的妈妈和姨妈："他老姊妹两个，如今越老了越把钱看的真了"，"这几年着实宽裕了……还只无厌"。不仅婆子"惟利是命，一概情面不管"，邢夫人也被批评"婪取财货为自得"，"凡出入银钱事务，一经他手，便克啬异常"……以前读书，自然一起跟着鄙视，但这次却忽然理解了。这不是什么昏眊愚犟，其实是女性财产意识的觉醒。如果生在今天，大约就是理财高手。只不过这种觉醒，不为当时所容罢了。

当年的女性，怎么可以拥有财产呢？虽然有人猜测黛玉该有几百万的遗产继承，但她仍摆脱不了寄人篱下的命运。虽然元迎探惜生来是千金万金小姐，但迎春出嫁后，仍不免被威胁"打一顿撵在下房里睡去"。即便书中婚前婚后都坐拥大额财产的贾母、王夫人和凤姐，又能保得几时？岂止女性，家大业大赫赫扬扬将及百年的贾府和甄家，究根结底，也是没有财产权的，说抄就抄了。原因很简单，拥有私人财产，就意味着可以拥有自由，不受控制。施控者自然不希望这样。古代有个常用句子叫"生杀予夺，操之自上"，源自《周礼》中的"八柄"，指的是古代帝王统驭臣下的八种手段，即爵、禄、予、置、生、夺、废、诛。如果有人想稳稳"操之自上"的话，自然要牢牢控制、层层施压。在万恶的旧社会，祥林嫂就是被欺压的最底层。《红楼》豪门，也不过只是草莓夹心而已。所以，在现代文明社会，如果有人想动你的财产权和人身自由，那就一定要警惕。

一叶知秋

《红楼》文字，浓墨重彩、精雕细刻的用力处，自然是宝玉、十二钗等人。但许多过场小戏，也写得非常精彩：许多在书中只一闪而过的小人物，写得精光四射；许多一笔带过的情节，其实信息量巨大。随手一翻就是例子。比如六十回柳家嫂子悄悄交待茯苓霜来历一段："这是你哥哥昨儿在门上该班儿，谁知这五日一班，竟偏冷淡，一个外财没发。只有昨儿有粤东的官儿来拜，送了上头两小篓子茯苓霜。余外给了门上人一篓作门礼，你哥哥分了这些……"除了道出下人情弊，还透露了一个重要信息：贾府穷了。五天才等来一个送礼的，对于豪门来说，就是门可罗雀。还是薄礼。

第五十三回，贾珍和尤氏谈论过年要领的春祭恩赏，说："咱们家虽不等这几两银子使，多少是皇上天恩。早关了来，给那边老太太见过，置了祖宗的供，上领皇上的恩，下则是托祖宗的福。咱们那怕用一万银子供祖宗，到底不如这个又体面，又是沾恩锡福的。除咱们这样一二家之外，那些世袭穷官儿家，若不仗着这银子，拿什么上供过年？真正皇恩浩大，想的周到。"言外之意，贾府的日子，是不单靠皇家恩赏和俸禄的。庄头年底送来的租税固然重要，此外不便明言的各种外快，应该也算是大头。但现在，这一项眼见着就要没了。不仅如此，荣国府还成了别人捞外快、敲竹杠的目标——大小太监们构成的一起外祟。太监们都敢相欺，可见气势已弱。

贾府的败落和变穷，当然不自此日始。书一开头，就点明了大势："如今生齿日繁，事务日盛，主仆上下，安富尊荣者尽多，运筹谋画者无一；其日用排场费用，又不能将就省俭，如今外面的架子虽未甚倒，内囊却也尽上来了。"前半部书，一直让读者看的是"烈火烹油、鲜花著锦"，日用排场不肯俭省，一时好像忘了这茬儿。五十回后再看，都是虚热闹。省亲不必说了，贾珍曾经一语道破："这二年那一年不多赔出几千银子来！头一年省亲连盖花园子，你算算那一注共花了多少，就知道了。再两年再一回省亲，只怕就精穷了。"早年间江南甄家接驾四次，是拿着皇帝家的银子往皇帝身上使，荣府这次省亲，银子也都花在皇帝身上，皇帝家的银子却没来，好大亏空。还有看着热闹的花簇簇官去官来、公侯诰命庆吊嫁娶，其实都是平等的人情来往，收了要还，算不得进项。——入不敷出，坐吃山空，窘相渐露，遮都遮不住，就是五十回后的大气候。

贾敬出殡，欠银六百零十两。贾珍一时竟筹措不来，说："你还当是先呢，有银子放着不使。"贾母过生日，王夫人卖了一堆废品才凑够礼金。要过中秋了，贾琏、熙凤只好求鸳鸯借当。到贾赦为了欠人五千两银子，就把迎春嫁人，真是只剩下个空架子了。当初，连清高至极不问俗务的黛玉都说："咱们家里也太花费了。我虽不管事，心里每常闲了，替你们一算计，出的多进的少，如今若不省俭，必致后手不接。"可这哪里是俭省能解决的？敏探春兴利除弊，细算下来，一年不过节省几百两银子，类似小孩子过家家。

这些细节，五十回后俯拾皆是。真是消息逗漏，飒飒凉意满纸。说一叶知秋还是轻了，应该是山雨欲来风满楼。可大厦中人，还都在低头忙着过节、写诗、吃饭、喝酒、内斗，对即将到来的危险，要么毫无察觉，要么束手无策。

平儿决狱

《红楼梦》里，徇情舞弊、乱判葫芦案的不仅贾雨村，还有个平儿。柳五儿私入大观园，被人撞见，当小偷抓了起来，瓜田李下的玫瑰露、茯苓霜也被当成贼赃。平儿利用激将法，让彩云主动承认了偷东西的事实，并交代了赃物去向。人赃俱在，口供真实，可以说八下里水落石出了，但平儿并没有抓贼起赃，依法处理，向上级请功，反而和宝玉、袭人、晴雯甚至彩云等人商量，让宝玉全部兜揽下来。这真是一举多得，既洗脱了五儿母女的冤枉，又遂了宝玉怜香惜玉的心，还保全了彩云的贼名儿，掩护了窝主赵姨娘，顾全了探春的体面，连差点暴露的五儿舅舅也免于牵连。至于主动戴上"肇事者"帽子的宝玉，贾母溺爱，最多挨几句说，不会受到任何惩罚。满天乌云，一阵轻风全吹散。

平儿的这一解决方案，把事件能够引发的动荡降到最低。由此还可见，对握有事件处理权的人来说，了解真相并不困难，彩云偷东西，晴雯、平儿早都心里有数。薛蟠杀人，门子也说得头头是道。若要人不知，除非己莫为。但对解决问题来说，真相却往往并不那么重要，重要的是如何处理，如何均衡各方利益，最大限度保护该保护的人。换言之，最终的解决方案未必是最符合真相的，也未必是最符合什么什么原则的，但一定是最符合各方利益的。

平儿如此处理也有自己的理论根据："大事化为小事，小事化为没事，方是兴旺之家。若得不了一点子小事，便扬铃打鼓的乱折腾起来，不成道理。"可见平儿见识超人，起码超过凤姐。凤姐如果从政，是足可以列入《酷吏传》的。按照她的思路，让丫头们"垫着磁瓦子跪在太阳地下，茶饭也别给吃"，万一碰上江姐式的丫头，还真不见得能查清楚。王夫人则连凤姐还不及。凤姐都觉得抄捡大观园不妥，王夫人雷厉风行地就来了。白赔上晴雯、芳官、四儿入画一干无辜小姑娘，还自杀自灭，启动败家的先声。平儿苦心营造的局部安宁，付诸东流。

雨村的乱判其实也是有目的的。薛王两家安稳自不必说，连苦主冯家，得了许多烧埋银子后，也无甚话说，死者冯渊自然更加无话可说。问题是，为什么平儿的处理就让读者心里感服，贾雨村就让人侧目呢？原因也许有以下几种：顺天府的案子人命关天，是刑事案件，而玫瑰露不过是小偷小摸，民事纠纷。贾雨村难掩向上爬的私心，平儿则没这个企图。雨村案里，受损害的香菱、冯渊，一对薄命男女，让人到底意难平。平儿这边，受损害的只有司棋一派，秦显家的好容易等了这个空子钻了来，想取代柳家，只兴头上半天，送人之物白丢了许多，近似闹剧。

不过有朝一日，这两个案子如果想翻，对真相诉求最强烈的，恐怕不是丢命的冯家和失窃的王夫人，而是被放逐的门子和被辞退的秦显家的。真相的角逐，其实更近似利益的角逐。只苦了夹在其中陪他们了结此案的冤鬼。《红楼梦》里有一副著名的对联“世事洞明皆学问，人情练达即文章”，因为宝玉不喜欢，很多读者也跟着不喜欢，认为世故庸俗，殊不知，这大俗，正是人间世界运转的不二法则。

当然，《红楼梦》时代比不得现在，信息闭塞，一个案子的当事人和旁观者不过就是现场的那些人。利益角逐方有限，均衡起来相对容易。如今网络能把无数不相干的人变成旁观者。决狱者需要均衡的，还有这个庞大的旁观集团的利益。不过他们的利益诉求很简单：几个基本信念，以及不至于物伤其类的安全感。

司棋：提前社会化的女孩子

司棋，在《红楼》书中，不是个讨喜的女孩子。尤其砸厨房一回，其言语心性，贪财使气，弄权交际，与宝玉深恶痛绝的、嫁了男人的、变成鱼眼睛的婆子几乎无异。这回文字好看得不得了。种种利益纠葛、利害关系，写来丝丝入扣，人情毕肖，是一派文艺腔里难得的接地气。本来只是一碗炖鸡蛋，却偏牵出馊豆腐，又牵出芦蒿、面筋、细米白饭、肥鸡大鸭子、酱萝卜炸儿、油炒枸杞芽儿，还有老太太天下所有的菜蔬天天转着吃的水牌……捎带不忘踩上赵姨娘一脚，更有触目惊心的一句话："有一年连草根子还没了的日子还有呢。"直接就奔传说中的"寒冬噎酸齑，雪夜围破毡"去了。虽是旧忆，其实预言。柳嫂子的一张嘴，简直就是柳敬亭。贾家败落后唱得了《余韵·秣陵秋》的。

人物关系更是好看。告倒柳家的莲花儿和小蝉，虽然一个服侍二姑娘，一个服侍三姑娘，看名字就是一套，离不开夏日炎炎。小蝉便是夏婆子的外孙女，夏婆子是藕官的干娘兼冤家，又是春燕的姨妈，挑唆过赵姨娘，竟没被探春查出来。春燕的亲妈已经不省油，偏还又有一个管园子的姑妈。三个婆子足够一台戏，当然还算不上主戏。那钻营替代柳家接收大观园餐饮业务的秦显家的，竟是司棋婶娘，所以司棋应该也是"家住江南本姓秦"，入得了又副册的，卿本佳人。可外婆是王善保家的，邢夫人的陪房。邢夫人的陪房后来又出现一位费婆子，费婆子的亲家是贾母生日被凤姐捆了的，邢夫人借此给过凤姐没脸。司棋姑妈给了潘家，所以表弟姓潘。看上柳五儿的钱槐，是赵姨娘的内侄，可赵姨娘内侄应该姓赵才是，这个我还没算明白。

《围城》里说：为什么可爱的女孩子全有父亲呢？她孤独的一个人可以藏匿在心里温存，拖泥带水地牵上了父亲、叔父、兄弟之类，这女孩子就不伶俐洒脱，心里不便窝藏她了，她的可爱里也就搀和渣滓了。——除了男亲戚，女亲戚也一并多余。可见社会性，虽然是婚姻的基石，却多少是爱情的天敌。

关于女孩子，宝玉的那几句名言："女儿是水作的骨肉"，"女孩儿未出嫁，是颗无价之宝珠；出了嫁，不知怎么就变出许多的不好的毛病来"，"怎么这些人只一嫁了汉子，染了男人的气味，就这样混帐起来"——说着痛快，其实不堪一击。所以作者借婆子之口反问："这样说，凡女儿个个是好的了，女人个个是坏的了？""还有一句话我们糊涂不解，倒要请问请问。"没等发问，宝玉就飞也似跑走了，因为听说王夫人来了。其实不必王夫人来，宝玉都不必听，不必答。

因为不管问出什么问题，都没有答案。大观园一片净土，原本只存在于他的想象之中，回忆之中。

百花生日

黛玉生日二月十二，据说是百花生日，也称百花朝。历代典籍虽有零星记载，可具体怎么过，细节如何，一直不知道，《红楼》也没写。最近在几部晚清小说里，无意看到一些资料。比如《二十年目睹之怪现状》的作者吴趼人，另一部未完小说《情变》里，有这样一段：

光阴似箭，日月如梭，不觉又到了百花生日了。原来扬州因为是各盐商麇集之所，那班盐商，明明是咸腌货色，却偏要附庸风雅，在扬州盖造了不少的花园，因此种花之风，遍及扬州。就是附郭各村庄，都得了府城风气，无论何等人家，只要有半弓隙地，他便种起花来。每年二月十二，相传是百花生日，家家人家，都剪些红绸红布之类，挂在各种花树上面，算是贺花生日，也算是四时八节中的一种景致的。这一天，绳之娘子正忙着分派红绸，到各处去张挂，又交代厨房里下面："今日花神菩萨寿面，大家吃一碗，都要像花般兴旺。"

简直不能再巧，黛玉从小就是在扬州衙门长大，父亲林如海点的又是盐政，虽然隔了百余年，但从康乾到光宣，并没有改朝换代，还算是承平，所以民风变化应该不会太大。更多应是商与官、民间与豪门的区别。民间用红绸红布，贾府也许更精巧，花样更多些。另一部署名"梁溪司香旧尉"的小说《海上尘天影》，曾多处直言自己是模仿了《红楼梦》，里面也有类似情节：

不觉又是二月十二。正是花朝，小姐一早起来，梳洗毕，点了香烛，拜了花神，把红纸剪了方胜如意各花样，在庭心中贴在桃梅玫瑰各花树枝上。

这里的主人公因为落难，就更简陋些，用的是红纸。但图案不含糊，方胜、如意……仪式大致也都是一样的：拜花神，剪花样，挂花枝，用红色，甚至吃寿面……是不是有点像《红楼》里提到的芒种饯花神？

至次日乃是四月二十六日，原来这日未时交芒种节。尚古风俗：凡交芒种节的这日，都要设摆各色礼物，祭饯花神，言芒种一过，便是夏日了，众花皆卸，花神退位，须要饯行。然闺中更兴这件风俗，所以大观园中之人都早起来了。那些女孩子们，或用花瓣柳枝编成轿马的，或用绫锦纱罗叠成干旄旌幢的，都用彩线系了。每一颗树上，每一枝花上，都系了这些物事。满园里绣带飘飖，花枝招展，更兼这些人打扮得桃羞柳让，燕妒莺惭，一时也道不尽。

一个迎，一个送，都是在树上挂些带有象征意义的喜庆零碎物件。大家知道，宝玉的生日，恰在芒种前后。和黛玉生日，大概会有某些呼应意义。《红楼》安排人物生日，本来也是有些想法的，看元春生日就知。只是不好妄猜或者言之凿凿。宝钗生日正月二十一，与女娲补天日相近（各地日期不同，有正月十九、二十、廿一、廿三、廿四、廿五、三十日诸说）。东晋王嘉《拾遗记》：“江东俗称正月二十日为天穿日，以红丝缕系煎饼置屋顶，谓之补天漏。相传女娲以是日补天地也。”宋代李覯有一首《正月二十日俗号天穿日以煎饼置屋上谓之补天感而为诗》：“娲皇没后几多年，夏伏冬愆任自然。只有人间闲妇女，一枚煎饼补天穿。”这与全书开篇“无材可去补苍天”，大概也是有呼应的。

补天，是宝玉的经世致用；惜花，是宝玉的一己情怀。天不可补，花唯剩葬，人间事，也只好由他渺渺茫茫。

又是牡丹时候

“谷雨收寒，茶烟扬晓，又是牡丹时候。”说牡丹，《红楼》里自然会想到宝钗。“开夜宴”，她掣到的花签，就是牡丹，签题“艳冠群芳”，签诗“任是无情也动人”。我们知道，《红楼》里的花签，和曲子判词一样，是作者刻意安排，与各人命数息息相关的。宝钗的牡丹自然也不例外，所以宝玉“只管拿着那签，口内颠来倒去念”，“听了这曲子，眼看着芳官不语”。——是前生注定事，是想错也错不过的姻缘。

牡丹，向来地位尊崇，被誉为“花王”。天下无双品，人间第一花，艳冠群芳。《洛阳名园记》载：“洛阳花甚多种，而独名牡丹曰花。”最有名的文学事件，则莫过于李白的三首《清平调》。《松窗杂录》载：“开元中，禁中初种木芍药，得四本，红、紫、浅红、通白繁开。上乘照夜白，太真妃以步辇从，李龟年手捧檀板，押众乐前，将欲歌之。上曰：焉用旧词为？命龟年宣翰林学士李白立进《清平调》三章。”木芍药，就是牡丹。歌词自然大家都很熟悉了。“云想衣裳花想容，春风拂槛露华浓。若非群玉山头见，会向瑶台月下逢。”——无端觉得这首，写的应该是白牡丹。第二首“一枝红艳露凝香”，自然是红牡丹。第三首“名花倾国两相欢，长得君王带笑看。解释春风无限恨，沈香亭北倚阑干”，是总写。旖旎繁华，风情万种，天上人间，无过于此。

总觉得宝钗有点压不住。虽然书中也曾用杨妃比过宝钗（宝玉说她“体丰怯热”，被骂了回去），大观园里也有“牡丹亭”的景点儿（却没专门费笔墨写过这种植物，也许留到以后？），就算“艳冠群芳”还说得过去，书中所有女孩子的漂亮，都比不过她——但那繁华，那旖旎，总是差着点儿意思。所以作者找补一句“任是无情也动人”么？这首诗出自唐代罗隐的《牡丹花》，全诗是：“似共东风别有因，绛罗高卷不胜春。若教解语应倾国，任是无情亦动人。芍药与君为近侍，芙蓉何处避芳尘。可怜韩令功成后，辜负秾华过此身。”——终究是被辜负了的。无情有恨，可奈天何。

忽然又想起她的冷香丸，其中一料用的是“春天开的白牡丹花蕊十二两”。花签上没说，画的那一枝牡丹，是什么颜色。如果也是白牡丹的话，那倒是对了。冷香丸要治的，是她“从胎里带来的一股热毒”，白牡丹，正是热中之冷。唐代卢纶《裴给事宅白牡丹》诗：“别有玉盘承露冷，无人起就月中看。”白居易也有《白牡丹》诗：“白花冷澹无人爱，亦占芳名道牡丹。”都是极热中之极冷，正合宝钗性格，喜素净，不爱花儿粉儿。

《红楼》里的女子，大半被归入薄命司。哪怕是艳冠群芳的牡丹，也终究难逃。大背景，自然是家族倾塌的命运，覆巢之下焉有完卵。小人生，难免都归结到婚姻不幸，十二钗个个都不完美。宝玉、宝钗终成眷属，却还有个“情”字不能释然。——其实再放到大一点的时空去看：无论什么样的团圆美满，无论什么样的称心如意，无论什么样的姹紫嫣红，无论什么样的热极冷极，到头来，终将是万境归一。

落红满地，却换来清阴渐密。无限园林，转首成空；再转首，又是春满天地。人间代代如此，看惯了，也没什么不好。

风露清愁

夜宴怡红，黛玉所掣花签“上面画着一枝芙蓉，题着‘风露清愁’四字”，这是木芙蓉，应该不必争议了。但因为信息量太少，且表述含糊两可，所以一直有人以为是水莲花。

水莲花在花界的品位和口碑，不待多说，与牡丹并立，当仁不让。木芙蓉，在很多人心目中，似乎就有些含糊。何况《镜花缘》这样的书，还借上官婉儿之口，把它归入“花婢”一流。这种风流口孽，先不管它，且看芙蓉在《红楼》自身花卉体系中的地位。第七回介绍“冷香丸”成分：“要春天开的白牡丹花蕊十二两，夏天开的白荷花蕊十二两，秋天的白芙蓉蕊十二两，冬天的白梅花蕊十二两”，秋芙蓉正与春牡丹相对。《红楼》一书，钗黛敌体，为避免厚此薄彼，连曲子判词都糅为一首，可见作者苦心。自然在这么重要的花签上，也不肯草草倾斜。

再看黛玉的反应。掣签之前，默默想道：“不知还有什么好的被我掣着方好。”一面伸手取了一根；掣到以后，众人都笑，说：“这个好极。除了他，别人不配作芙蓉。”黛玉也自笑了。可见公允，黛玉自己也满意。而且花签小注是：“自饮一杯，牡丹陪饮一杯。”所以在《红楼》体系中，芙蓉不输牡丹，这是无疑的。

这种不输，自然不是《红楼》的一厢情愿、自我作古，也是有来历的。早就有人替芙蓉抱过不平，如明代黄廷用《孙太守环山庄上对芙蓉》诗：“自昔名花羡牡丹，春风娇艳令人欢。若教植此沉香北，也得君王带笑看。”更早到宋代，也有方蒙仲《手种芙蓉入秋盛开》诗：“天然富贵又风流，簇簇湘妃起聚头。唤做牡丹何不可，高他一著见深秋。”卢梅坡《芙蓉》诗：“云袂飘摇翠佩环，仙姿绰约紫霞冠。虽然谪在西风里，合作人间小牡丹。”方岳《芙蓉花》甚至说：“却笑牡丹犹浅俗，但将浓艳醉春风。”——虽然都是游戏笔墨，但文人替名花打架，总胜过替恶棍粉饰。俞平伯先生主张“木芙蓉说”，说证据之一是从哪本笔记里看到木芙蓉有“秋牡丹”之称，但是忘了书名。其实不必多查，上面诗里，也提到了“小牡丹”的名号。

木芙蓉另一个优势，是利用和水芙蓉的裙带关系，顺便占尽了荷花的风流。花签上“风露清愁”四个字，完全可以看作“像一朵水莲花，不胜凉风的娇羞”，或者就是“无情有恨何人觉，月晓风清欲堕时”。其他人也多有连带提及。如白居易诗：“莫怕秋无伴醉物，水莲花尽木莲开。”屈大均诗：“终岁芙蓉开不尽，木莲枝接水莲枝。”有莲花加持，更是不逊牡丹了。我甚至怀疑，作者似乎故意含糊着，让人往莲花的方向联想。

作者把木芙蓉派给黛玉，看中的自然是它“莫怨东风当自嗟”的花语，寓意黛玉失嫁，枉自嗟呀。“莫怨东风”句出自欧阳修《明妃》诗，本来与芙蓉没什么关系。但巧合的是，这一句，被明代诗人朱朴在《集句拟少陵秋兴八首》中，与唐代高蟾的诗嫁接到一起，变成“芙蓉生在秋江上，莫怨东风当自嗟”，和《红楼》几乎同一机杼。不过高蟾诗的下一句“不向东风怨未开”，立意与欧诗接近，本来就容易“撞衫”。大家想到一处也正常。

另外值得一提的是，虽然每支花签，都和主人命运相关，但是《红楼》采用博喻体系，并不局限于一花只表一人，一人只配一花，而是随文生发，信手点染。比如湘云醉卧芍药，花签却是海棠；探春花签杏花，诨名却又是玫瑰。香菱是菱花，花签是并蒂花。黛玉、晴雯共用芙蓉等等。总是千红万艳，旨趣同归，不可执于一端。因为《红楼》，毕竟是小说，不是八股。那段贾政评宝玉的话，颇可看作《红楼》写作指南：“信着伶口俐舌，长篇大论，胡扳乱扯，敷演出一篇话来。虽无稽考，却都说得四座春风。”你看你看，作者都没那么拘泥，读者就更加不必。一个胡乱写，一个胡乱读就好了。

韶华胜极

第一次知道“荼蘼”这个名字，是高中时候读《红楼》。只是那个年龄，文字里的东西还看不过来，没工夫去一一追究背后的具象。反正只要知道，这是一种暮春开的花，就够了。世上还有那么多未知的角落，不在乎这一种。

那些年，从教室回宿舍，路边的花园里，有一架白花。每到暮春，开得铺天盖地，密密匝匝，尤其那香气，在昏黄路灯下，暗潮汹涌。人还没走近，就席卷而来，不由分说，扑面钻鼻，袭裹全身，仿佛无数花瓣在周围涌动。走出好远还紧追不放，不肯冲淡。当时正在读席慕蓉的《七里香》，以为这就是七里香了。以后再没遇到过这么彪悍的香阵。也许见过，但那白花素净，开少了，不容易被注意，不经意便错过。最近在植物学上下功夫，翻到荼蘼照片时，一看，天哪，这不正是当年那些花么。七里香，却完全另一番模样。是的，就这样，那些终生难忘的香气，那些豆蔻年华永不磨灭的记忆，那么多年，都被我张冠李戴了。

荼蘼，曾经是那么美好的一种花。《群芳谱》上描述它：“大朵千瓣，香微而清，盘作高架，二三月间烂熳可观。盛开时折置书册中，冬取插鬓，犹有余香。”和我印象里的，完全对得上。有一种颜色如酒，曾被写作酒旁：酴醿。也曾经和酒有过那么好的故事。《曲洧旧闻》载：“蜀公（范镇）居许下……前有酴醿架，高广可容数十客，每春季，花繁盛时，燕客于其下。约曰：‘有飞花堕酒中者，为余浮一大白。’或语笑喧哗之际，微风过之，则满座无遗者。当时号为‘飞英会’，传之四远，无不以为美谈也。”——犹记当年读书，忽然遇到这一段时，忍不住遥想那画面，仿佛有艳阳刺目，光华灿烂不能直视。韶华胜极。

《红楼》里，把这枝花和这四个字，给了素不惹眼、平淡无奇的麝月。她的后事，也许只能靠脂批一句“好歹留着麝月”来推测了。庚辰本二十回，在宝玉篦头一节下有夹批："闲闲一段儿女口舌，却写麝月一人。袭人出嫁之后，宝玉、宝钗身边还有一人，虽不及袭人周到，亦可免微嫌小弊等患，方不负宝钗之为人也。故袭人出嫁后云'好歹留着麝月'一语，宝玉便依从此话。可见袭人虽去实未去也。"

麝月，几乎是怡红院里没什么存在感的丫头，无非"公然又一个袭人"。袭人在一日，她就一日只能像个影子，偶尔在言笑晏晏的场合露个小脸，是台词不多的路人乙。但怡红诸人风流云散之后，宝玉身边，就只剩下了宝钗和她。"开到荼蘼花事了"，轮到她登场，客串主角时，万事已经接近尾声，宝玉即将撒手。

当初在筵席上，宝玉看到这句题词，愁眉忙将签藏了，表现得像个先知。其实未必先知，只是他一贯敏感，无数经历积累起来的警觉，这次终于要应验了。就在第二天，贾敬宾天，贾府颓势日渐显露，无人支撑，终于分崩离析。但是除他之外的那些女孩子，还什么都不知道呢。她们还在蔷薇硝、茉莉粉、茯苓霜、玫瑰露、芍药裀、石榴裙，射覆猜拳、斗草秋千，还在烧灯夜宴、低唱浅吟……身处全书最后的繁华，占据故事最后的顶点，却浑然不知。只有回望时，才知那一刻，究竟有多么好；才知当初那些毫不起眼的细节，也许就成了绝响。所以每每看到这一回，都会心疼。

正如心疼自己那早已逝去的少年时代。晚自习后，抱着课本，滚滚花香中，昏头昏脑穿过雪白的荼蘼架。韶华胜极，却不自知。

金斗御香未熨

除了胭脂，宝玉还喜欢女红。到了太虚幻境，幽微灵秀地，“更喜窗下亦有唾绒”，“唾绒”这个词，真是香艳。搬进大观园，心满意足，再无别项可生贪求之心。每日只和姊妹丫头们一处，除读书、写字、弹琴、下棋外，还“描鸾刺凤”，无所不至。所以，针线、花样、刀尺、熨斗等种种闺阁常用物件，自然也逃不过他的眼睛，逃不出曹公的笔墨。这里主要说熨斗。

熨斗第一次在书中出现，是第二十八回：“宝玉进来，只见地下一个丫头吹熨斗，炕上两个丫头打粉线，黛玉弯着腰拿着剪子裁什么呢。宝玉走进来笑道：‘哦，这是作什么呢？才吃了饭，这么空着头，一会子又头疼了。’黛玉并不理，只管裁他的。有一个丫头说道：‘那块绸子角儿还不好呢，再熨他一熨。’黛玉便把剪子一撂，说道：‘理他呢，过一会子就好了。’”这段的重点本来是黛玉与宝玉斗气，可是读书经常读歪的我，一眼就瞥到了熨斗。

第二次出现，是第四十四回“喜出望外平儿理妆”，宝玉亲自替平儿熨衣服。看到平儿的新衣服都沾了，吩咐了小丫头子们舀洗脸水，“烧熨斗来”。众人走后，房间无人，“见方才的衣裳上喷的酒已半干，便拿熨斗熨了叠好”。自己动手，可见常干这活儿。第三次则是在尤二姐手里，“死金丹独艳理亲丧”一回。贾蓉调戏二姨娘，尤二姐便红了脸，骂完“顺手拿起一个熨斗来，搂头就打，吓的贾蓉抱着头滚到怀里告饶”。第四次则是出现在《芙蓉女儿诔》里，只一句虚写：“折断冰丝，金斗御香未熨。”意思是，晴雯去后，没人再熨衣裳。

但这几处，都没讲熨斗的具体样子。我以前读，想当然地以为和现在的熨斗一样，都是倒扣小船形状，死沉死沉的。还曾颇替贾蓉捏了一把汗，这么一个大家伙，搂头砸下去，单是那个金属尖尖，就足可以凿出一个血窟窿，很是佩服尤二姐的爆发力。

可是最近跟随扬之水先生学习古代名物，同时合作《古人的日子》年历，其中读到唐代王建“去日丁宁别，情知寒食归。缘逢好天气，教熨看花衣”时，扬之水先生配了一张古代熨斗图，这才知道，古代的熨斗，果然是“斗”啊，北斗七星那个“斗”。就是个斗杓形状。长把的一头，有个斗状容器，里面放炭火，底部变热，就可以熨衣服了。《芙蓉女儿诔》里把熨斗美称“金斗”，可见，也一定还保留了“斗”的形状。而尤二姐所持的，也不过是一个小平底锅的样子，最多脑袋上砸起一个包，骨子里还是温柔。

传世名画《捣练图》里的熨练部分，也可以明确看到熨斗的形状。旁边有位侍女，蹲在火盆边。宝玉吩咐丫头的“烧熨斗”，就是这项工作。看了这幅画，同时也就能明白，为什么宝玉进来看到黛玉裁剪时，“一个丫头吹熨斗”要在“地下”，因为火盆不能上炕啊；而“两个丫头打粉线”就只能在“炕上”，因为绸子要铺在炕上，才能裁剪，也才能看见有块“绸子角儿还不好”。不是亲身经过见过，怎么能写得这么纹丝不乱。曾在井冈山革命博物馆，看到二十世纪初王佐使用过的熨斗，也还是古制。虽是深山民间用品，形制与《捣练图》中仍几乎一模一样。可见千百年中，这种实用物品，从宫廷到民间，并没有大变化，不过丰俭之别。我们今天用的电熨斗，虽然“斗”的名字还在，但早已不是原来的样子。

有涯与无聊

《红楼》盛行，相关资料自然也浩森。前两天翻检《犬窝谜话》(吴克岐著)，看到这样一段："世俗遇小儿打喷嚏，长者必曰'百岁'，或曰'狗百岁'。忆光绪季年，余在上海招商局漕务处，有徐、费二友，皆具嗜红之癖，徐迂而费黠。一日，徐谓费曰：'打喷嚏，《红楼》中仅有晴雯一人。'而费则以四儿亦有之，争执不已，质诸余，余笑曰：'费君之言是也。余近有一谜，以"四儿打喷嚏"射伶人名"李百岁"，谓李居《百家姓》之四，俗又有"张三李四"语。'时李方献艺于上海也。徐不信，急购《红楼》细读竟，责余妄语不征实。余笑曰：'余昔是费君言，欲吾谜之成立也。君今既需征实，当牺牲前谜，另以"花袭人伤风打喷嚏"，射俗语"狗百岁"。'徐曰：'秋纹等斥袭人为花哈巴狗，则有之。第十九回，仅有伤风事，百岁则未也。'余曰：'世有患伤风而不打喷嚏者乎？君未免迂甚。'徐竟无以对也。"

看完不禁莞尔。确切地说，是哭笑不得。世上竟有这么无聊的人。一个莫须有的喷嚏，惹出这么多故事。几个体面客，又是撒谎，又是圆谎；又是制谜，又是改谜；又是买书，又是质疑。还上升到隐性人身攻击。人无癖不可交，人若有癖，更不容易交。上面几位，就是自称有"嗜红之癖"的。这还不是孤例。大家更熟悉的，应该是那个"几挥老拳"的故事。

邹弢《三借庐笔谈》载："己卯春，余与伯谦论此书，一言不合，遂相龃龉，几挥老拳。而毓仙排解之。于是，两人誓不共谈《红楼》。秋试同舟，伯谦谓余曰：'君何为泥而不化邪！'余曰：'子亦何为窒而不通邪！'一笑而罢。嗣后放谈，终不及此。"——你看，两人争论，除了上纲上线，论点论据什么也没说。也不必说，反正不可调和。粉丝都这样，所谓理性，经常是要往后放的。

想起来马瑞芳老师文章里提到的一件趣事：国际红学会的学者们开会，研究问题之一是，芳官输于晴雯的“抓子儿”，到底是什么？羊拐？猪拐？小石子？黄豆？绿豆？美、澳、日、中学者各执己见，讨论了几个小时，无结论。一领导听说此事，不解道，这和国计民生有什么关系？纯粹吃饱了撑的。前人说“人无风趣官多贵”，好像反过来也成立。有趣未必有用，有用未必有趣，老天都没办法。不做无益之事，何以遣有涯之生？

关于《红楼》的印行，有这样一则资料，陈镛《樗散轩丛谈》记载：“巨家兼有之，然皆抄录，无刊本，曩时见者绝少。乾隆五十四年春，苏大司寇家因是书被鼠伤，付琉璃厂书坊抽换装订，坊中人藉以抄出，刊版刷印渔利，今天下俱知有《红楼梦》矣。”据说这被私下抄录刊印的本子，就是后来风行天下的程高本。如果记载属实，那么，我们今天能坐在这里安安稳稳读《石头记》，轻轻松松谈《红楼梦》，实在是要感谢那几只不知名的小老鼠。如果不是它们不经意间咬坏，也许这书，就永远藏之密室、湮没于时光了。

济人功业多侥幸，传世文章本偶然。鼠辈，也有鼠辈阴差阳错成就的事业。忽然动念，谨以此文，向当年啮坏了石头抄本的那颗小小的牙齿致敬，虽然它收不到。

《红楼》里的折枝花卉

曾有人评论，说贾珍之娶尤氏，贾蓉之娶秦氏，贾赦之娶邢夫人，看上去门户皆不相当，不像王夫人、熙凤那么有根有底、身家分明，以为贾府婚姻失类。也有人以为，尤氏、邢夫人都是填房，比不得初婚原配，顾不上那么多了。各说各理，都讲得通。

不过《红楼》本身是小说，虽然世事洞明，人情练达，但很多地方仍不免使用小说笔法。这在秦可卿身上表现得特别明显。首先这一家子的来历就很奇怪。书中说："他父亲秦业现任营缮郎，年近七十，夫人早亡。因当年无儿女，便向养生堂抱了一个儿子并一个女儿。谁知儿子又死了，只剩女儿，小名唤可儿，长大时，生的形容袅娜，性格风流。因素与贾家有些瓜葛，故结了亲，许与贾蓉为妻。那秦业至五旬之上方得了秦钟。"几乎每一句都无法推敲。连儿子读书的二十四两学费都要东拼西凑，当初是怎么跟贾珍做的亲家呢？当然也有人能根据这些话，钩沉出一大篇故事来，那个的确非我所能了。

"秦"是"情"的谐音，秦业就是"情孽"，秦钟就是"情种"，秦可卿是"情可情"，前人也都曾拈出。单从名字而论，这一家子在小说中的象征意义，就已经大大超过情节功能。何况可卿还是宝玉的性启蒙者，秦钟又是宝玉的同性密友。在黛玉之前，这两位已经出色完成了宝玉的情感教育。所以在写宝玉、秦钟格外亲密一段时，特特让黛玉回家奔丧，缺席。可卿、秦钟都夭逝以后，宝黛感情戏才正式开场，此前包括比通灵、半含酸，还都是小儿女、小兄妹的混沌状态，没有性和情的意味。

至于尤氏，无端姓了尤，我觉得完全是受了尤二姐、尤三姐的连累，显然是"尤物"的尤。作者借宝玉之口点过题："真真一对尤物，他又姓尤。""尤物"之说，最著名的自然是元稹《会真记》那段话：“大凡天之所命尤物也，不妖其身，必妖于人。……予之德不足以胜妖孽，是用忍情。”自己始乱终弃，中道绝情，还说得楚楚可怜、无限委屈，做出了很大牺牲的样子。当时的男人们也都赞同他，真是奇怪，不过也可能是嫉妒，不愿意元稹一个人好事占尽，巴不得鼓励他断绝。陈寅恪先生以为元稹弃绝莺莺缘于门第，好另婚高门，实际上他也是这么做的。不过我觉得，莺莺家虽然门第不高，但有很多钱：“崔氏之家，财产甚厚，多奴仆。”元稹的委屈，不仅在于忍痛放弃了一位绝色女子，还在于放弃了很多钱，所以在回忆和韦氏婚姻生活的悼亡诗里，会经常哭穷。

尤三姐、尤二姐代表了《红楼》尤物的两个方向：一个纵情然后归正，刚烈决绝；一个纵情然后随顺，柔弱损毁。都是走向毁灭。不等正人君子“忍情”抛弃她们，她们自己先自行陨落了。这姐儿两个，像是生生贴到尤氏身上的。继母带来的两位小姨，毫无血缘关系，只是名义上的姐妹而已。所以二姐、三姐的家世，也未必就是尤氏本人的。不过为了行文方便，小说家随意就抟在一起了。为了写出《红楼》二尤，随手贴在尤氏身上。

《围城》里说：“许多人谈婚姻，语气仿佛是同性恋爱，不是看中女孩子本人，是羡慕她的老子或她的哥哥。”——这大概是很多人的感觉。婚和情是两种不同的东西，婚的，是家庭，情的，只能是个人。

秦氏，尤氏，都是从“情”这一条路上来，来自情天，去由情地，所以不容掺杂太多的社会关系。胡乱捏造一番，就算交代过去了。若非要从作者含糊支吾的只言片语里，考证诸家世系，嘿嘿。所以黛玉，索性父母兄弟一个都没有。宝钗有个哥哥，就减分不少，不太可爱。

只有那些要娶的，才需要一五一十交代父母兄弟。至于那些爱过的，心头之爱，犹如烟云，早已模糊了她的社会性，只剩下可爱的影像与感觉。犹如折枝花卉，但取片段，忽略其余。

揉碎桃花

尤三姐自刎一段，书中这样写道："连忙摘下剑来，将一股雌锋隐在肘内……一面泪如雨下，左手将剑并鞘送与湘莲，右手回肘只往项上一横。可怜：揉碎桃花红满地，玉山倾倒再难扶。芳灵蕙性，渺渺冥冥，不知那边去了。"文字空灵，画面凄美。剩下的笔墨就转移到各人情绪反应上，对现场再不置一词。如同写晴雯，用"霁月难逢，彩云易散"，用《芙蓉女儿诔》。这种写法很文艺，很小说。想象下，若是法医前来勘验，眼中笔下，必不如此。

还有尤二姐的吞金，书中写道："想毕，拃挣起来，打开箱子，找出一块生金，也不知多重，恨命含泪便吞入口中，几次狠命直脖，方咽了下去。于是赶忙将衣服首饰穿戴齐整，上炕躺下了。当下人不知，鬼不觉。到第二日早晨，丫鬟……急推房门进来看时，却穿戴的齐齐整整，死在炕上。"果然"比上吊自刎又干净"。当然，近来也有很多人写文章科普，说这种做法，其实很难实现，可操作性相当低。

再看他写秦钟："说毕，便长叹一声，萧然长逝了。"真是容易。此前的众鬼纠缠，近乎儿戏。写可卿之死，只用"二门上传事云牌连叩四下"，写林如海，只用昭儿从苏州回来。所以我一度怀疑，作者在写这些文字的时候，其实并没怎么真正经历过死亡。所以只好虚晃一枪，文艺想象。

但后来再看他写贾瑞"身子底下冰凉渍湿一大滩精"，写金钏儿"泡的实在可怕"，写贾敬"肚中坚硬似铁，面皮嘴唇烧的紫绛皱裂"，寥寥数语，苦况各异，又分明是老手，历尽波澜、洞察世事的。所以转念想，文字如此虚实取舍，也许就是慈悲，或者不肯直面。正如历代的列女传里，讲到绝食、自缢、跳井种种节烈，只肯铺张虚誉，对斯人辗转身受的苦楚，却含糊一笔带过。其实直面又能如何？

前段看书，不小心在《图说日本美术史》里看到一幅《人道不净相图》，忍不住细看了下。想起释尊出家，起初就是因为看到了人间生老病死的苦相。宝玉最后出家，大概也是因为见到了这些，终究不能一直是“身上干净，眼睛又净”的孩童。成长史即是破碎史。

四大名著里，我最喜读的是《西游记》，因为每个人（好人、主角）最后都心想事成，取经的得了经，降魔的成了斗战胜佛，贪吃的做了净坛使者，白马也“一身瑞气，四爪祥云”，恢复了龙身。大家欢聚一堂，吃吃喝喝，同生极乐国，福寿与天齐。《水浒传》不然，每位英雄，都先身陷绝境，左冲右突，逼上梁山。好容易逃出生天，招安以后，又陷入另一种绝境。《三国演义》也是，纵然孔明那样的人中卧龙，足智多谋，关羽那样的盖世英雄，神武无双，到了一定时刻，还是说死就死了。

所以现在特别能理解老太太喜看热闹戏文。宝钗点的就是《西游记》。老太太还爱看《满床笏》，神前拈戏，第二本是《满床笏》，老太太就先笑了。老太太过生日，江南甄家送的厚礼，其中就有一架大屏，十二扇大红缎子缂丝“满床笏”，算在头等里。贾母专门吩咐：“这两架别动，好生搁着，我要送人的。”《满床笏》搬演郭子仪故事，富贵寿考，七子八婿——俗固然俗，但若没有人世间这一点庸俗的暖意与盼头，没有文艺作品对人生真相刻意的回避与虚化，这世界该是多么寒凉。所以《红楼》未完，大约也可以算作作者的善意。写到不忍写、不能写的时候，就不写了。

尤三姐：一世三生

尤三姐，是《红楼》里一个几乎令人无法直视的人物。看她对柳湘莲如此痴情刚烈，便无法直视她与贾珍等人的苟且首尾；看她与贾珍调笑谑浪无所不至，又无法直视她对柳湘莲的一往情深。所以到了程高本，就使劲删改细节，把她往三贞九烈方向拼命修理，仿佛爱上柳湘莲的，天生就应该冰清玉洁，轻狂豪爽。不如此就拧巴，不自在。其实何必呢？一根直线条的人，性格平板一块的人，大概只在文学作品或艺术想象里存在，因为会受作者思想的局限。实际生活中则必不如此，混沌、混乱、无次序的空气中，每个人都是摸索向前，唯一可依靠的指引，就是心头那一点亮。这点亮光，大半来自七情六欲。

当然，除了情，按说还应有“理”的羁绊和引导。但对尤三姐来说，自从她和姐姐艳光四射暴露在贾珍的视野之中，没有父兄的庇护，没有门户的支撑，礼禁那一点点可怜的防护功能，早已弃她而去。在接受强者的利益和感情输送时，我相信她是情愿的，愉快的。虽然清醒之际，她能充分意识到自己处境的危险，但她采取的对策是末日狂欢，没心没肺地末日狂欢。直到有一束光，倏地照亮了她，照亮了前程，她才意识到，人生也许还有其他可能性，足可以让她放弃目前的一切，洗心革面，重新开始。那就是，她发现，自己爱着一个人。

虽然爱上柳湘莲，已经是五年之前的事情，但极可能她当时并没有意识到，至少没有跟自己的将来联系到一起。不难想见当年情景，一个在戏台上风流倜傥，一个在戏台下眼巴眼望，但咫尺天涯，无由通达。更要命的是，这一个耳酣心热，那一个却浑然不知。这种心动，完全无望，是一种毫无作为、仅存心中的念想，一种从不敢奢望成为现实的绝望。少年人的爱情，大都是这样开始的。远远遥望，可望不可即，心中毫无把握。如果没有别人的督促和提醒，这件事大约就这样无疾而终，永远只是三姐心底一段隐秘不可示人的情绪。但现在，姐姐、姐夫要和她谈论将来了，以贾琏的身份和承诺，甚至看起来没有什么办不成的事。这个将来，眼看触手可及，所以她心中豁然一亮，决定试试。

书里这样描写三姐吐露心事的过程："至次日，二姐另备了酒，贾琏也不出门，至午间特请他小妹过来，与他母亲上坐。尤三姐便知其意，酒过三巡，不用姐姐开口，先便滴泪泣道……"庚辰夹批："全用醍醐灌顶，全是大翻身大解悟法。"又批："全用如是等语一洗孽障。"批得很好。没有以前的孽障重重，哪有眼下的大翻身、大解悟！没有如此决绝，哪有资格在警幻案下，掌管修注众人簿册？顺风顺水成其好事，哪还是《红楼》人物，《石头》笔墨？一个人，经常不知道自己生活里隐藏着多少种可能性，不知道生活会在什么地方拐弯。作者显然深谙此理。所以，在离将来只有一步之遥的地方，再生变故。湘莲悔定，时间戛然而止。路路断绝，三姐唯有一死。

洗心革面、痴等湘莲，是尤三姐第一次大翻身，大解悟；挥剑自尽，则是第二次。这一次的心迹，在柳湘莲梦里说得明白："妾痴情待君五年矣，不期君果冷心冷面，妾以死报此痴情。妾今奉警幻之命，前往太虚幻境修注案中所有一干情鬼。妾不忍一别，故来一会，从此再不能相见矣。"又说："来自情天，去由情地。前生误被情惑，今既耻情而觉，与君两无干涉。"与君两无干涉，从此不再相见，这话将来必定也施用于宝黛之间。作者更大的沉痛，应该是在这里。三姐只是引子。

恋湘莲，陷贾珍，虽有清浊之判，都已是为情所惑的前生；耻情而觉，才是今世，但今世已非人间。短短一世，已历三生。不过奇怪的是，不在人间，她还念念不忘二姐一段公案，托梦怂恿二姐杀了凤姐。这才应了《三国》里那句话，兄弟如手足，妻子如衣服。为了自己手足，才不在乎别人家衣服，做人做鬼，都要上去撕一把。可惜二姐不听，一念痴软柔善，终陷情误。和三姐的刚强决绝，走了不同的路。

端午・扇子・二尤

薛蟠挨打，装病在家，愧见亲友。展眼到了十月，老总管张德辉要回家过年，薛蟠就想跟着去，躲羞。张德辉说得明白，打算次年“赶端阳前我顺路贩些纸札香扇来卖”。端午前后，天气转热，正是家家户户都要买扇子的热销季。生意人自然清楚。所以，若无意外，无论如何，薛蟠明年都要在端午之前，跟着张德辉回来。可就是出了意外。

去的时候是十月十四，春节前到家，可见路上要两个月左右。回程自然相当。加起来正好与后来薛姨妈说路上“受了四五个月的辛苦”相符。他也的确是“春天起身往回里走”，端午前后怎么也到了。可见至此，一切都还在按原计划进行中。

薛蟠到家之后，过了一二十天，所带东西才被张德辉差人送到家里。宝钗分送土仪，当天袭人去看凤姐，是“夏末秋初，池中莲叶新残相间，红绿离披”，葡萄快要成熟的季节。列藏本直接让婆子说“方入七月的门”。往回倒推，薛蟠一行应是六月上旬才到家。考虑到他们曾在夏金桂家待了三四天，路上又遇强盗，这一个月左右的拖延，大概也还勉强说得通。

同样，若是六月，进京前湘莲与贾琏、薛蟠分手去看姑母，说“不过月中就进京”，“谁知八月内湘莲方进了京”，语气上也就顺理成章。薛蟠带回来的东西，除了“笔墨纸砚、各色笺纸”等，果然还有“香袋、香珠、扇子、扇坠”等物，送人也都还应景。张德辉贩回来的大宗“纸札香扇”之类，也还不算过季。

可是，作者却让他们在回程中遇到了贾琏。此时的贾琏，已经偷娶二姐两个多月。娶的时候亲大爷的孝才五七，贾敬宾天在宝玉生日的第二天，芍药都开了，书里说“目今天气炎热”。也就是说，贾琏这次出门，至少要在宝玉生日的三个多月之后，天气也已经“炎热”了三个多月。怎么都不可能是六月，八月还差不多。

如果按现有书中所写，凤姐是七月初闻秘事讯家童，那就是忘了前面写过的，贾琏开始勾搭二姐“浪荡子情遗九龙佩”时，正是黛玉“幽淑女悲题五美吟”的七月瓜果之节。完全没有时间差。如果按贾琏八月出门遇上薛蟠，那莺儿、袭人碰上凤姐讯家童，就差不多要到九月了。再长的夏天，抻到现在，都转凉了。宝钗这个时节，送别人扇子，是几个意思呢？只好明年再用吧。张德辉预算中的利润，自然也大打折扣。当然，明代有人写过《秋后以扇赠人代柬》诗，说：“爱此清风好，秋来谨笥藏。谁知持赠意，元不计炎凉。”简直就是狡辩。

不难看出，这种尴尬，就是因为作者要把《红楼》二尤的故事强加进来。无奈《红楼》本身针线太密，连贯太紧，硬塞的结果，就是把原来的故事结构撑破了，时间都对不上。原本安排妥帖的小小的扇子道具，自然也就落了空。

小小扇子，在《红楼》里一直比较忙。元春端午节礼，赐的是宫扇（团扇），所以论“柄”；晴雯撕扇，撕的是折扇，所以论“把”。石呆子的二十把扇子，都是文人清玩的折扇，所以也是“把”。王夫人用的是芭蕉扇。宝钗机带双敲、湘云论证阴阳的扇子，没说量词，不好猜品种。不得不再提下宝钗扑蝶的扇子。因为是“向袖中取出扇子来”，所以我一直以为是折扇，觉得团扇狼犺，不易塞进去。前几天看人引用“出入君怀袖，动摇微风发”，忽然一惊。袖里乾坤大，未必不能装啊。回头细看原文，“忽见前面一双玉色蝴蝶，大如团扇，一上一下迎风翩跹”，以常识而论，蝶如团扇，再大也有限；团扇如蝶，却足以见其小巧。明义的题《红楼》诗，写到这一段，也说“扇纨遗却在苍苔”。团扇还是折扇，随便吧。

《红楼》来时路

《红楼梦》第六十七回，有两版差异很大的文字。这个问题高鹗时代已经存在，说各抄本“此有彼无，题同文异，燕石莫辨”。现存本子里，列藏、戚序、梦觉本大体一致，不仅比其他版本多出好几千字，人物、情节也很不同，通常被称为“繁文本”系统。而程高本和眼下通行的本子，大都采用简文本，所以简本文字更加深入人心。

但繁文本，多读几遍，就会发现，简直是神一样的存在。首先是啰嗦，简直集天下啰嗦之大全。不管宝哥哥、林妹妹，宝姐姐、凤姐姐，袭人、平儿，谁出场都是长篇大论，车轱辘话来回说，一件事颠来倒去说。比如，黛玉睹物伤心思念故里，紫鹃劝一大篇，宝玉劝一大篇，宝钗又劝一大篇，内容都差不多，几乎分不清谁的话。另黛玉说自己的病：“只因我这几年姐姐是看见的，哪一年不病一两场，病的我怕怕的了，见了药，吃了见效不见效，一闻见先就头疼，发恶心。”言多有失，哪里像个病美人，就是个病秧子。其次是鄙俗。好几处人名虽是面目全非，一开口就吓人一跳。比如一向孤高自许、目无下尘的林妹妹，会忽然有这样的心理活动：“哪里还有一个姓林的亲人，来看望看望给我带些土物来，使我送送人、妆妆脸面也好？”袭人虽是不通文墨，但告辞凤姐时张口就说“别叫宝玉在家里抱怨，说我屁股沉，到那里就坐住了”，听着还是不习惯。周瑞家的连“拔根寒毛比腰粗”这样的话都嫌粗鄙，宝玉身边的清净女儿，怎么开口就是村气。第三小家子气。能欣赏“慧纹”的老太太忽然开口夸奖“花红柳绿”的洋锦，凤姐还主动讨来给巧姐做肚兜儿。莺儿给凤姐送东西，居然送两次，第一次因为凤姐不在家就原封拿了回来，不知什么礼数。

其他就不说了。相形之下，简本显然文情更胜一筹。但蛛丝马迹显示，简本系统的祖本，极有可能是从繁本系统的祖本删减而来。简本宝黛去看宝钗是黛玉提议的，因为见宝玉千方百计宽解自己，心里过意不去才主动换个话题。出门时有一句“宝玉便站着等他。黛玉只得同他出来，往宝钗那里去了”。这个“只得”有点奇怪。繁本里却是宝玉百般怂恿，黛玉本来不想去，但没办法“难以推脱，无奈只得同宝玉去了”。文气这就通畅了。还有老祝妈让袭人吃葡萄，简本说：“今年果子虽遭踏了些，味儿倒好，不信摘一个姑娘尝尝。”袭人正色道：“这那里使得。不但没熟吃不得，就是熟了，上头还没有供鲜，咱们倒先吃了。”本来看不出问题。但繁本前面多了几句话，袭人说：“如今这园子里这些果品，有好些种儿，到是那样先熟的快些？”祝老婆子说：“如今才入七月的门，果子都是才红上来。要是好吃，想来还得月尽头儿才熟透了呢。姑娘不信，我摘一个给姑娘尝尝。”虽然啰嗦，“熟没熟”话头的来路却看得更分明。

所以，我倾向于相信，这个繁本的祖本，就是曹雪芹用来“披阅十载、增删五次”的底本，是曹氏《红楼》的素材库。他就是在此本基础上，改造成今天我们看到的鬼斧神工的《红楼梦》。而这残存的第六十七回，就是当年无名氏旧本的断锦残丝，活化石。

《红楼》账目

刘姥姥算的那笔螃蟹账，几乎成为有清一代社会经济生活的样板材料：“这样螃蟹，今年就值五分一斤。十斤五钱，五五二两五，三五一十五，再搭上酒菜，一共倒有二十多两银子。阿弥陀佛！这一顿的钱够我们庄家人过一年了。”这段话经常被引用，证明平民的清苦和贾府的豪奢，可我没看懂刘姥姥是怎么算的。两个“周瑞家的道”连在一起，文气不接，也许中间抄漏了什么关键的句子吧。反正光凭现有的几个数字和公式，我是算不出来二十多两银子的。

对《红楼》数学的绝望，还直接源于这样一条脂批。马道婆游说老太太给宝玉点油灯：“南安郡王府里的太妃，他许的多，愿心大，一天是四十八斤油，一斤灯草。”甲戌脂批说：“日费香油四十八斤，每月油二百五十余斤，合钱三百余串。为一小儿，如何服众？太君细心若是。”初看没有问题，多看两遍，就有点发傻。这条批语，在其他本子里都是删掉的，估计大家都看出乌龙了。也有人想方设法辩解，但我以为，脂砚斋的数学水平，差不多也就这样了。写《红楼》的，批《红楼》的，那一群人，大概都差不多是这样。当年衣来伸手饭来张口的公子小姐，哪里想到有朝一日要算这些小钱呢？“乱用虎狼药”一回给晴雯请大夫，要送诊金，麝月便拿了一块银子，提起戥子来问宝玉：“哪是一两的星儿？”宝玉笑道：“你问我？有趣，你倒成了才来的了。”随手拿了块大的，却至少有二两。后文宝玉、麝月落魄之际，应该会偶尔想起这随手撒出去的二两银子吧。

刘姥姥说“这一顿的钱够我们庄家人过一年了”，倒是句大实话。尤二姐住在小花枝巷，上上下下好几口人，一个月五两银子的家用也够了。所以一进荣国府的时候凤姐给了二十两，刘姥姥千恩万谢；探春不肯多给赵姨娘的兄弟二十两，赵姨娘不惜争闲气辱亲女；贾芸拿着醉金刚借给的十五两三钱四分二厘银子置办了一份礼物送给凤姐，就换来一份园林工程的差使；尤老娘给张华二十两银子，可以退亲——可见不是一笔小钱，至少在写书人的心目中，很清楚这点钱能办多大的事。

《红楼梦》在这种规模的花销处都很精细，姨娘丫头的月钱，每人几两几吊都记得。用大钱的地方，却都很撒漫，一个种树的园林工程二百两，当个金项圈四百两，秦可卿的棺材一千两没处买去，贾蓉捐官一千五百两，修大观园买女孩子三万两……这种账目，都像当小家不当大家的人做出来的，或者以前不当家、后来学当家的人。

贾琏与熙凤

贾琏、凤姐，《红楼》开篇时一对模范小夫妻，男主外女主内，掌管家政大权。虽说不见得好到蜜里调油，鱼水相得是显见的。最著名的桥段自然是“送宫花贾琏戏熙凤”，还有二十三回贾琏抱怨“要改个样儿你就扭手扭脚”，被凤姐啐了一口。风光旖旎处不让宝黛。两人还极有可能青梅竹马。五十四回凤姐说：“外头的只有一位珍大爷。我们还是论哥哥妹妹，从小儿一处淘气了这么大。这几年因做了亲，我如今立了多少规矩了。”贾珍也曾说过“从小儿大妹妹顽笑着就有杀伐决断”，四大家族皆连络有亲，通家之好，孩子们从小玩在一起再正常不过，就像宝黛湘钗的情形。既有贾珍，就没有理由缺了贾琏。——看这婚前婚后情形，至少当时，人人都以为会是一桩好姻缘。

可是两个人却渐行渐远。贾琏贪色，凤姐贪财。弄权铁槛寺，用贾琏名义写信给长安节度使已经埋下隐患。其后一系列行为，比如放高利贷，各种送人情通关节，想必也是背后捣鬼。平儿说“不肯瞒二爷”，那是瞎话。二爷则离了凤姐就要生事。书里第一桩公案就是多姑娘，虽有头发物证，但被平儿遮掩过去，暂时相安无事。中间经历了鲍二家的，但两人最大的冲突和决裂，却发生在尤二姐时代。当时凤姐小月，身体一直没有康复，贾琏遭遇空窗期，因缘凑巧，和尤二姐一家一计过起了小日子。凤姐设计相害，害死了孩子，也害死了尤二姐。这件事真是伤透了琏二爷。琏二爷发狠：“终久对出来，我替你报仇。”凤姐感情上彻底出局。

《红楼》文法讲究千里伏线、一语成谶。“软语救贾琏”一回，贾琏曾道：“你两个一口贼气。都是你们行的是，我凡行动都存坏心。多早晚都死在我手里！”有这一句话，就可以知道，以后凤姐不能善终，平儿也未幸免。所以脂批里有“琏兄不分玉石，但负我平姐。奈何奈何”的话。续书中平儿扶正其实是不可能的。以前有点奇怪作者为什么要让宝玉特别关照平儿一次。平儿理妆，还有香菱换裙，不明白为什么要让宝玉特特唐突这两位别人家的女眷。现在大概明白，因为这两位的结局注定悲惨。宝玉存心厚待过的女子，比如黛玉、晴雯、芳官、五儿等，大半都没有好下场。香菱肯定是魂返故乡，不会给薛家延续香烟；平儿也肯定是陪凤姐玉石俱焚。

琏兄虽然拈花惹草，但基本上不肯伤天害理；凤姐虽然三贞九烈，但非盗即赃，还有几条人命在身。家族破产时自然会成为众矢之的，像切割不良资产一样，要把她踢出去。详细情形虽不可知，但只要看下贾琏团队里有贾赦、邢夫人，凤姐团队里有王仁、王信，种种混乱难堪也就如在目前了。夫妻本是同林鸟，大难来时各自飞。凤姐连飞都没飞多远，就扑通掉下来了。被休后只能回娘家，娘家有那样不成器的兄弟，哪有活路。哭向金陵事更哀，金陵王家，应该才是压死凤姐的最后一根稻草。

遇人不淑往往是双向的。相爱的姿势很销魂，分手的姿势太难看。人间事，大都如此。

世间为何要有林妹妹

林妹妹的一生，实在乏善可陈。父母早亡，这分明是克爹克娘的命，虽然责任不忍在她，但多少也让闲人们觉得气息不祥，有意避而远之。贾政、贾赦的不见，恐见了彼此伤心，说的正是这个意思吧。唯有至亲，比如贾母，才不顾这样的忌讳，“一把搂入怀中，心肝儿肉叫着大哭起来”；或者毫无世故心肝者，比如宝玉，见了那“两弯似蹙非蹙罥烟眉，一双似泣非泣含露目”，才能怦然心动，无限爱怜。

除了寄人篱下，林妹妹仿佛也并未替自己的人生做过多少努力。当然，当年情境，也没有给她多少努力的余地，最好结局无非凭运气嫁一个好人家，生几个好孩子，夫贵妻荣或者母以子贵。嫁不好，一生也就付之东流了。林妹妹连出嫁那天都没等到，就泪尽夭亡。她不薄命谁薄命？

如果以今天的女孩子来比来论，林妹妹简直一事无成。父母跟前未曾承欢尽孝，成家立业样样没有，报效祖国、中华崛起更是九霄云外的事情。虽然读书聪敏，才情不错，但什么学位也没拿，什么证书也没考。找工作是别想了。当然人家拼爹，她倒是可以拼舅舅。——所以大约也可以有一份不错的工作。但就凭她那小身板儿，三天两头泡病号，再要个小性子，眼泪汪汪不断，估计哪个同事也消受不了。就算是业务精良吧，刺绣高手，半年才做一个香袋，生产力也未免太低下。社会、经济“双效”真是难指望。——关键还命短，最多不过活十八岁，彻底让“为祖国健康工作五十年”成为虚谈。

那世间为何要有林妹妹？

以前也有过类似的疑惑，比如世间为何要有李白、杜甫？枝头为什么会有一朵花，天边为什么会有一抹霞？案头为什么会常斟一杯酒，心口为什么会暗藏一粒朱砂？眼里为什么会有泪，胸中为什么纷纷乱如麻？一只鸟为什么飞来又飞去，一片云何处才是家？全是毫无用处的事情，全都在时时刻刻发生。存在即合理的话，那我们一天到晚还忙活什么？让生活按它本来的样子自然发生就行了。可是有时候不行。有时候连我们自己也不知道，推动我们往前走的力量是什么。只能偶尔停下来，望一望，想一想。转眼顾盼之间，偶尔瞥到的天边一抹流霞，云际一只归鸟，也许就是人在旅途的最大安慰。虽然无用，总是心动。

再回到林妹妹。世间为何要有一事无成的林妹妹？她曾是父母掌上珠，曾是贾母心头肉，曾是宝玉意中人。她曾是人世间瞬间流转的屈指可数几个生命中，爱与被爱的一个点。

这就够了。

百无一用不仅书生

读《红楼梦》，多年以来，都有几处，总觉得不熨帖。比如，警幻在密授云雨之事之后的那段话：“不过令汝领略此仙闺幻境之风光尚如此，何况尘境之情景哉？而今后万万解释，改悟前情，留意于孔孟之间，委身于经济之道。”还有秦钟的遗言：“并无别话。以前你我见识自为高过世人，我今日才知自误了。以后还该立志功名，以荣耀显达为是。”说毕，便长叹一声，萧然长逝了。两处虽然不同抄本有异文，要表达的大致意思是一样的，只是有的显豁、有的含糊而已。

平心而论，两人说的都是时尚的大道理，并没什么不妥，放在谁身上，都是千合万合，独独宝玉不然。都知道，贾宝玉是鄙视禄蠹、不喜欢仕途经济的，不喜欢和为官作宰的人打交道，不喜欢读书参加科举考试。为了这个，甚至不惜得罪资深闺蜜史湘云，宝钗更不在话下。一度，学界也把这作为证据，当作宝玉“新新人类”的标签。喜欢《红楼梦》的人，自然也大都默认并接受他的这个价值观，赞叹他的天性自然和革命勇气。但，他的心灵导师，知心密友，在关键时刻，却偏偏说出这样话来。别人自然也说过的，比如贾政等的训诫、袭人辈的箴规，都可以忽略，因为本来，心灵上就有距离。唯独这两位，不能不认真。既然说了，必定有他一番道理。

作者到底要传达什么样的价值导向？为什么看上去有点分裂？前八十回里，宝玉的位置是众星捧月，要风得风要雨得雨的，尊贵无比，似乎随心所欲、无所不能。但实际上，这种能力是虚幻的，不堪一击。不仅救不了自己喜欢的女孩子，更救不了整个家族危颓的命运。可以想见，抄家败落时，除了跟随家族的大船一起沉没，宝玉很难有什么挽狂澜于既倒、扶大厦之将倾的有效动作。恐怕连挣扎的力度都不大。《西江月》里那句“于国于家无望”，只怕是写实。这种分裂，也许就是源于这种现实的无力感。所以一而再、再而三，宝玉表达自己的逃避与无力，一点后事也不虑，开口不是呆话就是疯话。

这样精神世界精致到近乎完美、现实危机中却无能为力的人，例子还有不少。比如曹禺《北京人》里的曾文清，“他的舌头，不但尝得出茶叶的年龄、出身、性情、做法，甚至品得出是用什么火烧的，什么水煮的”，却连父亲的棺材都守不住。还有《围城》里的方鸿渐。赵辛楣说他“你不讨厌，可是全无用处”，黄仲则诗“百无一用是书生”——着眼点都是“无用”。这和《红楼》楔子里那块石头是一样的，“无材可去补苍天”。宝玉出身贵族，其最初的政治抱负和普通书生未必一样，补天那样的想法未必不曾有过，可怜终究无用。

在家族危难时刻，成为一个“有力者”，也许是这些男人唯一的幻想吧。而通往“有力”的路，似乎又只有那么一条“经济之道”。往明知无路的地方寻求生路，往明知不通的方向吁求通灵——这种沉痛，无奈，悔迟，非亲历者，恐怕无人能解。

不许人间见白头

英雄盖世，才子凌云，最令人唏嘘的结局，莫过于“不知所终”四个字。说什么“美人自古如名将，不许人间见白头”，哪怕只是中了小人的蒙汗药，翻船在阴沟里，也比什么都不让人知道强。读过《小王子》，就一直揪心圣埃克苏佩里的下落，不知当年他独自驾机，到底去了茫茫世界的哪里。失踪六十年后，终于寻到飞机残骸，心里的石头才咕咚落地。结局虽然不变，但总觉得有了个交代，不用再牵肠挂肚了。同样的还有红粉佳人，即使只是惊鸿一瞥、一念怜惜的缘分，如果不知她情归何处，最终嫁谁，几子几女，一生感情如何收束，简直让人郁闷到死。

偏偏《红楼》未完，留下郁闷无数。宝黛就别提了，反正没有在一起，上天注定“心事终虚化”。可是贾蔷和龄官呢？一个雨中画蔷，种种熬煎，一个拆笼放鸟，百般不是。小儿女相处之际，悲欢啼笑，样样让人心疼。王夫人发落十二个唱戏的女孩子的时候，有的回家，有的留下，有的出家，独独不提龄官。也许是想留给下文揭示，《红楼》笔法本来神出鬼没，云遮雾罩，不说不等于没有。后文稍稍一点，前文的千里伏线立刻熠熠生辉、灵动呼应，但这一回，下文是真的没有。

还有柳五儿，一心想进怡红院的标致小丫头。后四十回里“候芳魂五儿承错爱”，写得实在是不好看。第七十七回王夫人说她“短命死了”，也未免太简单。要知道，作者曾经特特安排了这样一个情节：一个叫钱槐的坏家伙，看上了她，求婚不成，“心中又气又愧，发恨定要弄取成配，方了此愿”。这几句话里，藏着怎样的波澜啊。五儿、钱槐虽是小人物，但《红楼》大厦的倾塌，离不了小人物的挖墙脚、抠墙皮、抽墙砖。何况钱槐还有一层身份，是赵姨娘的内侄，贾环的跟读，无形之中，又站到了宝玉、王夫人的对立面。如果钱槐作耗，接二连三，牵四挂五，情节想必跌宕好看。书里说钱槐“父母现在库上管帐”，第八回宝玉探宝钗，路上遇到七八个管事的头目从账房出来，其中有一个买办钱华，“因他多日未见宝玉，忙上来打千儿请安，宝玉忙含笑携他起来”。虽然只是信手拈来“花钱”的谐音，但如果此钱华和彼钱槐有关系，这个千里伏线，伏得可是真够远的。这些桥段，怎么能白白浪费了呢？作者费这么大劲，难道就不想讲个什么故事吗？当然也可能作者才华横溢，根本不在乎这一点小曲折。但无论如何，可怜的柳五儿，都很难替她看到好结局。

还有喜欢贾环的那个彩霞，因为贾环凉薄，想丢开，结果被来旺妇倚势霸成亲，许给了酗酒赌博、容颜丑陋、一技不知的坏小子。彩霞如何薄命、夫妻将来如何龃龉先不说了，凤姐连带王夫人，则又是结结实实得罪了一次赵姨娘。得势的时候，只有赵姨娘怕凤姐的份儿，一旦力诎失人心，可怜的凤姐，怕是要墙倒众人推，没趣一起来。还有协理宁国府那次，被凤姐当众立威打了二十板、革去一月银米的那个媳妇，当时抱愧含羞，焉知后来不含恨带怨、伺机报复？小人是能得罪的吗？

此外，湘云到底和谁白首双星？巧姐嫁的是不是板儿？妙玉怎样终陷污泥中？千般猜测，没有作者一锤定音，到底意难平。一下子就理解了《红楼》为什么会有那么多续书。狗尾续貂也要奋不顾身地续。八卦才是第一生产力。

虎狼因果

读书这件事，一向是有些被神圣化的。比如“万般皆下品，惟有读书高”之类。宝玉整天被他老子逼着读书写字。我们也从小就被灌输“书籍是人类进步的阶梯”等名人名言。但《红楼》里有一个情节，却显示了读书的荒诞。在“懦小姐不问累金凤”一回：王住儿媳妇说了一大堆，绣桔和司棋气了个倒仰，迎春劝止不住，自拿了一本《太上感应篇》来看。后来探春、平儿等人前来，镇住场面，弹压了气焰，平儿问迎春该怎么办，迎春还只和宝钗阅“感应篇”故事，忽见平儿发问，超然物外地说：“问我，我也没什么法子。他们的不是，自作自受，我也不能讨情，我也不去苛责就是了。”“你们若说我好性儿，没个决断，竟有好主意可以八面周全，不使太太们生气，任凭你们处治，我总不知道。”这下连超凡脱俗、目无下尘的林妹妹都看不下去了，笑道：“真是‘虎狼屯于阶陛，尚谈因果’。若使二姐姐是个男人，这一家上下若许人，又如何裁治他们。”

重读这段，不由想起一件旧事。好几年前电视上看到的。一个女学生，上当受骗，大约传销之类，总之经历了很坏的事情，要跳楼才能逃出来。受伤住院，记者去采访，她躺在病床上，手里还捧着书。非常熟悉的封面——《中国文学史》。说实话，那一刻，我平生从来没有如此痛恨过自己的专业。而且这心结，久久不能消除。一直自问，自己倾尽半生精力，读过写过的这些东西，到底有什么用。虎狼当前的时候，再娴熟的阅读姿势，再流利华美的文字，再幽深曲折的想法，都只剩下滑稽。全都是别人盘子里的菜，全都不堪一击。

现在想来，那感觉大约就是“虎狼屯于阶陛，尚谈因果”。都什么时候了，还看那破书！一万本文学史，也不能免你于水火哪怕半分毫厘。从小我们就被教育要好好读书，但给我们的书里，却并没有告诉我们这世界有虎狼：生存，生老病死，七情六欲，他人即地狱。在有生之年，有那么多的关口，要一道道去过。每一道关，运气不好，都要扒一层皮。那么多虎狼，在暗处虎视眈眈。你却轻声告诉我，要好好读书。

好吧，当然，你也可以说，非书之罪，是读之罪。就像项羽最后长叹，此天之亡我，非战之罪。迎春早夭，遇人不淑，也是天意，或者咎由自取，谁让她生性愚懦，任人摆布？——可是终究不服气。

先看看《太上感应篇》是本什么书。上回写贾敬刻《阴骘文》，已经提到这是本与之齐名的劝善书。原文只一千多字，后人据此作传，加入了不少解说故事，迎春看的是“一本”书，又有“故事”，当是这种带解说的本子。迎春没有茗烟那样善于迎合人意的小厮去偷买禁书；大家长贾敬又是信道之人；公开场合下，连宝钗都凑过来跟着一起看：所以这是本光明正大的德育读物。开头就是：“太上曰：祸福无门，惟人自召；善恶之报，如影随形。”又说：“凡人有过，大则夺纪，小则夺算。”问题是，迎春这样温柔懦弱的小姑娘，能有机会作什么恶呢？文章里列举了应该避免的一百多种恶行，一一对照过去，迎春都没有做过，甚至连“唾流星，指虹霓；辄指三光，久视日月”“无故杀龟打蛇”这种都没有过。可是她还是一载赴黄粱了。

所以，《红楼》作者，我认为是不信“感应篇”的。他设计了迎春的“算盘”灯谜：“天运人功理不穷，有功无运也难逢。因何镇日纷纷乱，只为阴阳数不同。”“数”是什么，就更不知道了。总之，书，和读，都没有我们小时候被告知的那么重要。学会各种方法，在虎狼面前，努力强大一点，才是正道。

惜春：清冷的旁观者

可怜的惜春，虽然也名列十二正钗，但因年幼，刚出场时“身量未足，形容尚小”，抄检大观园时仍“年少尚未识事”，在众多兄弟姊妹中叨陪末座，所以绝大多数时间，都是以路人丙的身份出现：吃饭看戏，晨昏定省，点名时负责充数而已，每每被人忽略。《红楼》的大关节，省亲如元春，持家如熙探，恋爱如宝黛，诗词如香菱宝琴，沸反盈天如夏金桂，她都没有份儿。现存文字里，最大的戏码就是画了一张画儿，还没有下文；还有就是狠心撵走入画。

说起来这张画儿，应该是大观园鼎盛时期最好的见证了，据当事人和目击者叙述，上头有亭台楼阁、花草翎毛、工笔美人、红梅白雪，是贾府一张行乐图。老太太说赶年底就要，想必不敢脱懒，是画完了的，虽然到了年底一字没提。不管怎样，“画”都是惜春的关键词，可是后来偏偏矢志撵走入画——这里面也许藏着什么寓意，预示如画的日子即将终结？谁知道呢！不仅入画要去，抱琴入宫，元春死后自然难有结果；司棋是被撵了的；侍书不知道，也许跟着探春远嫁了。贾府末路，大厦倾塌，附丽其上的琴棋书画，也都一并风流云散了。

最后出家，详情虽不可知，但从曲子和判词里不难看出，更大程度上，是出于惜春的自我选择，不是被迫的，不是走投无路之后的权且栖身。无论“勘破三春景不长”，还是“将那三春看破，桃红柳绿待如何？把这韶华打灭，觅那清淡天和”，都显示了惜春对红尘的主动决绝，对宗教的主动靠拢。芳官等人表面上也是主动出家，实际落入拐子之手，内心的蒙昧最后不知能不能被开启。惜春则不同，虽不知在哪里修行，但内心的清净和超脱，是容易想见的。脂批在惜春“海灯”谜下有批语：“此惜春为尼之谶也。公府千金至缁衣乞食，宁不悲夫！”其实大可不必，“悲”什么呢，惜春找到的，正是心灵自我解脱之道。“莫道此生沉黑海，性中自有大光明。”是光明之道，人已解脱，只不过难为外人道就是了。“缁衣乞食”都只是表面形骸，实在不必介意。程本插图图赞说惜春“居然拾得寒山”，把她同唐代隐僧并提，似乎比书中判词还更准确些。判词说“可怜绣户侯门女，独卧青灯古佛旁”，像是惋惜她终身未嫁。如果嫁人都似元春、迎春，对女子来说，这样的婚姻有什么意义呢？寄心宗教，未必不是更好的结局。所以续书一百二十回，贾雨村问：“何元妃以下，算来结局俱属平常？”还是把嫁人当作结局，问得迂腐，不足以结束《红楼》。

正是因为入世不深，所以才能脱身轻巧。惜春的了悟，看起来比宝玉容易得多。宝玉要挣脱情网、名利网，不知翻了几个跟斗，才能悬崖撒手，惜春不过旁观了诸人的命运，自知难免，就毅然斩断皈依。这种决绝，在贾府未露败象的时候就已经显示，赶入画那一番议论就是。别人听着不入耳，看着不近情，批她年轻糊涂，其实都是孤介清醒。周瑞送宫花，惜春开玩笑说要剃了头跟智能儿一起去做姑子，没地方戴花了——书里每每把笑谈作预言，也说明这一回定稿很晚，至少后文人物命运已经大体排定，才能回头这么写，从容埋下一根伏线。

十二钗里的巧姐，也像个打酱油的。但情形和惜春不同，她的命运，不过是凤姐的延续。凤姐的恩威，凤姐的阴骘，在巧姐生活里一一回响。惜春则不然，在无父无母无根无蒂的环境里，只靠心冷口冷、心狠意狠，终于为自己寻出一条无路之路。

算下来，十二钗里，惜春的结局，应该算是最好的了：身心俱安，旁观者清。所以书里真正的冷眼人，不是演说荣国府的古董商，而是大观园里热闹场中的这位四姑娘。

禁体诗

中秋家宴，击鼓传花，花传到宝玉手上。宝玉小九九一番，便不肯讲笑话。于是贾政命他即景作诗，并说："只不许用那些冰玉晶银彩光明素等样堆砌字眼，要另出己见，试试你这几年的情思。"宝玉听了，碰在心坎上，遂立想了四句，向纸上写了，呈与贾政看。——当年读到这里，对贾政真是佩服得紧：剔掉这些高频字，要写中秋的月亮，非得格外多费一番心思不可。这种要求，只有真行家，才能提出来。

后来才知道，这并非贾政首创，且早有专门术语：禁体诗。宋代就这么玩了。先在小众文艺圈子里，经欧阳修发扬、苏东坡光大，终于成为"文字游戏界"一项优良传统，代代相传。宋后直到当代，不断有人模仿，致敬欧苏。

欧阳修当年写的是雪，要求"玉月梨梅练絮白舞鹅鹤银等事皆请勿用"，苏轼尊之为"欧阳体"。曾作《江上值雪，效欧阳体，限不以盐玉鹤鹭絮蝶飞舞之类为比，仍不使皓白洁素等字，次子由韵》(1059)；后又作《聚星堂雪》(1091)，自序说："元祐六年十一月一日，祷雨张龙公，得小雪，与客会饮聚星堂。忽忆欧阳文忠公作守时，雪中约客赋诗，禁体物语，于艰难中特出奇丽，尔来四十余年，莫有继者。仆以老门生继公后，虽不足追配先生，而宾客之美殆不减当时，公之二子，又适在郡，故辄举前令，各赋一篇。"

"禁体物语，于艰难中特出奇丽"，即少用形容词，增加写作难度，以减少平庸之作。苏诗最后两句是："当时号令君听取，白战不许持寸铁。"意思是文场即战场，不用马路边的熟字熟典，如同放下兵刃、赤膊上阵，最能见出文化软实力，所以又称"白战体"。那腹内草莽的，自然容易捉襟见肘，所以前人开玩笑，反过来打比方说："老似婴儿防饮食，贫如禁体作文章。"如果真是潘江陆海，自然不在话下，恨不得遍地横淌的才华，怎么禁都禁不住。

宝玉写的诗，书中原缺，到底不知好歹如何。历代人写的禁体诗，流传不少，偶有佳作，也是平庸的多。所以我觉得，这就是一种文字游戏，一种限制性思维训练，只是为了有朝一日，机缘巧合、风云际会写出传世名篇做准备。机会总是垂青有准备的人。欧阳修如此，苏轼如此，罗马不是一天建成的。

《红楼》里大部分写诗作词的场景，结社也好，限韵也好，炷香也好，联诗也好，都是习作，是训练，是积累，并不追求本身即名篇。所以很多人感觉，《红楼》诗在《红楼》里就好，离开《红楼》就没精气神，原因即在于此。它们不是名篇，只是生活的一部分。生活走到这里，就只能是这个样子；走到别处，才别有洞天。

诗词之外的其他文字，《红楼》也同样践行了“禁体”精神。在细节用字上，尽量避俗避熟。如写王夫人室内，“挨炕一溜三张椅子上，也搭着半旧的弹墨椅袱”，脂批：“此处则一色旧的，可知前正室中亦非家常之用度也。可笑近之小说中，不论何处，则曰商彝周鼎、绣幕珠帘、孔雀屏、芙蓉褥等样字眼。”写湘云咬舌，脂批：“俨然一娇憨湘云立于纸上，掩卷合目思之，其爱厄娇音，如入耳内。然后将满纸莺啼燕语之字样填粪窖可也。”写宝玉听说邢岫烟择婿消息，对杏伤怀，见雀悲叹，脂批：“近之淫书满纸伤春，究竟不知伤春原委。看他并不提伤春字样，却艳恨秾愁，香流满纸矣。”等等。

小说本来不登大雅之堂，执笔者也大都不肯认真，随意敷衍，千人一面。《红楼》作者却肯披阅十年、增删五次，用写诗的诚恳态度去写，其文字的精致和讲究，可想而知。正是这种整体“诗化”的倾向，使它卓异于之前和同时代的其他小说。

《六一诗话》载：进士许洞曾把几位会写诗的和尚——所谓“诗僧”者，邀集到一起，分题出纸，要求“不得犯此一字”，即不许出现“山水风云竹石花草雪霜星月禽鸟”之类字眼，“于是诸僧皆搁笔”。遥想当年画面，喜感十足。忽然想起，一位以才子著称的歌手，被网友统计出，九张专辑一百一十七首歌的歌词，“孤独”“生命”“爱”分别出现了三十四次、五十次、五十四次，高居形容词、名词、动词榜首。——如果抽掉这些字眼，会什么样呢?

此念一动，无限好奇。

贾政评诗

贾政写诗的水平，据他自己说，是不算太高的："自幼在花鸟题咏上便平平，如今上了年纪，且案牍纷烦，于这怡情悦性文章上更生疏了。"言下之意，宦海生涯还妨碍了他的文采风流。书中的贾政也确实没拿出像样的作品。虽然诗写不好，却并不妨碍政老成为一名优秀的诗歌评论家。"大观园试才题对额"一回，已经初露评论才能，不过当时考生只有一名，没能充分展现。中秋题诗时，考生增到三名，身份不同风格各异，政老终于大展奇才。

中秋夜击鼓行令，宝玉不敢说笑话，主动要求作诗。贾兰、贾环随后跟上。贾政的反应和评价各不相同。对宝玉的诗，贾政看了先是"点头不语"，回贾母说"难为他。只是不肯念书，到底词句不雅"，然后听从贾母的意愿赏扇子。有顺水推舟的意思。贾兰的诗，"贾政看了喜不自胜，遂并讲与贾母听时，贾母也十分欢喜，也忙令贾政赏他"，则纯是真情流露了。我们知道，贾政是不太喜欢宝玉的，相比之下，对贾兰的溺爱则毫不掩饰。有一次大伙一起吃饭，没看见贾兰还专门派人去叫。贾兰自然知道这一点，说老爷没叫他，被人笑牛心古怪。爷爷的纵容和孙子的执拗很默契。贾母的两个"也"字则表明，贾兰再乖，位置也在宝玉之后。古人有抱孙不抱子的传统，贾府无意间执行得很好。可见礼出于情。

至于贾环的诗，"贾政看了，亦觉罕异，只是词句终带着不乐读书之意"，于是就动了气。本来就不喜贾环，诗写得又不中意，忍不住捎带着宝玉一起教训了一顿："可见是弟兄了。发言吐气总属邪派，将来都是不由规矩准绳，一起下流货。"然后贾赦出面抱不平，对贾环大加赞扬，"这诗据我看甚是有骨气"，并随口提到袭爵的话。又是一个千里伏线。总之，这一小段文字，和《红楼梦》其他地方一样，内涵丰富到不像话，随便分析个几万字不成问题。

我觉得尤其神奇的是，这番评论，对象竟是皇帝新衣其实空空如也。没人看过这三首诗。脂批说“缺中秋诗俟雪芹”，终究没补上。面对子虚乌有的诗句，政赦二老言之凿凿，不仅看出“哥哥是公然以温飞卿自居，如今兄弟又自为曹唐再世”，还能看出“侯门的气概”，其间人物关系、性格刻画、情节发展也全都严丝合缝井井有条。这至少说明，对评论家而言，作品本身并不重要，重要的是自己想说什么。

当然我们可以解释说，贾政们是代作者立言，作者自然无所不知。不过能为无米之炊的，还真不乏其人。最近看到一个段子，有人说：某日夜班无聊，在豆瓣上添加了一部电影，片名叫《即使变成甲壳虫卡夫卡还是进不去城堡》。剧情信口胡诌，互联网电影资料库（IMDb）编号是自己生日，演职员表是同事英文名，剧照是帕拉杰诺夫的《石榴的颜色》。当时完全自娱自乐，没想到一年后这部片子有2457人想看，更牛的是还有207人看过，并且煞有介事地写下了简评……

贾环：夹缝里求生存的畸形人格

贾环，无疑是书里的坏小子，大反派。前八十回，他存在的最大价值，好像就是跟宝玉作对，给宝玉做陪衬。手推油灯，差点烫瞎宝玉眼睛；小动唇舌，让宝玉大承笞挞。平时，则负责在宝玉的神彩飘逸、秀色夺人之下，展示自己的人物猥琐、举止荒疏，像一只灰皮小老鼠，缩头缩脑，可怜可憎。

按说，他也是大家公子，跟宝玉一样的身份地位，起码表面上，大家都这么想，这么说。比如凤姐"正言弹妒意"，理直气壮声称："他现是主子，不好了，横竖有教导他的人，与你什么相干！"指责他"自己不尊重，要往下流走"。宝钗素习看他亦如宝玉，并没他意，跟他坐在一起玩。宝玉也不要他怕自己。王夫人见他下了学，命他坐在床上来抄个《金刚咒》。都是公正无偏、一碗水想端平的意思。但实际上，"庶出"像一个耻辱标记，深深烙在他身上，有意无意就会被揭开。凤姐和平儿私下聊天，说未来男女嫁娶"满破着每人花上一万银子"，但"环哥娶亲有限，花上三千两银子，不拘那里省一抿子也就够了"。去问候贾赦，邢夫人命他和贾兰坐在椅子上，却和宝玉坐在一个坐褥上，又百般摩挲抚弄。贾母有了好吃的，分送给宝玉、黛玉和贾兰，贾环视有如无。作为一个孩子，心灵若不是特别蒙昧，自我保护和修复能力若不是特别强，自然容易处处不自在。他感受到的是来自整个世界的寒意。何况赵姨娘，还时时刻刻向他灌输负能量。

同是庶出的探春，就比较聪明，她把这个印记深深藏在"三人皆是一样的妆饰"下面，并且积极主动向主旋律靠拢。"谁是我舅舅"一大段话，虽然备受今人诟病，但在当时是正大堂皇的大道理，谁也奈何不得她。贾环情商显然没这么高，有时甚至会主动亮出自己的弱势群体印记，招人嫌。正月里赌钱一回，都是小孩子，赢了笑，输了哭，本来是小儿常态，但因为宝黛等的人品和精神都是高位运行，作者对女儿又格外关照，所以莺儿争骰子就是“娇憨”，贾环赖钱就不像个“作爷的”。贾环天性虽然差了一截，但还不失普通人水准，所以委屈，反击时候就动作变形：“我拿什么比宝玉呢。你们怕他，都和他好，都欺负我不是太太养的。”说着便哭了。终究是凤姐的评价更准确：“环儿更是个燎毛的小冻猫子，只等有热灶火坑让他钻去罢。”“实在令人难疼，要依我的性早撵出去了。”

本以为贾环的形象就这样定格了，不料到了七十回以后，连着写了几首诗，颇得好评。尤其是中秋节那天，回目里居然很罕见地用了“新词得佳谶”的字样。正文里也费了很大篇幅进行点评。依照《红楼》“有言必应”“一语成谶”的千里伏线风格，贾赦的这句话应该不是白说的。也许最后，贾环真的一度袭爵。

贾环写的诗已经看不到了，但贾政既然说他“自为曹唐再世”，不妨先看看曹唐的诗。曹唐以游仙诗著称，贾环“专好奇诡仙鬼一格”，正对景。试举几例。《仙子洞中有怀刘阮》：“不将清瑟理霓裳，尘梦那知鹤梦长。洞里有天春寂寂，人间无路月茫茫。玉沙瑶草连溪碧，流水桃花满涧香。晓露风灯零落尽，此生无处访刘郎。”《小游仙诗》其十七：“玉诏新除沈侍郎，便分茅土镇东方。不知今夕游何处，侍从皆骑白凤凰。”其十八：“洞里烟霞无歇时，洞中天地足金芝。月明朗朗溪头树，白发老人相对棋。”其八十九：“东溟两度作尘飞，一万年来会面稀。千树梨花百壶酒，共君论饮莫论诗。”这些诗想象瑰奇，清虚飘渺，仿佛不食人间烟火。且不论写得如何，能读曹唐诗，环哥儿已经不俗。

脂批时代，已经有人质疑，“贾环如何又有好诗，似前文不搭后语矣”。前面元宵节有那样笨谜，好像后面就不应该再有清通一些的文字。脂批辩护说：“若是贾环连一平仄也不知，岂荣府是寻常膏粱不知诗书之家哉？”驳得有理。读书终究会有长进。贾环虽然不堪，那是和宝黛一干人相比，如果放在别的书中，未必做不得主人公。比如和彩云决绝，未必不是元稹“善补过者”一流。历史上许多文人，品行也未必就比贾环高明多少，只是细节不存罢了。可惜后四十回不全，不知环哥儿到底如何结束。如果诗书路上一路行来，做个古之畸人，也未可知。

钝感就是力量

《红楼梦》有个傻大姐，误拾绣春囊那个，书中说她“年方十四五岁……只因他生得体肥面阔，两只大脚，作粗活简捷爽利，且心性愚顽，一无知识，行事出言，常在规矩之外。贾母因喜欢他爽利便捷，又喜他出言可以发笑，便起名为‘呆大姐’，常闷来便引他取笑一回……因此又叫他作‘痴丫头’”。又说“他纵有失礼之处，见贾母喜欢他，众人也就不去苛责”。每每看到这里，都会替跳井的金钏儿、被逐的晴雯以及凤姐用簪子乱戳和垫磁瓦子跪在太阳地下的丫头们心生羡慕：傻就傻点吧，至少不遭罪。钝感力，想来说的就是这个。老天偏爱笨小孩，傻人自有傻福气。风刀霜剑怕什么，痴傻呆茶，总有一款适合你。

除了傻大姐，还有一个呆香菱。人问家乡父母，都不记得。当初门子说她是被打怕了，万不敢说。我宁愿相信，她真不记得了，哪怕选择性遗忘也好。所以后来看到香菱学诗，心里直着急，好端端学什么诗呢？知识一开，感觉敏锐，好不容易忘掉的前尘往事又都回来了。这不是自找罪受吗？太平无事慕的哪门子雅呢？瞧人家李纨，青春丧偶，“居家处膏粱锦绣之中，竟如槁木死灰一般，一概无见无闻，唯知侍亲养子，外则陪侍小姑等针黹诵读而已”。终于守得云开见月明，到头谁似一盆兰，真是钝感发力、受益无穷的好典型，按说，她的心苦，够黛玉写好几本诗了。

当然，把钝感力运用到出神入化的，还要数老祖宗。端午节神前拈戏，第二本《满床笏》。贾母笑道：“这倒是第二本上？也罢了。神佛要这样，也只得罢了。”第三本《南柯梦》，贾母听了便不言语。“不言语”里有文章。一共三天的戏，老太太看了半天就回来了，表面上是因为惊动亲友，宝黛失和，自己懒怠；实际上，老太太的心事，嗨。还有第七十五回，王夫人说甄家获罪抄家、回京治罪等，贾母听了正不自在，恰好见他姊妹来，因问：“从那里来的？可知凤姐妯娌两个的病今日怎样？”又说：“咱们别管人家的事，且商量咱们八月十五日赏月是正经。”瞬间祭起话题转移大法。平日里老太太吃吃喝喝，说说笑笑，看似安享大福；嫁进贾门连头带尾五十四年，什么大惊大险千奇百怪的事没经过。心里明镜一样，只是推不知道罢了。知道又能如何？

只有宝黛那种不更事的少年，还全副神经格外敏锐地在情天欲海里辗转挣扎。未必不知钝感的好处——黛玉葬花之时，宝玉恸倒，“一而二，二而三，反复推求了去，真不知此时此际欲为何等蠢物，杳无所知，逃大造，出尘网，始可解释这段悲伤”。和尚持颂通灵玉，“可羡你当时的那段好处：天不拘兮地不羁，心头无喜亦无悲；却因锻炼通灵后，便向人间觅是非”。只是前缘注定，无可逭逃。

据说“钝感力”的发明者是渡边淳一，没想到《失乐园》的作者还能写这种心灵鸡汤。也许因为如今的生活节奏太快，人又活得比较久，换台比较容易。宝黛那样的慢时代，只一个“情”字，就可以生生死死，地老天荒。这点子事，放在如今，也就是一张幻灯片的容量，咔嗒一声，换了人间。

美丽的形容词

湘黛中秋联句，因为黑影里忽然飞起一个大白鹤，逗出来警句“寒塘渡鹤影，冷月葬花魂”。妙玉忽然出来截住，并讲了一篇大道理：“方才我听见这一首中，有几句虽好，只是过于颓败凄楚。此亦关人之气数而有，所以我出来止住。”又自告奋勇说：“只是这才有了二十二韵。我意思想着你二位警句已出，再若续时，恐后力不加。我竟要续貂，又恐有玷。”“如今收结，到底还该归到本来面目上去。若只管丢了真情真事且去搜奇捡怪，一则失了咱们的闺阁面目，二则也与题目无涉了。”然后提笔一挥而就，续成《中秋夜大观园即景联句三十五韵》。

这一大段里，我一直不太明白的是，妙玉这样一位尘外高人，为什么非要强调“闺阁面目”？她的“本来面目”不应该是不食人间烟火的“槛外人”么？湘黛二人，未能免于尘世情累，都是“薄命司”中人，措辞悲凉凄楚，自然需要她这位宗教人士的守护和救拔，可是她所说的“真情真事”，真的是“必须如此，方翻转过来”的拯救之道吗？还有，湘黛费半天劲，统共联了二十二韵，平均每人十一韵。她的收尾之作，却用了十三韵。虽说是为了掩去前文的“凄楚之句”，也未免太过冗长吃力。——当然黛玉、湘云都很客气，二人皆“赞赏不已”，并呼之为“诗仙”。我估计李白要躺不住了。

再看看她“续貂”的这十三联里的句子，也不免铺陈了些“金鼎”“玉盆”“文凤”“彩鸳”字样。真正称得上“真情真事”的，大概是“钟鸣栊翠寺，鸡唱稻香村”“芳情只自遣，雅趣向谁言。彻旦休云倦，烹茶更细论”几句。至于凌晨时分“振林千树鸟”，大观园里还有可能，数字稍稍夸张而已，“啼谷一声猿”就纯属虚构了。

妙玉在小说中的人设，本来是带发修行的官宦小姐，是“气质美如兰，才华馥比仙"，是"太高人愈妒，过洁世同嫌"。连孤高自许、目无下尘的黛玉都傲不过她去。可是前八十回里，她的几场戏，都不太加分，不讨喜。比如厌弃刘姥姥用过的茶杯，比黛玉"母蝗虫"的取笑，更让人不适。比如独独给宝玉红梅，又替宝玉祝寿，虽然是情之难免，未免用力过猛，人设有点崩。再比如这次的联诗，诗才并没有充分体现，反倒显出有些喧宾夺主。

据靖本脂批，后文还会有妙玉的重头戏，至少不会是现在续书里的被劫和不知所终。可惜不能知其详。不过总归不是好结局，判词曲子里早就说了："欲洁何曾洁，云空未必空。可怜金玉质，终陷淖泥中。""到头来，依旧是风尘肮脏违心愿。"

忽然想，其实妙玉，也不过只是个普通的女孩子罢了。无非身世坎坷些，脾气任性些。但是因为就连这样一个简单无辜之人，都不能从污浊命运中幸免，都被无情毁灭，所以才越发显出此前的好。迅翁曾说，悲剧"将人生的有价值的东西毁灭给人看"，反之大概亦然：因为已被毁灭，所以更加凸显出生前的美好与价值。《红楼》里的女孩子，大都可以作如是观。黛玉小性子，晴雯暴脾气，宝钗有心机，湘云不藏话，探春太锋利，迎春太懦弱，惜春太孤僻，人人都有些性格上的缺点，日常相处难免摩擦。本是一群普通的女孩子，普通的叽叽喳喳，但一旦不提防大厦倾，没来由遭荼毒，覆巢卵碎，玉石俱焚，还是令人扼腕。所以，风流灵巧，温柔和顺，山中高士，世外仙姝，阆苑仙葩，美玉无瑕，英豪阔大，霁月光风……无论用上多少美丽的形容词，都不为过。

《红楼》里的"凸凹"

陆游熟句"古砚微凹聚墨多"，在《红楼》里出现过两次。一次是遭黛玉荼毒。香菱本来力赞这一联"真有趣"，结果被黛玉制止："断不可看这样的诗。你们因不知诗，所以见了这浅近的就爱，一入了这个格局，再学不出来的。"又说："你只听我说，你若真心要学，我这里有王摩诘全集，你且把他的五言律读一百首，细心揣摩透熟了，然后再读一二百首老杜的七言律，次再李青莲的七言绝句读一二百首。肚子里先有了这三个人作了底子，然后再把陶渊明、应玚、谢、阮、庾、鲍等人的一看。你又是一个极聪敏伶俐的人，不用一年的工夫，不愁不是诗翁了！"细看林妹妹所推举的诗人，无非仍是明人"诗必盛唐"的流韵，所以鄙薄放翁，也在情理之中。前人有说黛玉这是"高自位置""亦坐眼高手低之病，似此境界，亦终身未能到也"（刘衍文《雕虫诗话》）。虽然刻薄，却不为无见。

第二次是中秋夜，湘云替放翁打抱不平："这山之高处，就叫凸碧；山之低洼近水处，就叫作凹晶。这'凸''凹'二字，历来用的人最少。如今直用作轩馆之名，更觉新鲜，不落窠臼。……只是这两个字俗念作'洼''拱'二音，便说俗了，不大见用，只陆放翁用了一个'凹'字，说'古砚微凹聚墨多'，还有人批他俗，岂不可笑。"黛玉补充道："也不只放翁才用，古人中用者太多。如江淹《青苔赋》，东方朔《神异经》，以至《画记》上云张僧繇画一乘寺的故事，不可胜举。只是今人不知，误作俗字用了。"

《红楼》女儿，平时都清净可喜，只要一掉书袋，就容易变得面目模糊。也难怪普通读者一到开社联诗之类就无感。我总觉得，每当这个时候，曹公就忍不住冒出头来炫才，结果遮住了人物。比如这里，林妹妹一连列举三条参考文献，怎么看都不太像家常闲话。如今网络方便，稍一检索，就不难发现，几乎原封不动照搬了明代杨慎《谭苑醍醐》"凹凸字"条："土洼曰凹，土高曰凸，古之象形字也。周伯温乃曰：'凹当作坳，凸当作垤，俗作凸凹。'非是，反以古字为俗字也。东方朔《神异经》云：'大荒石湖，千里无凸凹，平满无高下。'《画记》云：'张僧繇画一乘寺壁，远望如凹凸，近视则平，名曰凹凸花，俗呼一乘寺为凹凸寺云。'江淹《青苔赋》云：'悲凹险兮，惟流水而驰骛。'《高僧传》云：'谷之应声，语雄而响厉，镜之鉴像，形曲而影凹。'此皆名人文士所用，其来夐矣，岂至伯温始贬为俗字乎？"三个例子都一样，结论也一样。显然曹公看过升庵这段话，并且印象深刻。另《康熙字典》也采用了杨慎的例证和说法。

所以曹公很喜用这两个字。除了黛玉亲拟、借湘云之口揄扬并借政老自重的"凸碧""凹晶"二名，还有一处，刘姥姥思忖"原来画儿有这样活凸出来的"，未必不是借"张僧繇画一乘寺壁，远望如凹凸，近视则平"遗意。

奇怪的是，湘黛却似乎不知"凹"也是陆游喜用的字，稍一检索就还有"活眼砚凹宜墨色""晨几砚凹涵墨色""最恨书窗铁砚凹""暮年铁砚亦成凹""纵磨铁砚也成凹"等八九联之多，且都是写砚。后几例还用作韵脚，显然陆游念作看韵的"於交切"，而不是俗读的"洼"。所以我疑心，也许林妹妹并没有通读《剑南诗稿》，大概看的只是选集。

芦泡须枝

不当家不知柴米贵。七十七回开篇，王夫人找人参的那段描写，真是看得人凄凉唏嘘。整个是贾府坐吃山空、只出不进、后手不接、内囊已经尽上来了的小影。当年秦可卿要用人参时，凤姐口出豪言："咱们若是不能吃人参的人家，这也难说了；你公公婆婆听见治得好你，别说一日二钱人参，就是二斤也能够吃的起。"才几年工夫，轮到凤姐自己要吃，连二两上好的，也找不出来了。

二斤上好人参，康熙年间也要上百两银子，不是小数。何况后来价格飞涨。据资料，康熙五十四年时，"头等参，每斤银八十二两；二等参，每斤银五十八两；上等普通参，每斤银四十八两；普通参，每斤银三十二两"（曹寅奏折），还不算太贵。乾隆年间则价格一路飙升，十五年"以白金一两六钱，易参一钱"，相当于十六换，十六两银子换一两人参。二十八年"高者三十二换，次亦仅二十五换"，还不容易买到（赵翼《瓯北集》卷三十八）。和《红楼》书中"你们不知他的好处，用起来得多少换买来还不中使呢""如今就连三十换也不能得这样的了"的话，正好印证。

这段里，值得注意的还有宝钗那段话："如今外头卖的人参都没好的。虽有一枝全的，他们也必截做两三段，镶嵌上芦泡须枝，掺匀了好卖，看不得粗细。我们铺子里常和参行交易，如今我去和妈说了，叫哥哥去托个伙计过去和参行商议说明，叫他把未作的原枝好参兑二两来。不妨咱们多使几两银子，也得了好的。"利益驱使，商家自然什么都做得出来。芦泡就是芦头、参芦，人参的茎部，古医认为这部分有催吐功能，不能和参体（主根）一同入药，要切掉。须枝就是参须，古人也认为这部分药效微薄。比如王熙凤就送了几钱"渣末泡须"给贾瑞，本来应该喝"独参汤"的贾瑞，当然就挂掉了。药效不同，价格自然不一样。康熙五十四年时，“芦须，每斤银七两”（曹寅奏折）。后来涨涨跌跌也有限。宝钗说的造假方法，实际上就是把一枝好参，截成两三段，每段上接参芦，下接参须，变成好几枝。不过好歹用的还都是人参上的零部件，比起直接用胡萝卜冒充人参来，还算是业界良心。何况现在，也有专家出来说：参芦的药用价值，和参体是一样的。

忽然就想起，前一段朋友圈非常流行的“感人美文”，托名杨绛先生的《一百岁感言》来。因为怀疑行文风格，我曾专门问过相关朋友，答曰：只有个别句子是老人的，其他都不知哪里来。对照了下人民文学出版社最近出版的《杨绛全集》，也是只能找到个别片段。想必就是宝钗口中的这种“镶嵌人参体”了。这种文体很适合朋友圈，温馨、感人、励志、鸡汤，所以大行其道。托名文字，大半如此。即便知道是假的，谁又会出面说破呢？就好比宝钗，明知参行的这些手脚猫腻，也绝不会正义凛然，上门打假。大家和气生财。

鸡汤界如此，其他又何尝不是。顺便想起，我读书的时候，一位老师在列举了世间文章中的破绽和粗疏之后，在黑板上写下了几个字：“不足辩”。有些是不足辩。没有相关知识储备的人，不在一条水平线上的人，你磨破嘴，他也未必听得懂。有些却是会带来实实在在的危险。我的一位师兄，少不更事，勇于任事，当年写了一篇给准名流指瑕的文章，发表出来。不久即收到该人传话：“你一个研究生，将来还是要找工作的。”大家当作笑谈来听。只是笑罢，难免有几分怃然。

天地至公，地灵人杰，老天生人再不虚赋情性的。芦泡须枝，本来也自有用处。只是不要非把身价标成“上等人参”就好。

灭的就是你

程高推出活字本，是《红楼》传播史上第一次大规模复制发行。原本小范围手抄传阅的私家秘珍，从此化身千亿，普泽苍生。真真洒向人间都是爱。死活读不下去，只能怪自己没福了。

除了耗费钱财摆字印书，耗费心力补缀校勘，程高还专门请人配了二十四幅插图，带赞语。可见编辑之用心，出版之负责。不过这些插图的排序颇有意思。第一幅是石头，第二幅是宝玉，这都容易理解，《石头记》主人公么。第三幅却是“贾氏宗祠”，赞语：“江左皇皇族，祠堂气象新。衣冠三代列，俎豆四时陈。鹤立金萱蔼，鹓行玉树春。莫言神叹息，终看叶振振。”单就故事情节而论，“莫言神叹息”，一竿子就杵到七十五回“异兆发悲音”了；“终看叶振振”，照应的也是“兰桂齐芳”、家道复兴的大团圆——跑得未免太快太远。第四幅是史太君，然后贾政、王夫人，然后元迎探惜。再然后是媳妇们和孙男弟女：李纨（贾兰）、凤姐、巧姐、可卿。然后才是宝钗，未来的媳妇。而当仁不让的女一号，木石前盟女主角，黛玉，仅排在第十五位，居宝钗之后。再后边除了湘妙袭晴，基本上都是打酱油的了。

真是不习惯这种排法，虽然程高有程高的大道理。分明是家谱的思路么，天地君亲，长幼有序。正大自然足够正大，堂皇也足够堂皇，但算不上体贴作者用心。金陵十二钗册子和《红楼梦》曲子，那才是作者自己想要的次序呢：钗黛并峙，探居迎前，二奶奶领先大奶奶……我相信这个顺序是作者精心安排的，有深意在内，只是不好妄加评说。

程高的见识，其实并没有超出花袭人。王夫人雷嗔电怒抄检之后，宝玉难过，担心晴雯会死：“这阶下好好的一株海棠花，竟无故死了半边，我就知有异事，果然应在他身上。”袭人听了又气又笑：“那晴雯是个什么东西，就费这样心思，比出这些正经人来！还有一说，他纵好，也灭不过我的次序去。便是这海棠，也该先来比我，也还轮不到他。”虽然闺中闲拌嘴，“次序”两个字，却是大文章。此时的袭人，试过云雨暂不说，上上下下都知道，她每月领着二两银子，早已是准姨娘。地位、次序这种东西，得不到往往清高；得到了，自然希望别人都重视。无视或者轻视，就是最大的冒犯，哪怕只是个准姨娘。

殊不知，《红楼》要灭的，正是这人间的“次序”。即使你把别人安排成了我的新娘，你能安排我爱她吗？空对着山中高士晶莹雪，终不忘世外仙姝寂寞林。自己的心，心里的情，才是个体生命唯一的标尺。所以册子里，晴雯排在袭人之前。晴雯终身也没混到什么级别，但赢得多情公子“牵念”；袭人，不过惊讶彼此“无缘”而已，没说牵挂。

这对袭人有点冤枉，她是那么尽职尽责。可就是撵晴雯一回，她和麝月、秋纹这一派，让宝玉心寒。宝玉道：“我究竟不知晴雯犯了何等滔天大罪！”袭人解释：“太太只嫌他生的太好了，未免轻佻些。在太太是深知这样美人似的人必不安静，所以恨嫌他。”句句托名太太，焉知不是自己心思？宝玉以为，芳官被撵，由“未免倚强压倒了人”，四儿被撵，由“未免夺占了地位”，都是和位置、次序有关。小丫头们上位，还能威胁到谁呢？大丫头就那么几个。难免宝玉生疑。虽然最后赔笑抚慰，嫌隙已然种下。

这一次事件，宝玉有一个近乎无情的总结陈词：“从此休提起，全当他们三个死了，不过如此。况且死了的也曾有过，也没有见我怎么样。”前直追秦钟，后直指黛玉。——是，又能怎么样呢？庚辰批：“宝玉至终一着全作如是想，所以始于情终于悟者……一人前事一人了法，皆非弃竹而复悯笋之意。”既然不能弃竹悯笋、移情别恋，不能今儿朝东明儿朝西，不能把对黛玉之心略移到宝钗身上，那么最终悬崖撒手，也就是不二选择了。

一天

某太平之年、中秋过后的一天，宝玉很忙。天刚亮，就星急火燎被催起床，跟着贾政出门去了。寻秋赏桂，吟诗作对，折腾到下午近三点（未正三刻）才回。见过贾母、王夫人，汇报了出门情况，回怡红院的路上，听小丫头长篇大论讲了晴雯去世和司花的故事。换了衣服，出园子去拜晴雯之灵，扑了个空。又回到怡红院发呆，然后去找黛玉，黛玉不在，追到蘅芜苑，没人，又折回潇湘馆，还是没人，只好重回怡红院。——大观园虽然不大，来回折腾这么几趟，估计一个小时也打不住，何况心里不痛快，到一个地方免不了“怔半天”。所以，如果说此时差不多已是四五点钟，应该不算离谱。

恰在这时，贾政又找他去写《姽婳词》。在书房里，众人听了故事，拟了小序，评了贾环、贾兰的诗，然后宝玉口授一篇四十六句的长歌行。就算宝玉出口成章、有如宿构，整个过程至少也要一个小时吧。所以等他再回大观园，怎么也该五六点了。也可能更晚，因为别人都预备睡觉了。这时候，他突然产生了写《芙蓉女儿诔》的想法。这可是一篇长文章，前序后歌，一千五百来字，单是用小楷在白绫子上从头到尾誊抄一遍，也要个把小时，还要备齐祭品到水池边的芙蓉花下，还要用《新闻联播》语速念一遍，还要再跟黛玉聊一会儿。还没算吃晚饭的时间。总之，睡觉之前，满满当当。“无事忙”三个字，真没冤枉宝哥哥。

费劲巴拉排这个时间表，是想说，这一天，真是宝哥哥的创作高峰。上午所写、拐来好几样东西的秋游诗不算，单是《姽婳词》和《芙蓉诔》，放在一般人身上，哪一篇没有个大半天，也写不出来。尤其《芙蓉诔》，因为刚知道晴雯死讯，只能事后构思。寿文可以提前写，诔文不能。这么一篇大文章，宝哥哥在一两个小时之内，连写带祭，都完成了。——作为一个经常码字的人，我明确认为，这不科学。

《芙蓉诔》里有句话："昨承严命，既趋车而远涉芳园；今犯慈威，复拄杖而遽抛孤柩。"明确说自己跟着严父去"芳园"，和晴雯被"抛孤柩"不在同一天。如果说骈文有可能互文见义，"昨"也可以是"今"，算不得破绽，那年龄就是大问题了。诔文明确说晴雯死的时候十六岁，和自己相处了五年零八个月。"开夜宴"一回则说，晴雯和香菱、袭人、宝钗同庚，香菱大宝玉三岁，袭人大宝玉两岁，晴雯应该也比宝玉大两三岁才是。那么宝玉作诔时，应该是十三四岁。但写《姽婳词》的时候，幕宾们称赞贾兰"小哥儿十三岁的人就如此"，贾环"大几岁年纪"，是"未冠之时"，宝玉的年纪可想而知了。众幕宾称他"宝公"，也可看出此时的宝玉已经成年。一回之内，矛盾如此。

《红楼》人物的年龄，有的历历分明，有的就是一笔糊涂账。有的作者极力弥缝，有的也就听之任之了，比如这里。写《姽婳词》，作者有一段议论："那宝玉……自为古人中也有杜撰的，也有误失之处，拘较不得许多；若只管怕前怕后起来，纵堆砌成一篇，也觉得甚无趣味。"写《芙蓉诔》又说："随意所之，信笔而去，喜则以文为戏，悲则以言志痛，辞达意尽为止，何必若世俗之拘拘于方寸之间哉。"回目干脆直接用了"杜撰"两字。——可见这些破绽，作者未必不知道，但是不在乎。是真文字自风流，"四座春风"就好。

所以，更大的可能性是，《姽婳词》和《芙蓉诔》，都有些事实的影子，也并非一时一地之作品。写书之际，为了叙述节奏和人物情绪的需要，将无数流年旧事，不由分说，捏到一起。书中方一日，世上已千年。

这就是小说。

知子莫如父

因为把宝玉痛打过一顿，还整天逼他念书写字，据说使宝玉吓破了胆子、避猫鼠儿一样，所以有些人便自作多情，把贾政视作了宝玉的活天敌，死对头，甚至划到两个阶级阵营里。其实干卿底事啊！父子之间，天性俱在，只不过有时候被那些不切实际的望子成龙、恨铁不成钢的念头遮盖，加上方法简单粗暴，好好一位父亲，在旁人眼中，形象就被扭曲了。

当然贾政自我扭曲在先，一个小孩子抓周，不拘抓点什么，脂粉钗环，书籍笔墨，印玺金银，都是个乐子。非要跟前程事业联系起来，然后就不大喜悦，这不是自讨没趣么？用今天的眼光来看，这是政老第一件不通达，难怪贾雨村批评。——不过也难怪政老，作者设置这种情节，本身就是暗示，政老不过顺势展现了自己的洞察和预见。这一局，是政老猜对了。

入住大观园之前，政老见宝玉神彩飘逸，秀色夺人，忽又想起贾珠，又看王夫人只有这一个亲生儿子，又念及自己胡须将白：因这几件上，把素日嫌恶处分宝玉之心不觉减了八九。——究竟还是有父子天性的底子，不然“这几件”平时也是客观存在，赵姨娘、贾环等也天天见，对宝玉的嫉恨却从未减轻半点。

“题对额”一回，则把父子之间的细腻琐碎，写到淋漓尽致。那些微妙的心理活动，甚至不逊于宝黛之间。人人皆知宝玉怕老爷，所以听说贾政要来，贾珍先报信，让宝玉快跑。偏跑不脱，迎头碰上。——跑脱也就没故事了。贾政“自己扶了宝玉，逶迤进入山口”。着一“扶”字，境界全出，身边那么多人，只扶宝玉，此时方见得是亲父子。随后一路上，虽然“畜生”“业障”“蠢物”“轻薄”“无知”“胡说”“打嘴”“叉出去”骂不绝口，但偶或有之的“拈髯点头不语”“点头微笑”，实实画出父亲心中的得意和认可。有时候蛮不讲理批驳，也不过是秉承小孩子“不可谬奖”的传统教育理念罢了。宝玉给水闸起名沁芳闸，贾政道：“胡说！偏不用沁芳二字。”这话近乎耍赖。我们知道，后来不光沁芳，其他对额也大都照用。当然列举了好几条理由，比如元妃喜欢什么的，最重要的自然还是政老心里已经取中。政老虽耍赖，不讲理，却不失大体。人前暴夸自己家孩子，这得多么缺乏自信，多么敢于失礼，多么不怕人笑，才能干得出来啊。

“大承笞挞”一回，有人以为是贾政罪状，其实真是血泪写成。严父震怒，慈母痛哭，祖母气噎，这一切家宅反乱，都是由于自己。虽然当时宝玉说“便是为这些人死了也是情愿的”，但当落笔撰书之际，人到中年，一事无成，父母俱亡，家业凋零，追念当日伤父母之心，累及高年祖母，能无愧悔？程本插图的排序，比较中规中矩，像家谱一样，宗祠、贾母在前，随后就是“贾政王夫人”，赞辞“谁言萱草解忘忧，辛苦严慈意未休。寄语人间佳子弟，可能无忝所生不”，立意也在规矩之内，无甚高明之处，可是道出了心里的惭和悔。插图也正是王夫人听说宝玉挨打急奔到书房的情景。图上虽不见贾政，贾政自在图中。有人猜这幅图是王夫人携黛玉过穿堂到贾母后院，当误。

到写《姽婳词》，贾政已有很大转变：起初天性也是诗酒放诞之人，因在子侄辈中，少不得规以正路。如今年迈，名利大灰，遂不强以举业相逼。宝玉口拟，政老执笔，先笑道：“你念我写。不好了，我捶你那肉。谁许你先大言不惭了！”一派温煦和软，父子怡怡，颇有点“多年父子成兄弟”的意思。——无数磨合，终于修成正果。看热闹的可以散了。

当奈公何

虽然《红楼》主旨是“怀金悼玉”，全书为伤感气氛所笼罩，但真正意义上的悼文，还是《芙蓉女儿诔》那一篇。从小说里夫子自道的大段文字看，这篇接近三千言的巨制，无疑是作者精心结纂的得意之作。诔文之前，先借宝玉内心活动，铺排了大段写作动机和艺术追求：“二则诔文挽词也须另出己见，自放手眼，亦不可蹈袭前人的套头，填写几字搪塞耳目之文，亦必须洒泪泣血，一字一咽，一句一啼，宁使文不足悲有余，万不可尚文藻而反失悲戚。况且古人多有微词，非自我今作俑也。奈今人全惑于功名二字，尚古之风一洗皆尽，恐不合时宜，于功名有碍之故。我又不希罕那功名，不为世人观阅称赞，何必不远师楚人之《大言》《招魂》《离骚》《九辩》《枯树》《问难》《秋水》《大人先生传》等法，或杂参单句，或偶成短联，或用实典，或设譬寓，随意所之，信笔而去，喜则以文为戏，悲则以言志痛，辞达意尽为止，何必若世俗之拘拘于方寸之间哉。”

虽然作者说得恳切热闹，但我敢打赌，能够真正把《芙蓉女儿诔》“一字一咽，一句一啼”读完的，世上估计没有几个。我见过的大半，能背下来“其为质则金玉不足喻其贵，其为性则冰雪不足喻其洁，其为神则星日不足喻其精，其为貌则花月不足喻其色”几句，拿去赞美心仪的姑娘，就算很不错了。其他硬读的，大半是研究者，或者从“莲瓣无声”考证晴雯是小脚，或者从“迄今凡十有六载”，推算晴雯年龄，或者从“诼谣谣诟，出自屏帏”，百般索隐……大都别有所求。原因无他，还是犯了他自己指责的“尚文藻而反失悲戚”的毛病。尤其“前序后歌”的“歌”的部分，全仿楚辞《招魂》，语言的隔膜在当时已经不算小，何况现在。当然作者也率先表明了：我不在乎。我愿意。

脂批曾说，这篇长文“虽诔晴雯而又实诔黛玉也”，“实不为晴雯而作也”。

批语在“茜纱窗下，我本无缘；黄土垄中，卿何薄命”之下。其实只这两句，诔黛玉就已经足够了，再多说，都是辞费。大悲无声，至痛无言。黛玉如何诔得！相较而言，晴雯不过是个出色些的丫头，知心些的贴侍，所以能够从容铺叙，婉转咏叹，款款道来。黛玉如何诔得！再说，“贱不诔贵，幼不诔长”，《芙蓉女儿诔》施之于晴雯，文体也正合适。

清代诗人郑珍，以孝著称，曾把写诗当作日记，写了很多关于母亲的诗。母亲去世后，“三年不事吟咏”。守孝期满，才恢复动笔。汉乐府有《箜篌引》：“公无渡河，公竟渡河。堕河而死，当奈公何！”寥寥数字，脱口而出，惊痛之情，如在耳目。——都不能长。长歌当哭，也要事后很久，新鲜的伤口已经平复才行。

死生事大，人情难免。在《文心雕龙》里，已经设立《诔碑》《哀吊》两篇，研讨这类文章的写法。一个重要要求就是“听辞如泣”。“必使情往会悲，文来引泣，乃其贵耳。”如果“奢体为辞，则虽丽不哀”。反正我个人觉得，这将近三千字的《女儿诔》，的确有点奢了。

当然放在《红楼》里，《芙蓉女儿诔》仍然不失为好文章。至于今人写类似文字，如悼诗，平仄且不论，有藏头，有嵌字，迹近打油，实在不忍看。藏头嵌字，都是文人游戏，大悲不宜用此小巧，大悲不宜炫此小技。把庄重变成滑稽，应该也不是作者初心。估计只是碰巧不知道而已。寿诗寿联都倒是可以嵌名，因为喜庆，欢谑一些无妨。

紫菱洲歌

迎春出嫁之时，宝玉天天“到紫菱洲一带地方徘徊瞻顾，见其轩窗寂寞，屏帐翛然，不过有几个该班上夜的老妪。再看那岸上的蓼花苇叶，池内的翠荇香菱，也都觉摇摇落落，似有追忆故人之态，迥非素常逞妍斗色之可比。既领略得如此寥落凄惨之景，是以情不自禁，乃信口吟成一歌曰：池塘一夜秋风冷，吹散芰荷红玉影。蓼花菱叶不胜愁，重露繁霜压纤梗。不闻永昼敲棋声，燕泥点点污棋枰。古人惜别怜朋友，况我今当手足情！”

说实话，乍读到这里，还是有些突兀的，尤其最后一句，陌生，诧异。宝玉乃闺阁良友，对他人一概周全，钗黛湘辈自不必说，手足之间，曾帮探春买过小玩意儿，帮惜春画过画儿，唯独迎春处，不见尽心。好容易有一次要相约替迎春乳母求情，还未遂。所以这里的伤感，虽然上下文情景事理极力铺垫，还是难免突兀。皆因这手足情，素日里貌似表现得是不大充分的。

也难怪宝玉。迎春的存在感，本来就似有如无。首先是境遇差。黛玉父母双亡，寄人篱下，还有老太太疼着；史湘云父母双亡，也有老太太记挂着，时不时接来住一阵；邢岫烟家业贫寒，“别人之父母皆年高有德之人，独他父母偏是酒糟透之人，于女儿分中平常”，暗中也有宝钗、凤姐、薛姨妈等人接济提携。迎春贵为公府千金，表面上一应俱全，实际上常常被忽略，且常获贬词。老太太不让她出去见贵客，凤姐说她“不中用”，宝钗度她“不过是个有气的死人，连他自己尚未照管齐全”，下人欺她懦弱，起个诨名叫“二木头”，“戳一针也不知嗳哟一声”。所谓父母，不过聊胜于无，亲生母亲已经去世，贾赦同样于女儿分中平常。邢夫人更是指望不上，面情塞责而已。兄嫂琏凤的照顾也很有限。姐妹之间倒是亲热，但没有人和她产生过知己之感，互剖心扉。

其次是学习差。她也和探惜一样上学读书，但诗词之道一直不通。在诗社里，和钗黛湘探没法比，和后来的薛宝琴、李纹、李绮也不能比。倒是真应了老太太的那句话："不过是认得两个字，不是睁眼的瞎子罢了。"惜春好歹还有个画画儿的特长，迎春没有听说，如果司棋命名有自的话，也许围棋能算一种。课外读物，也是《太上感应篇》之类，玩的掣花签，诗句不出《千家诗》范围。其他游戏如猜谜射覆，也不大精通。总之，知识结构单一，学识视野，甚至比不上能读《广舆记》的李纨。当然，贾府也不在乎这个，女子无才便是德，依然不失为主流价值观。迎春自己也不甚介意，甚至被人欺也不介意，没人知道她介意什么。诗词之道，与其说是技艺，不如说是表达。不善表达，也就失去了被进一步认知和接纳的机会。

迎春嫁人后曾对王夫人哭道："我不信我的命就这么不好！从小儿没了娘，幸而过婶子这边过了几年心净日子，如今偏又是这么个结果！"即便在大观园中这么没有存在感，也依然是她一生中最好的日子。紫菱洲歌的文字，算是现存情节里对迎春最动感情、最浓墨重彩的一段了，但脂批还说："先为对景悼颦儿作引。"一段迎春正传，只看作黛玉引子。也难怪，"重露繁霜压纤梗"，岂不正是"风刀霜剑严相逼"；"不闻永昼敲棋声"，也很容易让人想起潇湘馆里的"幽窗棋罢指犹凉"。一部《红楼》，无论悼谁，都是悼颦。

至于迎春，站在书末"误嫁中山狼"处，回望她的点点滴滴，最美好的片段，还是黛玉新来、人生初见的那第一印象：温柔沉默，观之可亲。

风露清香

《红楼》第八十回开篇，香菱有一段特别可爱的话。本来是金桂寻事，脖项一扭，嘴唇一撇，拍着掌冷笑道："菱角花谁闻见香来着？若说菱角香了，正经那些香花放在那里？可是不通之极！"香菱却实心实意答道："不独菱角花，就连荷叶莲蓬，都是有一股清香的。但他那原不是花香可比，若静日静夜或清早半夜细领略了去，那一股清香比是花儿都好闻呢。就连菱角、鸡头、苇叶、芦根得了风露，那一股清香，就令人心神爽快的。"——这几句直看得人神清气爽，心旷神怡。连庚辰夹批都说："说得出便是慧心人。"香菱学诗，我们看到更多的，是她的苦和拙。这一段话，真是灵秀。灵光闪现，可是马上就遭了荼毒。薛蟠之罪，此不可赎。

"风露"两个字，真是好。寻常文章里，一旦用上它们，好像马上就有了几分清澈灵透。用得好的，也大都是名篇。比如辛弃疾的《鹊桥仙·己酉山行书所见》下片："东家娶妇，西家归女。灯火门前笑语。酿成千顷稻花香，夜夜费、一天风露。"比如杨万里《大司成颜几圣率同舍招游裴园，泛舟绕孤山赏荷花，晚泊玉壶，得十绝句》其七："城中担上买莲房，未抵西湖泛野航。旋折荷花剥莲子，露为风味月为香。"再比如黄景仁的《绮怀》："几回花下坐吹箫，银汉红墙入望遥。似此星辰非昨夜，为谁风露立中宵？"还有黛玉掣到的花签木芙蓉："风露清愁"。——香菱本来就是黛玉小影。

这些句子，让人在烦热不堪的都市里，忽然想起天地之间，那些植物的美好：青绿芳馨，那些夏夜的美好：风露清凉。当然，能够写在文字里，诉诸诗句，首先是已经感受到了，知道了它的好。文从心出。香菱读王维，说："再还有'日落江湖白，潮来天地青'，这'白''青'两个字也似无理。想来，必得这两个字才形容得尽，念在嘴里倒象有几千斤重的一个橄榄。”我们已经领会了她的悟性，现在更是看到她的灵性。甄士隐每日观花修竹、酌酒吟诗，神仙一流人品，后继不虚。香菱学诗，底子已经先有了，剩下的，不过是字句的功夫，那是可以后天习得的。唯有这种灵性，这种感悟力，这种对自然人间的亲近与善意，出自天性，非人力可为。

灵性，善良，也许不能改变命运，也许有时还是被吞噬的借口，但有了它，被荼毒的生命就额外多出几分值得怜惜。譬如香菱，在全书中，就是凭借这一点性灵不灭，使自己摆脱侍妾面目，从佩凤、偕鸾一干人等中脱颖而出，成为诗社座中人。当然这也只是文人视角，宝黛视角，曹公视角。贾珍、薛蟠、金桂等人并不这么想，所以香菱还是不可避免地被损毁了。

但是正如历史上那些不遇的才子，末路的英雄，他们把暗夜的叹息写在文字里，把风霜的感受存在诗句里，把花开月落的悲喜记在旧笺里……这些灵性的微光，透过历史的漫漫长夜，星星点点，映入我们的世界里，让我们能够感受到，千百年前，百十年前，那些曾经存在过的生命的温度，颤栗……是的，老太太曾经说过：“比如男人满腹文章去作贼，难道那王法就说他是才子，就不入贼情一案不成？”做贼就算了。如果不做贼，还能写得一手好文章，是不是比别人更可爱些呢？杨万里放言：“不留三句五句诗，安得千人万人爱。”千人万人，目标未免太高。只要三五同好，能从偶然遇到的片段文字中，瞥到斯人当年，某一瞬间的心动和沉吟，愉悦和悲辛，也就够了。人生重要的是，不孤独。

所以还是要写点东西。

莲花台畔认前身

千红一窟（哭），万艳同杯（悲），《红楼》以花喻人，而且博喻，一花不限一人，一人不限一花，这是没错的。但有时候还是不免钻牛角尖。比如，宝钗的冷香丸，“要春天开的白牡丹花蕊十二两，夏天开的白荷花蕊十二两，秋天的白芙蓉蕊十二两，冬天的白梅花蕊十二两”，这四季的名花，都是对应给谁呢？牡丹、芙蓉自不必说了，有花签为证，梅花派给李纨也说得过去，也是花签为证。唯独莲花，没人抽到。

莲花有宗教意味，派给妙玉或者惜春大概是最合适的，妙玉的判词曲子里也有“欲洁”“淖泥”字样。花签没出现莲花，是因为她不在夜宴怡红现场。惜春住在藕香榭。牵强总是牵强，倒也都能对得上。只是，我自己觉得还不够妥帖，也许因为前八十回里，她俩戏份太少，不够亲密真切，舍不得把这么好的花给她们。私心里总觉得另一个人，其实更合适。香菱。

香菱并不在正十二钗之内，而是副钗之首。花签没有抽到莲花，而是并蒂花；判词也明确排除了莲花，说“根并荷花一茎香”。书里强行指派给她的花是“菱花”，不管香菱秋菱，都是“菱花空对雪澌澌”。——但是，她本来的名字是“英莲”呀。甲戌批语，曾几次呼她为“莲卿”。虽然庚辰、己卯本写作“英菊”，但甲戌本批语认为是谐音“应怜”，再加上判词画面“莲枯藕败”的暗示，所以怎么都不会是“菊”。“英菊”大半是抄手的原因。前人认为可能是避怡亲王府家眷名讳，不无道理。

英莲和黛玉，有着千丝万缕的联系。两人都是姑苏人氏，都是独女，都幼年遭遇乱离，三岁那年都要被癞头和尚带走，父亲都曾帮过贾雨村。到了大观园里，香菱在黛玉混沌初开的“牡丹亭艳曲警芳心”现场出现过，后来又跟黛玉学诗。黛玉曾被开过许给薛蟠的玩笑。薛蟠也曾“忽一眼瞥见了林黛玉风流婉转，已酥倒在那里”。连后来的病症，两人也都差不多一样：“日渐羸瘦作烧，饮食懒进，请医诊视服药亦不效验。”宝玉郑重埋下的夫妻蕙、并蒂菱，假想下，假如对方是已经落难的黛玉，也就都通了。——不然这一段实在是肉麻，不知来由。还有香菱抽到的并蒂花，花语“连理枝头花正开”，下一句是“妒花风雨便相催”，如果叠影成黛玉，也说得通。

总之，英莲既然和黛玉如此密切，可以互为敌体，一起并列在四季花卉中，似乎也没什么不可以。更何况，她的父亲甄士隐，是贯穿全书的针线人物，对她的命运，不会视而不见。所以到全书收束时，英莲命运，必有一个完整的交待，至少会验证本身、恢复原名吧。

之所以大家都认为她是菱花，是因为没人知道她的来历，连她自己都忘了。周瑞家的曾问香菱：你几岁投身到这里？又问：你父母今在何处？今年十几岁了？本处是那里人？香菱听问，都摇头说：“不记得了。”周瑞家的和金钏儿听了，倒反为叹息伤感一回。——不记得最好。记得又能如何？

“风波不信菱枝弱，月露谁教桂叶香。”李商隐的这句诗，莫名又做了香菱命运的注脚。命运本已漂浮不定，爱情又怎么指望。有命无运，累及爹娘，人间种种，总是不可得，不可控。这是一个女子最深的绝望。要到什么时候，才能脱离苦海呢？也许如同判词，只能身后，在“香魂返故乡”之后：守得三生石上约，莲花台畔认前身。

奇文共欣赏

网上乱翻，瞥到一段奇文，只看了几行，就被深深吸引，忍不住寻根溯源，查找全书。从头至尾粗看一遍，不由感叹，我碰到这书真是太晚了，不然人生会变得更容易。随便引几段给大家瞧瞧。

比如“美色方”中的“令身面俱白方”，只需“橘皮三分、白瓜子五分、桃花四分，三物捣筛，食后酒服”。三种东西看起来都很好吃，也不难找，饭后服用，每次一勺（方寸匕），每日三次，三十日见效。据说来自隋炀帝后宫，可信度陡增。出身好，见效快，分分钟秒杀朋友圈面膜。如果觉得三十天太久，只争朝夕，还有“令人面及身体悉洁白方：七月七日取乌鸡血涂面上便白”。听起来有点重口味，但视觉效果想必不会比死海海泥更惊悚。还有“芳气方”，配方服用稍繁，略，只看那迷人的效果，服用后“当日自觉口香；五日自觉体香；十日衣被亦香；二十日逆风行他人闻香；二十五日洗手面水落地香；一月以后，抱儿儿亦香”。法国香水算什么。美色是人生刚需，这几个方子如果分享出去，我觉得朋友圈致富，简直指日可待。

最让人动心的，还是“相爱方”。有一条是“心中爱女无得由者，书其姓名二七枚，以井花水，东向正视，日出时服之，必验”。喜欢一个女孩子，只要把她的名字写上十四遍，早起面对太阳，用井水送服，一定会心想事成。好浪漫，只是没说把名字写在哪儿，如果是我，一定会写在巧克力上，以便吞服。又有一方“取猪皮并尾者方一寸三分，纳衣领中，天下人皆爱”，看完这条，忍不住去翻了下那些当红生旦的照片，研究衣领部分是不是发鼓，无所获。还有“戊子日，取鹊巢屋下土烧作屑，以酒共服，使夫妇相爱”“嫁妇不为夫所爱，取床席下尘着夫食，勿令知，即敬爱”“取己爪发烧作灰，与彼人饮食中，一日不见如三月”等等，看到这些，我已经顾不上关心疗效，只是纳闷，古人都是这么不讲卫生、对饮食中的异物如此熟视无睹么？然后就看到了下条：“疗奴恶妒方：取夫脚下土烧，安酒中与服之，取（娶）百女亦无言。”

自然就想起了《红楼》的“疗妒汤”。王一贴老爷子还是厚道啊，虽然“专意在江湖上卖药，弄些海上方治人射利”，方子却是“极好的秋梨一个，二钱冰糖，一钱陈皮，水三碗，梨熟为度”，润肺开胃不伤人，甜丝丝的，又止咳嗽，又好吃。更难得的是诚实：“实告你们说，连膏药也是假的。我有真药，我还吃了作神仙呢。有真的，跑到这里来混？”

《红楼》里的偏方偏术不止此，比如巧姐生病发热一回，据《玉匣记》是“在东南方得遇花神”，请纸钱送祟后，果然安稳睡了。又如《金瓶梅》里壬子日服药吴月娘得子之类。作为一名素来自信头脑清醒懂科学的读者，对用神秘力量推动情节发展，总有些不以为然，觉得是笔下力量不够，才借助观音来救之类。然而看了上面这本书，我的人生观发生了重大变化。人生多艰，为什么不活得容易一点呢？书里还有“求富方”，诸如“欲得人家好田，以戊子日密作买券，埋着田中央，其主必来卖之”，“戊子日买马，己丑日乘之，令人世世有马不绝”之类。人民群众美好生活的需求真是千奇百怪极大丰富，居然也都有对应的方子。我最喜欢的是这条：“立春日取富家土涂仓，立富。”当然首先要有个“仓”。

不要以为这是一本随随便便的书，它的名字叫《医心方》，书成于宋，日本人丹波康赖据中国传世医书编，距今一千多年了，是凿凿实实的国学和传统文化。

诚实的高鹗

关于后四十回文字的来源，程高在排印本序和引言里说得很明白："竭力搜罗，自家藏书甚至故纸堆中无不留心。数年以来，仅积有廿余卷。一日偶于鼓担上得十余卷，遂重价购之。欣然翻阅，见其前后起伏尚属接榫，然漶漫不可收拾。乃同友人细加厘剔，截长补短，抄成全部，复为镌板，以公同好，《红楼梦》全书始至是告成矣。""书中后四十回，系就历年所得，集腋成裘，更无他本可考。惟按其前后关照者，略为修辑，使其有应接而无矛盾。至其原文，未敢臆改，俟再得善本，更为厘定。且不欲尽掩其本来面目也。"——意思是，四十回文字皆有旧稿可据，尽管来源不一，但并非程高炮制，高鹗所做只是"补"的工作。

当然，三万六千块石头补天是"补"，补雀金裘也是"补"，同样的"补"，工作面差别何啻千万倍。高鹗到底补天补裘，其中分寸甘苦，估计只有本人才知。就像相信曹雪芹说自己在《红楼》成书过程中的工作是"披阅十载，增删五次，纂成目录，分出章回"，我也相信程高说的都是老实话。一项忙活好多年、付出无数心血的大型工作，到了收尾竣工，写几句话交代原委，个人以为，表达真实心境才是第一位的。大功一旦告成，目标触手可及，那时，当事者通常会有一种类似于虚脱的失落感虚空感，反而不是常人容易想见的狂喜或急于攫利。不曾有过这种体验的人，自然难以说明白。高鹗曾写一首《重订〈红楼梦〉小说既竣题》："老去风情减昔年，万花丛里日高眠。昨宵偶抱嫦娥月，悟得光明自在禅。"就是这类心情。都已经悟禅了，还有什么必要撒谎呢？要知道，程高写的是小序，是引言，不是当代书商放在腰封上的广告噱头，没必要刻意编造什么。如果编造，都对不住自己多年的辛苦。

就是这两段老老实实的文字，多年来却蒙尽恶名。有人说，这四十回就是“恶札”，是“续貂”。“于鼓担上得十余卷”，是自我炒作，是以古本相标榜，自高身价。批评程高的文字，真是看得太多了。我早先也这么想。但这几年，在读过能找到的所有抄本和印本以后，却越来越觉得，后四十回甚至整个程本，和抄本一样，都是《红楼》来时路上，弥足珍贵的活化石。后四十回有很多文字，和六十四、六十七回气味相同。这篇小文装不下什么论据了，大致能勾勒出的轮廓是：后四十回有旧稿，也许甚至是雪芹还没来得及修改的旧稿。那么多的不合榫，并非高鹗力诎或者眼拙，而是旧稿如此，高鹗不肯擅改。尊重原稿至今还是编辑界的金科玉律。

纸窗还是纱窗——《红楼梦》后四十回的读法

我们有幸生活在胡适、俞平伯之后的时代，很容易就知道后四十回不是曹公手笔。所以，读到“赤金匾簪”之类的地方，虽然和张爱玲一样感觉刺眼，却提前就知道原因何在，不必太纠结。后四十回有人以为全是补作，也有人以为有部分曹公原稿在，程高只是补缀联合。因为这些文字固然有的极坏，有的却还不算太差。甚至——可以说极好。比如焚稿断痴情、魂归离恨天，不少人会掉眼泪。抄家一段也经常被拿出来谈论。但说写得好的全归曹公，糟糕的全归程高，在版本证据出现之前，未免有些武断和诛心。

很多人说后四十回读不下去，索性就不读。这固然是保持洁癖、不坏口味的好办法，但也有遗憾。前人把投赠上门的垃圾文字比喻成“苦海”，窃以为完全可以苦中作乐，把“苦海”变成快乐阅读，变成“找找看”的欢乐小游戏。虽然不免刻薄之讥，但对锻炼眼力和耐性却未必无益。

比如，八十二回写黛玉“惊恶梦”后失眠，“正要朦胧睡去，听得竹枝上不知有多少家雀儿的声儿，啾啾唧唧，叫个不住。那窗上的纸，隔着屉子，渐渐的透进清光来”。接着紫鹃说“这会儿窗户纸发清了”。有人激赏，认为写出了大观园的萧瑟秋意。我第一眼看见却是诧异，怎么成了窗户纸，潇湘馆不是茜纱窗么？书中特特说过不知多少遍。原来糊绿窗纱，老太太嫌不配，让换银红的软烟罗，还跟刘姥姥显摆了半天。——担心自己搞错，特意去查了当时窗户的形制。原来，程高倒真没错，旧时窗户，讲究的有三层，普通也有两层，里面的糊纱，叫“纱屉子”，外面的糊纸或者全部木制。问题是，前八十回，曹公笔下，见惯了“睡不稳纱窗风雨黄昏后”“已教泪洒窗纱湿”“绿纱今又糊在蓬窗上”，宝玉看小红是“隔着纱屉子”，黛玉看宝钗绣花瓣是“隔着纱窗往里一看”……除了宁府小书房要“舔破窗纸”、宝玉外书房要用纸料裱糊外，稻香村偶尔“纸窗木榻”，就使人感觉“富贵气象一洗皆尽”。窗纸出现频率之低，难怪生有“一双富贵眼睛”的读者我竟然要想一番才能记起来哪里有。还有家雀儿，当然也是北地常见鸟类，但是印象里曹公写到贾府鸟禽，要么是挂在廊下的“各色鹦鹉画眉”“各色仙禽异鸟”，要么是虚写一笔，“鸟声只在耳东西”，“附近柳枝花朵上的宿鸟栖鸦”，忽然出来个“家雀儿”，真是眼生得很。粗粗翻阅，仿佛只有二十四回提到宝玉小厮在“在房檐上掏小雀儿玩”。和上面的“窗纸”一样，虽然生活和书中确实都存在，但却不是写绛珠黛玉之笔墨。正是所谓的“理之所必有，情之所必无”了。下回书还写黛玉寂寞中听见许多声音，其中有“又像远远的孩子们的啼哭声”，大观园里人何曾会有这种经验？这两处虽不失为好文字，但是稍加摹想，会发现更像是有家室之累的落魄中年书生的景况。八卦一下的话，今人考证出来的高鹗某些家庭生活情节倒是能应景。

绛珠何必化嫦娥

后四十回续笔虽拙，但对于《红楼梦》一书的保持完整和普及传播来说，真真功不可没。中国文学向来有喜欢大团圆结局的传统，也向来有喜欢做续书的传统，单是接着现在的一百廿回本往后续的就有“后梦”“续梦”“补梦”“复梦”“圆梦”“真梦”种种名目，其中种种死而复生、成仙得道、功业赫赫、一床三好的狗血情节，足以令人发指。可以想见，如果没有后四十回续本流传，该是怎样乌烟瘴气。而程高续书除了“中乡魁”“延世泽”几节以外，基本情节仍延续了前八十回暗示的悲剧趋向。胡适说：“教黛玉病死，教宝玉出家，做一个大悲剧的结束，打破中国小说的团圆迷信。这一点悲剧的眼光，不能不令人佩服。”

程高诸人是不是真的从鼓担上买到过残稿，现在也还是一桩悬案。即使真有所谓残稿，从残书中理头绪、接线头，分经纬、界地子，再依纹织补，如同晴雯补裘，花费了相当的心血则是不容置疑的。只可惜，费尽精神，和前八十回到底不是一副笔墨。

比如八十九回，宝玉看见林妹妹屋子里挂着一幅《斗寒图》，“上面画着一个嫦娥，带着一个侍者；又一个女仙……”画儿是林妹妹特意找出来挂上的。宝玉像省亲时忘记了“绿蜡”故典一样，这次又想不起来出处了。还是黛玉告诉他：“岂不闻‘青女素娥俱耐冷，月中霜里斗婵娟’。”这是李商隐的诗句。可是，四十回黛玉明明说过：“我最不喜欢李义山的诗，只喜他这一句:‘留得残荷听雨声’。”张爱玲指出的那个著名的“赤金匾簪”也是出现在这一回里。唉，真是“面目虽似，神情全非”了。

这里详细描写这幅画，大概是要照应前文把黛玉比作嫦娥。八十五回过生日，“黛玉略换了几件新鲜衣服，打扮得宛如嫦娥下界，含羞带笑的出来见了众人”。把黛玉比嫦娥，自然不是泛笔，别有的一番含义就是紧接下来的文字里，用嫦娥暗示黛玉命运。“只见金童玉女，旗幡宝幢，引着一个霓裳羽衣的小旦，头上披着一条黑帕，唱了一回儿进去了。众皆不识，听见外面人说:‘这是新打的《蕊珠记》里的《冥升》。小旦扮的是嫦娥，前因堕落人寰，几乎给人为配，幸亏观音点化，他就未嫁而逝，此时升引月宫。……’”黛玉死后，宝玉又想起来这出戏，果然认为林妹妹成仙去了。其实，“绛珠仙子”“草胎木质”本来就已经很好了，何苦非要变嫦娥呢？再说书里原有自比嫦娥的人，那位八面威风的薛家少奶奶夏金桂，跟黛玉风格迥异的。用戏剧暗示人物命运和情节发展，本是前八十回常用的手法，元春省亲点戏，贾母神前拈戏，都是读者熟知的情节。脂批说：“（元春）所点之戏剧伏四事，乃通部书之大过节、大关键。”读者也都认可。但曹公的草蛇灰线往往似有若无、千里伏脉，看到后文读者方才恍然，后文缺失的，如“甄玉送玉”等，只能遥想而已，知其然不知其所以然。这里却当场揭出谜底，唯恐别人不知，“暗示”未免过于明显，“伏线”未免过于短迫了。所谓笨谜，不过如此。

后四十回的风景

人在尘世间，难免有杂念。每每心生妄念、欲壑难填的时候，就像甄宝玉挨打时念叨“姐姐妹妹”可以镇痛一样，我也有自己的魔咒，就是反复念叨：“得你如何，失又如何？理我如何，不理又如何？念我如何，不念又如何？我念你，与你何干，你不念我，又与我何干？”如此毫无逻辑、胡搅蛮缠多念几遍，妄念自消。

但内心却知道，纠缠这样的句子，对我是致命伤，因为我是坚定的续书批判者。而这段话的原型，恰恰出现在《红楼梦》第九十一回，“布疑阵宝玉妄谈禅”，属于后四十回系统。那一回，宝玉、黛玉对了半天机锋，虽不脱冬烘学究气，算不上好偈，但有些句子，一旦读到，就再也拔不出来，生生长住。像什么“弱水三千，我只取一瓢饮”。

后四十回和前八十回的不接榫是有目共睹的，高下也是分明的，所以谈《红楼》的时候，我一般避免前牵后扯，尽量井水不犯河水。但不管如何轻视，有何微词，却不得不承认，后四十回里有些文字，像极前回。比如第九十五回妙玉扶来的仙乩：“噫，来无迹，去无踪，青埂峰下倚古松。欲追寻，山万重，入我门来一笑逢。”其丰神潇洒处，不让“天不拘兮地不羁，心头无喜亦无悲”。又比如“林黛玉焚稿断痴情”，“苦绛珠魂归离恨天，病神瑛泪洒相思地”。再比如宝玉听说要娶黛玉为妻，其心情“真乃从古至今天上人间第一件畅心满意的事”，再比如宝玉噩梦惊醒：“见案上红灯，窗前皓月，依然锦绣丛中，繁华世界。”情绪之正确，用字之精准，都令人绝望。

以个人经验而言，《红楼》如果一口气读下来，到第八十一回肯定觉得，忽然就从一马平川的坦途，到了遍地沙砾的戈壁，磕磕绊绊疙疙瘩瘩，天地变色，风景迥异。如果搁置一段时间，直接从八十一开始读，慢慢读下去，就会觉得文字还可以接受——甚至可以称得上不错。放在前后不远的其他同类小说中，也至少算得中上水平，“恶札”两个字实在是唐突佳人。可以说，它的幸与不幸，都在于被附在了前八十回的后面。不附不能行远，附上就相形见绌，宝色全无。续书的来历至今如谜，最新版的《红楼梦》署名也已经改成“曹雪芹、无名氏”，不再一厢情愿说是高鹗。

据说俞平伯先生有遗笔两纸，一纸写：“胡适、俞平伯是腰斩红楼梦的，有罪。程伟元、高鹗是保全红楼梦的，有功。大是大非！”另一纸写：“千秋功罪，难于辞达。”哲人其萎，已难起而问之。细细咀嚼这两句话的意思，唯有感慨不已。

既然已经“难于辞达”，还说些什么呢？

海棠重开

海棠是怡红院的标志物，在前八十回里，曾经枯了半边，被宝玉比附到晴雯身上，引起袭人的不满。后四十回里，这一情节被刻意放大，又专门写了一回反季节开花，“宴海棠贾母赏花妖”，与“失宝玉通灵知奇祸”相连，直接升级成妖怪。

相关情节如下：“怡红院里的海棠本来萎了几棵，也没人去浇灌他。昨日宝玉走去，瞧见枝头上好像有了骨朵儿似的。人都不信，没有理他。忽然今日开得很好的海棠花，众人诧异，都争着去看。连老太太、太太都哄动了来瞧花儿呢，所以大奶奶叫人收拾园里败叶枯枝，这些人在那里传唤。”

然后大家赏花，作诗，当然难免各种惴惴不安的议论。凤姐还派平儿送来两匹红绸子作贺礼，嘱咐袭人铰了挂在树上，连贾母都夸：“偏是凤丫头行出点事儿来，叫人看着又体面，又新鲜，很有趣儿。”经多见广的老太太，还解释说：“这花儿应在三月里开的，如今虽是十一月，因节气迟，还算十月，应着小阳春的天气，这花开因为和暖是有的。”

这和今天的科学解释很接近，归结为生物钟紊乱。只是今天的专家说得更详细，西府海棠是苹果属，这类植物的花芽，在果实成熟采摘之前就分化完成了。本来应该秋末进入休眠状态，预备第二年开花。但由于管理不善、养护不到位、特殊气候条件等原因，造成非正常落叶，植株就会提前进入休眠期，引发秋季二度开花。——所以如果贾府当家人懂点科学道理的话，就不会只顾着自己吓唬自己，而是应该去追究园林养护人员的责任，至少打二十板子，革一月银米。

现在资讯发达，每年都能看到很多什么地方海棠之类反季节开花的消息，都算不上新闻了。其实古人也观察到很多这种现象。比如宋代喻良能有一首《亦好园海棠秋开红英满树》，头两句是“微云澹日映寒流，画出西园一幅秋”，并没有大惊小怪。元初郝经《仪真馆后园海棠两花于秋因为小酌赋诗》，连着两年秋季开花，也只说“化工为诗人，故令造物错。木落出奇芬，风度亦不恶”，不曾联系到人生吉凶休咎。清初查慎行《园中西府海棠秋尽忽发花》：“万木正摇落，一枝春忽回。纵饶花意好，不称此时开。草本名相托，霜风艳恐摧。天寒怜袖薄，为尔一低徊。”满是怜惜之意。清代乾隆末年道士闵一得曾记他住过的地方，如姑苏、杭州等地，“春花重放于秋季，非一次二次，三四五次也……若杏若桃、若玉兰紫荆、木笔木瓜、西府海棠之属，秋令作花，灿烂芬馥，浓若三春，万目共睹，题咏成帖”。相比之下，后四十回里的贾府众人，还是少见多怪了。前八十回里，就连不识字的袭人，都觉得如果对着一棵树上纲上线，“太也婆婆妈妈的了”。

《清稗类钞》也记载了一则“枯棠生花”的故事：康熙辛卯年（1711），泾县县丞山东人胡隆，延请郑汉林为塾师，教育自己的两个儿子。当年二月，署中枯棠忽生花五枝，大如牡丹，红艳可爱。郑老师邀请同人，赋诗纪瑞，“意谓主人必有升擢，主人亦雅自负重”。可是“久之无应”——真是想多了。直到五十多年后，胡隆的第二个儿子胡文伯，仕至安徽巡抚，才算应了当年的祥瑞。乾隆乙未年（1775），胡文伯重到泾县，当年十来岁的娃娃，如今已年近八旬，“策马入旧署，寻觅枯树，已无存者，郑氏子孙亦零落不振，谓树犹如此，人何以堪，为徘徊竟日而去”。——这才是令人唏嘘的好故事。

不过，“大如牡丹”的海棠花，谁见过？

千古艰难唯一死

林妹妹，是《红楼》里的伤心人。人生之初的最大伤心，却寥寥几笔，只用暗写。父母双亡，从此铺下了林妹妹生命的底色，开启了随时流泪模式。双泪汪汪长不干。书里说，泪都是用来还神瑛侍者的，那是瞎话，至少水分太大。只不过，在失去了父母庇护的日子里，林妹妹，把宝哥哥，视作了唯一的精神寄托。如果还有父母做主，林妹妹何至于此呢。但是这份痛，书者不忍写，读者不忍想，所以姑且，都算在神瑛账上。

进贾府第一天，林妹妹就哭了两回，一次是见老太太，一次是晚上伤心摔玉。但这点子伤心算什么呢？第一次被老太太一把搂在怀中，第二次被袭人温言相劝。被人看见的伤心，有人呵护的委屈，都算不得什么。

第一次浓墨重笔正面描写寄人篱下的大伤心，是葬花。葬花的直接由头，是晴雯昨夜不开门，却全算在宝玉头上。那种可怜兮兮的样子，真是我见犹怜。头天晚上，在怡红院外，“越想越伤感起来，也不顾苍苔露冷，花径风寒，独立墙角边花阴之下，悲悲戚戚呜咽起来……呜咽一声犹未了，落花满地鸟惊飞”。等宝钗出来，宝玉送客回去，“犹望着门洒了几点泪。自觉无味，方转身回来，无精打采的卸了残妆”。回到家里，仍不好好睡觉，“倚着床栏杆，两手抱着膝，眼睛含着泪，好似木雕泥塑的一般，直坐到二更多天方才睡了”。第二天葬花，更是一行呜咽，一行数落，哭得好不伤感。——可是这也算不得什么呀，因为宝玉看见了，共鸣了，落泪了，恸倒山坡之上。

第二次大伤心是清虚观打醮回来、情重愈斟情的吵架，吐药，剪穗子。黛玉“脸红头胀，一行啼哭，一行气凑，一行是泪，一行是汗”，闹了个天翻地覆。可是过不两天，还不是宝玉亲自登门道歉，说：“我知道妹妹不恼我。但只是我不来，叫旁人看着，倒像是咱们又拌了嘴的似的。若等他们来劝咱们，那时节岂不咱们倒觉生分了？不如这会子，你要打要骂，凭着你怎么样，千万别不理我。"说着，又把"好妹妹"叫了几万声。——所以，这也算不得什么。求仁得仁，求宝玉真心，就有宝玉真心来对。伤一点半点心又如何？

第三次大伤心是题帕。这次简直不能叫伤心。虽然眼泪流了又流，但是已经体贴到宝玉用心，体贴出手帕子的意思来，不觉神魂驰荡，五内沸然。都两心相印、两情相证了，那不叫伤心。所以，有人总结，自此以后，宝黛之间就消停了，不闹腾了。

真正算得上伤心的，书里没有写。那就是无论怎样伤心，已经无人能见，无可安慰。比如黛玉之死。续书里的那种写法，焚稿断痴情，已经够痛，但大概还有一些东西没有写出来。比如，有人认为，黛玉赌气的那句"阿弥陀佛！赶你回来，我死了也罢了"，也是一语成谶。无论如何，当彼之时，宝玉不在，不知。

恰好看到桑德伯格关于戴夫的文章。她说："我一直对人们说，一切会好起来的，我以为希望是我能够给他们的最好的安慰。"但"真正的同情，不是坚持说一切会好起来的，而是承认一切不会好起来"。是这样的。在必然走向死亡的单向道上，一切都不会好起来。那种无人可见、无人能慰的大伤心，犹如最深的黑暗，最重的雾霾，和最冰冷的江水。

宝玉出家

《红楼梦》虽然未完，但宝玉出家的结局应该是毫无疑义的。前文的明示暗示铺垫造势已经太多。续书末回摹写当时情景："忽见船头上微微的雪影里面一个人，光着头，赤着脚，身上披着一领大红猩猩毡的斗篷，向贾政倒身下拜。"鲁迅先生嫌这大红猩猩毡太"阔"了，说"和尚多矣，但披这样阔斗篷的能有几个"，同时也嫌"出家"的结局未免"小器"。不过马上又原谅，说"在作《红楼梦》时的思想，大约也止能如此"。——我却很喜欢这种红白相映的分明，甚至觉得，这雪地上的一抹微红，直接折射到前面的"琉璃世界白雪红梅"中，两相辉映。繁华至极与寥落至极，本无间隔。

出家，在俗人的想象中，是一件带些浪漫色彩的事情。文学史上很多的好句子，都和出家人有关。如果再沾上个"情"字，简直所向无敌。比如被很多人传诵并误读的仓央嘉措的道歌："第一最好不相见，如此便可不相恋。第二最好不相知，如此便可不相思。"就有人添足，能给增加到"第十"。"曾虑多情损梵行，入山又恐别倾城。世间安得双全法，不负如来不负卿。"后面两句根本就是译者所加，但仍不妨碍人们奋勇代入，自我感动到一塌糊涂。苏曼殊，据说也是一位情僧。"乌舍凌波肌似雪，亲持红叶索题诗。还卿一钵无情泪，恨不相逢未剃时。""春雨楼头尺八箫，何时归看浙江潮？芒鞋破钵无人识，踏过樱花第几桥。""落花深一尺，不用带蒲团。"这些句子，都能让人于似悟非悟之际销魂醉魄。——本应无情却有情，暗合了元曲里的"越间阻越情忺"。这是俗人的解读，却浑然忘了"出家"到底是什么。偏偏巧合的是，《红楼梦》还曾有过另外一个名字：《情僧录》。

宝玉出家，脂批说得明白，是"悬崖撒手"，是"眼前无路想回头"。虽然不见得是最上乘的选择，“小器”，但很可能也已经别无选择。二十一回宝玉不理袭人：“便权当他们死了，毫无牵挂，反能怡然自悦。”脂批说：“此意却好，但袭卿辈不应如此弃也。宝玉之情，今古无人可比，固矣。然宝玉有情极之毒，亦世人莫忍为者，看至后半部则洞明矣。……宝玉有此世人莫忍为之毒，故后文方有‘悬崖撒手’一回。若他人得宝钗之妻、麝月之婢，岂能弃而为僧哉？此宝玉一生偏僻处。”——大意是，宝玉出家，是“情毒”。怎么毒，不知道。

别人出家，大都有一个明显的诱因。比如甄士隐，为的是于荣枯之际，看见人情风俗大抵如是，从而跳出火坑。比如柳湘莲，因为“情冷”。鲁智深被赶出山门，身无长物，才说“赤条条来去无牵挂。那里讨烟蓑雨笠卷单行？一任俺芒鞋破钵随缘化！”建文帝“收拾起大地山河一担装，四大皆空相……谁识我一瓢一笠到襄阳”，则是国破。相关的每一段文字都很好看，都是经典。家家收拾起，户户不提防。因为欲舍难舍、不得不舍之际，最难将息。千回百转又戛然而止的文字，都是好文章。

宝玉究竟经历了什么？内心究竟如何了断？写下来一定也非常好看。可是没了。脂批说“叹不得见玉兄‘悬崖撒手’文字为恨”。嗯，此恨不独古人有。此恨绵绵无绝期。——除非找到后半部。

《红楼》与禁书

凡读《红楼梦》者，大约都知道高鹗，早些年学界一直以为后四十回续书出自他的手笔。根据就是张问陶一首诗的题注：“传奇《红楼梦》八十回以后俱兰墅所补。”不过也有很多人认为高鹗只是在旧稿基础上做了些修修补补编辑整理，所以现在已经改署“无名氏”。还有人以为，张问陶四妹所嫁的“汉军高氏”，就是高鹗，不久前也被史料证非。

张问陶诗名很高，与袁枚、赵翼有“三大家”之称。不过现在更为人熟知的，应该是他太太林佩环那句“修到人间才子妇，不辞清瘦似梅花”。“才子”这碗迷魂汤，不知误了多少好孩子。

张问陶文采风流，却身后萧条。病逝苏州后，在一众朋友资助下，才得以归葬四川老家。其中一位朋友石韫玉，把他的著作编成《船山诗草》二十卷并刊行。在《刻船山诗草成书后》一诗中，他写道：“文园遗稿叹丛残，手为删存次第刊。名世半千知己少，寓言十九解人难。留侯慕道辞官早，贾岛能诗当佛看。料理一编亲告奠，百年心事此时完。”文人之间，把话说到这个份上，事情做到这个份上，也算平生知己了。

这位石韫玉，有个著名的“孽海”故事，梁恭辰《北东园笔录》载：“吴人盛传其为诸生时，家置一纸库，名曰‘孽海’，凡见淫词艳曲坏人心术与夫得罪名教之书，悉纳其中而烧之，历历数十年不倦，盖又不徒惜字而已。乾隆庚戌，以会魁胪唱第一，旋典试吾闽，继为湖南学政，历官至山东按察使，亦可谓报施不爽者矣。”——大意是，这位石先生中状元、做高官，和他当年读书时候，维护名教，凡是看到淫词艳曲一类的文字就拿来烧掉，有莫大干系，都是积极弘扬主旋律的福报。我们唯一不太清楚的是，这些所谓的“淫词艳曲”里，有没有《红楼梦》。

不过，这位梁恭辰本人，是旗帜鲜明反对《红楼梦》的，曾说过"《红楼梦》一书，诲淫之甚者也"这样的话。《北东园笔录》还记载了另一位名流，梁爸爸（指梁章钜）高考时的主考官玉麟先生的一则光辉事迹："满洲玉研农先生（麟），家大人座主也，尝语家大人曰：'《红楼梦》一书，我满洲无识者流每以为奇宝，往往向人夸耀，以为助我铺张，甚至串成戏出，演作弹词，观者为之感叹欷嘘，声泪俱下……不值我在旁，齿冷也。其稍有识者，无不以此书为诬蔑我满人，可耻可恨……我做安徽学政时，曾经出示严禁，而力量不能及远，徒唤奈何。有一庠士颇擅才笔，私撰《红楼梦节要》一书，已付书坊剞劂，经我访出，曾褫其衿，焚其板，一时观听颇为肃然。'"——这是官方禁毁《红楼梦》的一例明确记载。说实话这类记载并不太常见，毕竟还是喜欢看的人多。如果这几位先生活到现在，听说《红楼》已被教育部列入高考必考内容，估计会气晕过去。

不独《红楼》，宝黛共读时心旌摇荡的《西厢记》，四大名著之一的《水浒传》，历史上都曾被当作"诲淫诲盗"的大毒草。《金瓶梅》就更别提了。据说乾隆年间某次考试，一位考生在作文（诗歌不除外）里写了"一鞭残照里"，很漂亮的句子，阅卷者却认为引用《西厢》，毅然判他不及格。

时代真是进步了。如今的孩子，高考作文里多引几句古文，多背几首古诗，不管来历如何，大致总是要加分的。所以很庆幸自己生在一个能光明正大读《红楼梦》《西厢记》和《金瓶梅》的时代。即使没赶上高考必考《红楼梦》这样的盛事，也不敢抱怨什么了。

仙人之情深于流俗

翩翩，婴宁，小翠，是《聊斋》里我最喜看的几篇。里面的女子，一个比一个美好、天然。婴宁的爱花爱笑就不用说了。翩翩随手把芭蕉叶裁成衣裳，抓把白云就是棉絮，这个情节，看得小学时候的我，目瞪口呆，无限神往。至今重读，仍然心动不已。小翠的社会性强一点，要应付公公婆婆、邻居官府各种关系，各种自我牺牲，委曲求全，但在一派人间烟火里，坦率无染，宛若天人。

很多小细节，都在传达这个女孩子几无瑕疵的美好。比如母亲离去，“小翠殊不悲恋，便即奁中翻取花样”，一片天真烂漫。嫁给了傻子，“女殊欢笑，不为嫌”，虽是母命天命不可违，但奉命行事和敬业乐业还是有区别的。另一个细节更能体现小翠的淳厚天性，傻子挨打之后大号，小翠求情，然后“笑拉公子入室，代扑衣上尘，拭眼泪，摩掌杖痕，饵以枣栗，公子乃收涕以忻”，满满都是温暖，小姐姐人设。最后虽然不堪斥骂，负气离去，仍然安排好了公子的后半生，连新妇与自己相貌相同，新人旧人平稳过渡，这样纯属心理需求的细节，都提前考虑到了。其实她要回报的，不过是公子父亲的“无心之德”，代价原本不必这么丰厚。

虽然通过不同的途径走入婚姻，走入别人的生活——婴宁的情痴王子服，是自己找上门来的；小翠的傻子元丰，是母亲指定的；翩翩的浪子罗子浮，是路上捡回来的——但是她们，都无一例外地给他人带去了明亮、温暖和安全，在感情中，不索取，不依赖，不伤害，而且利落，缘在则聚，缘尽则散。所以让人感叹的，还有她们的决绝。婴宁受到家人训诫，“由是竟不复笑，虽故逗之，亦终不笑”。小翠缘分尽后，留下玉玦，一去不返。翩翩的丈夫儿子回来找她，“则黄叶满径，洞口路迷”，终不再见。

这几位女子，都不是人间物，所处人家也不是高门大户，没那么多规矩，所以内心和行动，都保留了相当大的自由度。天性舒展，喜怒由心，看着就可爱。相形之下，《红楼》里的女孩子，可怜多了。纵然公侯小姐千金万金，其实都被生活死死钉在某处，动弹不得。元春的婚姻，迎探钗的婚姻，全都受人摆布，没有半点自主。黛玉的死，惜春的出家，是她们唯一能做的反抗和决绝。

《红楼》女子大都是压抑的。元春自诉去了“不得见人”的地方；迎春连能在“园里旧房子里住得三五天”都死也甘心；探春“但凡是个男人，可以出得去，我必早走了”；惜春恨“我清清白白的一个人，为什么教你们带累坏了我”；黛玉更不必说，“风刀霜剑严相逼”。就连世人眼中的受益者、得逞者宝钗，其实内心也与黛玉“同病相怜”，家门飘摇，虽有个哥哥，不如无。

《聊斋》不相信感情。几乎每份男女婚恋的背后，都有明确的现实考量：小翠是报恩；婴宁是投靠；翩翩只好算作解决生理需求，因为实在是看不出那个叫罗子浮的，有什么理由获得这么好的福报。但《聊斋》一向对男性宽容，或者说对人性宽容，所以也没什么奇怪。

《聊斋》女子，花妖狐仙，大都通过自身能力获取幸福，能力外的资本几乎为零，所以进退自如，感情纯粹。异史氏曰：“始知仙人之情，亦更深于流俗也。”《红楼》女子没那么幸运，承受了巨大的家族资源，也承受了巨大的家族责任，个人深情无处安放。可是《红楼》却宣称“大旨谈情”。也是没办法。别的没法说。

《聊斋》战《红楼》

我喜欢的另一部小说《聊斋》，成书比《红楼》稍早，完全另一番面貌，字里行间满是人间烟火。读《红楼》的时候，会不由自主沉进去，端起来，进入文艺青年状态；读《聊斋》，完全可以歪在被子上大大咧咧不顾形象。谁比谁更不俗？

就说那些女人吧，大半关于情爱的故事里，不管是人是鬼，花妖狐女，简直能满足男人的所有想象，美丽多情可怜可爱温柔有才这些都不必说了，是最基本要素，不然都不配做《聊斋》的女鬼。其他几项硬件，也每每令人气短。第一，主动。往往结识以后不过三两行文字就能上床，过程很容易，直达主题，很少虚头巴脑的言情废话。第二，会生儿子。儿子将来还很出息。第三，能持家。不由分说就有或者能挣很多钱，还心甘情愿给男人花。第四，解危救难。男子遇到困难、陷入绝境的时候，总能及时出现，舍身相助。——《红楼》里的十二钗，加上副钗又副钗，几百个女孩子，别看曹雪芹写到天花乱坠、催人泪下，拎出哪一个来，也不是《聊斋》女子的对手。王熙凤算是脂粉队的英雄了，可是才遇到第二条就得败回阵来。林妹妹整天气鼓鼓的，温柔么？最基本要素都不全，根本都不用去比。其他人就更别提了，有的连自己都保全不了。

这样的女鬼花妖，我见犹怜，男人们自然更是恭敬不如从命。让我略感诧异的还有，男人们那些毫不掩饰的见异思迁。比如明明看上的是这位女子，都动心尾随了好久，忽然有人说，这个不行，换一个吧，提供了另外一个女孩子，男人马上也欣然同意。好像只要是女人，谁都行，世间从来不曾存在“情有独钟”“心似金钿坚”这一说。《仙人岛》《娇娜》都是这样。——我曾就此事咨询过一位精熟《聊斋》、作风优良的师兄，他沉吟半晌，说：生活难道不是这样吗？你瞧瞧，女青年读《红楼梦》《长恨歌》，多么有害。

《聊斋》还提供了这样一种先进理念：缘分有时而尽。人和人的缘分，有深有浅，有长有短，路上见一面是缘，相聚三五载也是缘。云雨无度是缘，一扪也是缘。缘分自有前定，人力不必强求。这样量化以后，科学性管理的好处马上就显现出来了：谁离开了谁，都没有心理负担。什么此恨绵绵无绝期，什么三生石上旧精灵，都扯得太远了。保质期内什么都好说，过了保质期，前世今生，概不负责。

另外，和这些不同凡响的女人缠绵的时候，作者经常会专门提一句，她们使用的被子如何柔软香滑，这也让我疑心，留仙同志平时使用的床品，大概质量不太好。要不为什么更迷恋那种丝绸的质感，而不是女人的皮肤。有时候想，《聊斋》里这么仗义能干、知进退的女子，如果配上多情多义、作小服低却不治生业的宝哥哥，简直是人间第一美满姻缘。反过来，如果《聊斋》里的穷书生遇到林妹妹，两不耐烦，估计故事不用开始马上就结束了。

读《聊斋》，宜在雪夜，灶火上咕嘟着半锅酸菜氽白肉，想醋就醋，想酒就酒，暖老温贫。读《红楼》，宜在花朝，斜坐在带露的蔷薇架下，花瓣落在衣上。读罢带一枝回来，插在瓶里，案头清供。——两种情形皆不可遇的时候，拿着书，缩在沙发上，想想也好。

没有假如

《西厢》和《红楼》，文辞优美，情思缠绵，经常被推崇者们誉为“双璧”。金圣叹出生太早，还不及见《红楼》，只能极力称赞前者：“《西厢记》不同小可，乃是天地妙文。自从有此天地，他中间便定然有此妙文，不是何人做得出来，是他天地直会自己劈空结撰而出。”说得活像那位父天母地的孙悟空，直接从石头缝里蹦出来这么一部名著。

其实我们知道，王实甫《西厢》，文辞结构固然逸丽超群，仿佛天授，非人间能有，人物故事却是有所本的。元稹的《莺莺传》，就是源头。有专家考证，这就是元稹本人的一段真实经历，托名张生。《莺莺传》的结局和王《西厢》大不相同，虽然开头差不多都一样：张生有恩于崔家，初次见面就中意莺莺，莺莺先拒后迎，自荐枕席。不知为什么张生始终没有正式提亲，开始的理由是时间来不及，如果等到提亲、成亲再上床，中间两三个月的时间，肯定会急色而死。但两人好合后，前后相处了好几个月的时间，张生除了背后问过一次老夫人的态度，就不再提求亲的茬了。有点奇怪。只能说，张生得手以后，就淡了嫁娶的心思。这和最后始乱终弃的选择，骨子里是一致的。欢娱过后，张生不肯迎娶，莺莺另嫁他人。张生后来还去找过莺莺，莺莺不见，但写了缠绵悱恻的诗。唐朝风气开化，这倒也不是什么难事。今人有点不能理解的是：既然已经不打算娶人家，还把人家的情书四处播扬，搞得文艺圈人人都知道张生有这样一段艳遇，艳羡不已，张生本人却视若敝屣，还发表了一通“尤物妖孽”的高论，成就了自己的道德完人形象。也许只是为了传诗吧，文人心性，因为元稹自己也写了诗，《会真三十韵》，其中二十多韵铺张“那一夜”。

从唐到元，经过《商调蝶恋花》和《董西厢》的演进，到了王《西厢》，终于确定了“永老无别离，万古常完聚，愿普天下有情的都成了眷属”的大结局，把始乱终弃，改造成矢志不渝，把一个索然寡味的偷情故事，改造成惊为天人的爱情名著。文学史上，向来以为这是一大进步。由于王《西厢》风行天下，已经少有人知，优美绝伦的喜剧背后，是薄情男子、含恨莺莺。优美的文辞，喜闻乐见的结局，却消解了人生的真实性。千秋功罪，其实难说。

再读《红楼》，总疑心背后也藏了类似的故事：担心绵绵情意背后是离散，铮铮誓言背后有负心。甲戌本有脂批说：“以顽石草木为偶，实历尽风月波澜，尝遍情缘滋味，至无可如何，始结此木石因果，以泄胸中抑郁。”历尽，尝遍，一个人，要有怎样的经历，才能说出这样的句子？假如宝黛——没有假如，因为《红楼》不像《西厢》留下故事原型。

文字，是世间最大的骗局，但还忍不住写，也许因为，文字，还是人生最后的救赎。

精致的淘气

《红楼》一写出来，就有人惦记着要给画插图，可是不容易。脂批说："誓不遇仙笔不写，恐亵我颦卿故也。"怕把心目中的天人林黛玉画糊了。好容易遇到一位"白描美人真神品物"的高手，人家又没功夫，只好空"恨与阿颦结一笔墨缘之难若此"。出版商才不管那么多，读者需求是第一位的，所以程甲本一排印就是《新镌全部绣像红楼梦》，带廿四幅人物图。道光十二年双清仙馆刻本《新评绣像红楼梦全传》（王希廉评）则有六十四幅。后来的"全图"刊本，每回都配图，更是多达数百幅。这些插图，人物好歹、水平高低暂不论，单说王希廉评本中的配图文字，真真是奇葩。

一般的随图文字，或者抄书，或者自拟，或者请人题咏，可王评本，句句都是从《西厢》中截出来。熟悉文本的，一看便知。比如警幻考语"我是散相思的五瘟使"，黛玉考语"多愁多病身"，宝钗"全不见半点轻狂"，秦可卿"梦儿相逢"，元春"一个仕女班头"，惜春"礼三宝"，湘云"梦不离柳影花阴"，邢岫烟"可怜我为人在客"，刘姥姥"真是积世老婆婆"——所截句子，形容刻画人物性格命运，都很贴切。

以《西厢》注《红楼》，始作俑者当然是作者，宝黛共读，彼此怄气，互开玩笑，黛玉失言，宝钗训诫，宝琴制谜，贾母听琴，莫不与《西厢》有关。《西厢》的很多句子和意象，甚至情节和人物，都已融入《红楼》。就连脂批，也经常引用《西厢》。比如，黛玉父名林如海，甲戌侧批"盖云'学海文林'也"，熙凤出场，脂批"未写其形，先使闻声，所谓'绣幡开遥见英雄俺'也"，宝玉隔着海棠花看小红不真切，脂批"此非'隔花人远天涯近'乎"等，单引号内都是《西厢》骨肉。可以说，从诞生之日起，《红楼》就与《西厢》声气相通、血脉相连。

如果说脂批引《西厢》还是信手拈来、随文生情，王评本的64则考语，则可以称得上刻意搜求的系统工程，非大大耗费一番精力，不能完成。既浩大，且刻意，难免长短不齐。有的贴切，比如上面所举警幻等例；有的挂一漏万，比如李纨“穿一套缟素衣裳”，尤氏“俏声儿窥视”，柳五儿“遮遮掩掩穿芳径”，荳官“将言辞说上”，都专指一时一事，和人物性格无关。有的则近乎恶谑，比如卍儿“闹中取静”，傅秋芳“只许心儿空想”，司棋“人约黄昏后”。还有的字面牵合、歪打正着，竟有出其不意的喜剧效果，比如侍书“冷句儿将人厮侵”，春燕“管什么拘束娘亲”，葵官“女孩儿恁响喉咙”——都可以发一大笑。

本以为王评本已经登峰造极，没想到居然还有人玩得更大。清《桐荫清话》作者倪鸿，自谓“尝于珠江画舫中，见一女郎，手持湘妃竹淡金面折叠扇一柄，蝇头细书《红楼梦》人名，下合《西厢记》曲一句。词意酷肖，真雅制也”。据他抄录，这把小扇子上共有141则评语，是王评本两倍多。多则易滥，过犹不及，尽管倪鸿一再夸奖，说“颇具匠心”，但一一看过去，出色的反倒不多，有些和王评本重合。

这些文字游戏，显然没有经世治国的大作用，甚至不见得有吸金纳银的真效益，炮制者如此劳神费力，又是为什么呢？自然是好玩，是最“精致的淘气”。能这么玩的人，至少具备两个条件：自己熟读《西厢》《红楼》，身边有人也如此，这样才能分享。不知如今，还有多少人能玩得起。

但操刀者当时的兴致勃勃是可以想见的，和宝玉淘胭脂、赋诗词一样的兴致。虽然于家于国无望，但是高兴。不做无益之事，何以遣有涯之生？“精致的淘气”，贾政能说这话，就足当得起“知子莫如父”几个字了。

知君诗胆昔如铁

因了“曹雪芹”这个名字，本来生僻的敦诚《四松堂集》，成了红学必读书。受人请托，社会名流纪晓岚，当年曾为这书写过一篇序言。虽是人情文字，但也要显示自己见识，所以除了例行夸赞，纪昀还春秋笔法暗示略有遗憾。比如这一段：“虽平生足迹未出京圻，未能周游海岳，以名山大川开拓心胸，震耀耳目，以发其雄豪磊落之气；又甫得一官，即投闲色养，中年坎壈，哀乐损人，未能一展经纶之才，以发其崇论闳义；且天不假年，甫五旬余而奄化，未能如放翁、诚斋，吟卷积之万篇，皆天之所限，非人力之所能及。然游览未广，而一丘一壑，一觞一咏，随在怡然而自得。鹏鷃逍遥，远近一理，得郭子元之悬解焉。”简言之，就是作者没出过远门，没做过高官，也没能长寿，但是，文章算不错。郭子元就是郭象，字子玄，避讳。可是再粉饰，再虚与委蛇，说什么“远近一理”，可大鹏和鷃鸟，那能一样吗？

当然纪晓岚本人未必与敦诚相熟，序言的印象想必更多是来自家属提供的小传。但在小传里，敦敏是这样写的：“尤喜访胜探奇，身虽未经远行，向游卢龙、昌黎，出榆关，登澄海楼，住松亭，凡有名胜，无不亲览，且作记记之。即近郊一带暨西山诸古迹，题殆遍焉。”显然赞叹意味更多一些。卢龙、昌黎，地名现在还在用，榆关就是山海关。如今交通发达，它们离北京也算不得太近，高速不堵车，要跑三个多小时。当年全靠骑马步行，至少十来天。《松亭再征记》，就详细记载了每日行程。——辛苦成这样，纪昀还要说人家没出过远门！比上不足，比下也该有余了。

其实敦诚何尝不想多走些地方。《松亭记》中曾说：“异日苟能遂渡江之愿，泊秦淮，登铁瓮，攀吴山，泛西湖，旷怀清思，把酒临风，抑何壮耶！然而日月悠迈，杳不可期，江山倘能待客，吾且著两屐以俟之。”种种限制，一直没有机会。松亭，就成了他生命中唯一一次远行。

敦诚在喜峰口、松亭关一带，共住了两年，时年二十四五岁。在此期间，写了那首被征引无数的《寄怀曹雪芹（沾）》：“少陵昔赠曹将军，曾曰魏武之子孙。君又无乃将军后，于今环堵蓬蒿屯。扬州旧梦久已觉，且著临邛犊鼻裈。爱君诗笔有奇气，直追昌谷破篱樊。当时虎门数晨夕，西窗剪烛风雨昏。接䍦倒著容君傲，高谈雄辩虱手扪。感时思君不相见，蓟门落日松亭樽。劝君莫弹食客铗，劝君莫叩富儿门。残杯冷炙有德色，不如著书黄叶村。”山里的日子并不好过，在《答子明兄书》中，他写道：“弟在乱山深处，独掩羁窗，当风雨之夕……兀然危坐，炉火欲残，短檠半灭，瓶花堕瓣，睡燕无声，不觉别恨离愁塞满胸中块垒矣！”晚年所作《午梦记》里，依然念念不忘当日寂寥：“丁丑夏，客松亭山，鸡窗无聊，每于午后便效坡翁摊饭，手持一卷卧仰屋梁。俄而抛书，蘧然入梦。觉来未及反侧，梦境尚迩。静而思之，渺焉茫焉，若有若无，此时如泛虚舟于沧浪万顷间，又如置身云际欲沉而浮飘荡空中，但闻一二黄蜂投触窗纸，而窗外老马啮蔬声龃龉也！”字里行间，很容易窥见苏黄影响。敦诚诗文，清淡无甚奇，但写平常人生寻常哀乐处，每每动人。

敦诚、敦敏兄弟，以及书中经常提及的墨翁、臞仙（永忠）诸人，与曹雪芹的笔墨因缘已经不待多证。尤其《佩刀质酒歌》，写得寒素可怜：“秋晓遇雪芹于槐园，风雨淋涔，朝寒袭袂。时主人未出，雪芹酒渴如狂，余因解佩刀沽酒而饮之。”饥寒瑟缩在秋风冷雨里，却连喝杯酒的钱都没有。这是人世间最卑微的生命，最渺小的悲欢。如果不是身后的文字熠熠生辉，这样落魄的穷挫形象，早就湮没在蒿莱野蓬之中了，旁人甚至连嘲笑都不肯给。

永忠没有见过曹雪芹，一旦读到《红楼》，仍不免掩卷而哭。可见《红楼》所写，是这一群人的集体记忆。他们的共同特点是，经历过种种政治动荡，“始也富贵而终也贫贱”。虽然衔玉而诞，但最终都是假宝玉，枉入红尘。在这个意义上，也许《书马虚舟悼亡诗后》一文，可以聊补《红楼》女子后事之阙。马虚舟夫人是二十二贝勒（胤祜）之嫡长女，康熙孙女，夫家因事获罪，自己的封号也被剥夺。“乃百计维持，哀凄度日。迨狱鞫讫，家日渐凋。郡君益操井臼，躬自刻苦，至衣食不给，无戚容。”敦诚的主旨是要赞她富贵不骄矜，贫贱不幽怨，但也恰恰暴露了自己不及《红楼》的地方：不敢直面人间真相，还在犹犹豫豫传递正能量。

儿女英雄

《红楼梦》一出，毁誉相随。比如文康《儿女英雄传》，就摆明了是唱对台戏。第三十四回，把宝玉贾政王夫人钗黛乃至袭人，一一拎出来与自己的主人公对比，逐个贬斥，然后说："曹雪芹作那部书，不知和假托的那贾府有甚的不可解的怨毒，所以才把他家不曾留得一个完人，道着一句好话。燕北闲人作这部书，心里是空洞无物，却教他从哪里讲出那些忍心害理话来？"

论语言、人物、故事，《儿女英雄传》原也是一本不错的书。尤其北京、山东方言的运用，那叫一个活龙活现。但上面这段议论，在红迷看来，只好算是自讨没趣。《红楼梦》里固然没有一个完人，却正是作者洞见和婆心所在。相形之下，安公子那不知从何修来的步步春风的狗屎运，何玉凤、张金凤全无心肝的肝胆相照，安老爷的四平八稳，像极了一堆和气团圆笑模样的大头阿福，令人一看一笑，如此而已。《红楼梦》，虽然写的是"人生失意"，看去不大吉利，但于"好事多磨、美中不足、到头一梦、万境归空"的种种感慨，往往再三致意，令人读罢每每心内茫然不知所以。也许，这更能契合大多数人的心境，毕竟能全程得意、一路公卿的还是少数。

宝黛钗一行人，情思缠绵，纤弱细腻，不免带些理想和唯美意味，彩云易散琉璃脆，结局不妙自难逭逃。《红楼》人物，如果说伤于雕琢，安骥金凤玉凤，捏造痕迹只有更重。书中真正当得起"儿女英雄"四个字的，私意以为，只有一位，那就是邓九公的姨太太——芳名"二头"的二姑娘。真真是天然神勇、元气淋漓、所向披靡。第一次亮相就举座皆惊："花枝招展、妆点鲜明"不说，胸前"带着撬猪也似的一大嘟噜"——都是邓九公走遍各省给她带来的——也不说，口无遮拦、直出胸臆也不说，单是那一句"雪白的一个脸皮儿，只是胖些，那脸蛋子一走一哆嗦，活脱儿一块凉粉”的风姿，就足以惊艳。肉肉美女，谁抱谁知道。再加上“脂香粉艳”的四字修饰，难怪“把个邓九公疼的，望着他，眼睛乐得没缝儿，口笑得合不拢来”。更难得的是，这位二姑娘，“绝好的一个热心肠儿，甚么叫闹心眼儿，掉歪，他都不会”，不到三十岁，只一门心思、死心塌地服侍八十七岁的邓九公，连书中第一完人安老爷都不由奉承：“生得实在厚重，是个多子宜男的相貌！”而且居然就被安老爷言中，三年以后，邓九公九十岁，这位二姑娘一举生了两个大胖小子，“矍铄翁九秩双生子”一回的表现，简直就是一尊子孙娘娘、母性图腾，令人膜拜不已。只是文字实在生猛，不宜引用，感兴趣的可以自己去翻书。这才是“人中龙凤”呢。怀孕几个月自己都不知道，摔了一大跤也安然无事。这让那些识文断字、生个孩子要将息好几年的柴禾妞儿，情何以堪啊！

文康对这一路人也是赞叹不已：“唯有这混沌未凿之人，最蒙上天爱惜，无不富贵寿考，安乐终身，他绝不得有那红颜薄命皓首无依之叹，只怕比起那忠臣孝子，义夫节妇，更上一层。真真令人起忻起羡也。”——此话深得我心。不过还是有点半信半疑，如果能听二姑娘亲口说出来，那才完美。不然，就只能轻轻对作者说一声：嗯，您做梦呢吧？

顾太清《红楼梦影》

清人赵翼《闲居读书》说："后人观古书，每随己境地。"的确，经历了什么，才能读懂什么。《红楼梦》自然也不例外。高中时，每每在宝黛相关的段落里低徊缠绵，感慨伤怀。《葬花吟》抄了背，背了抄。看到"黛玉之柩"几个字，刺目惊心，几乎不能自持。后来泛滥季节过去，就再没这么大反应了。上大学后，看到元春省亲，把宝玉揽在怀里，"一语未终，泪如雨下"，自己也跟着泪眼盈盈，倒不是僭比皇妃，而是想到了家中幼弟，因为大他十四岁，所以差不多一样的名系姊弟，情同母子。所以再看到那句，元妃喜信传来，独宝玉一个"视有如无，毫不曾介意"，就忍不住想把他拎出来，踢两脚。如今弟弟也已经成家立业，回想前情，不觉发笑：每个人都有自己的人生和内心，别说姐姐，即便父母妻子，又能介入多少呢？

如今中年，再翻《红楼》，境地相似之处只有更多。当然也有我曾经历而书中没有的。所以每当听人说《红楼》是一部"百科全书"的时候，就会不自觉地摇摇头。比如，育儿经，书里就没有。东西两府的年轻媳妇，秦可卿早早死了，李纨守寡，凤姐接连小月，尤氏虽然报过产育，却是假的。巧姐儿通常一笔带过，贾兰则始终一副小大人模样——前八十回，甚至加上后四十回，通篇不闻有婴儿啼哭，不见有父母鞠育。养孩子的那几年，读《红楼》，总觉得这是一个缺憾。只有一张小孩生病以净饿为主的偏方，郑重珍藏。——也许因为贾府孩子都由奶妈带大，父母无需动手，没经验也算正常；也可能因为，写作时作者还没有孩子。不然，人生那么一件大事，不应该不留痕迹的。据说曹公最后因为幼子夭亡备受打击，于贫病交加中去世，可见是和常人一样的舐犊情深。

没想到，这个小缺憾在顾太清《红楼梦影》里得到了弥补。这部续书里，宝钗生了芝哥儿，平儿生了苓哥儿，湘云、香菱各生了女儿。家家忙着洗三，添盆，送摇车，做满月，念三字经，定娃娃亲……王夫人和薛姨妈话家常，问："大爷家的妞儿好哇？"薛姨妈道："这两天变狗呢。"真是会心啊：一天猫看着一天狗看着。这种俗语，只有养过孩子的人才知道吧。一个婴儿，能给家庭带来的安宁希冀，能给内心带来的沉静平和，是超乎想象的。虽然偶尔回忆下故人往事，点缀些小感伤，但整本书的基调无外乎居家过日子，一团和气。宝玉，这个一直爱而不得，一直在种种欲望苦闷中沉浮的少年，终于也学会了抱着孩子看牡丹花。——果能如此，也算造化了。

《红楼》续书，如果一定要看，我推荐先看这一种。大半情节虽然狗血，比如邢岫烟割股疗亲，宝玉做翰林庶吉士，贾政做相国，但好歹文理清通。大清第一才女，不是浪得虚名。顾太清晚年编缀此书，未必还要逞才求名，不过借用《红楼》人物的名头，写一点自己的心情故事，聊以消磨岁月。人物是不是面目全非，和前文能不能接榫，才不是她关心的呢。

《红楼》续书，大抵都应作如是观：与续书者有关，与《红楼》无关。

乾隆的诗文

《石头记》诸抄本里，我最喜列藏本。虽然有专家认为，这只是一个“蒸锅铺本”，是蒸馒头的早点铺子伙计，闲下来时手抄供人租阅的，跟如今街头书店里那些卷边破损、油渍麻花的武侠言情出租书类似，但我总觉得里面藏着很多有趣的东西。比如，我没见过原藏，从研究文章里却很容易知道，它的修补衬纸用的是清高宗乾隆的《御制诗》第四集和第五集。乾隆《御制诗》在乾隆朝可是了不得的东西，其尊贵威严跟皇帝本人差不多，臣民不敢有丝毫冒犯。《石头记》写作时，作者自称毫不干涉时事，“及至君仁臣良父慈子孝，凡伦常所关之处，皆是称功颂德，眷眷无穷”。那种在皇权面前战战兢兢的样子，看着让人心疼。但时移世易，乾隆去世才不过几十年，《御制诗》就可以被人撕掉，用来保护一本不登大雅之堂的小说。再到现在，不过二百年，读《红楼》的人，应该远远超过会念《乐善堂全集》的吧。所以，一切都敌不过时间，时间，时间。

乾隆的诗，向来恶评不少。离他越远，声音越大，应该是因为批评越来越安全了。乾隆高产，有时候一天能写十几首，五部《御制诗》里就收了四万多首，一个人差不多抵得上整个《全唐诗》。我读的却不多。没勇气看大部头，都是随见随读。这在北京很容易，因为他留下的御碑实在是太多了。比如北海公园“琼岛春阴”碑，背面就有一首：“艮岳移来石岌峨，千秋遗迹感怀多。倚岩松翠龙鳞蔚，入牖篁新凤尾娑。乐志讵因逢胜赏，悦心端为得嘉禾。当春最是耕犁急，每较阴晴发浩歌。”当时看了心想，这首还不错嘛，因为身边正好是石头、松树和一丛竹子，倚岩松翠、入牖篁新什么的，算是实景入诗。我还小感动了一下，你看，一个皇上，面对如此美景，心头牵挂的却是老百姓耕地种粮食的事儿。再转念一想，如果换了我，身后跟着一群时刻准备山呼万岁的人，大概也会很乐于如此展示下主题正确的高姿态。再说，文字写出来，能被一大堆人忙前忙后汤蜡钉朱、磨石镌字刻在碑上，以为千古风流雅事，也比发表在报纸、被人拿去垫桌子，感觉要好。

某天在卢沟桥，读到了他的《重葺卢沟桥碑》。劈头便说自己如何辨析“重修”“重葺”字义，以及此前如何辨析土尔扈特部的“归顺”“归降”。像一篇语法小论文。——这位皇帝到底有多想表现自己的天纵英才呢？连这一点点的明察秋毫都不肯掩饰。不过还好，能把一篇皇家官样文章写出小品文的味道，历历可读，还算好。

一个整天摆弄文字的人，身边又高手如云，即便成不了高手，也还能够清通。再加上眼界阅历什么的，乾隆应该不失为一个过得去的文人。但他的另一面却是文字狱。清风不识字，何故乱翻书。清风若识字，只有更糟。因为只有识文断字，收拾起文人来才能更加无微不至。如果还文采斐然，那就更糟，能从字里行间悟出你的罪来。

文章写得好，是比较爽，但还比不上一手拿笔，一手拿刀。首先要证明我写得比你好；如果证明不了，就咔嚓一下。所以《红楼梦》纵然百般小心，还是难免有时被禁。

不是怡红是悼红

一直很喜欢丘逢甲的诗，以为奇节磊落，气象阔大。这几天翻《岭云海日楼诗钞》，才发现，居然有十几首写《红楼》。可能以前也见过，但远不如这次惊喜，明晰，深刻。常有这样的感觉：某段文字，若出现在文章的引用里，仿佛在别人家客厅遇见，只能淡淡相对，惊鸿一瞥；若在资料汇编里遇到，像在嘈杂会议上碰面，满耳朵都是声音，听不太清说什么；一定要在这个人自己的集子里读到，才算是能够深谈。仿佛已经小住了一段，前前后后已经聊得很投机、很透彻，话题突然转到这里，才不突兀，知根底，容易别有会心。

这些诗都是亲朋好友之间往来酬答，并非特意著述，其中《红楼梦绝句题词为菽园孝廉作》八首，《叠韵寄答荦飞兼怀隽卿》一首，《扶风君有私印曰“黛玉性情香菱遭际”，钤之牍尾，意有所感，书此为寄》六首，还附有弟弟丘崧甫长诗一首。由此可见当时谈论《红楼》风气之盛，以地域论，遍及台粤闽齐楚，乃至新加坡；以人物论，则涵盖士女官商。八首《题词》，就是应新加坡丘菽园之请而作。丘夫人王氏，新婚两年不幸早逝，殁年十九岁，遗下四首咏《红楼》人物诗，丘亲自和作，又广征题词，丘逢甲寄去八首。“不是怡红是悼红”，就是第一首的第一句。

这些诗里，并没有什么太高明的见解，也没有石破天惊的新材料，但可以看出，当年《红楼》虽已大显于世，但还不像几十年以后的研究界那样，歧路多端，渐行渐远。人们互相谈论的时候，仍然还只把它看作一部小说，关注人物命运，寄托家国情怀，借《红楼》酒杯，浇自己块垒。比如：“美人香草湘累感，都付愁珠怨玉中。”“芙蓉隔江思美人，前尘惆怅红楼春。手检金钗梦中册，黛玉情性香菱身。”“屈平去国楚命短，韩偓辞朝唐祚尽。美人命薄才子同，古往今来皆梦中。英雄末路且仙佛，不独伤心是悼红。”有人甚至刻了一方私印“黛玉性情香菱遭际”。身为男子却自比黛玉、香菱，借儿女之情写身世之感、君臣之事，直接承续屈原以来香草美人的传统。这其实是很老套的读红方法。只不过因为见惯了今人说红的嘈切错杂，再回头看这一种，反觉新鲜别致。

读罢《红楼》，心头大约总要有一点高兴，又有一点难过，像上面诸人这样，感觉才算对头。宝玉出家，大雪地里“只不言语，似喜似悲”，很好，是离散开悟之际的神情，所谓悲欣交集。宝黛初见，林妹妹“两湾似蹙非蹙罥烟眉，一双似喜非喜含情目”，想想这种表情，怎能是小儿女初相见时天真嬉笑、烂漫戏弄光景？只能是多年之后，物是人非，怀想旧事，心中追摹。且悲且喜，乍暖还寒，才是人到中年的怀念和况味。

“人生若只如初见，何事秋风悲画扇。”这几年经常看见，有人眼睛潮乎乎地引用前半句，用来形容初见的美好，很奇怪。因为一直以为这半句并不成句子，而且重心在后半句上，是讲分手和捐弃，是衔恨相责。心里得有多大的恨恨不平，才能反反复复只念叨前半句呢。若用来怀念初恋，传递温情，只能说，Pose（姿势）摆对，台词却念错了。

为什么读诗

偶然读到李煜《病中书事》，不觉讶然："病身坚固道情深，宴坐清香思自任。月照静居唯捣药，门扃幽院只来禽。庸医懒听词何取，小婢将行力未禁。赖问空门知气味，不然烦恼万涂侵。"这分明句句写的都是宝玉么！

"病身坚固道情深"——宝玉曾自拟《会真记》里的"多愁多病身"，对黛玉的心病就不说了，其他种种胡愁乱恨，跌损怔忡，魇魔遇真，三灾八病，也是各种不消停。"月照静居唯捣药"——怡红院曾替晴雯熬药，一屋子药香。"门扃幽院只来禽"——还记得芭蕉之下那两只睡着的仙鹤么？以及杏花开尽、落于枝上乱啼的雀儿？"庸医懒听词何取"——这个可以直接照应"胡庸医乱用虎狼药"一回了。"小婢将行力未禁"——袭人、晴雯诸人在内。甚至可与宝玉诗"自是小鬟娇懒惯，拥衾不耐笑言频"对看。至于最后一句："赖问空门知气味，不然烦恼万涂侵"，这不就是要悟禅机、破红尘、悬崖撒手的节奏么？

谁说不幸的人生各有各的不幸？以上种种，无论是那寂寞的李煜的清愁，还是辽远的宝玉的相思，连细节都神似，活脱脱一个模子。

也许是由于生活模式接近吧，都是富贵人家气象，无所不有，无所不能。唯一敌不过的，是无常。李煜深于情，亡国之先，却先失了爱子和周后；宝玉深于情，破家之前，也先呼吸领会了种种悲凉。——即便温饱的基础需求早已解决，人生仍然有那么多问题需要面对。

当然这种纯属联想，严谨的学术研究必不屑于此。但究竟如何才算读诗？才算读书？才算读懂？

我觉得是这么一回事。一个人，饿了，就先去找吃的；渴了，就先去喝水；困了，就先去睡觉；冷了，就加衣服；闷了，就找点乐子；爱了，就去追；追丢了，就发一会子闷……这世界上，可干的事情非常多。生命又不太长。偶尔有一个时刻，吃饱了，喝足了，天气不凉不热，心里无欲无嗔，一抬头，正好看见夕阳西下，或者一群鸟飞过天空，或者只是有朵云。心中一动，手边又恰好有一本书，书里恰好有一些诗，就读一两首。

时间长了，比如过了几十年，慢慢读得也就多了，也能记住一些了。

再饿的时候，可能就会想起朱门酒肉；渴的时候，就会想起敲门试问；冷的时候，就会想起燕山雪花；闷的时候，就会想起巴山夜雨；爱的时候，就会想起青鸟殷勤；爱丢了，就会想起淮南皓月……想着想着，就会明白，原来曾经有个古人，也是这样。

就是这样，读诗，让你在某些时刻，不再孤独。同时，也分外孤独。

所以，一言以蔽之，曰：没什么用。

一生痴绝处

“痴”，差不多是《红楼》一书的文眼，最重要的关键词。首先是作者“痴”，开篇词直截了当说：“都云作者痴，谁解其中味？”其次是评者“痴”，脂批说：“谩言红袖啼痕重，更有情痴抱恨长。”至于书中人物，则几乎无一不痴。有“痴心父母”，有“痴男怨女”，有“情痴色鬼”，有“痴梦仙姑”。单看回目，就有“痴女儿遗帕惹相思”“痴情女情重愈斟情”“龄官划蔷痴及局外”“慈姨妈爱语慰痴颦”“茜纱窗真情揆痴理”“痴公子杜撰芙蓉诔”……

宝玉自然是“痴”的，自幼生成有一种“下流痴病”，警幻呼之为“痴儿”，祖宗目之为“痴顽”。初见摔玉，听葬花恸倒，遇画蔷看痴，语言常乱，情色若痴。黛玉偏生也是个有些痴病的，“侬今葬花人笑痴”。袭人亦有些痴处，服侍贾母时，心中眼中只有一个贾母，服侍宝玉，心中眼中又只有一个宝玉。晴雯痴心傻意，只说大家横竖是在一处……凤姐那样的精明人，亦不免被秦氏冷笑：“婶子好痴也。”

“痴”就是不理性。现实生活固然需要理性，需要世事洞明人情练达，但在文学作品中，特别聪明特别理性的人，有什么好看呢？所以每每看到那句“一场幽梦同谁近，千古情人独我痴”，就忍不住点点头。文字里一旦带上了“情”“痴”之类的字样，就容易俘获文青。当然，也不是所有的“情”字“痴”字，都能这么不管不顾埋头代入，强行掠为己用。比如那句著名的“一生痴绝处，无梦到徽州”。

不止一次看到有人把这句话用到赞美徽州的文章里，并解释为“这是明代著名戏剧家汤显祖留下的千古名言：一辈子想去人间仙境，可做梦也没梦到人间仙境原来在徽州”“可见徽州的美让人难以想象”之类。虽然逻辑上有点纳闷，但明清诗不是我的关注点，所以似懂非懂都放过了。偶尔看见全诗，才忽然明白，这哪是赞美啊？

诗题《吴序怜予乏绝，劝为黄山白岳之游，不果》，全诗“欲识金银气，多从黄白游。一生痴绝处，无梦到徽州”。吴序，汤显祖的朋友。乏绝，穷困。白岳，今天的齐云山，和黄山同在旧时徽州境内。黄白，黄山、白岳的简称，又是金银的代称。黄白游，讨“黄白”两字的彩头，类似于今人到了某地，要去摸摸什么树、什么石头，沾沾财气之类。吴序的意思大概是劝汤显祖去官商云集、金银遍地的徽州碰碰运气，汤写诗表示，我对此毫无兴趣，想都没想过。用鲁迅的话说，大概是连眼珠也不会转过去。去查徐朔方笺校《汤显祖集》，其实评语也说得很清楚，对于趋奉炎势者而言：“临川诗一帖清凉剂也。”不知从谁开始，把这帖清凉剂，当作了嗖嗖乱窜、按捺不住的小火苗。整个人都不大好了。

还有那首著名的铜官窑瓷器诗：“君生我未生，我生君已老。我恨君生迟，君恨我生早。”全民深情款款齐声诵读。学者考证，当是改编自“身生智未生，智生身已老。身恨智生迟，智恨身生早”的佛偈，在我看来，这更像是大苏恶谑“一树梨花压海棠”的翻版。即便原是宗教语，也早已世俗化。铜官窑瓷器诗中，因通俗而喜感、因劝世而近谑的内容，相当不少，比如：“客人莫直入，直入主人嗔。扣门三五下，自有出来人。”“天地平如水，王道自然开。家中无学子，官从何处来？”都很搞笑。所以，不拘读什么，好歹看看上下文。瞥见“痴绝”两个字，自己就先痴了；抓住一个“恨”字，就开始胡愁乱恨，如何使得。

《红楼》最好

《红楼梦》问世之前，和其他三大名著并称“四大奇书”且居首位的，是《金瓶梅》。种种原因，《红楼》取而代之，后来居上。

当然，各花入各眼，人们的阅读喜好，评判角度，从来不一。曾看过一些学道之人对《西游记》的点评，诸如解释孙悟空为何自称“孙外公”之类，有说“孙外公，即外来之主人公也”；有说孙外公谐音“身外功”，“意谓果是真师，必教人从身外虚空下手，庶能返还本元，以契玄宗大道之宗也”；有说“孙外公者，内无也；五百年前者，先天也。可知先天之气，自虚无中来，乃他家不死之方，非一己所产之物”。解释观音给的三根救命毫毛为什么是杨柳叶所变：“杨为柔木，即巽木也；三为乾卦，三根毫毛，即元气也；放在脑后，即取坎填离，变离卦为乾卦。”解释太上老君的金刚琢为什么那么厉害：“盖圈子即太极也，亦即‘中’字。”看得我一愣一愣的。

连《老残游记》这种比较正常的书，都把乌鸡国真假国王，解释为与天下大势相关：“要借着南革的力量，把这假王打死，然后慢慢地从八角琉璃井内把真王请出来。等到真天理国法人情出来，天下就太平了。”娘娘说的那句“三载之前温又暖，三年之后冷如冰”的私房话，也被解释为“其讲公利的人，全是一片爱人的心，所以发出来是口暖气；其讲私利的人，全是一片恨人的心，所以发出来是口冷气”，成为判断真假天命的重要依据。——我一度怀疑，自己这么多年，是看了一部假的《西游记》。

有些人非常推崇《西游》，说：“熟读《西游记》，一切火候功夫，无不俱明。真道家奇书也。”“你要读书，观一部《西游记》足矣。”（《体真山人真诀语录》）金圣叹却死活看不上：“《水浒传》不说鬼神怪异之事，是他气力过人处。《西游记》每到弄不来时，便是南海观音救了。”脂砚斋也有类似看法，说它“一味无稽、至不能处便用观世音”。其实呢，只谈玄道，或者只谈文法，都看不出《西游记》的好。要有孩子的眼睛，才可以。这是题外话了。

《金瓶梅》向蒙不洁之名。但其中包罗的物态人情、诗词曲赋、杯盘果肴、花木屋宇，写实之笔，令人叹为观止。《红楼》当然也有，只是很多地方故意用虚笔，真事隐去。《金瓶梅》则不然，恣意写实。我看的时候，经常怀疑作者眼前摆着一本账簿，遇到吃饭、送礼、生意、工程、人情来往等事项，就把账片子抄一份，所以大小高低、轻重亲疏，分毫不差。传说作者是“嘉靖间大名士”“世庙时一巨公”，我却觉得，是他们的管家也未可知。对物色的迷恋和描摹，无出其右。

《红楼梦》写的是豪门世家，百足之虫死而不僵；《金瓶梅》写的则是那个时代的中产，“一生广得妻财”的西门官人，财富急速膨胀又快速消融。《红楼梦》雅洁，有文人士夫气；《金瓶梅》不避俚俗，市井气息弥漫。和《红楼梦》一样，《金瓶梅》也处处点出重要时间节点。从开篇不久武松“正在雪里，踏着那乱琼碎玉归来”，到“八月初六”武大百日，到妻妾们一次次年节、一个个生日，间或偶有舛错，大致顺序总是分明。所有热闹一路数过去，发现竟是在数西门庆死期。一吓。

前一段重读《金瓶梅词话》，看罢最后一页，只觉冰天雪地。平生第一次感觉到《红楼》未完的好处。就好比看一出永不落幕的大戏，只要不演完，就一直热闹着。

有人不喜欢《红楼梦》

《朱生豪情书》中很有意思的一段，是小心翼翼抱怨宋清如的：

> 好人：你不懂写信的艺术，像“请你莫怪我，我不肯嫁你”这种句子，怎么可以放在信的开头地方呢？你试想一想，要是我这信偶尔被别人在旁边偷看见了，开头第一句便是这样的话，我要不要难为情？理该放在中段才是……“今天天气真好，春花又将悄悄地红起来，我没有什么意见”这样的句法，一点意味都没有；但如果说“今天天气真好，春花又将悄悄地红起来，请你莫怪我，我不肯嫁你”，那就是绝妙好辞了。如果你缺少这种poetical instinct（诗的直觉），至少也得把称呼上的“朱先生”三字改做“好友”，或者肉麻一点就用“孩子”……虽然本身的意义实无二致；问题并不在“朱先生”或“好友”的称呼上，而是“请你莫怪我……”十个字，根本可以表示无情的拒绝和委婉的推辞两种意味。你该多读读《左传》。

这个人对文字真是有感觉。情人的哀怨与书生的呆气杂糅，更是让人忍俊不禁。没有不敬的意思，实在是当事人的狼狈，在他人看来总有几分愉悦。问题是，这么多愁善感、poetical instinct如此丰富的一个人，居然不喜欢《红楼梦》。两三年后的一封信里，谈到电影《茶花女》时，他说：“我一点不喜欢这种生的门脱儿（sentimental，感伤的）的故事（正和我不欢喜《红楼梦》一样）。”——真是太奇怪了。此前他还说过：“你相信我不会爱一个‘古典美人’？虽然我从前曾把林黛玉作为我的理想过。”可见是有一个转变的过程，曾经喜欢过，后来变了。

其实他也不太喜欢别的古典小说，比如《金瓶梅》，“读过几回之后，彻头彻脑地令人打瞌睡，毫无可取的地方，因此翻了翻就丢了”，“中国书真太不能引起我的兴趣”。——对于一个热爱古典小说、嗜读《红楼梦》和《金瓶梅》的人，比如我来说，到这儿就算把天儿给聊死了。

不过让我欣慰的是，终于又发现了一位不喜欢《红楼梦》的名人。以前发现过杨绛，批评林妹妹“一双似喜非喜的含情目”，像在招徕男人，不是深闺淑女应该有的表情。发现过吴冠中，他承认自己“对《红楼梦》并不入神”。发现过柏杨，说少年时《红楼》读不下去，“从头到尾，一直没有出现过路见不平、拔刀相助、杀得鸡飞狗跳的场面，对一个十三四岁的男孩而言，凡是没有打斗的书，都不是好书”。都不隐瞒自己的真实感受。我的男性朋友里，也颇有几位私下里肯承认自己不读《红楼》。

每人有每人的经历，每人有每人的味蕾，对同一本书，感觉千差万别才是正常的。众口一词的“最伟大”，只能让人疑心，有些人根本没看过，或者没看懂。我喜欢看别人对《红楼》的千奇百怪的感想，因为真实，有趣。

忍不住猜朱生豪为什么不喜《红楼》，也许同性相斥？都那么敏锐感伤。或者因为他是翻译莎士比亚的，习惯了西餐？已经不能起而问之。——其实不重要，重要的是我知道了，他不喜欢《红楼梦》。跟喜欢《红楼》的人聊，有时候像疾马下坡，水银乱滚，相同的想法太多，千言万语，倏忽都尽，反倒没余意，不尽兴。跟不喜欢《红楼》的高手聊，如负重爬坡，生涩艰难，倾尽心力，反倒容易有新长进。可惜这样的好对手，不容易找到。

情到深处人孤独。不免傲娇地引申下：读书，也是一样的呀。

一定有人在写我们这个时代的《红楼》

《红楼梦》都写了什么?

虽然它自称“大旨谈情”“毫不干涉时世”，只写大观园中一众小儿女的小心思小情怀，不问世事，不谈朝廷，时间、地点也全都虚化，但仍不妨碍后人，很容易就从中读出了当年的政治、经济、文化、军事、风俗、名物等一鳞半爪的真面目。没办法，好的文字就是这样，自带“信史”体质。

比如元妃省亲，虽然写的是女儿回娘家，又史无明文、不见于典章制度，但脂批偏偏点出“借省亲事写南巡，出脱心中多少忆昔感今”。皇帝南巡是当时国家头等大事。直到现在，还留下了《康熙南巡图》《乾隆南巡图》的长幅巨制。在这两卷长图中，我们很容易找到各级官员“按品大妆”的场景，“街头巷口，俱系围幕挡严”的场景，“一对对龙旌凤翣，雉羽夔头”的场景，太监们抬着“金顶金黄绣凤版舆”的场景，登舟泛流的场景……皇家制度，丝毫不乱。更重要的，是借赵嬷嬷之口，说出了“也不过拿着皇帝家的银子往皇帝身上使罢了！谁家有那些钱买这个虚热闹去？”——而皇帝家的银子是哪儿来的，就没人再去追问了。

再比如书中写得惝恍迷离、故意模糊时代感的服装。北静王，“头上戴着洁白簪缨银翅王帽，穿着江牙海水五爪坐龙白蟒袍，系着碧玉红鞓带”，大家已经比较明确地认同这是戏曲服饰。林黛玉，全书几乎不及服饰，是因为要烘托她不食人间烟火的仙气。所以王熙凤出场时：“彩绣辉煌，恍若神妃仙子：头上戴着金丝八宝攒珠髻，绾着朝阳五凤挂珠钗……”我一直以为也是同类的虚写。直到最近看到有人贴出康熙温僖贵妃地宫出土的网冠照片中的五只金凤，看到乾隆纯惠皇贵妃的画像头冠上的五只金凤，才明白“五凤挂珠钗”，的确是“神仙妃子”

的标配。

所以，即便是写小说吧，纯属虚构，笔下各种腾挪闪避，却仍然万变不离其宗。现实的底色，一不留神，就会露出来。这是因为，作者对万事万物的认知，对人情世事的评判，早已融入骨子里，想瞒也瞒不住。更因为，作者是在用心血写作，倾听自己的内心而写，并非为名为利为他人。在小说地位低下、写完连真名都不能署的时代，有什么现实名利可图呢？如果不是胸中块垒郁积、不吐不快，为什么要耗费十年辛苦？《红楼》的写作，根子是深深长在生活、长在心血中的。

某次吃饭，快谈之际，有人感叹，我们生活其中的这个伟大而魔幻的时代，短短几十年，发生过那么多大事，经历过那么多转折，颠覆过那么多常识，居然还没出现一部《红楼》那样的伟大作品，来匹配它。

的确，一代有一代之文学，唐诗、宋词、元曲、明清小说……我们有什么呢？网络段子？我们处身其中的最近这几十年，人类科技水平、生活方式、思想意识所发生的巨大变化，已经远远超过了历史上几百年、上千年的积累。虽然文坛上的热闹一波未平一波又起，但能真正代表这个时代精神风貌和智慧水准的作品，有吗？

一时还真想不出。但我坚信，一定有人在写，正在写。就像曹公当初写《红楼》，“披阅十载，增删五次”，漫长而寂寞的十年里，除了身边少数几位朋友，天下滔滔，同时代并没有几人知晓。曹公身后，又花了二十多年，一部《红楼》，才从手抄本的星星之火，完成到排印本燎原之势的几何级数增长。化身千亿，深入人心。

我相信，一定有一个人，现在，正在写一部属于我们这个时代的《红楼》。只是我们还不知道。

《红楼》未果

1987年版《红楼》开播的时候，我正读高一。根据权威数字，当年的收视率是98%。我们住校，九点下晚自习，十点熄灯，回到宿舍的时候，每集只剩个尾巴。尾巴也没关系，比如最重要的葬花，就在某集最后。我们没电视，但女生宿舍的前排，是教工宿舍，每个老师都在看，所以每个窗户外面，都趴着一排女生。等唱完“花落人亡两不知”，集体发出一声巨大的叹息，忽喇喇散去，各自叽叽喳喳匆忙洗漱。

当时我已经开始读《红楼梦》，口齿生香。看完电视剧，用的书签，笔记本，都换成了《红楼》图案的。可以说，八七《红楼》，就是我《红楼》具象的起点：黛玉就是那个样子，宝玉就是那个样子，凤姐就是那个样子，元春就是那个样子……虽然私下，也有人逞口舌发议论，以为黛玉并不如意，太拈酸，不够文，但也实在想象不出，更好的黛玉是什么样子。

所以，听说曹学会的品红课邀请了欧阳奋强老师，我还是决定去看看。尽管这么多年新闻照片看下来，早就知道伊人容颜已改，不复当年，还是决定亲自看一眼。果然，新闻图片都是准确的，当年的宝哥哥已经不见了。哈哈。好在那个“鬓若刀裁，眉如墨画”的少年，早已化身千亿，不可磨灭。宝哥哥讲了很多当年事，不少已经在他的书里看过，这次听他亲口讲，算是又印证一遍。他讲了王导的不容易，讲了演员的吃苦，讲了偷白菜，讲了拍最后一个“白茫茫大地真干净”镜头时，在东北-25℃的雪地里，一直走下去，走下去，直走到地平线，摄像师喊“停”。人都冻僵了，回到有暖气的车上，从鞋子里倒出一堆水。——那样的《红楼》，已经很难再拍出来了。

写这个《红楼》专栏，也很偶然，大背景是六七年前有一部新《红楼》拍出来，不少红迷都急了。编辑陈溶冰找到我，问能不能写一点《红楼》普及的文字。虽然专业方向不是这个，还是应承下来，因为《红楼》一直是心头爱。但没想到会写这么久。有朋友开玩笑，我写的比曹雪芹都多了。更危险的是，现在越来越有被变成“红学家”的趋势。也曾跟编辑要求，能不能改写《金瓶梅》、苏东坡之类，这样我就可以成为金学家、苏学家；或者《西游记》，将来就有可能对外号称学贯中“西”。刘勇强老师的书斋叫“西红室”，《西游记》的西，《红楼梦》的红，很羡慕。但编辑没同意，未果。只好接着写。

工作关系，其实我和八七版《红楼》剧组人早有接触。12年前，管士光社长约了编剧周岭老师的稿子，知道我是红迷，命我联系。见面很顺利，那次听周岭老师讲了很多《红楼》台前幕后，过足了粉丝瘾。只是由于失误，我订的饭馆没座位了，最后变成周老师请我吃饭。后来周老师就一如既往地忙去了，书稿至今未果。

其间通过周老师，还联系上了摄像李耀宗老师，约了一本《红楼》摄影集。约稿也很顺利，然后李老师请我吃了一顿饭，也一转身忙自己的去了，书稿也是至今未果。我反倒被他拉去，看了几次他导演的《摇滚西厢》。——最近反省过来，好的编辑不是这样做法，至少应该我请人家吃饭。

讲座结束，问了欧阳一个问题：八七版《红楼》三十周年，剧组有什么计划吗？欧阳说：有，会搞一个三十周年聚会。当初二十年聚会，准备了半年之久，因为很多人都联系不上，甚至动用了派出所查户口。又说：三十周年必须要聚一次，因为不会再有四十周年聚会了。他重复了两遍：不会再有。

是的，当初大家那么容易就彼此失散，因为没有电话，没有手机，没有网络。现在什么都有了，可是，对很多人来说，时间，没有了。

泱茫无垠

在陕西历史博物馆，第一眼看到汉代“泱茫无垠”瓦当，几乎一愣。于无数“千秋万岁”“延年益寿”“长生无极”“长乐未央”“天下康宁”“汉并天下”“单于和亲”“延寿长相思”的简单叙事、直白诉求中，这几个字，显得有那么一点点不同寻常，有点儿“文艺”。我第一时间想到的，竟然是玉门花海出土木觚上发现的汉武帝遗诏中的两句话：“苍苍之天不可得久视，堂堂之地不可得久履，道此绝矣！”苍苍茫茫，无限悲凉。这块瓦当又出自茂陵。茂陵刘郎秋风客，虽贵为天子，奄有四海，也曾经唱出“欢乐极兮哀情多，少壮几时兮奈老何”的悲音。

当然，用在重要建筑上的瓦当，一般不会采用这样的悲凉之音。查了下，“泱茫无垠”，汉人也是作为吉利话儿来用的，有点类似于张衡《西京赋》中“泱漭无疆”之类，意为广大无边，正与“与天无极”“亿年无疆”“万寿无疆”之类宏大叙事相呼应。这就对了。汉人对世俗欢乐的希冀，对来生幸福的渴求，隔着千百年，仍然可以从那些手舞足蹈的陶俑、驷马高车的画像石、飞升的仙人、忙碌的厨房中感受到。他们嗜欲横流，毫不掩饰。这些世俗狂欢的朴拙，再被放置到“泱茫无垠”的文字语境中，所谓的“汉代气象”，也就油然而生。

“红楼气象”也是如此。假如全书只有那些实实在在的宴席、诗社、看戏、请客，只有那些流水一样的说说笑笑、吃吃喝喝，虽然也好看，却总觉得少了些什么。如今，在楔子里加上“开辟鸿蒙”，加上女娲炼石补天，加上大荒山无稽崖青埂峰，在结尾处加上“白茫茫一片大地真干净”，仿佛画面有了无尽的留白。繁华都成一瞬，荒凉才是永恒，宛若天外星球。

古人写诗，早已深谙此理。比如著名的“曲终人不见，江上数峰青”。于结尾处，人物事件淡出，自然景物登场，诗就好看了，意韵无穷。唐诗宋词有很多这样的好句子。比如王维“回看射雕处，千里暮云平”，比如李白“不觉碧山暮，秋云暗几重”，比如岑参“山回路转不见君，雪上空留马行处”，比如李商隐“童子开门雪满松”，比如陆游“夜半起饭牛，北斗垂大荒”“春回元不记，出户四山青”……杜诗气象混茫，人和物往往浑然一体不可分辨，所以他写“此身饮罢无归处，独立苍茫自咏诗”。还有的是放在开头，比如孟浩然“客行愁落日”，李白“明月出天山”。都是一个长长的空镜头，意在言外。

前人说，一切景语都是情语。又说，情到深处人孤独。其实这不是景语和孤独的问题，是视野问题，思维方式问题。人要恰恰走到一个阶段，有过一些经历，才能看出这种好。

假如三春只有鲜妍没有流散，假如黛玉只有情深没有早夭，假如湘云只有光风霁月没有水逝云飞，假如凤姐只有赫赫扬扬没有家散人亡，假如只有楼没有梦，假如只有梦没有醒，《红楼》就都不成其为《红楼》。即便所有人的人生，都没有什么曲折，没有什么遗憾，事事顺遂，件件如意，也还有一个大限，在终点处等着所有人。《红楼》没有写成《满床笏》的大团圆，没有写成《西游记》的功德圆满，正是它的功力所在。和“敢于直面惨淡的人生”，几乎异曲同工。

只因一念心动，“泱茫无垠”，一个近乎无意义的形容词，就这么突然从一堆秦砖汉瓦中跃出，还上下古今，拉七杂八。唉，读书如果不能这样乌七八糟胡乱联想，该是多么无趣。

附录 《红楼梦》回目与随笔对照表

第一回	几世几劫丨《红楼梦》的"原著"丨神瑛侍者与通灵宝玉丨"水"做的还是"木"做的丨《姑苏繁华图》丨手倦抛书丨现成话
第二回	那个叫娇杏的姑娘
第三回	看不见的《红楼》——人在运河丨《红楼梦》的时间死结
第四回	应天府的人命官司丨为谁合眼想平生
第五回	《燃藜图》与《莲舟仙渡图》丨神仙穿什么丨飕飕凉意知何许丨"红楼梦"从哪里来？丨读书从四十岁开始
第六回	修辞立其诚丨万事开头难
第七回	焦大
第八回	黛玉与玫瑰丨梦坡斋
第九回	宝玉的老师是谁
第十回	也须要阴骘积儿孙

代后记

荷叶浮萍

2010年某天，正在恭王府瞎逛，热得昏头昏脑，忽然接到老同学陈溶冰电话，问能不能给《红楼》写点儿“正常的”普及文字。《红楼》不是我专业，却是喜欢的题目，犹豫片刻，应承下来。8月份开始写，每周一篇，刊在《深圳商报》“万象”版。居然一直写到2018年7月，整整八年。老同学潘燕曾说：“你写的比曹雪芹都多了。”细算了下，还真没有。而且当然也不是每篇都好，所以收在这本小册子里的，只一百来篇，二十万字。

我不善取名。当时的栏名“八卦红楼”，就是临时混抓，因为实在不能预知会写什么，只好先设个大筐，什么都能装。用了一段，暗自嫌弃，像贾政嫌弃宝玉抓周一样。把文章转到博客的时候，就另起了个“误入红楼”。有点儿“误入白虎堂”的自我悲壮和自我开脱，也有点儿“误入藕花深处”的小小自矜。后来一位资深出版人告诉我，这也不是一个好名字，不够“正面”。

陆续有人来谈出版的事，都因没找到合适的书名而被我拖稿搁置，总觉得名不正则言不顺，散乱如斯的一大堆文章，没有一根线能够穿起来。2019年五一假期里，随手录了段小学生乐乐磕磕巴巴、白字连篇读《红楼》的视频，配上“小猪拱牡丹”文案，发给扬之水老师取乐，老师回了句“荷叶浮萍”。忽然灵光闪现，这不就是绝好的书名么？曹公留下八十回文字，撒手而去，身后是非再也不管。我辈孜孜矻矻、爬梳剔抉，自以为得意，焉知不是歪解？信口胡说，却又“不敢撒谎”，恰是八年《红楼》专栏写作情境最好注脚。出自《红楼》第九回李贵口中的这“荷叶浮萍”四字，传神写照，也正是所谓“好亭子名”。

书稿终于落定三联，感谢主事者曾诚先生思之再三，提供了按原书回目顺序编排的新思路。细细点检了下，前八十回居然每回都有相应文字。附表于后，便于观者翻阅。

尤须一提的是，专栏写作八年中，意外结下的各种文字因缘。刚开始时，真是寂寞，不知什么人会看，也不知别人看完作何感想。纸媒互动，毕竟有限。犹如一粒粒小石子，扔进深不可测的水潭，不见一点涟漪，一点声响。只好那么一粒粒，执着地继续扔。过了好几年，突然有一天，有人在群里转了篇《红楼情绪》——是曹雪芹学会找作者。接下来就有了中华书局出版的2016年《红楼梦日历（诗词版）》和2017年《红楼梦日历（植物版）》，反响意外地好，更重要的是一下子见到了一大批红迷真人，找到组织的感觉。

2016年曹学会某次品红课，邀请了欧阳奋强先生，我去参加，回来写了篇《红楼未果》，耍了几句贫，大意是自己快被这个专栏变成“红学家”了，想跟编辑要求改写《金瓶梅》、苏东坡、《西游记》之类，这样就可以成为金学家、苏学家，对外声称学贯中“西”……没几天突然接到一条短信，问果有写《金瓶梅》的计划么，署名“扬之水”。有点被吓到，回信“敢问是哪位扬之水老师”，扬之水先生的书，当时已经大都看过，惊为天人，遥不可及。一旦确认，推金山倒玉柱纳头便拜，自此师徒分定，走上学习名物之路。

后来闲聊，才知老师是从中华书局李世文先生那里索得我的手机号。我和世文当时并不认识，只是专栏里写过一篇《几人如此读红楼》，后来收入《琳琅满纸忆前时——怀念周汝昌先生》中，他是责编，我发短信讨要样书，偶然留下联系方式。后来老师请中华诸君吃饭，我作陪，才算结识，又意外促成一册2019年《唐诗之美日历》。

就这样，早年扔下去的那些小石子，终于陆续听到回响，并且改变了我的人生方向。

廉萍

壬寅孟夏京华疫中